Der Ruf des Schamanen

Davide Morosinotto wurde 1980 in Norditalien geboren. Bereits mit 17 Jahren veröffentlichte er seine erste Kurzgeschichte, die auf der Auswahlliste des renommierten italienischen Literaturpreises »Premio Campiello« stand. Seitdem hat er über 30 Kinder- und Jugendbücher veröffentlicht, für die er zahlreiche Preise erhalten hat. Davide Morosinotto lebt als Autor, Journalist und Übersetzer in Bologna.

Morosinotto, Davide:
Der Ruf des Schamanen.
Unsere abenteuerliche Reise in das Herz der Dunkelheit
ISBN 978 3 522 20274 9

Aus dem Italienischen übersetzt von Cornelia Panzacchi

The translation follows the edition by Mondadori Libri S.p.A., Milano 2019:
»Il fiore perduto dello sciamano di K.«
Published by arrangement with Book on a Tree and UnderCover Literary Agents

Graphic Design: Stefano Moro
Cover: Illustration by Paolo Domeniconi
Innenillustrationen: Kapitelvignetten und Illustrationen auf
S. 9, 10–11, 123, 124–125, 253, 254–255, 362–367, 380–395, 405
by Andrea Guerrieri

Einbandtypografie: formlabor
Innentypografie: Tanja Haaf
Reproduktion: DIGIZWO Kessler + Kienzle GbR
Druck und Bindung: GGP Media GmbH, Pößneck

FSC www.fsc.org
MIX
Papier aus verantwortungsvollen Quellen
FSC® C014496

DAVIDE MOROSINOTTO

DER RUF DES SCHAMANEN

UNSERE ABENTEUERLICHE REISE IN DAS HERZ DER DUNKELHEIT

Aus dem Italienischen
von Cornelia Panzacchi

THIENEMANN

Wenn das Ende naht, bleiben von
der Erinnerung keine Bilder mehr,
es bleiben allein die Worte.
Jorge Luis Borges (1899–1986),
Der Unsterbliche

Der Finder wird gebeten, dieses Notizbuch
in der Klinik Santo Toribio in der Calle de las
Maravillas, Lima, Peru abzugeben.

Hoher Finderlohn garantiert.

Ich werde bald sterben, und das ist die reine Wahrheit.

Und du weißt es besser als jeder andere.

Ich bin nur **wie viele?** dreizehn Jahre alt … es ist mir schwergefallen, das zu akzeptieren. Es hat sehr viel Mut erfordert. Jetzt aber mache ich mir um etwas anderes **wie heißt das, wenn man sich ständig mit etwas beschäftigt?** Sorgen, nämlich darum, dass ich es nicht mehr schaffe, alles zu erzählen.

Denn (auch das weißt du) es ist eine lange und komplizierte Geschichte, sie ist aus vielen einzelnen Geschichten geflochten, wie die Körbchen aus *Chambira*, die die alte Korbflechterin auf dem Markt verkauft hat. Die, die uns den Kopf **das, was man singt … Lieder …** mit Liedern und Märchen aus dem Dschungel gefüllt hat, während ich um meinen armen Walkman geweint habe, der nicht mehr funktioniert hat.

Also, ich hoffe, dass ich es schaffe und bis zum Schluss durchhalte, bis wirklich alles erzählt ist.

Ich würde diese **wie heißt das doch gleich wieder, wenn man etwas erledigen muss …** Aufgabe gern dir überlassen, du würdest das viel schneller hinbekommen … Aber ich glaube, dass du sie noch gar nicht hörst. Die Stimmen, meine ich. Du hörst sie nicht. Ich dagegen schon. Und deshalb muss ich **wie drückt man das aus? …**

Ich werde es versuchen.

Aber lass du mich nicht allein. Bleib bei mir.

Versprichst du das?

Du und ich wie immer.

Zusammen bis zum Ende.

DER ERSTE GEIST
EL CRISTO POBRE

Lima, Peru
Mai 1986

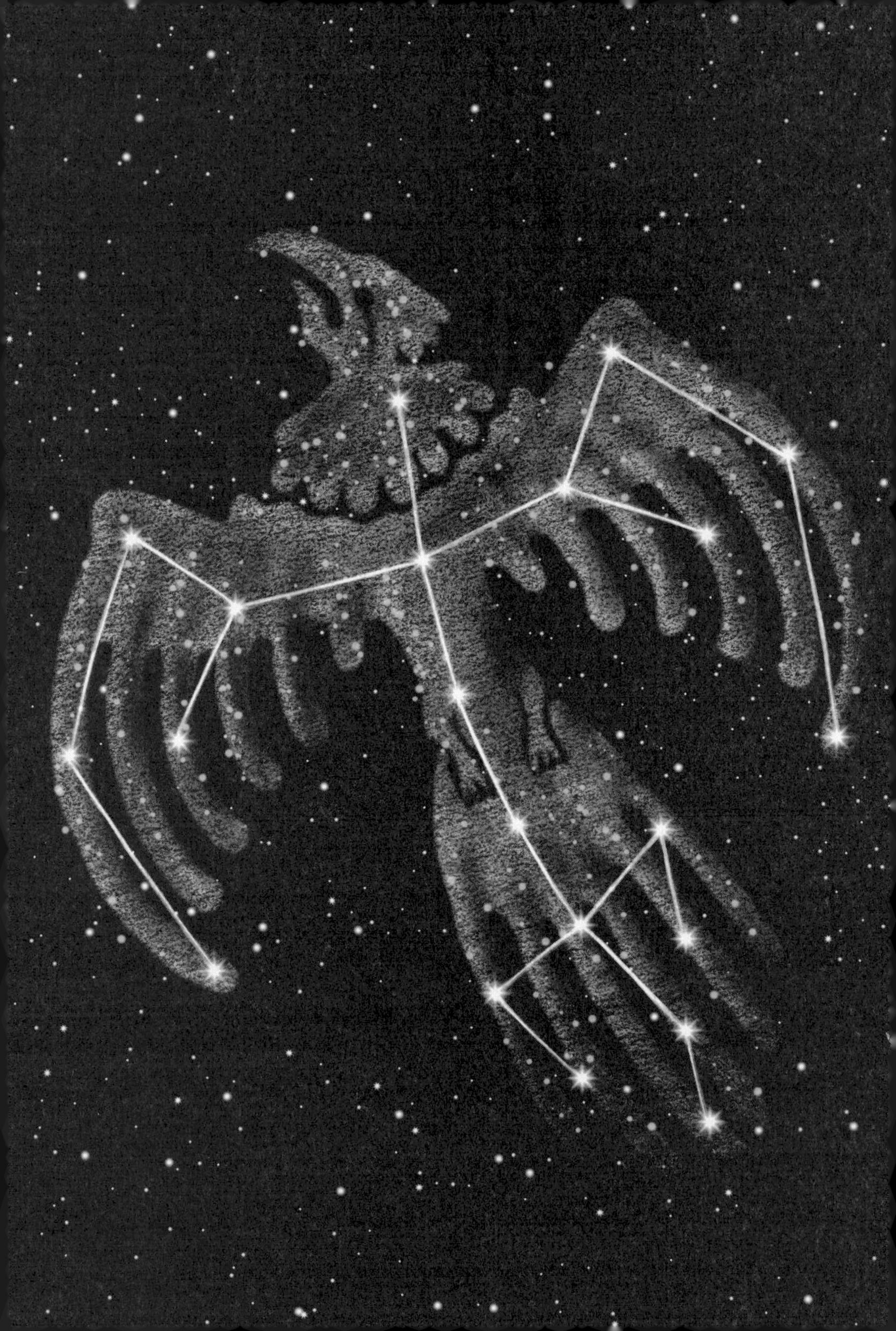

In jener Nacht ging ich in den Wald, auf die Jagd.
Stundenlang lief ich durch die Dunkelheit,
zwischen den Bäumen hindurch, bis ich zu
einem Felsen kam, der über der Ebene thronte.
Hoch über mir sah ich einen Kondor kreisen,
seine Federn waren silberne Sterne.
Der Vogel raste im Sturzflug auf mich zu
und rief: »Es beginnt! Es beginnt!«
»Was denn, Kondor?«
»Die Geschichte. Sie beginnt an einem
fernen Ort. Drei Geister werden sie beschützen,
doch warten viele Gefahren auf sie.«
Ich verstand nicht, was er meinte.
»Wovon sprichst du?«
Der Kondor antwortete nicht, sondern flog davon,
so schnell wie ein entglittener Gedanke.
Ich blieb allein zurück und brüllte den Mond an.

Als wir die Barrios Altos erreichten, kurbelte der Chauffeur die Fenster hoch und verriegelte die Türen. Sofort wurde es im Auto kochend heiß, doch dann sprang pfeifend die Klimaanlage an.

Señor Tanaka lächelte. Mama dagegen drückte nur meine Hand.

Sie heißt Outi. Das ist ein finnischer Name, weil wir aus Finnland kommen. Señor Tanaka dagegen kommt aus Japan und ist der Sekretär meines Vaters.

An jenem Morgen hätte eigentlich mein Vater mitfahren sollen, doch im letzten Moment war in der Botschaft irgendetwas gewesen und er hatte nicht mitkommen können.

Mama hatte sich sehr darüber geärgert. Doch jetzt war sie nicht mehr verärgert, sondern nervös.

»Die Türen verriegeln … Muss das wirklich sein? Es macht mir Angst.«

»Das hier ist ein gefährliches Viertel«, erklärte Señor Tanaka. »Professor De La Torre ist allerdings der Ansicht, dass die Klinik die beste von ganz Peru ist.«

Mama sagte nichts darauf, aber ich wusste, dass sie mit all dem nicht einverstanden war. Die Vorstellung, dass ihre Tochter, also ich, in eine peruanische Klinik gebracht wurde, gefiel ihr ganz und gar nicht. Wäre es nach ihr gegangen, säßen wir jetzt in einem Flugzeug nach Europa oder in die USA, wo es die *besten Behandlungsmethoden* gab.

Doch De La Torre hatte sich nicht umstimmen lassen. Er war sehr oft zu uns nach Hause gekommen, hatte eine endlose Reihe von Untersuchungen angeordnet und jetzt musste ich richtiggehend eingeliefert werden. Er war der Direktor der Klinik *Santo Toribio* und hatte versichert, dass ich dort in besten Händen wäre.

Am Ende hatten sich meine Eltern überzeugen lassen – ich weiß nicht, ob deshalb, weil der Professor tatsächlich recht hatte, oder aber weil es der Karriere meines Vaters geschadet hätte, wenn sie mich in eine ausländische Klinik gebracht hätten (denn schließlich hatte unsere Familie ja *Verpflichtungen*).

Ich schaute aus dem Fenster auf die Straße, auf die anderen Autos mit verschlossenen Fenstern, auf die heruntergekommenen Häuschen, auf die Gesichter, die neugierig unser Auto betrachteten.

Ich hatte Angst und deshalb drückte ich meine geliebte Stofftasche mit den aufgestickten Teddybären noch fester an mich. Ja, ich weiß, für so eine Tasche war ich viel zu alt, aber sie war mein Talisman und ich trennte mich niemals von ihr. In der Tasche waren drei Bücher, die Señor Tanaka für mich ausgesucht hatte. Eines war auf Finnisch geschrieben, in der Sprache meines Vaters und meiner Mutter. Eines war auf Englisch, in der Sprache, in der unser Schulunterricht abgehalten wurde. Und eines auf Spanisch, das hier in Peru so ziemlich alle sprechen.

Señor Tanaka hatte den Lederkoffer bei sich, in dem meine übrigen Sachen waren: die Zahnbürste, die Seife und das Lavendelshampoo, ein Paar Hausschuhe, Unterwäsche, zwei hellblaue Nachthemden und drei ebenfalls hellblaue Pyjamas, weil Hellblau meine Lieblingsfarbe ist.

All diese Bücher und die Nachtwäsche würde ich brauchen, weil ich einige Zeit in der Klinik verbringen sollte.

»Mach dir keine Sorgen«, sagte Mama. »Wenn es dir dort nicht gefällt, finden wir was anderes.«

Sie schien noch mehr Angst zu haben als ich.

Das Auto bog in die Calle de las Maravillas ein und ich begriff, dass die Mauer links von uns die Gartenmauer der Klinik war.

In ihrer Mitte befand sich ein Bogen mit einem rot lackierten Tor. Es sah aus wie eine Zunge inmitten einer Reihe schmutziger Zähne.

»Soll ich hier parken?«, wollte der Chauffeur wissen.

»Oh nein, bitte nicht!«, erwiderte meine Mutter. »Nicht auf dem Gehsteig. Man könnte uns sehen.«

»Die Señora hat recht«, schaltete sich Señor Tanaka ein. »Fahr um das Grundstück herum, auf der Rückseite müsste es eine Einfahrt für die Krankenwagen geben.«

Wir fuhren auf den Fluss zu und dann in die Calle Amazonas hinein. Tatsächlich gab es dort ebenfalls ein Tor, das von zwei Männern bewacht wurde.

Sie beeilten sich, es zu öffnen, vielleicht weil sie von dem Diplomatenkennzeichen und den beiden Fähnchen oben auf der Motorhaube beeindruckt waren. Das Auto rollte auf einen betonierten Parkplatz, der von niedrigen quadratischen Gebäuden mit flachen Dächern gesäumt war.

Meine Mutter wirkte äußerst besorgt.

Señor Tanaka lächelte, wie immer. »Einen Augenblick«, sagte er. Er stieg aus und ein Schwall heißer Luft drang zu uns herein.

Ich schaute mir die Umgebung genauer an.

Gegenüber vom Parkplatz war ein kleiner, von einer niedrigen Hecke aus rötlichen Sträuchern eingefasster Garten mit einer von üppiger Bougainvillea bewachsenen Pergola – mitten zwischen den Gebäuden, aus denen die Klinik bestand.

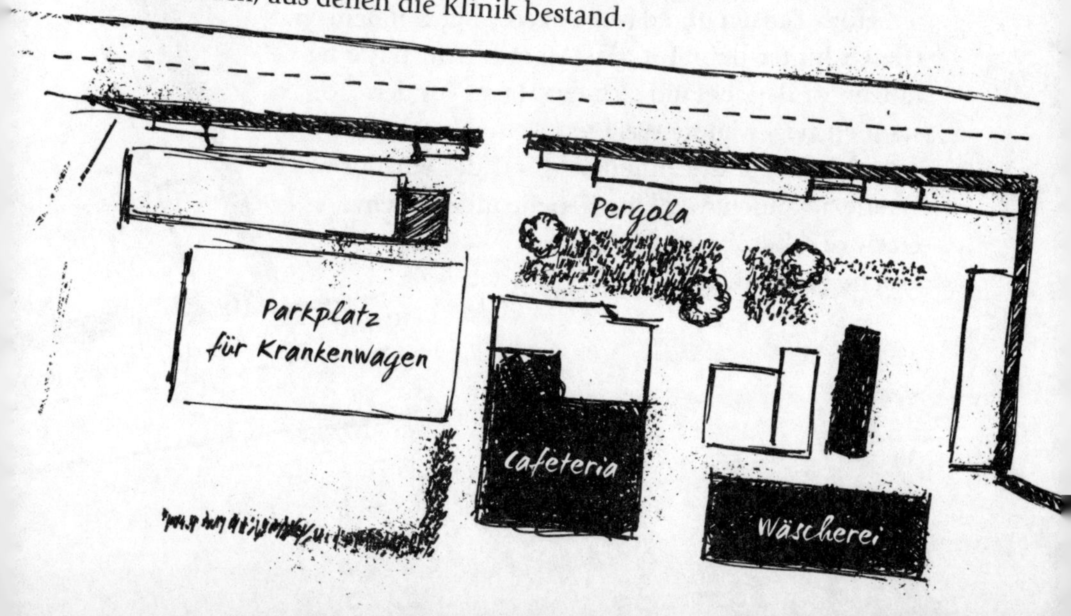

Ich fragte mich, ob ich mich wohl gelegentlich dort unter die Pergola würde setzen können, in den Schatten.

Señor Tanaka kehrte nach einer Weile mit Professor De La Torre und einem ganzen Schwarm von Ärzten in weißen Kitteln zurück.

»Es wird alles gut«, flüsterte Mama.

Sie öffnete die Tür und der Hitzeschwall kam mir vor wie der Atem eines Drachen.

Besieg den Drachen!, sagte ich zu mir selbst und stieg aus dem Auto aus. Die Teddytasche, die ich an mich gedrückt hielt, kam mir jetzt viel schwerer vor als vorhin.

De La Torre begrüßte mich auf Spanisch und machte Witzchen, so als seien wir beste Freunde. Er und Señor Tanaka führten uns in den Innenhof, in dem es viele Beete und in der Mitte einen Springbrunnen gab. Er war von einem Rasen und einer rötlichen Hecke umgeben. Außerdem gab es mehrere Buchssträucher, die in seltsame Formen geschnitten waren. (Eine sah wie Mickymaus aus.)

Die Gebäude zu beiden Seiten des Innenhofs hatten große Fenster und davor Bogengänge mit Bänken. Gleich hinter dem Tor, das Mama nicht hatte benutzen wollen, befand sich ein Haus. Vor dem Tor standen zwei weitere Wächter.

Auf der Seite des Innenhofs, auf der wir uns gerade befanden, war eine Kapelle mit spitzem Dach zu sehen.

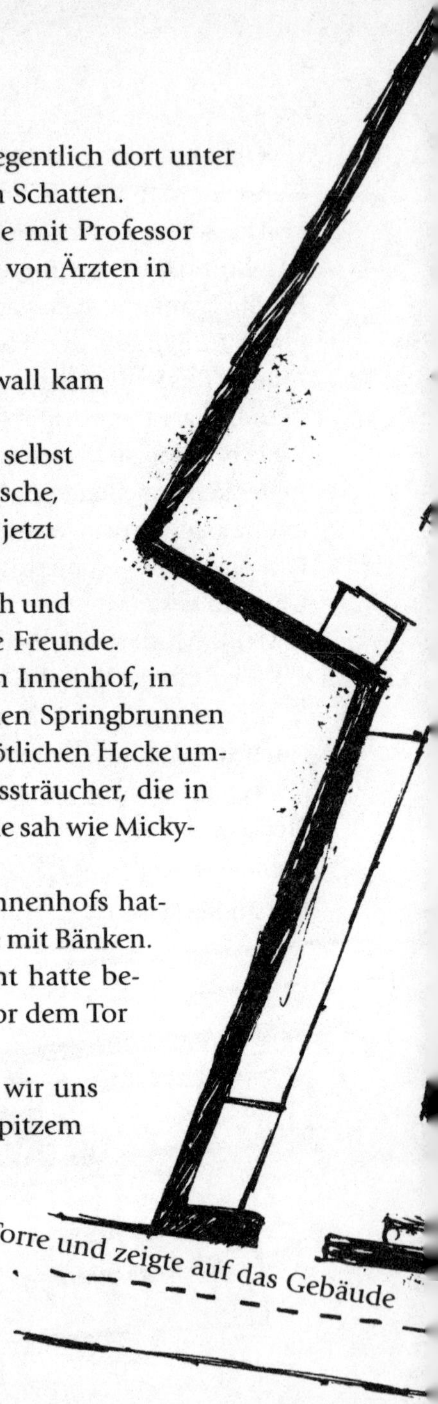

»Die Pädiatrie ist hier«, sagte De La Torre und zeigte auf das Gebäude zu unserer Rechten. Die Tür stand offen und wir traten ein.

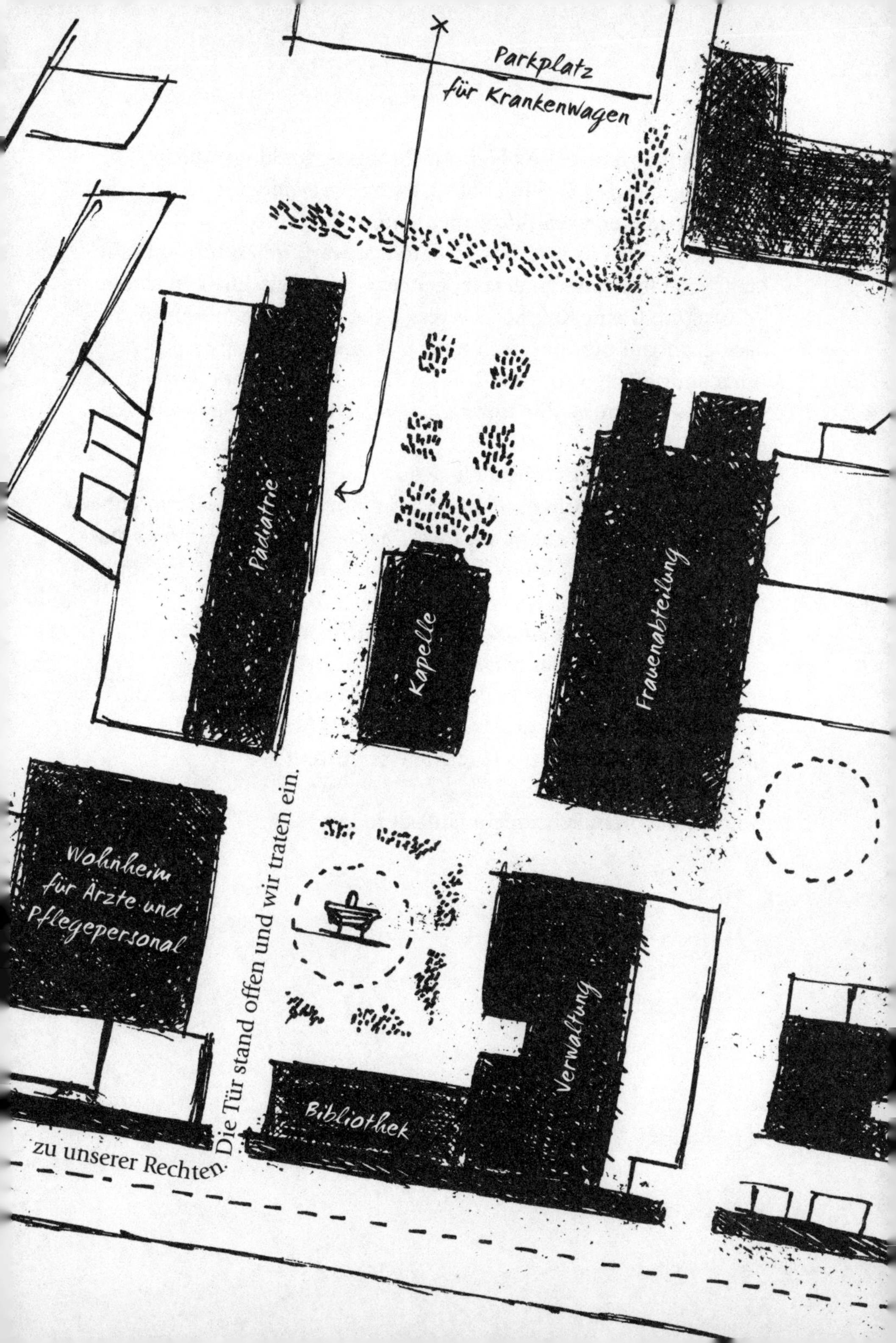

Die Pädiatrie, also die Abteilung für Kinder und Jugendliche, war ein einziger großer Saal mit blau gekachelten Wänden, in dem zwei Reihen schmaler, weiß bezogener Betten standen.

Als ich einen ersten Blick in den Saal warf, fielen mir auf: ein Mädchen mit schmerzhaft verzogenem Gesicht, ein Junge in einem Rollstuhl und eine Krankenschwester, die gerade einen Jungen zudeckte, der auf die Laken sabberte.

Ich spürte einen dicken Kloß im Hals. Ab heute sollte ich hier leben. Es kam mir völlig unmöglich vor. Dieser Ort passte einfach nicht zu mir.

»Ich will hier weg«, murmelte ich.

Ich hatte versprochen, nicht zu jammern, aber das war mir einfach rausgerutscht. Zum Glück war Mama so verzweifelt, dass sie es nicht mitbekam. Señor Tanaka aber hatte es gehört, er hörte immer alles.

Er wandte sich mir zu und lächelte mich aufmunternd an.

»*Ganbarimasu*«, sagte er leise.

Das ist japanisch und bedeutet: »Wir werden unser Bestes tun«, aber auch »Nur Mut!«, und »Machen wir das Beste draus«. Es sollte mir Kraft geben und ich wiederholte es flüsternd.

Ganbarimasu.

Los, Laila, man kehrt nicht einfach so um.

Sie betrat das Nest und blieb steif wie ein Eiszapfen stehen.

Vielleicht war sie ja auch tatsächlich aus Eis, mit ihrer schneeweißen Haut. Sie hielt eine Tasche in der Hand und wirkte wie jemand, der gerade eine Maus verschluckt hatte.

Verstehe ich aber auch. Wenn man das erste Mal hier reinkommt, kann man schon einen Schreck bekommen. Besonders an den miesen Tagen, wenn Milas Gesicht sich nach rechts verzieht und Carlos wie ein nasser Sack in seinem Rollstuhl hängt. Und was Leo betrifft ... Na ja, der sieht immer schlimm aus. Ihn hat es böse erwischt. Sein Kopf ist so aufgedunsen wie der eines Seeungeheuers.

Das Grünschnäbelchen sah aus, als würde es gleich losschreien, das konnte man an seinem Gesicht erkennen, aber sofort nahmen rechts und links von ihm seine Schutzengel Aufstellung. Also eine ebenso hellhäutige Frau und ein Mann mit einem steifen Rücken und einem Lächeln, das alles andere als steif war.

»Ist das hier die Pädiatrie?«, fragte die Schutzengelin mehr oder weniger auf Spanisch.

»Ja«, antwortete De La Torre.

»Und es gibt keine Einzelzimmer?«

Nein, natürlich nicht.

»Aber Jungen und Mädchen sind im selben Raum!«

»In zwei getrennten Reihen«, stellte De La Torre fest.

»Das hätten Sie mir vorher sagen sollen. Ich hätte niemals erlaubt ... Es ist völlig inakzeptabel.«

Die Schutzengel begannen, miteinander zu diskutieren. Professor

De La Torre schlug vor, in sein Büro zu gehen. Das Grünschnäbelchen ließen sie einfach mitten im Nest stehen.

Das fing ja gut an!

Ich hatte mich kurz zuvor aus Spaß unter Milas Bett versteckt und beobachtete das Ganze von dort aus. Ich stellte mir vor, wie ich plötzlich dort rauskommen würde und wie das Mädchen gucken würde. Doch es drehte sich auf dem Absatz um und lief zurück in den Hof.

Aus dem Büro des Professors drang die Stimme der Schutzengelin: »Sie wissen sehr wohl ... Sie ist die Tochter eines ausländischen Diplomaten! Sie kann nicht in einem Gemeinschaftssaal schlafen!«

Und der Professor: »Aber es gibt in der Pädiatrie keine Einzelzimmer.«

Und die Schutzengelin: »Vielleicht könnte man sie in eine andere Abteilung verlegen?«

Und der Professor: »Es gibt in keiner Abteilung Einzelzimmer ...«

Und die Engelin: »Dann fahren wir eben wieder nach Hause und machen mit den Hausbesuchen weiter!«

Und der Professor: »Señora, wir wissen alle, dass dieses Viertel einen schlechten Ruf hat, doch die Klinik ist eine geschützte Insel. Auch wenn die Gebäude nicht gerade die allerneuesten sind, so verfügen wir doch über exzellentes Personal und die besten medizinischen Geräte. Wir haben hier genau das, was Laila braucht ...«

Schließlich suchten sie für das Grünschnäbelchen dasjenige Bett aus, das am weitesten von der Tür entfernt war. Das Bett neben dem von Fortuna. Sie stellten ringsherum stoffbespannte Wandschirme auf. Das Grünschnäbelchen wurde nicht um seine Meinung gefragt, aber es schien damit einverstanden zu sein. Vielleicht war es froh, dass es Mila, Carlos, Jordi und all die anderen so nicht sehen musste. Denn nachdem es seinen Koffer unter das Bett geschoben hatte, ging es mit den Schutzengeln in den Garten.

Während sich das alles abgespielt hatte, hatten wir stumm und wie hypnotisiert zugeschaut, doch sobald die Neue den Saal verlassen hatte, begann die übliche Tratscherei.

»Was glaubt ihr, wer sie ist?«, fragte Cisco.

»Eine Prinzessin …«, raunte Mila.

»Du hältst immer alle für Prinzessinnen«, widersprach ich. »Ich habe gehört, was die Schutzengelin gesagt hat. Sie ist die Tochter eines ausländischen Diplomaten.«

»Was ist ein *Piplomat*?«

»Carmelita, stör uns jetzt nicht, wir erklären es dir ein andermal …«

»Findet ihr, dass sie spricht, richtig spricht, so wie wir sprechen, spricht?«, fragte Jordi.

Das war eine gute Frage. Denn falls das Mädchen tatsächlich Spanisch sprach, konnten wir es im Nest willkommen heißen. Sonst natürlich nicht.

Es war eine wichtige Angelegenheit, die gründliche Recherchen erforderlich machte. Deshalb verabschiedete ich mich von den anderen und ging das Grünschnäbelchen suchen, das, wie ich inzwischen wusste, Laila hieß. So hatte es die Schutzengelin genannt. Ich fand Grünschnäbelchen allerdings passender.

Ich entdeckte sie alle drei unter der Pergola. Sie aßen *Tamales*, diese in Maisblätter eingewickelten Teigtaschen, die sie sich wer weiß wo besorgt hatten, denn in der Klinik gab es mittwochs immer Huhn mit Reis.

Jeder der drei saß für sich da, mit gesenktem Kopf und einem Buch in der Hand.

Wie seltsam, dachte ich. Wenn sie zusammensitzen, warum reden sie dann nicht? Welchen Sinn machte es, schweigend beieinanderzusitzen?

Ich beobachtete sie noch eine Weile, dann kehrte ich zum Nest zurück. Ab und zu flitzte ich noch mal nach draußen, um einen Blick unter die Pergola zu werfen, aber da tat sich nichts.

Sie blieben einfach so sitzen, bis es fünf wurde und Frau Doktor Biest hinausging und mit ihrem schrillen Stimmchen zu ihnen hinüberrief: »Die Besuchszeit ist um. Sie müssen jetzt die Klinik verlassen.«

Gemeint waren die beiden Schutzengel.

Als das Grünschnäbelchen das hörte, füllten sich seine Augen mit Tränen und die Schutzengelin stand auf und ging noch mal zu

De La Torre. Der schien guter Laune zu sein, weil er den beiden erlaubte, eine weitere Stunde zu bleiben. Doch dann war Schluss. Die beiden Engel mussten wieder in ihr Auto steigen, eine irre lange, glänzende schwarze Schüssel.

»Ich komme morgen früh, sobald sie das Tor aufmachen«, versprach die Engelin dem Grünschnäbelchen.

Laila nickte, mit Augen, die so feucht waren, dass es mir einen Stich versetzte. Sie schaute dem Auto nach, bis es hinter dem Tor verschwunden war.

In diesem Moment wollte ich eigentlich aus meinem Versteck herausspringen und mich vorstellen, doch das Grünschnäbelchen sauste ins Nest und verschwand sofort hinter den Wandschirmen.

Dort blieb es die ganze Nacht, ohne auch nur ein Mal hervorzukommen, um Pipi zu machen, und das Schlimme ist, dass ich es die ganze Zeit über im Dunkeln schniefen hörte, **SCHNIEF, SCHNIEF**.

Ich überlegte, ob ich es mit einem Witz aufheitern könnte, doch Carlos meinte, ich solle das lieber lassen, und vielleicht hatte er recht.

Die vielen Tränen hatten auch mich traurig gemacht. Deshalb ging ich in die Werkstatt hinüber, um dort wie immer allein zu schlafen.

Am folgenden Tag kam um Punkt acht Uhr De La Torre mit einer Gruppe von Ärzten zur Visite. Sie standen um mein Bett herum und stellten mir eine Million Fragen über mich und mein »Problem«.

Alles hatte anderthalb Jahre zuvor angefangen, also kurz nachdem wir von Buenos Aires (einer tollen Stadt in Argentinien, wo ich ganz viele Freunde hatte) nach Peru umgezogen waren. Eines Nachmittags fuhr ich mit dem Skateboard durch die Gänge der Botschaft, was zwar verboten war, aber wahnsinnig viel Spaß machte, als ich plötzlich stürzte und mir eine Platzwunde am Kopf zuzog.

Sie brachten mich in die Notaufnahme eines Krankenhauses und auf die Frage einer Ärztin, wie ich gestürzt sei, antwortete ich wahrheitsgemäß: »Da war ein Hocker, den ich nicht gesehen habe.«

Ich fand, das war das Normalste von der Welt, doch sie war anderer Ansicht. Sie sprach mit meiner Mutter und überredete sie, mit mir zu einem Augenarzt zu gehen. Der schickte mich zu einem anderen Kollegen und so ging es immer weiter.

Bis der letzte Augenarzt sagte: »Das Problem sind nicht nur die Augen.«

So war ich schließlich bei Professor De La Torre gelandet, der Experte für seltene neurologische Krankheiten ist. (Der offizielle Name von *Santo Toribio* lautet übrigens *Nationales Institut für Neurowissenschaften.*)

Was ich eigentlich an den Augen habe? Das Hauptproblem besteht darin, dass ich in der Mitte gut und an den Seiten schlecht sehe.

Stell dir vor, du nimmst zwei Pappröhren wie die vom Toilettenpapier und hältst sie dir wie ein Fernglas vor die Augen. Du kannst damit zwar immer noch perfekt sehen, doch das Gesichtsfeld ist enger geworden … und wenn sich außerhalb dieses Gesichtsfelds ein Stuhl befindet und du darauf zugehst,

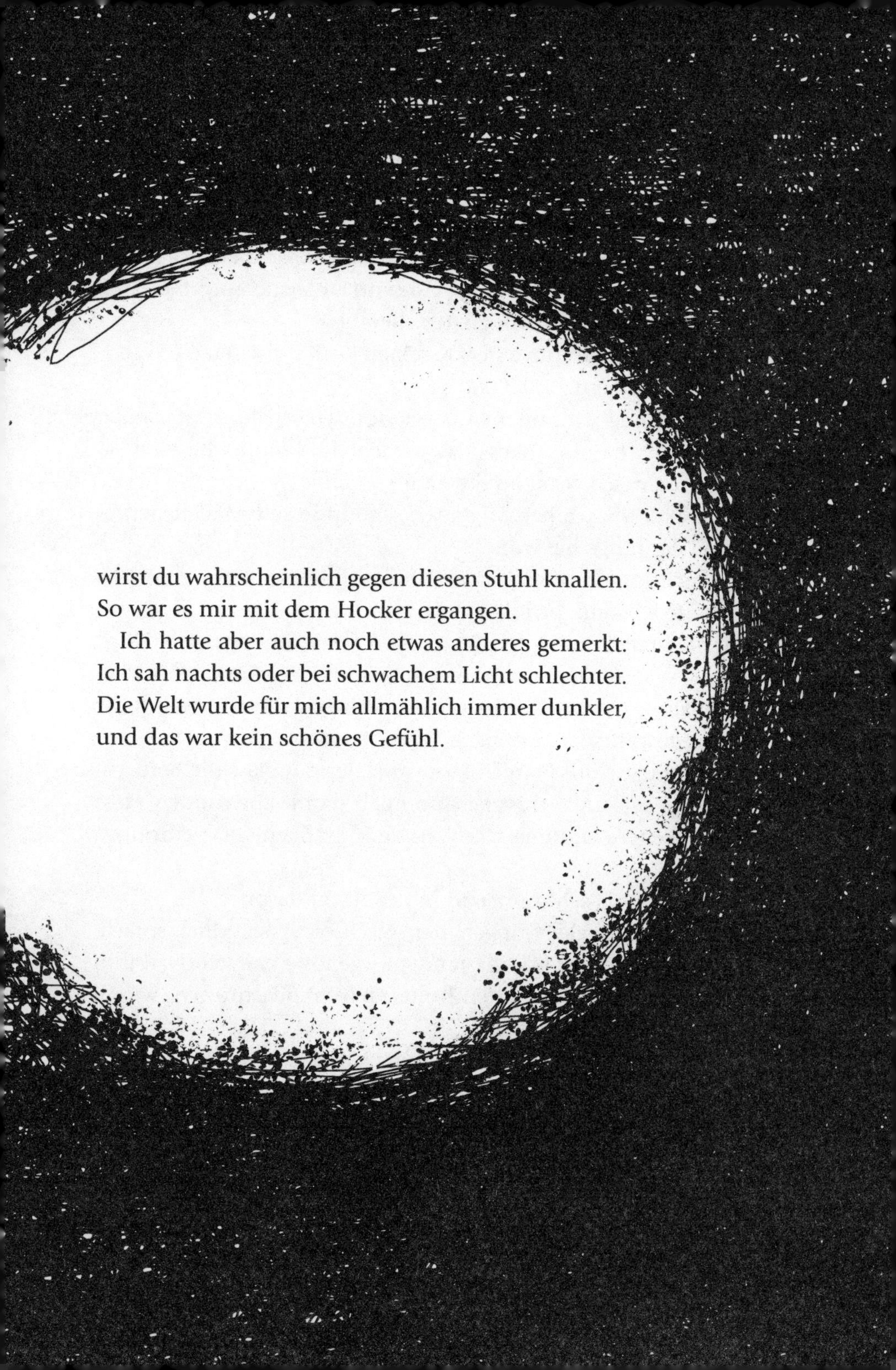

wirst du wahrscheinlich gegen diesen Stuhl knallen. So war es mir mit dem Hocker ergangen.

Ich hatte aber auch noch etwas anderes gemerkt: Ich sah nachts oder bei schwachem Licht schlechter. Die Welt wurde für mich allmählich immer dunkler, und das war kein schönes Gefühl.

An diesem ersten Tag in der Klinik untersuchte mich De La Torre sehr lange. Immer wieder leuchtete er mir in die Augen, außerdem musste ich komische Übungen machen, wie zum Beispiel mit einem Finger meine Nasenspitze berühren. Anschließend schrieben seine Assistenten eine lange Liste von Untersuchungen für den nächsten Tag auf und dann gingen sie weiter.

Ein kleiner dicker Junge steckte seinen Kopf zwischen die Wandschirme und schaute mich an.

»Der erste Tag ist immer, also, wie soll ich sagen, er ist immer, also, nicht leicht, also, hart.« Er nuschelte und murmelte mehr so in sich hinein, ich verstand ihn kaum.

»Sei still, Jordi, ich hab Migräne«, schimpfte eine Mädchenstimme, und der Junge lief weg.

Als mich Mama pünktlich auf die Minute um neun besuchen kam, hätte ich beinahe losgeheult.

Wir flüchteten uns in den Garten, genau wie am Tag zuvor. Doch diesmal las Mama mir etwas vor, einen finnischen Roman mit dem Titel *Taikurin Hattu*, »Der Hut des Zauberers«, in dem es um die Mumins ging, lustige rundliche Trolle.

Um fünf teilte uns Frau Doktor Gonzales mit, dass die Besuchszeit vorbei sei, und ich versuchte mich damit abzufinden, dass ich eine weitere einsame Nacht in dem Krankenhaus verbringen musste.

Doch es wurde schlimmer als in der Nacht davor.

Dem kleinen dicken Jungen, der so schwer verständlich sprach, ging es schlecht und ständig rannten irgendwelche Leute zu ihm hin. Ich sah ihre Silhouetten hinter den Wandschirmen, wie in einem Schattenspiel.

Als sich die Lage beruhigt hatte, war ich so übermüdet, dass ich nicht mehr einschlafen konnte.

Irgendwann hörte ich ein seltsames Geräusch, ein schrilles Kratzen, genau unter meinem Rücken.

Was mochte das bloß sein? Eine Maus? Krabbelnde Insekten? Kakerlaken?

»Wer ist da ...?«, flüsterte ich in die Stille hinein.

Vorsichtig rollte ich mich auf den Rand der Matratze und schaute unter das Bett, aber da war nur mein Koffer.

Vielleicht, dachte ich, habe ich mir das nur eingebildet.

Ich legte mich wieder in die Bettmitte, doch nach wenigen Augenblicken setzte das Geräusch erneut ein.

»Wer … wer ist da?«, stammelte ich. »Hör bitte damit auf!«

Doch das Geräusch wurde lauter und bald kam ein Heulen dazu: »uuuuuuuuuuuuuh!«

Es gibt auf der Welt nicht viele Wesen, die derartige Laute hervorbringen können: Gespenster, die aber nicht existieren, und Wölfe, doch die hält man nicht in Krankenhäusern.

Oder aber dämliche kleine Kinder, die jemandem einen Streich spielen wollen.

»uuuuuuuuuuuuuuuuuuuh!«, heulte die Stimme unter meinem Bett weiter.

Beim ersten Mal hatte ich mich zu langsam bewegt, deshalb versuchte ich dieses Mal, schneller zu sein.

Ich riss die Bettdecke beiseite, hechtete auf den Fußboden und kroch unter das Bett.

Ich bekam etwas zu fassen, das sich wie ein nackter Fuß anfühlte.

»He, was machst du da, lass mich los!«, flüsterte das Wesen auf Spanisch.

»Das kannst du vergessen«, erwiderte ich in derselben Sprache.

»Pass auf, ich beiß dich gleich.«

Das fand ich albern, denn da ich seinen Fuß festhielt, wäre es für ihn wesentlich einfacher, mir einen Tritt zu verpassen. Ich musste lachen.

»Warum lachst du? Blöde Kuh!«

»Selber blöd.«

»Nein, du!«

Anstatt zu antworten, drückte ich ihm meine Fingernägel in die Haut. Das Gespenst unter dem Bett versuchte, sich meinem Griff zu entwinden. Ich wollte es nicht entwischen lassen, deshalb zerrte ich es unter dem Bett hervor.

Zum Vorschein kamen ein Fuß und ein Knöchel, nach und nach

ein Hosenbeinsaum, das gesamte Bein, ein Hemd und schließlich ein ganzer Junge.

Er war ungefähr so alt wie ich, hatte dunkle Haut, kurze schwarze Haare und unglaublich abstehende Segelohren.

Ich hätte ihn gern noch etwas eingehender betrachtet, doch wie gesagt konnte ich im Dunkeln sehr schlecht sehen.

»Wer bist du?«, fragte ich. »Und warum willst du mir Angst machen?«

Ich war ziemlich wütend. Es war ja so schon schwer genug, an diesem furchtbaren Ort die Nacht zu verbringen …

»Also …?«, hakte ich nach.

»Uff«, erwiderte er. »Darum. Weil ich Lust dazu hatte.«

Er befreite sich aus meinem Griff und sprang auf. Dann drehte er sich um, streckte mir die Zunge raus und verschwand hinter den Wandschirmen.

»He, warte!«, rief ich ihm nach. »Was willst du von mir? Wer bist du?«

Hinter dem Stoffschirm erklang sein Lachen.

»Ich bin El Rato«, sagte er.

Ich hörte ihn schnell durch den Saal laufen (auf die Tür zu, nahm ich an), dann verhallten seine Schritte im Hof.

Er war draußen, dort wo der Wind wehte und der Mond schien.

Jedes Mal, wenn jemand Neues ins Nest kommt, umschwärmen die Ärzte ihn oder sie und sehen so glücklich aus wie Kinder an Weihnachten.

Deswegen machten sie um das Grünschnäbelchen auch so ein Theater. Vor allem De La Torre und seine getreuen Assistenten, nämlich Doktor Fernandez und das Biest. Jeden Morgen veranstalteten die drei mit ihrer Patientin irgendetwas Neues: Sie nahmen Proben, untersuchten ihr Blut oder machten ein Enzephalogramm (dafür bekommt man eine Haube voller Elektrosensoren aufgesetzt und eine Maschine schreibt auf Papier lauter Zacken auf, die das Gehirn macht, oder so ähnlich).

Bei mir hatten sie noch nie ein Enzephalogramm gemacht, dabei lebte ich in *Santo Toribio*, seit ich auf die Welt gekommen war! Deshalb war ich ein bisschen neidisch.

Wesentlich neidischer war ich allerdings auf Lailas Schutzengel. Die kamen jeden Morgen, und sie verbrachte den ganzen Tag mit ihnen. Außerdem brachten ihr die beiden immer wahnsinnig viele Geschenke mit, zum Beispiel total leckeres Eis, das sie ganz allein aß, ohne uns auch nur das kleinste bisschen davon anzubieten.

Das Tollste aber war ein Metallkästchen mit Knöpfen, an dem eine Schnur mit einem Kopfhörer hing. Sie legte Audiokassetten ein, und wenn die Batterien lange genug hielten, konnte sie eine oder sogar zwei Stunden lang Musik hören!

Sie nannte das Kästchen ihren Walkman. Ich hätte diesen Walkman furchtbar gern ausprobiert, deshalb schwirrte ich immer um das Grünschnäbelchen herum, wenn es sich die Kopfhörer aufsetzte. Vielleicht war es ja mal abgelenkt und ich konnte mir den Walkman ausleihen.

Dann, eines Nachmittags, traf ich Laila allein an. Sie saß unter dem Bogengang auf einer Bank und las ein Buch. Ein dicker Wälzer mit einem entsetzten Gesicht vorne auf dem Umschlag. Über dem Gesicht stand *Stephen King* und darunter *The Stand*, aber ich wusste nicht, was das bedeutete.

Neben ihr auf der Bank lagen ihre Tasche und darauf der Walkman. Ausgeschaltet sah er ganz traurig und einsam aus.

Weil die Bank direkt an der Wand stand, konnte ich mich nicht von hinten anschleichen. Doch ich könnte so tun, als ob nichts wäre, und mich dann bücken, ihn mir schnappen und weglaufen. Laila las und würde es vielleicht gar nicht merken. Auf jeden Fall konnte ich wesentlich schneller laufen als ein Mädchen.

Ich näherte mich ganz langsam. Das Grünschnäbelchen rührte sich nicht. Also wurde ich kühner und ging näher ran.

Es fehlten nur noch wenige Zentimeter, doch im allerletzten Moment schnellte sie vor und ergriff meinen Arm.

Was sollte ich jetzt nur tun?

Ich grüßte sie. »Hallo, Laila.«

»Ich habe dich erwischt! Dieses Mal entkommst du mir nicht!«

»Warum sollte ich entkommen wollen?« Ich war wirklich neugierig.

»Letztes Mal hast du versucht, mir einen Streich zu spielen, und ich wollte dir eine Lektion erteilen.«

»Wann soll das gewesen sein?«

»Als du unter meinem Bett warst.«

Ich hatte das etwas anders in Erinnerung.

»Und jetzt wolltest du mir den Walkman stehlen!«, sagte sie.

»Für wen hältst du mich?«, protestierte ich. »Ich bin doch kein Dieb. Ganz im Gegenteil, vielleicht bist du die Diebin, weil ich nämlich einen Walkman habe, der ganz genauso aussieht und den ich zufällig seit ein paar Tagen nicht mehr finden kann.«

Sie biss sich auf die Lippen, bevor sie entgegnete: »Das stimmt doch gar nicht! Du hast noch nie einen Walkman gehabt!«

»Stimmt doch! Und wenn du ihn mir gibst, werde ich es dir beweisen.«

So würde ich ihn wenigstens ein Mal in die Hand nehmen können.

»Auf gar keinen Fall! Außerdem … woher weißt du überhaupt meinen Namen? Du hast mich eben Laila genannt.«

Daraufhin musste ich lachen. »Das ist doch leicht«, sagte ich. »Ich kenne alle hier in der Abteilung. So viele sind wir gar nicht.«

Sie schaute mich zweifelnd an. »Bist du etwa auch ein Patient? Aber warum trägst du dann keinen Pyjama?«

»Ich besitze eine Sondererlaubnis«, erwiderte ich. »Ich wohne praktisch schon immer hier. Du musst wissen, dass ich ein ganz besonderer Patient bin. Ein äußerst interessanter Fall. Einzigartig auf der ganzen Welt! Die hervorragendsten Ärzte schreiben dicke Bücher über mich.«

»Du wirkst gar nicht so, als würde es dir schlecht gehen.«

»Du aber auch nicht.«

»Das stimmt. Aber wenn du wirklich ein Patient bist, warum schläfst du dann nicht bei uns im Saal?«

Es gab genau eine Sache, die ich nicht ausstehen konnte, und das waren Fragen, besonders Fragen, die mit meinem Privatleben zu tun hatten.

MIT MEINEM GEHEIMNIS

»Weil es mir so lieber ist. Ich darf das, weil ich der Sohn eines Arztes bin. Guck mich nicht so an. Kinder von Ärzten können doch auch krank werden, oder?«

Ich hatte den Eindruck, dass mir dieses seltsame Mädchen kein Wort glaubte. Deshalb reckte ich mich zu voller Größe auf und sagte: »Mein vollständiger Name lautet Juan Pablo Brown Mamani.«

»Der erste Nachname ist der des Vaters, stimmt's? Und der zweite der von der Mutter.«

»Klar«, antwortete ich. Ich fand das ganz normal. In Peru ist das nun mal so.

Sie wirkte verblüfft. Inzwischen hatte sie den Walkman in ihrer

Tasche verstaut, die sie an ihre Brust drückte. Damit waren meine Hoffnungen, das Ding zu fassen zu kriegen, zunichte gemacht.

»Halt, warte mal. Wenn der erste Nachname der deines Vaters ist, dann heißt das, dass du der Sohn von Doktor Brown bist?« Laila warf den Kopf in den Nacken und lachte laut, was ich ganz und gar nicht nett von ihr fand. »Das ist doch nicht möglich! Doktor Brown ist mindestens neunzig Jahre alt, wahrscheinlich sogar älter! Er kann nicht dein Vater sein.«

»Doch, ist er aber.«

»Das glaube ich dir nicht.«

»Es ist aber so. Ich schlage dir Folgendes vor: Wenn ich dich davon überzeugen kann, dass er wirklich mein Vater ist, darf ich mir dafür auf deinem Walkman ein paar Lieder anhören. Was hältst du davon?«

Sie überlegte kurz. »Okay.«

Ich wusste, dass Doktor Brown um diese Zeit immer in der Neuromotorik ein Nickerchen hielt, und tatsächlich fanden wir ihn dort. Er lag auf einer Massageliege, inmitten von Medizinbällen, Yogamatten, Sprossenwänden und all dem anderen Zeug.

Doktor Edward Brown war ein sehr alter Herr mit einer dicken, glänzenden Haut, die an Schildkrötenhaut erinnerte, und einer mit Klebeband zusammengeflickten Brille.

Wegen seines hohen Alters war er schon seit Langem im Ruhestand. Trotzdem kam er jeden Tag ins *Santo Toribio*. Die Ärzte fragten ihn ständig nach seiner Meinung, und zwar nicht aus Höflichkeit, sondern weil er wirklich mehr draufhatte als alle anderen zusammen.

»In der Medizin geht es um Zahlen«, sagte De La Torre gern. »Um ein guter Arzt zu werden, muss man viele Jahre praktiziert haben. Und Doktor Brown hat länger praktiziert als jeder andere Arzt.«

Obwohl er alt war, war er total fit, was man auch daran merkte, dass er sofort die Augen aufschlug, als wir den Raum betraten.

»Papito!«, begrüßte ich ihn herzlich. »Schau mal, wen ich mitgebracht habe.«

»Oh, Laila«, sagte er. »Wie geht es dir? Gewöhnst du dich allmählich an das Leben hier?«

»Na ja … mehr oder weniger.«

»Man braucht Geduld, vor allem am Anfang. Ich hoffe, dass El Rato dir hilft, dich einzugewöhnen. Aber pass auf, dass du durch ihn nicht in Schwierigkeiten gerätst. Mein Sohn ist ein Lausebengel, dem ständig irgendein neuer Unfug einfällt …«

Er kicherte vor sich hin, bis aus dem Kichern ein Hustenanfall wurde.

Ich wusste, dass er eine ganze Weile weiterhusten würde, also verabschiedeten wir uns und liefen wieder raus.

»Hast du gehört, was er gesagt hat?«, fragte ich Laila draußen. »Er hat gesagt, dass ich sein Sohn bin. Glaubst du mir jetzt?«

»Ja, ich glaube dir. Aber warum nennt er dich El Rato? Das ist ein komischer Spitzname … Er bedeutet doch *der Augenblick*, oder?«

»Ja, genau«, sagte ich leise. »Meine Mutter hat ihn erfunden, aber sie ist nicht mehr da.«

»Das tut mir leid.«

»Ach, es ist schon so lange her. Jedenfalls sagte Mama immer, dass meine Geburt der wichtigste Moment in ihrem Leben gewesen sei. Sie sagte, im Leben eines jeden von uns gibt es einen Moment, der wichtiger als alle anderen ist, und dass ich eines Tages auch so einen Moment erleben würde.«

Laila schaute mich an, als erwarte sie, dass ich noch etwas hinzufügen würde, doch ich wollte über diese Angelegenheit kein Wort mehr verlieren und dachte nur noch daran, dass ich mir den Walkman jetzt eigentlich verdient hatte.

Ich streckte meine Hand aus und Laila holte ihn aus der Tasche. Auf dem silbern glänzenden Rahmen stand *SONY RECORDING WALKMAN* und unter der Klappe *AUTOREVERSE*.

Ich wusste nicht, was diese Wörter bedeuteten, doch sie kamen mir verheißungsvoll vor.

»Leider habe ich nur eine einzige Kassette und die ist nicht so besonders«, meinte Laila. »Peruanischer Rock von *Frágil*.«

»Ich mag *Frágil* sehr«, beeilte ich mich zu versichern, obwohl ich von dieser Gruppe noch nie etwas gehört hatte.

»Was hörst du denn sonst so? Zu Hause habe ich ganz viele Platten. Ich mag Rock, zum Beispiel *Pink Floyd*. Aber auch *Metal*. Hast du schon mal *Iron Maiden* gehört?«

»Mir sind *Fragil* lieber.«

»Klar, weil sie Peruaner sind. Jedenfalls muss ich Señor Tanaka bitten, mir ein paar neue Kassetten zu besorgen. Wenn du jetzt erst mal die hier anhören willst … Setz dir den Kopfhörer auf und drück auf den Knopf da. Es ist ganz leicht.«

Ich tat, wie sie gesagt hatte, drückte auf den Knopf und **WOAM!**

Das Solo einer elektrischen Gitarre explodierte in meinen Ohren, dicht gefolgt von einem derart lauten Schlagzeugsolo, dass mein Gehirn erbebte.

In genau diesem Augenblick machte ich zwei wichtige Entdeckungen.

Erstens, dass mir *Fragil* tatsächlich gefiel.

Und zweitens, dass mir auch Laila gefiel.

El Rato kennenzulernen war das Beste, was mir passieren konnte.

Er war kaum größer als ich und mager, mit dunkler Haut und indianischen Gesichtszügen: ein Halbblut, ein Mestize, ein *Cholo* (das ist ein etwas herabsetzender Ausdruck, den die Peruaner häufig verwenden).

Manchmal kam er mir ein bisschen überdreht vor. Trotzdem zog es mich immer wieder zu ihm hin. Wie eine Nadel zu einem Magneten.

Am Nachmittag nach der Walkman-Geschichte stand er, nachdem Mama und Señor Tanaka nach Hause gegangen waren, plötzlich grinsend hinter mir.

»Bist du endlich frei?«, fragte er.

Es sollte zu unserem Ritual werden. Jeden Tag, gleich nachdem das Auto weggefahren war und meine Mutter und mein altes Leben mit sich genommen hatte, kam El Rato und fragte: »Bist du endlich frei?«

So, als ob ich hätte froh sein sollen, dass ich wieder allein war.

»Wenn du dich hier einsam fühlst, bist du selbst schuld«, meinte er eines Tages zu mir. »Du bist schon so lange hier und hast das Nest noch gar nicht kennengelernt.«

»Was für ein Nest denn?«

El Rato lachte und führte mich in unsere Abteilung, die voller Kinder war.

»Ta-taaa! Willkommen im Nest!«, sagte er.

Ich war ein bisschen enttäuscht. Ich hatte wer weiß was erwartet.

Doch dann drehten sich alle lächelnd zu mir um. Es war das erste Mal, seit ich da war, dass sie sich so verhielten.

»Señoras und Señores«, verkündete El Rato, »das Grünschnäbelchen hat beschlossen, Teil unserer Familie zu werden!«

Alle klatschten. Der Junge im Rollstuhl beschrieb mit seinem fahrbaren Untersatz Pirouetten, das Mädchen mit dem seltsamen Gesicht sprang vom Bett herunter und kam angerannt, um mich zu umarmen.

»Du bist eine Prinzessin, stimmt's?«, sagte sie. »Aber Leo behauptet, du wärst eine *Piplomatin*.«

Ich strich ihr übers Haar, ohne zu verstehen, was sie meinte.

Alle kamen und stellten sich mir vor: Mila, Carlos, Carmelita, Alvaro, Leo, Adrian, Cisco, Fortuna, Jordi, Pia …

Sie wussten bereits eine Menge über mich. Dass ich gern las und dass ich Ausländerin war, obwohl ich Spanisch sprach. Und dass mein Vater Diplomat war.

Ich fühlte mich schlecht, weil ich mich überhaupt nicht für sie interessiert hatte. Für mich waren sie nur »Wasserkopf«, »Versteckt-sich-unter-der-Bettdecke«, und so weiter. Ich kam mir ganz schön blöd vor.

»Hast du Lust, Karten zu spielen?«, erkundigte sich Carlos und zog ein lädiertes Kartenspiel aus der Tasche.

»Ich weiß gar nicht, wie das geht«, erwiderte ich.

»Kannst du noch nicht mal *Truco* spielen?«

»*Truco* ist leicht«, meinte Mila.

»*Truco* ist, ist, dings, also, *Truco* ist, also, ich, *Truco*, ich kann das nicht spielen«, stellte Jordi traurig fest.

»Sei mir nicht böse«, meinte Carlos, »aber dir fällt es ja schon schwer, den Reißverschluss von deiner Hose zuzumachen. Ich bin mir sicher, dass Laila es lernen kann. Versuchen wir's einfach mal.«

Sie erklärten mir die Regeln. Jeder Spieler bekam nur drei Karten. Wenn man an der Reihe war, musste man »ich biete« oder »*Truco*« sagen. Die anderen konnten dann entweder »ich will« antworten oder »ich will nicht«. Das Zählen der Punkte war kompliziert, doch das übernahm immer Carlos.

Jedenfalls machte es Spaß, »*Truco!*« zu rufen, und wir spielten den ganzen Nachmittag lang.

Ich fand heraus, dass sie alle unterschiedlich lange in der Klinik waren: Mila seit elf Tagen, Fortuna seit vierzehn und Leo sogar schon seit einem Monat. Manche, wie zum Beispiel Carlos, der nur einen Tag vor mir ins Nest gekommen war, waren schon öfter hier gewesen.

Im Grunde wusste keiner, wann er wieder nach Hause durfte, und El Rato war zum Kommandanten der ganzen Bande erklärt worden, und zwar aus mehreren Gründen: Zum einen war er von allen am längsten hier in der Klinik (schon seit immer, hatte Fortuna gesagt). Zum anderen verlangte niemand von ihm, dass er einen Pyjama trug, er musste nicht in unserem Saal schlafen und brauchte auch nicht die allmorgendliche Visite über sich ergehen zu lassen.

El Rato wusste alles, kannte alle und konnte tun und lassen, was er wollte.

Ich versuchte, in Gesprächen mit den anderen mehr über ihn herauszufinden, doch jeder gab mir eine andere Erklärung für seine Sonderstellung.

»Das liegt daran, dass er der Sohn eines Arztes ist.«

»Mir hat er gesagt, er ist ein Prinz.«

»Ach was, das hat ganz andere Gründe. Er hat mal dem Direktor der Klinik das Leben gerettet, als der beim Essen beinahe erstickt wäre. Seither liebt der Direktor ihn.«

»El Rato ist, wie El Rato ist, also, dings, El Rato, was wollte ich eigentlich sagen?«

Natürlich hatte ich auch versucht, ihn direkt zu fragen, doch ich bekam nie eine vernünftige Antwort. El Rato erfand jedes Mal eine andere vollkommen absurde Geschichte.

Wie an dem einen Sonntag, als Mama später als sonst kam.

»Ich habe eine Überraschung für dich«, sagte sie, als sie aus dem Auto stieg.

Auf dem Rücksitz saß meine Freundin Ana.

Sie war die Tochter eines Politikers und wir gingen in dieselbe Klasse, wo wir auch nebeneinandersaßen. Ich mochte sie, weil sie das einzige Mädchen war, das genau wie ich abends langweilige Galadinner und Cocktailpartys über sich ergehen und dabei Sachen wie »Ich bin entzückt« oder »Exquisit!« oder »Welch eine Ehre!« sagen musste.

Wegen der ganzen Untersuchungen und weil ich jetzt in der Klinik war, hatte ich sie schon lange nicht mehr gesehen. Als ich zu ihr lief, um sie zu umarmen, merkte ich, dass sie verlegen war.

»Warum … warum hast du einen Schlafanzug an?«

»Hier tragen alle einen Schlafanzug, ich bin doch im Krankenhaus«, erwiderte ich.

»Oh. Zeigst du mir dein Zimmer?«

Ich errötete und Mama erklärte: »Laila hat kein eigenes Zimmer, weil es hier leider keine Einzelzimmer gibt. Aber wir haben eine wunderbare Lösung gefunden, mit Wandschirmen. Willst du deiner Freundin nicht zeigen, wo du schläfst?«

Nein, logischerweise wollte ich das nicht. Ich konnte mir gut vorstellen, was Ana für ein Gesicht machen würde, wenn sie die Kinder im Nest sah. Sie würde wie vom Blitz getroffen in der Tür stehen bleiben, so wie es mir an meinem ersten Tag ergangen war.

»Nachher vielleicht …Können wir uns unter die Pergola setzen? Um uns zu unterhalten?«

»Ja, macht das mal, ich gehe inzwischen zu Professor De La Torre.«

Mama war nervös, weil immer noch nicht klar war, was ich hatte, obwohl ich schon so lange hier war. Ich hatte das Gefühl, dass sie allmählich ihr Vertrauen in die Ärzte verlor (wenn sie überhaupt jemals welches gehabt hatte).

Also schaute ich ihr nach, wie sie in eines der Gebäude ging, und setzte mich dann mit Ana auf eine Bank. Zögernd erzählte ich ihr, dass mir mein Zuhause fehlte und sogar die Schule.

Ana kicherte. »Das glaube ich gern.«

Dann erzählte sie mir die neuesten Neuigkeiten, etwa dass Eva jetzt mit Aldo ging, dass sich Diego im Musikunterricht furchtbar blamiert hatte, und so weiter. Ich gab mir Mühe, interessiert zu wirken, tatsächlich aber langweilte ich mich zu Tode.

Zum Glück erblickte ich nach einer Weile El Rato, oder besser gesagt erblickte er uns. Breit grinsend sprang er über die Hecke.

»Hallo, Laila, wer ist denn das?«

»Ich bin Ana.«

»El Rato.«

»Der … *Augenblick?*«

»Und was für ein Augenblick!«, erwiderte er nickend.

»Ana geht in meine Klasse. Und El Rato lebt hier, so wie ich.«

»Du bist ein Patient?«, fragte Ana und betrachtete entsetzt seine Kleidung.

»Patient, seit ich geboren bin«, rief er fröhlich. »Ich bin ein sehr, sehr seltener Fall. Hat Laila dir schon die anderen Irren vorgestellt?«

»Die … was?«

»Die Kids vom Nest. Sie sehen alle ein bisschen schräg aus, aber sie sind in Ordnung. Aufpassen muss man eigentlich nur bei Carmelita. Seit Neuestem macht sie wegen ihrer Krankheit überall Pipi. Wenn du ihr zu nahe kommst, könnte dein Kleid nass werden.«

Ana wurde ganz bleich im Gesicht. Als Mama zurückkam, sagte sie ihr, sie fühle sich nicht wohl, und bat meine Mutter, sie wieder nach Hause zu bringen.

Kurz darauf fuhren sie weg und ich war total wütend auf El Rato. Was hätte es ihn gekostet, zu Ana freundlich zu sein?

Doch er zuckte nur mit den Schultern. »Man hat schon von Weitem gesehen, dass sie dir auf die Nerven gegangen ist«, entgegnete er. »Außerdem ist es besser so, glaub's mir. Die Leute von draußen passen nicht zu uns. Wir sind die Kranken und sie sind die Gesunden. Es ist wie eine Mauer, verstehst du? Ich habe dir nur viele langweilige Stunden erspart.«

»Ana ist gar nicht so übel. Hast du denn nie einen Freund von außerhalb gehabt? Also einen, der nicht hier in der Klinik ist?«

»Klar, ganz viele.«

»Und wer sind die?«

»Vielleicht verrate ich dir das eines Tages. Aber komm jetzt erst mal mit ins Nest. Ich habe eine fantastische Idee.«

»Was für eine Idee?«

El Rato grinste nur und nahm mich bei der Hand.

»Komm mit und du wirst es sehen!«

Ich hatte überhaupt keine fantastische Idee. Es war nur so, dass Laila meinem Geheimnis immer näher kam und ich nicht wollte, dass sie es enthüllte. Deshalb sagte ich einfach irgendwas, und in der Zeit, die wir brauchten, um von der Pergola in unsere Abteilung hinüberzugehen, fiel mir zum Glück etwas ein.

»Heute werden wir Schwester Felipa einen Streich spielen«, rief ich, kaum dass ich das Nest betreten hatte.

Schwester Felipa war eine der Nonnen, die sich um die Kapelle kümmerten und sonntags alle Abteilungen besuchten, um die heilige Kommunion auszuteilen und uns zu segnen.

Allerdings mochten wir Schwester Felipa nicht besonders, denn sie war immer so rührselig und sagte ständig »ihr armen Kinder«, »ihr Engelchen des Herrn« und ähnlichen Quatsch.

»Wie sollen wir ihr denn einen Streich spielen?«, fragte Carlos.

»Wir verstecken uns unter den Betten.«

»Ich kann das nicht … mit dem Rollstuhl …«

Ich verdrehte die Augen. Manchmal gingen mir die anderen total auf den Geist mit ihrem ständigen Gejammer. Aber da war nichts zu machen: Wenn es Probleme gab, war ich der Einzige, der sie lösen konnte.

»Du versteckst dich hinter Lailas Wandschirmen. Wenn die Nonne reinkommt, wird sie niemanden sehen und sich Sorgen machen. Und dann springen wir plötzlich alle raus und sie trifft der Schlag.«

»Das ist doch gemein, der armen Frau so was anzutun«, widersprach Laila. »Außerdem ist sie schon ziemlich alt.«

»Ich finde das auch eine blöde Idee«, protestierte Fortuna.

»Okay, stimmen wir ab.«

Logischerweise gewann ich, weil ich alle Stimmen bekam, außer die von den beiden Mädchen.

Schnell eilten wir auf unsere Plätze. Ich kroch unter Milas Bett, Mila unter das von Carlos, und so weiter. Die beiden Spielverderberinnen Laila und Fortuna überredeten wir, zusammen mit Carlos hinter die Wandschirme zu gehen, weil der Streich sonst nicht funktioniert hätte.

Ich war der Tür am nächsten und sah als Erster die Sandalen der Nonne, als diese den Saal betrat.

»Ach, die armen Kinder, die Engelchen des Herrn«, murmelte die Nonne vor sich hin. »Aber … wo seid ihr denn? Wo sind die alle? Gütiger Himmel, sie sind verschwunden. Oh Gott, sie wurden entführt!«

Ich sah, wie sie auf dem Absatz kehrtmachte.

»Hilfe! Die Kinder sind alle verschwunden!«

Wie aufs Stichwort hechteten wir aus unseren Verstecken und riefen: »**BU!**«

»Ah! Mein Herz!«

Die Nonne war völlig außer sich.

Carlos rollte mit seinem Rollstuhl hinter den Wandschirmen hervor, wirbelte auf einem Reifen herum und raste auf sie zu. Wenn sie nicht so durcheinander gewesen wäre, hätte Schwester Felipa dem Rollstuhl wahrscheinlich ausweichen können, doch sie reagierte nicht schnell genug und Carlos fuhr mit voller Wucht auf sie drauf. Die Nonne landete mit dem Rücken auf dem Boden und strampelte verzweifelt mit ihren dünnen Beinchen.

Das sah so witzig aus, dass wir alle laut herausplatzten. Doch leider tauchte hinter Schwester Felipa Frau Doktor Biest auf und hielt uns eine gepfefferte Strafpredigt. Unser Verhalten sei unannehmbar, Schwester Felipa hätte sich schlimm verletzen können, sie würde es De La Torre berichten, und so weiter.

»Ein bisschen recht hat sie schon«, sagte Laila später. »Ich finde, ihr müsst euch bei Schwester Felipa entschuldigen.«

»Ich wusste gar nicht, dass du so religiös bist.«

»Das bin ich auch nicht … Aber ich fände es trotzdem richtig.«

Ich hatte da nicht so wahnsinnig Lust drauf, doch Laila ließ nicht locker und deshalb gingen wir zusammen in die Kapelle, um Schwester Felipa zu suchen. Die Kapelle war klein, mit bunten Fenstern und ein paar abgenutzten Kirchenbänken. Vorne hing ein großes Kruzifix aus glänzend poliertem Holz.

»Das ist die Statue des *Cristo Pobre*«, erklärte ich Laila. »Der arme Christus. Komm mit!«

»Sie sieht so neu aus«, meinte Laila und zeigte auf das glänzende Holz.

»Ja, aber in Wirklichkeit ist sie sehr alt. Mehrere Hundert Jahre alt, glaube ich. Das Kreuz und die Figur sind ganz aus Holz, nur die Zähne und die Fingernägel nicht.«

»Und woraus sind die? Aus Zellulose oder so was?«

»Kann sein. Erkennst du, dass sie anders aussehen? Jedenfalls wurde das Material aus einer ganz besonderen peruanischen Pflanze gewonnen. Aus einer Pflanze, die heilig ist.«

Mir hatte das mal jemand erzählt, und um ehrlich zu sein, erinnerte ich mich nicht mehr an alle Einzelheiten. Aber das war ja egal, schließlich war niemand da, der mich korrigieren konnte.

»Weißt du überhaupt, wie diese Klinik entstanden ist?«, fragte ich Laila. »Vor vielen Jahrhunderten gab es einen Mönch, der José de Figueroa hieß. Eines Tages ging er in den Barrios Altos spazieren. Die Gegend galt damals schon als übles Viertel. Er kam an einer Müllhalde vorbei, wo die ekligsten Dinge herumlagen, sogar Tierkadaver. Plötzlich hörte er eine Stimme, die um Hilfe rief.«

»Wirklich?«

»Ja, wirklich. Also, ich an seiner Stelle wäre abgehauen. Der Mönch aber ging in die Richtung, aus der die Stimme kam, und fand einen sterbenden Mann. Er lud ihn sich auf den Rücken, um ihn nach Hause zu tragen und dort zu pflegen. Doch kaum hatte er sich den Mann aufgeladen, da erstrahlte, **BA-BAMMM!**, ein ganz helles Licht. Der Sterbende war gar kein Sterbender, sondern der *Cristo Pobre*, der arme Christus, der plötzlich wieder ganz gesund aussah.«

Laila warf mir einen zweifelnden Blick zu. »Und was ist dann passiert?«

»Der arme Christus sagte dem Mönch, er solle an der Stelle, wo sich die Müllhalde befand, ein Krankenhaus für unheilbar Kranke errichten. Und er sagte auch, dass er ihn und das Krankenhaus immer beschützen und viele Wunder vollbringen würde, und so weiter und so weiter. Amen.«

Während ich erzählte, hatte Laila die ganze Zeit über die Statue betrachtet, beinahe als erwarte sie, dass sie anfing zu leuchten.

»Glaubst du, dass das wahr ist?«, fragte sie.

Ich dachte darüber nach und schenkte ihr ein Lächeln. Dann ergriff ich ihre Hand und führte sie aus der Kirche heraus. So kam ich drum herum, mich bei Schwester Felipa zu entschuldigen, auch wenn das eigentlich richtig gewesen wäre. Aber ehrlich gesagt hatte ich einfach keine Lust dazu.

In einem Punkt hatte El Rato recht, und zwar damit, dass die Klinik alles veränderte.

Die Mauer, die mich von denen trennte, die draußen lebten, wurde mit jedem Tag höher.

Ich lebte praktisch in einer Blase.

Alle Tage waren gleich, und das, was draußen geschah, ging mich nichts mehr an. Insgesamt fühlte es sich irgendwie erstickend an.

El Rato war jedoch vom Gegenteil überzeugt.

»Macht es dir denn wirklich keinen Spaß, hier zu leben?«, fragte er mich. »Es ist doch fantastisch! Der schönste Ort der Welt!«

Ich fand das absurd und sagte ihm das auch.

»Das liegt nur daran, dass du *Santo Toribio* noch nicht so gut kennst. Hier gibt es alles, was man sich nur wünschen kann, und noch viel mehr!«

Er fing an, die (für ihn!) tollen Orte aufzuzählen: die Cafeteria, die Wäscherei, die Werkstatt, das Gebäude mit den Sprechzimmern. Die Behandlungsräume mit den vielen darin summenden Apparaten. Die Apotheke, die voller Dosen, Gläser und seltsam geformter Flakons war. Die Büros mit den Schreibmaschinen. Die

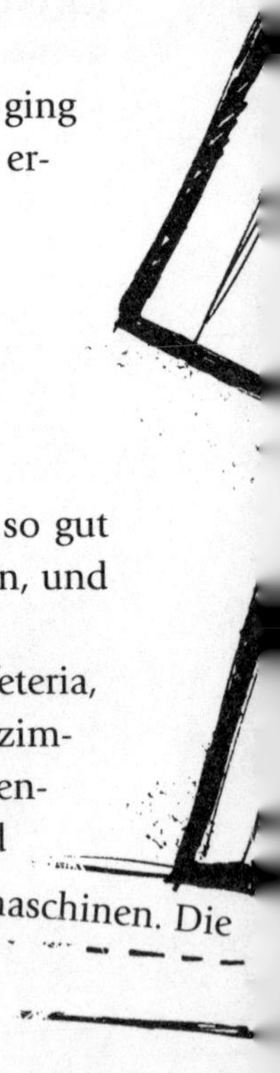

Ich muss ein skeptisches Gesicht gemacht haben, weil er mich fragte: »Glaubst du mir das nicht?«

(Nein, ich glaubte es ihm wirklich nicht.)

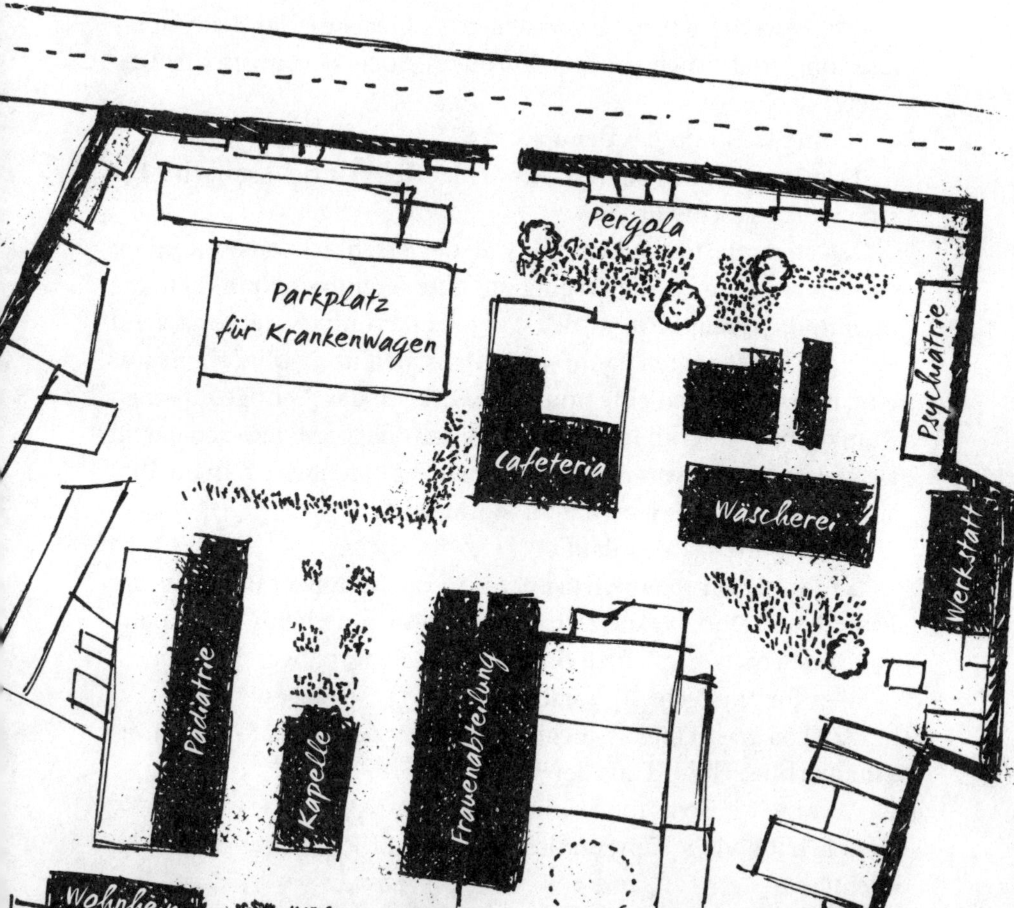

mit Akten gefüllten Archive. Die Bibliothek von Juan Suerte …

»Dann werde ich dir beweisen, dass hier an jeder Ecke Überraschungen auf dich warten. Du magst doch Horrorgeschichten, oder?«

»Woher weißt du das denn?«

»Das Buch da, das du liest. *The Stand*. Dem Umschlag nach ist es eine Horrorgeschichte.«

Das stimmte tatsächlich. Es war der erschreckendste Roman, den ich je gelesen hatte. Es ging um eine furchtbare Krankheit, die neunundneunzig Prozent der Weltbevölkerung tötete, sodass auf dem ganzen Planeten kaum noch Menschen übrig blieben. Es war eine makabre Geschichte und nicht wirklich das Richtige für einen Krankenhausaufenthalt. Mama wäre sehr dagegen gewesen, wenn sie gewusst hätte, was für einen Roman ich las, aber ich liebte ihn.

»Wie kommst du jetzt darauf?«, fragte ich.

»Folge mir«, sagte El Rato.

Er führte mich zu einem kleineren Gebäude auf der Rückseite des Klinikbaus. Dort befand sich eine Stahltür mit einem Drehknauf. Wir versuchten, die Tür zu öffnen, doch sie war abgeschlossen.

»Was für ein Pech …«, sagte ich.

»Ach, so was hält uns nicht auf«, entgegnete El Rato und holte einen Schlüsselbund aus der Tasche.

»Wer hat dir denn die Schlüssel gegeben?«

»Ich habe viele Geheimnisse. Bin ich El Rato oder bin ich es nicht?«

Wir betraten einen dunklen Raum voller Schränke, die bis zur Decke hinaufreichten.

»Du hast recht«, gab ich widerwillig zu. »Dieses Zimmer ist wirklich hässlich. Und es stinkt nach Schimmel. Aber richtiger Horror ist das noch nicht …«

»Wart's ab«, sagte er.

Er öffnete den Schrank, der ihm am nächsten war.

Ich trat ein paar Schritte näher.

Im Schrank standen Glasbehälter.

Dutzende von Behältern, einer neben dem anderen, und alle mit einer gelblichen Flüssigkeit gefüllt.

Und in der Flüssigkeit schwebten … Gehirne. Echte Gehirne. Von Menschen. Große. Kleine. Kranke, mit kleinen schwarzen Flecken, als sei ein Insektenschwarm hineingeflogen. Gehirne, die wie angeknabbert aussahen. Alle entsetzlich, alle tot.

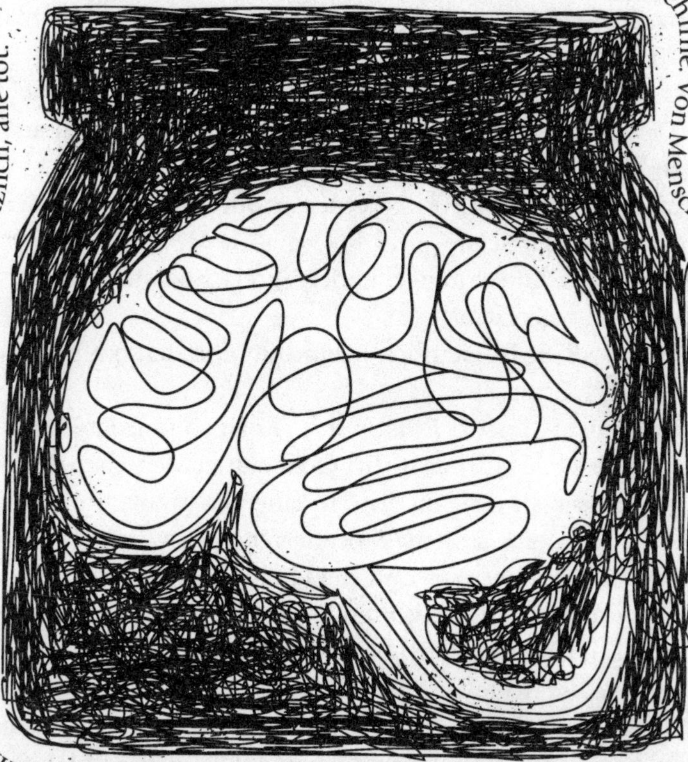

»Gott im Himmel!«, flüsterte ich. »Was …?«

»Das ist eine Sammlung von Gehirnen. Mein Vater hat damit angefangen, er hat die ersten hierhergebracht. Er hat gesagt, eines Tages könnte sogar ein Museum daraus werden. Bisher aber nutzen sie die Sammlung nur für die Studenten. Die sollen lernen, wie es in unseren Köpfen aussieht.« Er drehte sich zu mir um. »Soll ich dir jetzt das absolut Schrecklichste zeigen, das hier aufbewahrt wird?«

Nicht unbedingt, dachte ich, oder eigentlich eher: Auf gar keinen Fall, doch El Rato öffnete schnell einen weiteren Schrank.

Wegen meiner Augen kam mir der dunkle Raum völlig finster vor und ich konnte nicht viel erkennen. Das war auch gut so, denn der zweite Schrank war ebenfalls voller Glasbehälter.

Nur dass in diesen … Kinder waren.

Winzige ungeborene Kinder. Zusammengerollt wie Katzenbabys. Echt. Und tot.

Ich schrie und rannte nach draußen, wo ich erst einmal tief Luft holte. Sobald El Rato wieder neben mir stand, boxte ich auf ihn ein, weil ich furchtbar wütend auf ihn war. Weil ich mich austoben, meine Erinnerungen loswerden wollte. Um diese Bilder aus meinem Kopf zu löschen.

»Du bist ja völlig durchgeknallt!«, kreischte ich. »Was … was denkst du dir eigentlich …?«

»Ja, ich weiß, es ist ziemlich beeindruckend. Ich hatte dir ja gesagt, dass es Horror ist.«

»Das ist nicht Horror! Es ist nur … Es ist so traurig. Das waren Menschen, begreifst du das nicht? Oder hätten Menschen sein können. Stattdessen sind sie da drin, in einem Schrank, und schwimmen … für immer …« Meine Stimme versagte. In mir tobte etwas, das wie ein Unwetter war, und die einzige Möglichkeit, es loszuwerden, bestand darin zu weinen. Ich schluchzte.

El Rato trat näher an mich heran.

Er breitete die Arme aus und drückte mich an sich.

»Du hast recht«, sagte er. »Entschuldige bitte. Es ist wirklich sehr traurig. Aber wenn man darüber nachdenkt … Die Kinder da drin sind gestorben, doch sie helfen den Ärzten, etwas zu lernen. Und so werden Kinder, die heute, also jetzt leben, nicht sterben.«

Seine Brust war mager und fühlte sich knochig an, ich spürte seinen Herzschlag. Zu der Verwirrung, die ich empfand, kam noch etwas anderes hinzu. Vielleicht Trost.

»Was möchtest du machen?«, fragte er mich. »Wollen wir die Besichtigungstour von *Santo Toribio* fortsetzen?«

»Vielleicht ein andermal«, erwiderte ich sofort. Ich wollte ihn nicht enttäuschen, aber mir war wirklich die Lust vergangen.

»Okay, wie du willst. Gehen wir zu den anderen zurück. Vielleicht möchte Carlos eine Partie *Truco* spielen …«

Er nahm wieder meine Hand.

Und ich ließ mich von ihm mitziehen.

Dass wir Doktor Clarkes Tagebuch fanden, verdankten wir Juan Suerte.

Juan passte auf die Bibliothek von *Santo Toribio* auf. Er war ein hoch gewachsener, breiter Indio, ein Schrank von einem Mann, der sein langes schwarzes Haar zu einem Zopf geflochten hatte.

Seine Hauptbeschäftigung bestand darin zu schlafen.

Die Bibliothek war den Ärzten, dem Pflegepersonal und den Studenten vorbehalten und recht klein: Es gab lediglich drei Räume. Nur selten kam jemand in die Bibliothek, und so legte Juan, kaum dass er um acht Uhr morgens eingetroffen war, Kopf und Arme auf den Schreibtisch und schlief bis zu seinem Feierabend durch.

»Hörst du ihn?«, fragte ich Laila. »Dieses Geräusch stammt nicht von einer Motorsäge … Das ist das Schnarchen von Juan Suerte.« Grinsend zeigte ich auf die Bibliothek, die sich auf der uns gegenüberliegenden Seite des Innenhofs befand. »Dort war ich mit dir noch nicht. Wir könnten da jetzt hin.«

»Aber wieso?«

»Na ja«, erwiderte ich. »Neulich habe ich doch versprochen, dir all die fantastischen Überraschungen von *Santo Toribio* zu zeigen. Und die Bibliothek ist das Abenteuerlichste, was wir hier haben.«

Laila verzog das Gesicht. »Abenteuer gibt es nur in Büchern, und Bibliotheken sind normalerweise sehr ruhige Orte …«

»Es ist so, dass Juan Suerte immer schläft, okay? Deshalb könnte man meinen, dass er ein eher ruhiger Typ ist. In Wirklichkeit aber hat er einen ziemlich miesen Charakter, besonders wenn man ihn aufweckt. Deshalb gehe ich ein paarmal am Tag in die Bibliothek und lasse ein Buch fallen oder stelle irgendetwas um. Dann wacht er auf, dreht durch und versucht, mich zu erwischen.«

»Was? Warum tust du das?«

»Um fit zu bleiben.«

Mir war sofort klar, dass Laila das nicht kapierte und eine Vorführung brauchte.

Ich öffnete die Tür zur Bibliothek gerade so weit, dass wir den schlafenden Juan Suerte sehen konnten. Sein Schreibtisch stand so, dass er uns den Weg versperrte. Man musste sich buchstäblich daran vorbeiquetschen, um zu den Bücherregalen zu gelangen.

Ich trat als Erster ein, mit meinen bewährten Katzenschleichschritten. Leider hatte ich versäumt, Laila zu erklären, wie sie sich zu verhalten hatte. Sie trat hinter mir auf das falsche Dielenbrett und der Holzfußboden knarzte schrecklich laut.

SKIIIK!

Juan Suerte richtete sich blitzartig auf und schrie: »EL RATO!«

Er hatte den Mund weit aufgesperrt wie die Haie, deren Fotos ich in Büchern gesehen habe. Er sah aus, als wolle er mich verschlingen.

Deshalb rief ich Laila zu: »LAUF!«

Ich hechtete auf die Tür zu, um aus der Bibliothek in den Innenhof zu fliehen. Doch der Wächter reagierte schnell: Er schob seinen Schreibtisch auf uns zu und schnitt uns dadurch den Fluchtweg ab. Beinahe hätten wir uns wehgetan. Mir gelang es gerade noch, mich mit so etwas wie einem halben Salto wegzudrehen und zusammen mit Laila in die andere Richtung zu flitzen, tiefer in die Bibliothek hinein und zwischen die Regale.

Einen Sekundenbruchteil später hastete Juan hinterher. »Ihr dürft hier nicht rein! Wenn ich euch zu fassen kriege …«

Ich wollte nicht unbedingt herausfinden, was er uns in diesem Fall antun würde. Mit Laila im Schlepptau rannte ich zwischen zwei Regalreihen hindurch und bog dann rechts ab.

Ich hörte, wie er aufholte.

»Hier entlang!«, rief ich Laila zu.

»Wohin?«

»Nach links!«

Natürlich bog ich scharf rechts ab, weil es ein cleveres Ablenkungsmanöver werden sollte. Doch leider hatte Laila nicht viel Erfahrung mit Ablenkungsmanövern und bog tatsächlich links ab.

Und zog an meiner Hand.

Und ich zog an ihrer.

Und weil ich stärker als sie war, stand sie auf einmal mitten im Gang.

Der Wächter sprang und bekam ihre Tasche zu fassen. Laila verlor das Gleichgewicht, drehte sich um die eigene Achse und knallte gegen ein Regal voller alter Bücher.

Das zu wackeln begann.

Schwankte.

Quietschte.

Und schließlich

mit einem hässlichen

Knirschen ins Schaukeln

geriet und Laila

dabei immer

näher kam.

Ich weiß noch,

wie ich dachte:

Oh nein,

bitte nicht …

Doch gleich darauf.

Bada-Bumm!

Krack!

Wlamm!

Krachte ein Berg aus Papier auf Laila herunter.

Ich hatte überhaupt nichts tun können, um die Katastrophe zu verhindern, und schaute erstarrt zu, wie die beiden unter der Bücherlawine verschwanden.

Ich war besorgt, aber – wie ich zugeben muss – auch fasziniert.

Wer hätte gedacht, dass ein kleiner Schubser ausreichen würde, um ein derartiges Chaos anzurichten.

Völlig irre.

Auf einmal tauchte aus dem Bücherhaufen eine Hand auf, die viel zu klein und blass war, um zu Juan Suerte zu gehören, und ich ergriff sie.

»Hast du dir wehgetan?«

»Nein, es geht schon.«

»Gut. Hauptsache, du bist ganz geblieben.«

Ich half Laila, hochzukommen. Sie schaute sich um. Die herabgestürzten Bücher bildeten auf dem Fußboden große Haufen, das Regal lag wie ein gefällter Baum schräg darüber und der Wächter war so benommen, dass er Schwierigkeiten hatte, aufzustehen.

»Mein Buch«, sagte Laila. »Es ist mir aus der Tasche gefallen.«

»Laila …«

»Ich brauche es aber!«

Sie kniete sich hin, als ob nichts wäre, und wühlte in den Bücherhaufen, bis sie ein Buch in der Hand hielt.

»Los, komm, Laila!« Ich zerrte an ihrem Arm und sie steckte das Buch in die Tasche.

Wir kletterten über die Bücherhaufen hinweg zur Tür und rannten hinaus auf den Innenhof. Ich wusste, dass sich Juan Suerte bald genügend erholt haben würde, um die Verfolgung aufzunehmen, und dass wir ein sicheres Versteck brauchten. Ich nahm Kurs auf die Wäscherei, denn um diese Zeit war nie jemand dort.

Mit einem Schlüssel aus meinem Bund schloss ich die Tür auf und führte Laila in den Raum voller Waschmaschinen, Wäschesäcke und Rollwägen.

Wir setzten uns auf einen Stapel Laken, um zu verschnaufen.

Erst jetzt kam ich dazu, einen Blick auf das Buch zu werfen, das aus Lailas Tasche ragte.

»Bist du sicher, dass du das richtige Buch mitgenommen hast?«, fragte ich. »Es sieht irgendwie anders aus. War der Umschlag von deinem nicht schwarz und blau?«

Laila beugte sich über ihre Tasche, um nachzusehen.

»Mist! Ich fürchte, du hast recht. In der Eile habe ich mir das falsche Buch geschnappt.«

Sie holte es raus und zeigte es mir. Ich fand es seltsam, dass sie die Bücher verwechselt hatte, weil dieses hier ganz anders als ihres aussah. Der Umschlag war aus abgegriffenem rissigen Leder und die Seiten waren eng beschrieben.

»Was ist denn das?«

»Keine Ahnung. Es ist von Hand geschrieben … Sieht so ähnlich wie ein Notizbuch aus. Guck mal, was auf der ersten Seite steht.«

Das ist das private Tagebuch
von Doktor Robert R. Clarke aus Bloomington,
Minnesota, Vereinigte Staaten von Amerika.

Der Finder wird gebeten, dieses Notizbuch
in der Klinik Santo Toribio in der Calle de las
Maravillas, Lima, Peru abzugeben.

Hoher Finderlohn garantiert!

»Wow!«, staunte ich. »Ein Finderlohn! Was würdest du unter ›hoch‹ verstehen? Ich könnte mir vorstellen, dass es um eine ganze Menge Kohle geht.«

Laila lachte. »Ich möchte dich daran erinnern, dass wir uns in der Klinik *Santo Toribio* befinden.«

»Ja, und?«

»Das bedeutet, dass dieses Tagebuch, sollte es jemals verloren gegangen sein, schon vor langer Zeit zurückgegeben wurde und jemand anders den Finderlohn kassiert hat. Siehst du denn nicht, wie alt es ist?«

Sie blätterte darin und zeigte mir die Datumsangaben oben auf den Seiten. Das Tagebuch war 1941 geschrieben worden. Vor über vierzig Jahren.

»Es stammt aus der Zeit des Zweiten Weltkriegs«, stellte Laila fest. »Und abgesehen von dem, was auf der ersten Seite steht, ist es auf Englisch verfasst worden. Der Besitzer, dieser Robert, war offenbar ein amerikanischer Arzt, der hier gearbeitet hat. Deshalb hat er geschrieben, man solle es in die Klinik zurückbringen …«

Irgendwie kam mir das furchtbar ungerecht vor. Wir waren diejenigen, die den Finderlohn bekommen sollten.

»Kannst du denn Englisch?«, fragte ich.

»Ja, ich werde versuchen, für dich zu übersetzen.«

Laila schlug das Buch ungefähr in der Mitte auf und las vor:

»Lima, 12. Juni 1941. Die Nachrichten aus Europa klingen immer schrecklicher und bald könnte sich der Krieg auch auf Amerika ausweiten. Ich habe Angst davor, dass das passiert. Denn ich bin Arzt und es wäre meine Pflicht, unseren Jungs an der Front beizustehen. Dabei sehne ich mich so stark nach dem Urwald, nach der Selva. Bei meiner letzten Expedition wären wir beinahe draufgegangen: Ich wegen der Malaria und mein Freund Miguel wegen der Infektion, die er sich zugezogen hatte. Dennoch denke ich so gern an diese Reise zurück! Auf seltsamem Wege stiehlt sich einem die Grüne Hölle ins Herz. Die Hitze, die Farben, der Himmel! Und all die Pflanzenexemplare, die wir gesammelt haben! Wirklich unglaublich, welcher Reichtum in der Amazonasregion gedeiht: Jedes einzelne Blatt hütet ungeahnte Geheimnisse …«

Laila hörte auf zu lesen. »Er war nicht nur Arzt, sondern offenbar auch Forschungsreisender«, meinte sie.

»›Selva‹, so nennen wir Peruaner den Urwald«, erklärte ich. »Den Regenwald des Amazonasbeckens.«

»Das weiß ich doch, das brauchst du mir nicht zu erklären.«

»Okay, aber vielleicht …«

Die Tür der Wäscherei wurde so heftig aufgerissen, dass sie mit einem lauten **SBÄNG!** gegen die Wand knallte.

Auf der Schwelle erschien Doktor Fernandez. Ihm standen die Haare zu Berge.

»EL RATO!«

Ich sprang auf und Laila auch, aber erst nachdem sie das Tagebuch in ihrer Tasche versteckt hatte. Ich fand das ganz schön clever.

»J… jaaa, Herr Doktor?«, stammelte ich.

»Das ganze Krankenhaus sucht dich. Oder besser gesagt: *euch*.«

Der Blick, den er uns zuwarf, ließ mich an einen vergifteten Pfeil denken.

»Wie konntet ihr es wagen, den armen Juan so zu erschrecken? Ihr habt die halbe Bibliothek zerstört.«

»Es war … ein Unfall«, rechtfertigte ich mich.

»Erst euer Streich auf Kosten von Schwester Felipa und jetzt das. Es tut mir leid, aber dieses Mal bringe ich euch zum Direktor. Alle beide. Los, kommt mit.«

Uns blieb nichts anderes übrig, als ihm zu folgen. Wir wurden von De La Torre schlimm ausgeschimpft und mussten anschließend den ganzen Abend lang die Bücher wieder ordentlich ins Regal stellen.

Aber alles in allem war ich gut davongekommen.

Ich hatte Angst gehabt, dass De La Torre mein Geheimnis lüften würde.

Noch dazu vor Laila.

Doch das hatte er nicht getan. Das wenigstens blieb mir erspart.

Und ein paar Hundert Bücher einräumen war ein annehmbarer Preis dafür, dass mein Geheimnis gewahrt blieb.

Alles in allem wendete sich für mich alles zum Guten.

Zwar wurden meine Augen nicht besser, aber sie wurden auch nicht schlechter und im Vergleich mit den anderen im Nest kam ich mir gar nicht so besonders krank vor.

Natürlich war das mit den Augen lästig, aber eines Tages würde ich geheilt sein. Und bis dahin konnte ich machen, was ich wollte, genauso wie die Gesunden. Vielleicht musste ich ein bisschen mehr aufpassen, um nicht zu stolpern, aber ich konnte skaten und Fahrrad fahren. Und eigentlich stolperten Gesunde ja auch, so wie Schwester Felipa, als Carlos sie mit dem Rollstuhl angefahren hatte.

Ich hatte also gar keinen Grund, mich zu beklagen. Alles würde wieder gut werden.

Tatsache?

Nein, überhaupt nicht.

Ich irrte mich.

Ein totaler, absoluter Irrtum.

Es geschah morgens kurz vor neun. Die Visitenrunde hatte länger als sonst gedauert, weil sie Cisco entlassen hatten. Nun war ein neuer Junge aufgenommen worden und die Ärzte waren eine ganze Weile um ihn herumgestanden.

Sobald ich konnte, lief ich nach draußen zum Parkplatz. Doch ich war spät dran, das Auto war schon da und Mama und Señor Tanaka waren bereits ausgestiegen.

Irgendetwas stimmte nicht. Mama war leichenblass und Señor Tanaka stützte sie, als ob sie nicht allein gehen und stehen könnte.

Ich versteckte mich schnell in einem Eingang. Sie gingen an mir vorbei, ohne mich zu bemerken, und unterhielten sich.

»Keine Angst, wir werden alles in Ordnung bringen. De La Torre hat uns eigens herbestellt ...«

Ich beschloss, sie heimlich zu beobachten.

Sie betraten das Verwaltungsgebäude und verschwanden im Büro des Direktors (in das ich durch die wegen der Hitze geöffnete Verandatür spähen konnte).

De La Torre stand auf, um sie zu begrüßen, und bat sie, sich zu setzen. (Das sah ich durch das Fenster, das ebenfalls auf den Innenhof hinausging.)

Trotz meines eingeschränkten Gesichtsfelds hatte ich freien Blick auf den Holzschreibtisch, die peruanische Fahne und ein Regal voller Mappen.

De La Torre zog eine der Mappen raus, zeigte sie meiner Mutter und erklärte ihr etwas. Sie hörte ihm ganz ruhig zu und fing dann an zu weinen.

Das Seltsame war, dass Señor Tanaka plötzlich nach vorn einknickte, als hätte er einen Schlag in den Magen bekommen, und sich die geballten Fäuste gegen die Schläfen drückte. Erst ein paar Sekunden später fiel mir auf, dass sich sein Rücken rhythmisch hob und senkte. Er schluchzte! Das war etwas, das ich mir bei Señor Tanaka niemals hätte vorstellen können.

De La Torre wartete, bis die beiden sich ein wenig beruhigt hatten, und sagte dann etwas, sie stellten ihm Fragen und er schüttelte den Kopf.

Ich hätte sonst was gegeben, um zu erfahren, worum es ging. Aber keine Chance! Ich war zu weit entfernt und hörte ihre Stimmen nur als leises Murmeln.

Irgendwann griff De La Torre zu einem Buch und schien darin eine ganz bestimmte Seite zu suchen, die er, sobald er sie gefunden hatte, meiner Mutter zeigte. Sie fing wieder an zu weinen, weinte ziemlich lange, richtete sich dann nach einer Weile wieder auf und schlug mit der Faust mit voller Wucht gegen das Buch. Plötzlich kam sie mir total wütend vor.

»Sie haben gar nichts begriffen!«, schrie sie. »Sie irren sich … Ich wusste, dass ich Ihnen nicht vertrauen kann!«

»Der histologische Befund ist leider ziemlich eindeutig …«

»Laila ist ein ungewöhnlich robustes und begabtes Mädchen! Sie spricht drei Sprachen … Was Sie da sagen, kann einfach nicht sein. Ich nehme meine Tochter wieder mit und bringe sie woanders hin, irgendwohin, wo man ihr wirklich helfen kann.«

»Señora«, sagte De La Torre, »ich weiß ja, dass das eine furchtbare Nachricht ist … Natürlich können Sie eine zweite Meinung einholen, aber ich muss Sie warnen: Sie werden nichts anderes zu hören bekommen. Es tut mir sehr leid. Es tut mir wirklich furchtbar leid.«

Weil sie inzwischen ziemlich laut sprachen, bekam ich nun alles mit. Plötzlich hatte ich ein ganz komisches, schweres Gefühl im Bauch, so als hätte ich eine Bleikugel verschluckt.

Sprachen sie über mich? Wie lautete denn die furchtbare Nachricht?

De La Torre geleitete Mama und Señor Tanaka aus seinem Büro, und in diesem Augenblick wusste ich, was ich zu tun hatte. Das Fenster war so groß, dass mir der untere Rand bis zum Nabel reichte. Da ich De La Torre und vor allem meine Mutter kannte, wusste ich, dass sie noch eine ganze Weile draußen im Gang stehen und reden würden.

Ich vergewisserte mich, dass im Innenhof gerade niemand vorbeiging, stützte mich mit den Händen am Fenstersims ab und sprang darüber. Mit beiden Füßen landete ich auf dem cremefarbenen Teppichboden.

Mein Herz klopfte mir nicht nur bis zum Hals, es schien in meiner Brust auch noch Loopings zu drehen. Auf dem Schreibtisch lag die Mappe. Vorne drauf stand LAILA RASKINEN. In der Mappe lagen eine Menge maschinengeschriebener Blätter, von denen die meisten den Briefkopf der Klinik trugen.

Es war meine Patientenakte.

Zuerst wollte ich sie in meine Tasche stecken und schnell weglaufen. Doch dann dachte ich, dass ich nicht lange brauchen würde, um ein paar Zeilen zu lesen.

Und so begann ich zu lesen.

Das erste Blatt war das Schreiben eines Labors für anatomische Pathologie (das stand im Briefkopf), adressiert an Professor De La Torre.

Werter Kollege,

die elektronenmikroskopische Untersuchung der Hautprobe von Patientin RASKINEN ist abgeschlossen.

Ich fand darin Ansammlungen von Ceroid-Lipofuszin in Finger-Prints-Struktur und außerdem in einer Bindegewebszelle (Fibroblast) Lysosome mit Inklusionen des Typs kurvilineare Körper.

Deshalb bin ich der Ansicht, dass der betreffende Fall als Ceroid-Lipofuszinose anzusehen ist.

Gezeichnet: Professor S. Charpentier

Ich hatte keine Ahnung, was das bedeuten sollte, deshalb las ich den Brief noch zweimal durch. Der wichtigste Teil schien der Schluss zu sein: Deshalb bin ich der Ansicht, dass der betreffende Fall als Ceroid-Lipofuszinose anzusehen ist.

Ich bekam kaum noch Luft. Der »betreffende Fall« – war das meiner? Dann war diese Ceroid-und-irgendetwas-Sache vielleicht meine Krankheit. Allein schon der Name klang eklig. Aber was bedeutete er?

Die anderen Blätter in der Patientenakte waren voller Untersuchungsergebnisse und ich verstand nicht, was sie zu bedeuten hatten. Also hörte ich auf, in der Akte zu blättern, und zog das dicke Buch, das De La Torre auf dem Schreibtisch liegen gelassen hatte, zu mir heran. Es war immer noch aufgeschlagen.

Ich hoffte, dass der Professor es Mama deswegen gezeigt hatte, weil es eine Erklärung enthielt.

Unter Juveniler Neuronaler Ceroid-Lipofuszinose (JNCL) versteht man eine Gruppe von Neuronalen Ceroid-Lipofuszinosen (NCL – siehe unter diesem Stichwort), die durch einen Ausbruch im Schulalter und einen rapiden Verlauf charakterisiert sind: Verlust des Sehvermögens durch Degeneration der Netzhaut, Epilepsie und fortschreitender Verfall der intellektuellen und motorischen Fähigkeiten. Die weltweite Prävalenz ist nicht bekannt. NCL tritt im Norden Europas häufiger auf. Die klassische Form der JNCL manifestiert sich durch eine Verschlechterung des Sehvermögens im Alter zwischen sechs und zehn Jahren bei einem im Übrigen gesund wirkenden Kind, das in den folgenden Jahren vollständig erblindet. Einige Jahre nach Ausbruch der visuellen Symptome setzen kognitiver Verfall und Epilepsie ein. Demenz und motorische Störungen verschlimmern sich progressiv. In der Anfangsphase der Krankheit können die Sehstörungen als Retinitis pigmentosa (RP) diagnostiziert werden (siehe unter diesem Stichwort), bei Ausbruch von Demenz und Epilepsie im Schulalter sollte eine Differenzialdiagnose in Betracht kommen. Die Behandlung ist rein symptomatisch und sollte in Palliativmaßnahmen bestehen, sowie in der Gabe von krampflösenden Medikamenten und pädagogischer, psychologischer und psychiatrischer Betreuung. Die Prognose ist negativ, die Lebenserwartung schwankend. Es sind Fälle von Patienten bekannt, die bis in das dritte Lebensjahrzehnt hinein überlebten.

Ich schnappte nach Luft.

Ich war so erschüttert, dass es mir schwerfiel, die Buchstaben auf dem Papier zu erkennen, die Luft fühlte sich an wie Staub.

Ich versuchte, mich zu konzentrieren und den Text nochmals zu lesen.

… das in den folgenden Jahren vollständig erblindet.

… Demenz …

Demenz und motorische Störungen verschlimmern sich progressiv.

Sollte das bedeuten, dass ich blind und blöd wurde? Und in einem Rollstuhl sitzen würde wie Carlos? Nein, das war doch nicht möglich! Ich war robust, kräftig, das hatte Mama selbst gesagt. Und ich konnte wunderbar laufen!

Die Prognose ist negativ …

Ja, das hatte ich verstanden.

… die Lebenserwartung schwankend …

Wie schwankend?

Es sind Fälle von Patienten bekannt, die bis in das dritte Lebensjahrzehnt hinein überlebten.

Drei Lebensjahrzehnte, das sind dreißig Jahre. Einige Patienten wurden dreißig Jahre alt. Und was war mit den anderen? Die lebten doch sicherlich länger?

Oder kürzer.

(Einige werden dreißig Jahre alt, aber die anderen sterben vorher.)

Jetzt war alles klar.

Ich würde sterben.

Bald.

Aber warum stand in dem Buch nicht, wie man diese Krankheit heilt? Was ich tun musste, um wieder gesund zu werden?

Die Behandlung ist rein symptomatisch …

Palliativmaßnahmen …

Wieder so schwierige Wörter. Zum Glück las ich viel, deshalb wusste ich, was »palliativ« bedeutete. Etwas, das die Krankheit nicht heilt, sondern nur die Symptome lindert. Wie damals, als ich mir den Arm gebrochen hatte und Señor Tanaka mir eine Schmerztablette gegeben hatte: Der Schmerz war weggegangen, doch der Knochen war kaputt geblieben.

Die Wahrheit traf mich wie ein Faustschlag.

Wie dumm ich gewesen war.

Ja, klar!

Deshalb stand in dem Buch nicht, wie die Krankheit geheilt werden konnte.

Das war der Grund, weshalb Mama wütend geworden war und gesagt hatte, sie wolle mich in ein anderes Krankenhaus bringen.

Weshalb De La Torre geantwortet hatte, dass das nichts nützen würde.

Weshalb sogar Señor Tanaka geweint hatte.

Jetzt war alles vollkommen klar.

Wegen der Wahrheit.

Für meine Krankheit gab es kein Heilmittel.

Man konnte gar nichts tun.

Ich war zum Tode verurteilt.

Ich rutschte ab, in Schwärze

Ich hätte mich verstecken, das Büro schleunigst verlassen, irgendetwas tun sollen. Aber ich war wie gelähmt.

Meine Füße waren am Fußboden festgewachsen, wie Wurzeln.

Nach einer Weile kehrte De La Torre in sein Büro zurück, sah mich an seinem Schreibtisch stehen, sagte wütend: »Laila!«, und gleich darauf sanfter: »Laila …«

Er kam zu mir und berührte mich, aber ich spürte nichts. Es war, als wäre mein Körper ausgeschaltet worden. Er sprach zu mir, aber ich hörte nichts. Nun kamen auch meine Mutter und Señor Tanaka dazu und das Chaos brach los: Sie fingen an, herumzuschreien. Mama schimpfte, das sei nun wirklich zu viel. Ihre Tochter, also ich, würde keinen Tag länger in dieser Klinik bleiben.

»Keine einzige Minute länger!«

De La Torre versuchte, sie zu beruhigen, Doktor Fernandez und Frau Doktor Gonzales liefen herbei. Alle drei tadelten mich, ich hätte das alles nicht lesen sollen, und sie versuchten, mir meine Krankheit zu erklären.

Ich verstand nichts von dem, was sie da redeten, aber ich glaube, dass das auch Absicht war: Ich hatte mal gelesen, dass Ärzte ihre Patienten nicht anlügen dürfen. Deshalb durften sie mir nicht erzählen, dass alles gut und ich wieder gesund werden würde. Sie wussten ja selbst, dass das nicht stimmte.

Es gab keine Behandlung, keine Medikamente.

Nichts.

De La Torre wurde zu einem Fluss aus Worten, ununterbrochen redete er auf meine Mutter ein, die daraufhin wieder schrie: »Keine Minute länger!«

Sie und Señor Tanaka schoben mich aus dem Büro, stopften meine Sachen in den Koffer und zogen mir den Schlafanzug aus und normale Kleidung an, als wäre ich eine Puppe. Kurz darauf saß ich bereits im Auto. Die Türen wurden zugeschlagen, die Fenster hochgekurbelt und wir fuhren durch Barrios Altos und in das Viertel San Isidro, wo sich die finnische Botschaft befand.

Ich hatte mich nicht von El Rato verabschiedet.

Aber was machte das schon aus?

Mein Leben hörte au

Grinsend betrat ich das Nest.

»Laila!«

Alle drehten sich um und schauten mich an: Carlos, Mila, Leo, der Neue und so weiter.

»He!«, fragte ich. »Was ist denn mit euch los? Ihr seht ja aus, als hättet ihr eine Eidechse verschluckt.«

Mila wollte etwas sagen, doch Carlos hinderte sie daran.

»Also, was ist? Warum die finsteren Gesichter?«

Da erst fiel mir auf, dass das Nest anders aussah als an den Tagen davor.

Ich brauchte ein paar Sekunden, bis mir klar wurde, war es war: die Wandschirme. Sie waren nicht mehr da. Lailas Bett sah genauso aus wie alle anderen.

»Ist das alles? Hat die Schutzengelin entschieden, dass ihr doch gar nicht so hässlich seid?«

»Sie ist weg!«, schluchzte Mila.

»Schschsch …«, machte Carlos.

»Aber es stimmt. Sie ist weg, sie ist, weg, ist weg. Sie haben sie, also, mitgenommen. Weg. Weg!«

Und dann redeten alle durcheinander.

»De La Torre …«

»Die Diagnose …«

»Laila hat entdeckt …«

»Was ganz Schlimmes …«

»Sie haben ganz laut geschrien …«

»Ihre Mama hat geweint …«

»Sie hat sich reingeschlichen …«

»Keine Minute länger …«

Ich verstand überhaupt nichts. Ich packte Carlos' Rollstuhl an den Griffen und wirbelte ihn herum, damit ich ihm ins Gesicht sehen konnte. »Du. Langsam und deutlich. Was ist passiert?«

Carlos erzählte es.

Was? Laila hatte sich ins Büro des Klinikdirektors geschlichen? Das war sehr mutig gewesen, offenbar hatte ich sie unterschätzt.

Der wichtige Teil der Geschichte aber war, dass Laila gegangen war, ohne sich von mir zu verabschieden. Und keiner hatte daran gedacht, mich zu holen. Also hatte ich ein Abenteuer versäumt, eines von der Art, wie man sie im Nest höchstens ein- oder zweimal im Jahr erlebt.

Das war wirklich ungerecht.

Sie hätte mir wenigstens eine Nachricht dalassen können.

Ich hatte gedacht, sie wäre meine Freundin.

Es tat weh, irgendwo unten im Magen. Das Nest war eben so: Nach zwei Wochen, einem Monat, vielleicht auch zwei Monaten flogen diejenigen, die im Nest waren, wieder davon, wie Möwen, und dafür kamen andere, und so ging es immer weiter.

Ich war der Einzige, der sich nie änderte und der nie wegging. Und obwohl ich eigentlich daran gewöhnt war, tat es doch weh. Zumindest ein bisschen.

Ich ließ den Rollstuhl los und schlenderte zu dem Bett am Ende der Mädchenreihe. Sie hatten nicht nur die Wandschirme weggebracht, sondern auch schon die Laken gewechselt. Das Bett stand für die nächste Patientin bereit. So, als ob Laila niemals hier gewesen wäre.

Gerade wollte ich mein gewohntes cooles Lächeln aufsetzen, um der Welt zu zeigen, dass ich über den Dingen stehe, als mir auffiel, dass etwas zwischen Matratze und Lattenrost hervorschaute.

Doktor Clarkes Tagebuch.

Ja, jetzt fiel es mir wieder ein: Dort hatten wir es gemeinsam versteckt.

Und offenbar hatte Laila vergessen, es mitzunehmen.

Vielleicht interessierte es sie nicht mehr.

So wie auch ich sie nicht mehr zu interessieren schien, weil sie sich ja sonst von mir verabschiedet hätte.

ACH, EGAL.

Ich zog das kleine Buch heraus und wollte es zuerst wegwerfen oder es Mila und Carmelita zum Spielen geben. Doch dann steckte ich es mir doch in den Hosenbund, so dass man es unter dem Hemd nicht sah.

Vorne drin stand etwas von einem Finderlohn. Ich wollte mehr darüber wissen.

Und jetzt, wo Laila weg war und mich nicht störte, hatte ich alle Zeit der Welt, um der Sache auf den Grund zu gehen.

Sobald wir zu Hause eingetroffen waren, flüchtete ich in mein Zimmer und schloss die Tür von innen ab.

Das, was De La Torre gesagt hatte, und das, was in dem Buch stand, ging mir ständig im Kopf herum.

Verschlechterung des Sehvermögens

verschlimmern sich progressiv

Prognose ist negativ

Demenz

die Untersuchung ist abgeschlossen

Patienten, die bis in das dritte Lebensjahrzehnt
hinein überlebten

tritt im Norden Europas häufiger auf

blind

furchtbare Nachricht

fortschreitender Verfall

Epilepsie

Palliativmaßnahmen

Ich verjagte Mama, die in mein Zimmer kommen wollte, und weigerte mich, etwas zu essen.

Ich wartete.

Es wurde Abend und mein Vater kam nach Hause. Seit dem Tag, an dem ich in die Klinik gebracht worden war, hatte ich ihn nicht mehr gesehen. Er war nie mitgekommen, nicht einmal an dem Tag, an dem De La Torre Mama wegen der Diagnose zu sich bestellt hatte.

»Deine Mutter hat recht und die Ärzte irren sich«, sagte er. »Wir werden auf jeden Fall eine Lösung finden.«

Er sah mich an, als erwarte er eine Reaktion, doch ich schwieg.

Dann wanderte sein Blick zu seiner Armbanduhr.

Ich drehte mich zur Wand und nach einem Weilchen hörte ich, wie er sich hinausschlich.

Tschüss, Papa, und vielen Dank für alles.

Irgendwann schlief ich ein und am nächsten Morgen hoffte ich noch beim Aufwachen, dass es nur ein Albtraum gewesen war.

Aber nein, es war alles wahr. Ich würde bald sterben.

Ich würde niemals selbst Auto fahren. Oder einen Freund haben. Oder ein richtiges Abendkleid tragen, wie eine erwachsene Frau, und Schuhe mit hohen Absätzen. Oder Karriere machen, was auch immer das bedeuten sollte. Allein leben. Elektrische Gitarre spielen lernen …

Señor Tanaka kam mit einem Tablett in mein Zimmer. Auf dem Tablett waren eine weiße Rose, ein Glas mit Fruchtsaft, drei Kekse und ein Buch.

Er setzte sich auf den Bettrand. »Laila. Ich weiß, es ist schwer.«

»Nein, das wissen Sie nicht«, widersprach ich. »Sie können es sich überhaupt nicht vorstellen.«

»Du darfst nicht die Hoffnung verlieren.«

»In dem Buch von dem Professor stand …«

»Dass es eine sehr schwere Krankheit ist. Ja. Aber noch ist nicht der Moment gekommen, um aufzugeben. Du musst stark sein, jetzt umso mehr. Du musst dich bereit machen, schwere Schlachten zu schlagen. Du musst zu einer Kriegerin werden.«

So viele »du musst«. Mir wurde ganz schlecht davon.

Señor Tanaka seufzte und hielt mir das Buch hin, das er mitgebracht hatte.

Vorn auf dem Umschlag stand:

HAGAKURE

葉隠

»Es bedeutet ›Im Schatten der Blätter‹ und wurde vor vielen Jahrhunderten von einem Mönch geschrieben. Es lehrt *Bushido*: den Weg des Samurais. Den Weg des Kriegers.«

Señor Tanaka ließ das Tablett auf meinem Bett stehen, ging leise hinaus und schloss die Tür hinter sich.

Ich nahm das Buch in die Hand und begann darin zu blättern.

Es fing so an:

Ich habe herausgefunden, dass der Weg des Samurais der Tod ist. Das Wesen des Bushido liegt darin, sich von morgens bis abends, in jedem Augenblick des Tages, auf den Tod vorzubereiten. Sobald ein Samurai jederzeit bereit ist zu sterben, beherrscht er das Leben.

»Ach, geh doch zum Teufel!«, schrie ich.

Ich warf das Buch in Richtung Fenster. Die Scheibe zerbrach und das *Hagakure* flog in hohem Bogen in den Garten hinaus.

Ich hörte, wie die Security-Leute etwas riefen und zu rennen anfingen.

Vielleicht dachten sie, es sei ein Attentat gewesen.

Ihr Problem.

Es vergingen noch ein paar weitere Tage …

… die ich einfach so weggleiten ließ, indem ich mich so viel wie möglich in meinem Zimmer aufhielt.

Ich dachte an nichts, ich fühlte mich ganz …

leer.

Beim Einschlafen hoffte ich immer, dass der nächste Tag anders sein würde. Aber wenn ich erwachte und die Augen öffnete, war die Welt immer noch wie vorher, ich war wie vorher und der Schmerz kehrte zurück und war stärker. Jedes Mal stärker.

Dann, eines Nachmittags, kamen Mama und Señor Tanaka in mein Zimmer. Ich hatte die beiden nicht mehr zusammen gesehen, seit wir im Büro des Direktors gewesen waren.

Mama setzte sich auf mein Bett und strich mir übers Haar. Wenn sie damit weitermachte, würde der Panzer platzen, den ich mir zugelegt hatte, und das durfte nicht sein. Ich schob ihre Hand weg.

»Laila«, sagte sie. »Dein Vater und ich haben eine sehr … eine sehr schwere Entscheidung getroffen. Morgen früh bringen wir dich wieder in die neurologische Klinik. Ich weiß, dass du sie hasst, und ich würde alles tun, um dir das zu ersparen. Aber …«

Ich war so überrascht, dass ich ihr antwortete. »Wozu soll ich ins Krankenhaus zurückkehren? Ich sterbe doch sowieso.«

»Laila …« Ihre Stimme brach und sie weinte hemmungslos.

»Laila«, sprach Señor Tanaka für sie weiter. »Du wirst weder heute sterben, noch irgendwann demnächst, wenn wir eine Möglichkeit finden, das zu verhindern. Wir werden alles nur Mögliche versuchen. Wir sind gerade dabei, mit den besten Ärzten der Welt Kontakt aufzunehmen. Du wirst noch oft untersucht werden …«

»Ich glaube nicht, dass sich De La Torre irrt«, entgegnete ich. »Seiner Meinung nach waren die Untersuchungsergebnisse eindeutig.«

»Ja, das scheint wirklich der Fall zu sein … Und doch könnte es irgendwo auf der Welt ein Heilmittel dagegen geben. Vielleicht etwas, das noch in der Experimentierphase ist. Wir werden alles ausprobieren. Aber das nimmt Zeit in Anspruch und du kannst nicht so lange hierbleiben, das wäre zu gefährlich.«

»Weil ich das Buch durch das Fenster geworfen habe?«

Er sah mich an. »Nicht nur deshalb. Deine Krankheit könnte sich verschlimmern. Wir wissen nicht, wie schnell und wie sehr. Du brauchst ärztliche Hilfe.«

Ach so, ja, klar. Verschlechterung des Sehvermögens. Krämpfe. Anfälle. Sie hatten Angst, dass ich richtig krank werden könnte.

»Außerdem kannst du nicht ständig allein bleiben«, sagte Mama. »Das ist nicht gut für dich. In *Santo Toribio* gibt es Patienten in deinem Alter, die so ähnliche … Wir finden … De La Torre meint, es würde dir guttun. Du kannst psychologische Unterstützung bekommen. Dort sind Spezialisten, die dir helfen werden, mit der Situation fertigzuwerden.«

Ein Seelenklempner? Sie wollten mich zu einem Seelenklempner schicken. Ich zuckte die Schultern.

»Wie ihr wollt. Mir ist es egal. Mir ist inzwischen alles egal.«

Meine Stimme brach und meine Mutter beugte sich über mich, um mich zu umarmen. Ich roch das Parfum, das sie immer benutzte, *Arpège* von *Lanvin*. Der vertraute Duft sprengte einen Riss in meinen Panzer und schnitt mir ins Herz.

Warum?

Warum ausgerechnet ich?

Warum schon so früh?

Mama hatte keine Antwort darauf (die hatte niemand).

Sie blieb unendlich lange bei mir, bis ich mich erschöpft in den Schlaf geweint hatte.

Mitten in der Nacht wachte ich auf. Señor Tanaka hatte meinen Koffer gepackt: die Schlafanzüge, die Zahnbürste, meine geliebte Teddytasche.

Ich schaltete das Licht an.

Mein Zimmer in der Botschafterresidenz war nicht sehr groß, aber die Kinder aus dem Nest hätten es wahrscheinlich als luxuriös empfunden. Es gab einen riesigen Schreibtisch und sogar einen Computer: einen Commodore 128 mit Diskettenlaufwerk und einem CGA-Farbmonitor. Außerdem stand im Zimmer ein buntes Carlton-Buchregal, das mit Büchern vollgestopft war. Und es gab eine Stereoanlage mit Plattenspieler und meine Schallplattensammlung.

Diese Dinge hatten mir nie viel bedeutet, für mich war es normal gewesen, sie zu besitzen. Dann aber hatte ich El Rato kennengelernt und inzwischen wusste ich, dass ich vom Glück besonders begünstigt gewesen war.

Klar.

Ein vom Glück begünstigtes Mädchen, für das ein schreckliches Ende vorgesehen war.

Ich trat gegen das Regal mit der Stereoanlage, und meine Schallplattensammlung, die ich mit so viel Sorgfalt zusammengestellt hatte, stürzte zu Boden. Mit nackten Füßen trampelte ich auf den Plattenhüllen herum und hörte, wie die Vinylscheiben zerbrachen. Sie knackten wie Kartoffelchips. Das alles war völlig bescheuert und mir ging es dadurch auch überhaupt nicht besser. Im Gegenteil, ich wurde nur noch wütender.

Irgendetwas stach mich in den Fuß: Ich hatte soeben eine meiner Lieblingsplatten zerstört, *Money*, die Single von Pink Floyd.

Aus dem Regal war außerdem ein kleiner Schlüssel gerutscht. Er war es, der mich in den Fuß gestochen hatte. Und ich war es gewesen, der ihn dort versteckt hatte.

Ich nahm den Schlüssel und öffnete damit die Schreibtischschublade, in der ich meine Schätze verwahrte: ein Foto von meinem Vater, meiner Mutter und mir mit einem Schlitten, in Finnland. Ein traditionelles Messer der Samen, das *Pukko* genannt wird. Und ein Stofftäschchen mit dem Geld, das ich im Laufe der letzten Jahre zu Weihnachten und zu den Geburtstagen geschenkt bekommen und gespart hatte. (Als Tochter eines Diplomaten bekam ich jede Menge Geschenke, deshalb gab ich selbst nie viel aus.)

Ich wog die beiden Geldscheinrollen, die in dem Täschchen gewesen waren, in der Hand. Die erste bestand aus Inti, der peruanischen Währung. Die zweite aus US-Dollar-Noten. Ich überlegte, ob ich die Geldscheine zerreißen oder verbrennen sollte.

Wozu nützten sie mir jetzt noch?

Aber dann tat ich es doch nicht.

Ich würde sie lieber für etwas Verrücktes ausgeben, für irgendetwas Absurdes. Ich musste mir nur noch einfallen lassen, was.

Ich stopfte das Geld zurück in das Täschchen und legte dieses in den fertig gepackten Koffer. Dann rollte ich mich wieder ins Bett und starrte stundenlang die Decke an.

Ich dachte wieder an all die Dinge, von denen ich immer geträumt und die ich noch nie gemacht hatte.

In Wirklichkeit suchte ich nach einem Fluchtweg.

Aber ich fand ihn nicht.

Noch nicht.

Mit einem Schlüssel aus meinem Bund schloss ich die Tür der Werkstatt auf und tastete nach dem Lichtschalter. Die Neonröhren an der Decke leuchteten auf und summten wie Mücken. Amadeo, die Maus, die unter der Werkbank wohnte, flitzte hinter eine an der Wand lehnende Leiter, um sich zu verstecken.

Ich ging an den Arbeitsflächen, den Regalen mit den Ersatzteilen, den Eimern voller Nägeln, der Kreissäge und der Metalldrehbank vorbei zu einer hinter dem Holzbock verborgenen Luftmatratze, denn die war mein Bett.

Ich legte mich darauf und hörte das vertraute **TSCHIEK, TSCHIEK** des Plastiks.

»Ach«, sagte ich leise zu mir, »dies ist zweifellos das bequemste Bett der Welt.«

Natürlich stimmte das nicht. Aber ich hatte schon immer gut lügen können.

Ich hatte es als kleines Kind gelernt und mit der Zeit war ich in der Kunst des Lügens immer besser geworden. Auch hatte ich etwas entdeckt: Wenn man Lügen gut erzählt und häufig wiederholt, vermischen sie sich irgendwann mit der Wahrheit, und zwar so sehr, dass man schließlich selbst daran glaubt.

Zum Beispiel kannten viele in der Klinik mein Geheimnis. Ärzte, Schwestern und Pfleger, sogar einige Patienten. Die Kinder im Nest dagegen kannten es nicht, sie hegten keinerlei Verdacht, und genau deshalb schwindelte ich sie ständig an: Weil ich auf diese Weise immer ein anderer Mensch sein konnte.

El Rato, Milas Prinz.

Der Patient mit der seltenen Krankheit.

Der Junge aus der Klinik, der alle Geheimnisse der Welt kannte.

BUM!

Je öfter ich es wiederholte, desto sicherer glaubten die anderen daran. Sie fragten sich gar nicht, warum ich niemals untersucht wurde, warum ich nicht mit im Saal schlafen musste, und so weiter. Und falls mal jemand an meinen Geschichten zweifelte, hatte ich immer Antworten parat. Es bereitete mir keinerlei Mühe, sie zu erfinden, und ich bastelte mir die Wirklichkeit so zurecht, wie sie mir gefiel.

Aber warum fühlte ich mich jetzt so furchtbar einsam?

Ich stand auf und ging in der Werkstatt hin und her. Einer Sehtesttafel versetzte ich einen Fußtritt und beförderte sie dadurch scheppernd in eine Ecke. Es war die Tafel, mit der ich lesen gelernt hatte.

Alles, was ich von der Welt kannte, befand sich zwischen den beiden Toren der Klinik oder war mir irgendwann erzählt worden. Die eine oder andere Information hatte ich aus Büchern. Ich hatte das Klinikgelände noch nie verlassen, kein einziges Mal, und ich wusste, dass ich bis an mein Lebensende in *Santo Toribio* bleiben würde, zunächst noch in der Pädiatrie, später in der Abteilung der Erwachsenen. Genau so war es bei Joaquín gewesen, der fünf Jahre älter war als ich und jetzt bei den Männern lebte.

War ich mit diesem Los zufrieden?

Na ja, ich hatte keine Alternative.

Ich legte mich bäuchlings auf die Luftmatratze, um unter einem Regal die Schachtel hervorzuholen, in der ich meine Habseligkeiten verwahrte. Nicht dass ich irgendetwas Wertvolles besessen hätte.

Ein Tennisball. Eine Handvoll bunter Murmeln. Das Foto eines Boots, das ich aus einer Zeitschrift ausgeschnitten hatte. Einen kleinen Krankenwagen mit Blaulicht und Sirene – den hatte ein Kind mal in der Notaufnahme vergessen und er war einige Jahre lang mein Lieblingsspielzeug gewesen.

Und dann noch das Tagebuch von Doktor Clarke.

Ich nahm es in die Hand, und als ich es aufschlug, knirschte der Lederumschlag. Ich las noch einmal das, was auf der ersten Seite stand, die einzige Stelle im ganzen Buch, die auf Spanisch geschrieben war.

Der Finder wird gebeten, dieses Notizbuch in der Klinik Santo Toribio in der Calle de las Maravillas, Lima, Peru abzugeben.

Hoher Finderlohn garantiert!

Das Geld interessierte mich gar nicht so sehr, denn ich hatte in meinem ganzen Leben noch nie Geld besessen. Andererseits wusste ich, dass es unentbehrlich war, um meinen Großen Traum zu verwirklichen. Der war mindestens ebenso geheim wie mein Geheimnis, so geheim, dass ich meistens gar nicht den Mut hatte, daran zu denken. Nur manchmal wagte ich es – in jenen Nächten, in denen es in der Werkstatt so heiß war, dass ich nicht einschlafen konnte.

In einer Nacht wie dieser also.

Es gab da jedoch ein Problem. Ich konnte mir einfach nicht vorstellen, warum so ein einfacher Stapel Papierseiten etwas wert sein sollte. Ich blätterte in dem Buch herum, doch weil alles auf Englisch geschrieben war, verstand ich überhaupt nicht, worum es ging.

Ich hätte Doktor Brown um Hilfe bitten können, aber der hätte mir Fragen gestellt, auf die ich mit Lügen hätte antworten müssen.

Außerdem gab es da noch ein größeres Problem: Doktor Brown war *sehr* intelligent, deswegen wäre es für ihn kinderleicht, meinen Großen Traum zu erraten. Und das durfte auf keinen Fall passieren, denn dann würde ich mich zu Tode schämen.

Ich brauchte Laila. Natürlich war ich furchtbar wütend auf sie, aber wenn sie zurückkäme, um mir das Tagebuch zu übersetzen, könnte ich ihr verzeihen.

Ich blätterte weiter und ungefähr im letzten Drittel stieß ich auf etwas Interessantes: Zwischen den für mich unverständlichen Wörtern befand sich eine Zeichnung, die so präzise wirkte wie die Abbildungen in richtigen Büchern.

Sie stellte einen gebogenen Zweig mit einem länglichen Blatt und einer großen Blüte dar. Die Blütenblätter wirkten dicklich und waren mit feinen Härchen bedeckt.

Was mochte es mit dieser Blume auf sich haben?

Und warum hatte Clarke sie in seinem Tagebuch abgebildet?

Ich betrachtete sie genauer: fünf Blütenblätter, in der Mitte ein dichter Kranz von Staubblättern an langen Stielen, die sich nach außen bogen wie die Lichtspuren eines Feuerwerks.

Auf der Seite, die Laila mir neulich vorgelesen hatte, erzählte Doktor Clarke, dass er soeben von einer Urwaldexpedition zurückgekehrt war. Vielleicht war er ja nicht nur Arzt und Forschungsreisender, sondern auch Künstler. Möglicherweise hatte er diese Blume im Dschungel entdeckt und seine Zeichnung war unter Kunstsammlern enorm viel Geld wert.

Oder die Zeichnung war einfach nur eine Zeichnung, aber die Blume selbst war sehr wertvoll. Ich wusste, dass im Amazonasbecken Tausende von seltenen Pflanzen wuchsen. Vielleicht gab es darunter welche, die viel Geld wert waren – genug, um den Großen Traum zu verwirklichen?

Wer weiß.

Dieser Gedanke schockierte mich so, dass mir kurz die Luft wegblieb. In jener Nacht träumte ich von fernen Urwäldern. Von goldenen Blüten. Und von großen Abenteuern, die das ganze Leben verändern.

Ich kehrte in die Klinik zurück und es war, als wäre ich niemals weg gewesen. Es gab dort immer noch dieselben Ärzte, dasselbe Nest, das Bett, das allerdings nicht mehr von Wandschirmen umgeben war. Nicht dass mir irgendetwas davon etwas bedeutet hätte.

Das Einzige, was mir wichtig war, war El Rato aus dem Weg zu gehen. Ich wollte ihn nicht sehen. Ich wollte ihm nicht erzählen, was mir passiert war. Ich wollte ihm nicht erklären müssen, dass ich dazu verurteilt war, furchtbar krank zu werden und zu sterben. Ich wollte nicht, dass er begriff, dass ich dabei war zu verlöschen.

Inzwischen war mir klar, dass ich als Erstes mein Sehvermögen verlieren würde. Ich würde in der Finsternis versinken und nie mehr Farben sehen, und auch nicht das Gesicht meiner Mutter oder das des Jungen, in den ich mich verlieben würde.

Abgesehen davon würde es diesen Jungen ohnehin niemals geben. Denn nach den Augen würde mein Gehirn den Geist aufgeben. Ob das wohl ganz plötzlich geschah, wie wenn man einen Schalter betätigt, oder langsam, wie ein Tröpfeln, und jeden Morgen würde ich beim Aufwachen ein wenig dümmer und ein wenig einsamer sein?

Für die Schule mussten wir mal die Geschichte *Blumen für Algernon* lesen. Darin ging es um einen Jungen namens Charlie Gordon, der sehr dumm war und für ein Experiment ausgewählt wurde, das ihn intelligenter machen sollte. Das Experiment glückte, das konnte man auch an seinem Tagebuch erkennen. Er schrieb plötzlich in einem viel besseren Stil und machte weniger Rechtschreibfehler. Mit der Zeit wurde er immer intelligenter – intelligenter sogar als die Entwickler der Medikamente, die er genommen hatte. Eines Tages dann entdeckte er, dass ihre Berechnungen einen Fehler aufwiesen und dass die Wirkung der intelligenzverbessernden Mittel nur vorübergehend war. Er war dazu verdammt, wieder genauso dumm zu werden, wie er es früher gewesen war.

Beim Lesen hatte ich geweint, und jetzt wusste ich, dass ich dasselbe Schicksal wie Charlie Gordon hatte. Oder nein, ein noch viel schlimmeres.

Ich wollte nicht, dass El Rato davon erfuhr.

Also flehte ich Mama am ersten Tag meiner Rückkehr an, den Vormittag mit mir in dem kleinen Garten vor den Sprechzimmern zu verbringen, der ziemlich abgelegen war. Als sie sich schließlich verabschiedete, begleitete ich sie nicht wie sonst zum Parkplatz, sondern flüchtete mich in die Kapelle.

Ich setzte mich in die Nähe der Statue des *Cristo Pobre*, des armen Christus, schaute ihm direkt in die Augen und fragte ihn, warum er, der Beschützer der unheilbar Kranken, zuließ, dass dies alles mit mir geschah.

Ich war zornig. Wütend.

Du bist doch nur ein Stück Holz, dachte ich, ein dämliches Stück Holz. Und ich bin noch viel dämlicher als du. Weil ich vertraut habe. Weil ich geglaubt habe …

»Laila.«

El Rato stand hinter mir.

Er war so plötzlich aufgetaucht, dass ich zusammenzuckte und erschrocken aufschrie.

»Du solltest hier nicht schreien, das ist eine Kirche.«

»Ja, danke, das weiß ich. Und genau deshalb hättest du mich nicht so erschrecken sollen.«

»Na, dann hättest du ja mal bei mir vorbeikommen und Hallo sagen können, jetzt wo du wieder zurück bist. Du warst tagelang weg. Bist du entführt worden?«

Das war eine so absurde Idee, dass ich lachen musste.

»Nein, ich bin nicht entführt worden«, erklärte ich. »Es ist nur so, dass sie herausgefunden haben, an welcher Krankheit ich leide.«

»Sie kann nicht schlimmer als meine sein. Habe ich dir schon mal erzählt, dass ich ein hochinteressanter Fall bin?«

»Ich fürchte, dass meine Krankheit wesentlich schlimmer ist. Sie nennen sie Ceroid-Lipofuszinose.«

»Oh. Das klingt … sehr ernst.«

Dieser Idiot sah mich an, als wäre er neidisch! Das machte mich derartig wütend, dass etwas in mir aufplatzte und ich ihm alles entgegenspuckte: den Besuch meiner Mutter beim Direktor, meine Expedition in sein Büro und das, was ich dort herausgefunden hatte. Als ich fertig war, weinte ich so heftig, dass ich vor lauter Tränen sein Gesicht nicht mehr sehen konnte.

»Verdammt«, sagte er. »Das ist ja voll eklig.«

Ich zog die Nase hoch. »Also … ich … ich habe dir alles … alles erzählt und … und dir fällt … nichts … nichts anderes dazu ein als … als … *voll eklig*?«

»Wieso, stimmt doch! Ist doch voll eklig, oder?«

Jetzt musste ich lachen. Die Tränen rannen mir in den Mund und schmeckten salzig.

»Du bist wirklich ein Idiot.«

»Du solltest mir lieber dankbar sein. Als ich erfahren habe, dass du zurück bist, bin ich sofort losgezogen, um dich zu suchen und um dir das hier zu geben. TA-TA-TA-TAAA!«

Ich erkannte das, was er da in der Hand hielt, nicht gleich wieder. Dann sah ich, dass es das Tagebuch war, das wir in der Bibliothek gefunden, oder besser: gestohlen hatten.

Im ganzen Universum gab es kaum etwas, das mir im Moment gleichgültiger war.

»Los, lies es.«

»Warum? Steht da was Interessantes drin?«

»Das weiß ich nicht«, gab El Rato zu. »Es ist auf Englisch geschrieben und ich verstehe es nicht. Ich habe drauf gewartet, dass du zurückkommst und es mir übersetzt. Erinnerst du dich, dass vorn etwas von einem Finderlohn steht? Wir haben noch nicht rausgefunden, ob da wirklich was Wertvolles drin ist.«

Ich seufzte. El Rato zeigte sich von meiner Geschichte so wenig betroffen, dass ich am liebsten mit den Fäusten auf ihn losgegangen wäre. (Okay, er lebte in *Santo Toribio* und wer weiß, wie viele schlimme Erkrankungen er schon miterlebt hatte … Aber es ging um *meine* Krankheit. *Meine* Augen. *Mein* Leben.)

Ich wollte ihn schon zum Teufel schicken, doch dann dachte ich, dass es vielleicht besser war, über etwas anderes zu reden. Ich war sogar erleichtert. Für eine Weile würde ich an etwas anderes denken können als an … *das.*

Also nahm ich das Tagebuch und schlug einfach irgendeine Seite auf.

Lima, 6. März 1941. Die arme Francisca kam mich besuchen … Es tat mir weh, sie derart niedergeschlagen zu sehen. Sie war schwarz gekleidet, wie in Trauer. Sie sagte zu mir, die Auflösung unserer Verlobung hätte ihr Leben zerstört, sie war völlig verzweifelt. Doch schien sie immer noch zu hoffen, ich könnte es mir anders überlegen …

»Nein, nicht das!«, sagte El Rato und blätterte in dem Tagebuch herum. »Warte. Ja, hier. Lies mal das hier.«

Er zeigte mir eine Seite mit der Zeichnung einer seltsamen Blume. Auch ich fand, das könnte eine interessante Stelle sein.

Lima, 11. September 1941. Ich war in der Nationalbibliothek in der Avenida Abancay. Ich hatte nach Büchern über heilkräftige Pflanzen aus dem Amazonasgebiet gesucht und ein Buch ohne Titel gefunden …

Den Amazonasregenwald, die Selva, kann man nicht mit Worten beschreiben. Ihr wohnt eine unvergleichliche Schönheit inne, ein Miteinander aus gleißenden Lichtern und tiefen Schatten.

Sie ist komplex und gefährlich. Mächtige Stromschnellen durchsetzen die Flüsse, die schwüle Luft macht den Aufenthalt in diesem Dschungel unerträglich, glühende Sonnenhitze und heftigste Regengüsse wechseln einander ab.

Tiere, die zu den gefährlichsten der Welt zählen, zeigen dem Menschen, dass er ein ungebetener Gast ist. Ganz zu schweigen von den Insekten, die sein Gesicht in kürzester Zeit in eine blutende Maske verwandeln und furchtbare Krankheiten wie das Dengue-Fieber und Malaria übertragen.

Aus diesen und zahlreichen anderen Gründen verdient das Amazonasbecken seinen Namen »Grüne Hölle«. Es ist ein Ort, an dem man noch schneller verhungern kann als in der Wüste.

Dennoch schleicht sich die Selva einem ins Herz und lässt sich nicht mehr daraus vertreiben.

Auch wenn ich inzwischen schon seit Monaten wieder in der Zivilisation lebte und meinem Arztberuf nachging, waren meine Gedanken dort geblieben. Ständig musste ich an Amazonien denken.

Ich träumte Amazonien und atmete Amazonien und bei jeder sich bietenden Gelegenheit verkroch ich mich in der Bibliothek, um dort nach Büchern über die Tiere und Pflanzen der Selva zu fahnden.

Meinen Vorgesetzten verkaufte ich das als Forschungsarbeit: Viele moderne Arzneimittel werden aus Pflanzen des Amazonasbeckens gewonnen. Das Kurare zum Beispiel, das die Ureinwohner seit Jahrhunderten als Pfeilgift verwenden, ist mittlerweile zu einem unverzichtbaren Narkosemittel geworden.

Genau an einem dieser Nachmittage, die ich mit Recherchen verbrachte, machte ich eine Entdeckung, die mein Leben verändern sollte.

In einem Regal der Nationalbibliothek stieß ich auf ein Buch, dessen Umschlag und erste Seiten fehlten und dessen Titel ich deshalb bis heute nicht weiß.

Manuel, der Bibliothekar kannte das Buch nicht und erklärte, dass ein Buch, das keinen Umschlag und Titel mehr hat, unmöglich korrekt einzuordnen ist.

Weil mich die geheimnisvolle Aura dieses Buches amüsierte, begann ich, darin zu lesen und stellte bald fest, dass es sich um ein pflanzenkundliches Werk aus der Feder eines Amateurbotanikers handelte. Der Autor – ein Jesuit, dessen Namen ich nie herausfinden sollte – hatte das Amazonasgebiet unter schwierigsten Bedingungen bereist.

Schnell wurde mir klar, dass viele der darin beschriebenen Pflanzen in keinem anderen der von mir studierten Bücher erwähnt wurden. Besonders beeindruckte mich ein kurzer Absatz unten auf einer Seite, in dem es um die verschollene Blume des Schamanen von K. ging.

Dem Jesuiten zufolge handelte es sich um eine ganz besondere und sehr seltene Blüte eines Strauchs, der eventuell der Familie der *Annatto*-Gewächse zuzurechnen war. Die Blüte schien fleischige, leuchtend rote Blütenblätter zu besitzen, die ähnlich wie unsere Edelkastanien mit feinen Stacheln bedeckt waren. Noch interessanter als die Beschreibung der Blüte aber war ihre Verwendung: Dem Autor zufolge nutzten die Schamanen eines nur als »K.« bezeichneten Dorfes den Absud der Blüten als Heilmittel gegen Wahnsinn.

Der Jesuit war zwar in der Botanik recht bewandert. Jedoch verfügte er nicht über angemessene medizinische Kenntnisse und konnte daher nicht genauer erläutern, welche Formen von Geisteskrankheiten auf diese Weise geheilt wurden. Vermutlich verstand er unter dem Begriff »Wahnsinn« alle im weitesten Sinne neurologischen Krankheiten. Mir als Neurologen jedenfalls erschien diese Pflanze hochinteressant.

Ich schrieb den Absatz über die Pflanze ab und dachte nicht mehr viel darüber nach, bis ich einige Monate später (und dies war ein weiterer glücklicher Zufall) Señor Eduardo Aguado kennenlernte. Er war Wissenschaftler und Forschungsreisender und ein ausgewiesener Kenner des Amazonasbeckens. Er war nach Lima gekommen, um dort an einer Konferenz teilzunehmen.

Ein Freund von mir hatte den Kontakt vermittelt und ich holte Aguado am Bahnhof ab und nahm ihn mit ins *Gran Hotel Bolivar,* um ihn zu einem Cocktail einzuladen.

Zunächst machte Señor Aguado keinen großen Eindruck auf mich: Er wirkte ältlich und nicht sehr gesund, seine Nase war – wie bei Alkoholikern typisch – aufgeschwemmt und seine Hände zitterten so sehr, dass er sie nicht kontrollieren konnte. Doch nachdem er zu erzählen begonnen hatte, musste ich mein Urteil über ihn revidieren. Er entpuppte sich als sehr erfahrener und belesener Mediziner und kannte sich darüber hinaus auch in der Botanik hervorragend aus.

Wie es mitunter vorkommt, wenn zwei Fremde einander begegnen, die sich für dieselben Themen begeistern, fingen wir irgendwann an, einander nach möglichst seltenen Forschungsobjekten auszufragen, in der Hoffnung, mit etwas aufzutrumpfen, von dem der andere noch nie gehört hatte. Und so stellte ich meinem Gegenüber die Frage, ob er jemals der verschollenen Blume des Schamanen von K. begegnet sei.

Zu meiner großen Verblüffung war Señor Aguado selbst diese Pflanze bekannt. Zwar habe er noch nie ein Exemplar davon in Händen gehalten, sagte er, doch habe er schon von ihr gehört und sei der Meinung, dass sie tatsächlich eine erstaunliche Heilpflanze sei. Mit einem einzigen Schluck ihres Absuds könne man Epilepsie und viele andere schwere Krankheiten heilen.

»Ich würde sie gern genauer erforschen«, meinte ich. »Wissen Sie vielleicht, in welcher Region dieses Dorf K. liegt und wie man dahin kommt?«

Mein neuer Bekannter schien jemand zu sein, den so schnell nichts überraschte. In aller Ruhe leerte er sein Glas, bevor er sagte: »Wenn Sie es wünschen, kann ich Ihnen eine Karte besorgen und Ihnen alle in meinem Besitz befindlichen Informationen aushändigen. Aber verlangen Sie bitte nicht, dass ich Sie begleite. So faszinierend ich Amazonien auch finde – die Malaria hat mich ausgelaugt und eine weitere Infektion mit dieser Krankheit würde wohl meinen Tod bedeuten.«

Wir trafen eine Vereinbarung: Aguado würde in den nächsten vier Wochen mit allem Material, das ich brauchte, nach Lima zurückkehren und ich würde ihn dafür fürstlich bezahlen.

Während ich auf seine Rückkehr wartete, nahm ich Kontakt mit Miguel Castillo auf, einem lieben Freund und unentbehrlichen Dschungelscout, der mich auf meinen früheren Reisen durch die Selva begleitet hatte. Ich wusste, dass diese Expedition noch gefährlicher als die vorausgegangenen sein würde, und versprach Miguel daher, dass es auch die letzte sein sollte. Miguel nahm den Auftrag begeistert an und kam sofort nach Lima, um mir bei den Vorbereitungen behilflich zu sein.

Als Aguado zurückgekehrt war, trafen wir uns gemeinsam mit ihm und studierten eifrig die von ihm mitgebrachten Unterlagen und Karten. Zahlreichen Berichten zufolge, die Aguado als glaubwürdig bezeichnete, wurde die von mir gesuchte Pflanze von den Schamanen des südlichen Amazonasgebiets verwendet, also in der Provinz La Convención der Region Cusco.

Ein weiterer unglaublicher Zufall war, dass Miguel aus genau dieser Gegend stammte. Er war in einem Dorf namens Aguas Calientes zur Welt gekommen, das ganz in der Nähe der weltberühmten Ruinen von Machu Picchu liegt. Miguels Eltern waren bei dem Bau der Eisenbahnlinie beschäftigt gewesen, die heute die Touristen zu der archäologischen Stätte bringt.

Wir beschlossen, dass wir als Erstes in die Stadt Cusco fahren und von dort aus zum Dorf meines Freundes weiterreisen wollten. Nachdem wir uns ein paar Tage ausgeruht hätten, würden wir in den Urwald aufbrechen.

Es würde eine anstrengende Reise werden. Erneut versuchten wir Aguado, der sich in der Gegend gut auskannte, zur Teilnahme an unserer Expedition zu überreden, doch er blieb stur. Er steckte sein Honorar ein und verschwand für immer aus meinem Leben.

Dennoch entmutigte uns seine Weigerung mitzukommen keineswegs. Ich setzte große Hoffnungen in die Blume des Schamanen, da mir die von ihren Krankheiten gezeichneten Patienten hier in *Santo Toribio* nicht mehr aus dem Sinn gingen. Die herkömmlichen Behandlungen konnten ihnen nicht helfen und ich hoffte, dass die verschollene Blume ihre Leiden lindern könnte.

Es erschien mir angebracht, mich mit einem Kollegen zu beraten, der aus den USA gekommen war, um ein paar Monate hier bei uns zu arbeiten. Er hieß Edward Brown und wie sich herausstellte, kannte er sich mit Schamanismus sehr gut aus, da er in den Sumpfgebieten von Louisiana bei Indianern eine Ausbildung zum Medizinmann gemacht hatte.

Leider aber riet mir Eddie davon ab, in den Dschungel zu gehen. Die Gründe, die er vorbrachte, waren durchaus vernünftig. In Europa tobte ein Krieg, der sich jeden Moment zu einem Weltkrieg ausweiten konnte, und wenn dies geschah, war es mehr als wahrscheinlich, dass auch die USA ihm beitreten würden. In diesem Fall würde ich als Militärarzt einberufen werden, es sei denn, ich meldete mich freiwillig als Soldat, um selbst zu kämpfen. Gegen eine Urwaldexpedition, so Edward weiter, spräche außerdem, dass sie viele Monate, wenn nicht gar Jahre in Anspruch nehmen könnte.

Dies waren alles gewichtige Gründe, um auf die geplante Expedition zu verzichten. Hinzu kam, dass mich mittlerweile eine enge Freundschaft mit Eddie verband und ich mich nur ungern von ihm trennen wollte.

Dennoch drängte es mich zum Aufbruch. Ständig hörte ich eine innere Stimme, die mir sagte, dass die Suche nach der Blume der eigentliche Sinn meines Daseins sei. Vielleicht hatten die Ritter der Tafelrunde Ähnliches verspürt, als sie Schloss Camelot verließen, um sich auf die Suche nach dem Heiligen Gral zu begeben. Ich hoffte, ebenso viel Mut und Stärke zu besitzen wie sie.

»Und was kommt dann?«, fragte El Rato.

Ich merkte nicht gleich, dass er mit mir sprach. Ich war so in die Geschichte versunken, dass ich das Gefühl hatte, als höre ich die Stimme von Robert Clarke in meinem Kopf. Eine Stimme, die vor über vierzig Jahren gesprochen hatte.

»Wenig«, erwiderte ich. »Wir sind am Ende angelangt. Am 2. Dezember 1941 schreibt Doktor Clarke noch, dass er und Miguel nach Cusco aufbrechen und dass er sein Tagebuch vorsichtshalber in der Klinik zurücklässt. Danach kommt nichts mehr. Wenn ich mich richtig erinnere, war der 7. Dezember der Tag, an dem die Japaner Pearl Harbor angegriffen haben.«

»Pearl was?«

»Eine Marinebasis der USA im Pazifischen Ozean. Japanische Kampfflieger griffen sie überraschend an und es kam zu einer großen Schlacht, in der viele Menschen starben. Unmittelbar darauf traten die USA in den Krieg ein. Im Grunde hat sich Doktor Clarke noch im letzten Moment in den Urwald gerettet.«

»Ja«, meinte El Rato. »Auf der Suche nach der Blume des Schamanen! Und wir werden das auch tun.«

»Wie meinst du das?«

»Das ist doch klar, oder? Wir müssen uns auch auf die Suche nach dieser Blume machen. Erinnerst du dich, was er über Kurare geschrieben hat? Früher nutzten es die Indios, heute verwenden wir es für Narkosen. Hast du eine Vorstellung davon, was die Medikamente kosten, die jeden Tag hier angeliefert werden?«

Ich wusste es nicht und starrte ihn verblüfft an.

»Eine Menge Geld, das kannst du mir glauben. Das wäre eine sensationelle Entdeckung, wir würden mit dieser Blume reich werden. Und vielleicht könntest du ... also, wenn man daraus wirklich so wirksame Heilmittel herstellen kann ...«

El Rato irrte sich. Natürlich irrte er sich. Das waren fantastische Pläne, die überhaupt keinen Sinn ergaben.

Dabei hatte ich beim Lesen selbst daran gedacht. Eine praktisch unbekannte, beinahe magische Blume, die Krankheiten heilt. Es schien, als seien diese Seiten für mich geschrieben worden.

Und dann war da noch diese seltsame Wärme, die sich, während ich las, in mir ausgebreitet hatte. Es war – ein Wort, das ich in den letzten Tagen vollkommen vergessen hatte, plötzlich fiel es mir wieder ein – ja, es war Hoffnung. Eine ganz klitzekleine Hoffnung. Die ich vielleicht besser sofort verjagen sollte, denn wenn ich mir jetzt Illusionen machte, würde es mir später noch schlechter gehen.

In dieser Nacht wirbelte mir ein ganzer Schwarm von Fragen durch den Kopf.

Gab es die Blume des Schamanen wirklich?

Konnte sie tatsächlich Wunder bewirken?

Was war aus Doktor Clarke geworden?

Konnten El Rato und ich seiner Spur folgen?

Und wie sollten wir das anstellen?

Es war absoluter Wahnsinn. Trotzdem setzte ich mich am folgenden Morgen kurz vor acht Uhr auf die Bank am Springbrunnen, von der aus ich den Haupteingang der Klinik gut überblicken konnte.

Doktor Brown war pünktlich wie immer. Auf zwei Gehstöcke gestützt schritt er durch das Tor. Er kam immer zu Fuß, so als hätte er wegen seines hohen Alters keine Überfälle mehr zu befürchten.

»Kind«, begrüßte er mich.

So nannte er alle, sogar den Professor. Im Vergleich zu ihm waren tatsächlich alle so jung, dass sie ihm wie Kinder vorkommen mussten. Doktor Brown war ein Relikt aus einer vergangenen Epoche. Ich fand es beinahe seltsam, dass er bei uns, in unserer Zeit lebte.

»Könnten Sie sich bitte kurz zu mir setzen?«, bat ich ihn mit zitternder Stimme. »Ich möchte Sie etwas fragen.«

»Ja, natürlich, gern.« Er lächelte. »In meinem Alter lässt man sich keine Gelegenheit entgehen, sich hinzusetzen.«

Er nahm neben mir auf der Bank Platz und schaute mich durch seine dicken Brillengläser verlegen an. Ich begriff: Er wusste über meine Krankheit Bescheid.

»Es ist ... sie haben mir alles gesagt«, platzte ich heraus. »Ich weiß, dass ich erblinde und dass dann noch andere schlimme Sachen passieren. Ich werde im Rollstuhl sitzen wie Carlos, werde immer dümmer und sterbe schließlich. Weil es kein Heilmittel gibt.« Ich schaute ihm direkt ins Gesicht. »So ist es doch, nicht wahr? Es gibt keinerlei Behandlungsmöglichkeiten. Nur Palliativmaßnahmen.«

Er seufzte. »Wir Ärzte kämpfen eine Schlacht, die von Anfang an verloren ist. Wir versuchen, von unseren Patienten etwas fernzuhalten, das dann leider doch über sie kommen wird. Wie über jeden anderen.«

»Ja, sicher, aber danach habe ich nicht gefragt. Ich wollte wissen, ob es für meine Krankheit nicht vielleicht doch eine Heilmethode gibt.«

Doktor Brown dachte eine ganze Weile nach. »Hast du in der Schule gelernt, was Zellen sind?«

Ich nickte. »Sie sind so etwas wie die Bausteine, aus denen unser Körper besteht, oder?«

Er lächelte. »Genauso ist es. Milliarden kleiner, sehr komplizierter Bausteine. Eigentlich sind es hochmoderne Miniaturfabriken. Und so wie die echten Fabriken produzieren sie neben viel Nützlichem auch Abfall. Deine Krankheit verhindert, dass sich deine Zellen von diesem Abfall befreien. Und wenn zu viel davon da ist, häuft er sich in den Zellen an und sie hören auf zu funktionieren.«

Es war das erste Mal, dass mir jemand auf verständliche Weise erklärte, was in meinem Körper vor sich ging. Das, was ich da hörte, kam mir noch viel erschreckender vor als die schwierigen Wörter, die ich in jenem verdammten Buch gelesen hatte.

»Und es gibt ... Gibt es denn keine Möglichkeit, die Zellen zu reinigen?«

»Vielleicht kann irgendwann in der Zukunft so etwas entwickelt werden. Im Augenblick aber sind wir leider noch weit davon entfernt. Daher muss ich deine Frage mit Nein beantworten: Es gibt noch keine Behandlungsmethode. Es tut mir furchtbar leid.«

Er wandte das Gesicht ab und blinzelte in die Morgensonne. Vielleicht dachte er, ich würde anfangen zu weinen. Doch ich drängte die Tränen zurück. Ich musste ihn noch etwas fragen, etwas völlig anderes.

»Können Sie sich an einen Arzt namens Robert Clarke erinnern? Er hat mal hier in *Santo Toribio* gearbeitet.«

Er setzte sich kerzengerade hin. Dann nickte er langsam.

»Ja, Robert, natürlich. Ein sehr, sehr junger Arzt.«

Wahnsinn!, dachte ich. Dann ist Doktor Brown wirklich *sehr* alt.

»Damals wollte ich eigentlich gar nicht von meinem Krankenhaus in Louisiana weg«, fuhr er fort. »Ein Medizinmann darf sein Land nicht verlassen, hatten mir die Indianer beigebracht. Doch einem Kollegen von *Santo Toribio* gelang es dann doch, mich dazu zu überreden, für ein paar Monate herzukommen. Damals war das hier ein allgemeines Krankenhaus und keine Spezialklinik. Robert und ich waren beide Neurologen und die einzigen *Gringos* – die einzigen Ausländer … Und so entwickelte sich zwischen uns eine sehr enge Freundschaft. Er war ein guter Arzt, aber auch sehr unruhig, ständig in Bewegung …«

Ich unterbrach ihn: »Stimmt es, dass er von der Selva wie besessen war? Er hatte bereits mehrere Expeditionen ins Amazonasbecken unternommen, auf denen er nach Heilpflanzen gesucht hatte. Und dann brach er 1941 erneut auf, mitten im Zweiten Weltkrieg …«

Doktor Brown streckte die Hand nach einem seiner Stöcke aus und rollte ihn zwischen den Handflächen hin und her, wie ein Pfadfinder, der Feuer machen will.

»Du weißt ja ganz schön viel über ihn«, sagte er erstaunt. »Ja, das ist wahr. Es sollte seine letzte Reise werden, denn er kehrte aus der Selva nicht mehr zurück. Soweit ich weiß, hat auch niemand mehr je von ihm gehört. Ich hatte zuvor alles versucht, um ihm diese Expedition auszureden. Es war Krieg, dadurch war alles komplizierter geworden, und die Amazonasregion ist heute noch gefährlich, da kann man sich denken, wie das damals war. Doch Robert war bereits im Urwald gewesen und konnte es nicht erwarten, wieder dorthin zurückzukehren. Er hatte einen Freund, Miguel Castillo … Sie hatten schon viel zusammen erlebt und waren davon überzeugt, auf dieser Expedition bahnbrechende Entdeckungen zu machen. Sie brachen nach Cusco auf …«

»Ist das der Ort, von dem aus man in den Dschungel kommt?«, fragte ich, vielleicht ein bisschen zu eifrig.

Doktor Brown lächelte. »Der Regenwald des Amazonasbeckens bedeckt eine Fläche von über fünf Millionen Quadratkilometern. Das entspricht einem Drittel der Fläche Südamerikas. Bei dieser Größe gibt es natürlich viele Wege in die Selva. Einer davon beginnt in Cusco, einer Stadt in den Bergen, in dreitausend Metern Höhe. Heute muss man nur in ein Flugzeug steigen, um dorthin zu gelangen, doch früher war das nicht so einfach. Miguel Castillo wohnte dort in der Nähe, bei Machu Picchu …«

»Er war aus Aguas Calientes«, verbesserte ich ihn.

»Aguas Calientes wird auch ›Machu Picchu Pueblo‹ genannt, denn die berühmte Ruinenstadt liegt ganz in der Nähe. Sie ist eines der Weltwunder.«

Aber ich interessierte mich nicht für Archäologie. Ich wollte mehr über Doktor Clarke erfahren. »Robert Clarke ist also zusammen mit Miguel Castillo nach Aguas Calientes gefahren. Und was geschah dann?«

»Aguas Calientes liegt an einem Fluss, am Urubamba. Wenn man diesem Fluss folgt, gelangt man in den Urwald. Das jedenfalls war ihr Plan. Mehr weiß ich auch nicht.«

»Und was war der Zweck der Expedition?«

»Auch das weiß ich nicht.«

»Sie schwindeln«, wagte ich zu sagen. »Sie wissen es sehr wohl.«

Ganz langsam verzog sich Doktor Browns Gesicht zu einem Lächeln.

»Dir kann man ja wirklich nichts vormachen, Kind. Nach Roberts Abreise bin ich nach Louisiana zurückgekehrt und blieb über dreißig Jahre dort. Dann lernte ich auf einem Kongress De La Torre kennen. Ich erzählte ihm, dass ich *Santo Toribio* gut kannte, und ließ mich von ihm überreden, wieder hierherzukommen. Erst zu diesem Zeitpunkt erfuhr ich, dass Robert verschwunden war.«

Ich nickte.

»Für mich war das sehr schlimm. Er war ein ganz besonderer Mensch und all die Jahre hindurch hatte ich gehofft, dass seine Forschungsreise erfolgreich verlaufen war. Aber wie gesagt weiß ich nicht, was die nächste Etappe nach Aguas Calientes war. Weitere Informationen habe ich nicht. Ich weiß nicht einmal, ob sie überhaupt Aguas Calientes erreicht haben.«

»Und die Blume des Schamanen?«

Endlich waren wir an dem Punkt angelangt, um den es mir ging. Die eigentliche Frage. Ich spürte, wie mein Herz vor Aufregung schneller schlug.

»Ach, das ist eine Geschichte, die unter Neurologen immer wieder die Runde macht … Der wundersame Absud, der alle Krankheiten heilen kann. Nur schade, dass noch nie jemand diese Blume gesehen hat. Und dass niemand weiß, wie man in das mysteriöse Dorf K. gelangt. Von dessen Namen auch nur der Anfangsbuchstabe bekannt ist.«

Ich hielt die Luft an.

Ich musste es fragen. Ich musste es unbedingt fragen. Doch wenn er mit Nein antwortete … Was würde ich dann tun?

Aber trotz allem war es zu wissen besser, als es nicht zu wissen.

»Wenn es diese Blume gäbe … Also, tun wir einfach mal so, als existiere sie … Glauben Sie, dass … dass es für mich einen Unterschied machen … dass sie mich heilen könnte?«, fragte ich.

Doktor Brown nahm meine Hand. Seine Haut fühlte sich eiskalt und trocken an.

»Du erinnerst mich sehr stark an eine Freundin, die ich als Kind hatte. Du hast genau denselben Gesichtsausdruck wie sie. Du bist genauso mutig, das wird dir sicherlich helfen. Und deshalb sage ich dir die Wahrheit: Es könnte sein. Aus medizinischer Sicht müsste man, um herauszufinden, ob diese Blume wirklich Heilkraft besitzt, eine Probe finden, sie analysieren und Experimente und Tests durchführen. Doch die Schamanen arbeiten nicht so, sondern auf andere Weise. Und ihre Heilmethoden haben mit dieser Dimension nichts zu tun. Verstehst du, was ich meine?«

Ich schüttelte den Kopf. Mein Herz schlug mir immer noch bis zum Hals.

»Ich werde versuchen, es dir anders zu erklären. Die Schamanen fechten ihre Kämpfe in der Geisterwelt aus, einem furchtbaren, jenseits unserer Wirklichkeit liegenden Ort. Dort sind kostbare Schätze versteckt, aber es lauern dort auch große Gefahren. Und mitunter kehrt man aus der Geisterwelt nicht mehr zurück. Deshalb musst du vorsichtig sein, Kind. Wenn es um deine Seele geht, kann dir auch der mächtigste Schamane nicht den Weg weisen. Denn den musst du selbst finden. Du ganz allein.«

Jetzt hatte ich verstanden.

Doktor Brown konnte mir nicht sagen, ob ich auf meine Expedition aufbrechen sollte oder nicht. Es musste meine eigene Entscheidung sein.

»Ich verspreche Ihnen, dass ich meinen Weg finden werde.«

»Sehr gut.« Doktor Brown lächelte mich an. »Nur eines noch«, fuhr er fort, »ich glaube, dass du einen Freund brauchst. El Rato … Man kann all dem, was er mit dem Mund sagt, nicht trauen. Doch sein Herz ist immer ehrlich. Denk daran. Und viel Glück.«

Er griff zu seinen Gehstöcken und stützte sich damit ab, um aufzustehen. Das ging nur sehr langsam vor sich. Dann lief er mit vorsichtigen Schritten davon und sagte noch etwas zu mir, das ich aber nicht mitbekam.

Denn in jenem Moment konnte ich nur noch an eines denken: an eine Blume, die im Urwald wuchs.

Eine wundersame Blume, die jede Krankheit heilen konnte.

Und die für immer die Angst verjagen würde, die mich allmählich von innen auffraß.

Ich saß im Aufenthaltsraum des Pflegepersonals und schaute fern, denn um diese Zeit kam immer eine Zeichentrickfilmserie mit Kampfflugzeugen, die sich in Roboter verwandeln konnten.

Die Fenster des Aufenthaltsraums gingen auf den Innenhof hinaus, deshalb sah ich, wie Laila Doktor Brown entgegenlief. Anfangs wirkte er nervös, aber als sie ihr Gespräch beendet hatten, war es Laila, die nervös aussah.

Vielleicht hatte sie ihn nach mir gefragt. Danach, warum ich ein besonderer Patient war und in der Werkstatt schlief anstatt im Saal bei den anderen. Oder warum ich nicht beim Professor wohnte.

Nein. Nein, das konnte nicht sein. Doktor Edward Brown würde niemals mein Geheimnis verraten. Und Laila hatte ganz andere Sorgen. Sie hatten über die Blume des Schamanen gesprochen, es konnte gar nicht anders sein.

Ich wartete, bis Doktor Brown seiner Wege ging, und schlenderte dann mit den Händen in den Taschen auf Laila zu. Ich gab mir große Mühe, unbeteiligt zu wirken. Ich hoffte, dass sie mir nicht ansah, wie aufgeregt ich war.

»Wann brechen wir auf?«, fragte ich.

Laila wollte mir antworten, doch dann biss sie sich auf die Lippen. »Ich habe mit deinem Vater gesprochen. Er ... er hat sehr geheimnisvoll getan. Doch Doktor Clarkes Blume ... Also, es könnte sein, dass es sie tatsächlich gibt. Und es könnte sein, dass sie mich heilen kann. Vielleicht. Das heißt, in Wirklichkeit ist alles sehr vage: Seit Doktor Clarkes Abreise ist viel Zeit vergangen und er und Miguel Castillo hatten nur wenige Hinweise zusammentragen können.«

Ich schaute sie fragend an und Laila erklärte: »Ich will damit sagen, dass sie vor ihrer Abreise nur wenige Anhaltspunkte hatten. Und wir haben noch viel weniger. Ich habe deinen Vater um Rat gefragt und er hat mir eine komische Geschichte erzählt, über die Schamanen und dass sie Kranke nicht in unserer Welt heilen.«

»Ja, das macht er manchmal. Die Schamanen sind sein Hobby.«

»Aber am Ende hat er gemeint, es wäre meine Entscheidung.«

»Unsere.« Lächelnd legte ich ihr eine Hand auf die Schulter. »Ich sage dir jetzt, was ich denke: Du hast schon recht, wir haben wirklich wenig Anhaltspunkte. Eigentlich nur den Namen einer Provinz. Im Dschungel zwei Typen finden zu wollen, die sich dort vor vierzig Jahren verirrt haben, hört sich verzweifelt an. Aber wir sind ja auch verzweifelt. Du, weil du entdeckt hast, dass du diese eklige Krankheit hast, und ich …«

»Du?«, unterbrach sie mich, mit misstrauisch gerunzelter Stirn. »Ich dachte, du brauchst die Blume, um wieder gesund zu werden. Genau wie ich.«

»Bei mir ist es komplizierter«, murmelte ich. »Ich … ich habe meine eigenen Gründe.«

»Dann möchte ich sie gern erfahren. Ich muss wissen, warum du bereit wärst, von hier wegzugehen und mit mir zu reisen.«

Ich seufzte.

»El Rato, wenn du es mir nicht verrätst, fahren wir nirgendwohin.«

Ich konnte es nicht. Wirklich nicht. Ich konnte ihr nicht vom Großen Traum erzählen, das war vollkommen unmöglich. Aber vielleicht …

»Ich brauche das Geld«, gestand ich. »Oder zumindest irgendwelches Geld. Und wenn es diese Blume wirklich gibt und es uns gelingt, sie zu pflücken und sie den Ärzten zu bringen, damit sie daraus ein Medikament machen können, dann werden wir reich. Und das ist genau das, was ich brauche.«

»Hast du mit deinem Vater darüber gesprochen?«

»Mit Doktor Brown? Nein, natürlich nicht. Das würde ich nicht einfach so herumerzählen. Es gehört nur mir allein. Es ist ein Geheimnis. Ich kann doch auch ein Geheimnis haben, oder?«

»Ich habe mein Erspartes dabei«, sagte sie. »Ich habe es eingesteckt, als ich von zu Hause weg bin …«

»Super, denn ich habe nichts. Du investierst dein Geld in unsere Reise, ich meine Erfahrung und meine anerkannte Cleverness. Und wenn wir die Blume finden, wirst du wieder gesund und ich werde Millionär. Das ist eine gute Abmachung, finde ich. Und falls wir doch nichts finden … na ja, das ist dann auch nicht schlimmer, als wenn wir einfach hiergeblieben wären.«

»Was ist mit unseren Eltern? Was werden sie sagen?«

Auf diese Frage antwortete ich nicht, das musste sie mit sich selbst ausmachen.

Laila sagte eine ganze Weile nichts, aber mir war, als könne ich ihr beim Nachdenken zusehen, als blitzten in ihrem Kopf Gedanken auf.

Dann schaute sie mich mit diesen unglaublich hellblauen Augen an und sagte: »Wenn wir aufbrechen sollten, dann … also … wann glaubst du, sollten wir es tun?«

»Heute Nacht«, sagte ich entschieden. »Um Punkt Mitternacht. Ich warte unter der Pergola auf dich und dann gehen wir durch das Tor raus, durch das die Krankenwagen fahren.«

Ich hatte schon oft geträumt, es zu tun. Das Tor öffnen und hinausgehen, hinaus in jene Welt, in der ich noch nie gewesen war.

Und jetzt war der Moment gekommen.

BOAHHHH!

Ich drehte mich um.

»Wohin gehst du?«, fragte Laila.

»Ich will mich von *Santo Toribio* verabschieden«, erwiderte ich.

»Meinst du die Kinder im Nest?«

»Nein, ihnen sollten wir lieber nichts davon sagen. Sie würden mit uns mitkommen wollen und das wäre die reinste Katastrophe. Oder aber sie würden schwören, uns nicht zu verraten, doch dann … Nein, auf gar keinen Fall. Wir sagen niemandem etwas.« Ich nickte zu den Gebäuden hinüber. »Ich will nur noch mal meine Runde drehen. Die Klinik ist seit jeher mein Zuhause gewesen. Und ich weiß nicht, wann ich sie wiedersehe.«

Ich verbrachte den Tag zusammen mit Mama. Ich saß neben ihr und zwang mich, das dritte und letzte Buch zu lesen, das mir Señor Tanaka eingepackt hatte. Ich hatte es beiseitegelegt, weil es mich nicht besonders interessierte. Es war *Panki und der Krieger* von Ciro Alegría, ein Roman über ein Dorf im Amazonasgebiet, das von einer Riesenschlange angegriffen wurde. Weil El Rato und ich in den Dschungel wollten, könnte es vielleicht nützlich sein, es vorher zu lesen, dachte ich.

Plötzlich fiel mir etwas ein. Ich nahm den Walkman aus meiner Tasche. Im Walkman steckte eine Kassette mit peruanischem Rock, die ich schon viel zu oft angehört hatte. Ich spulte sie zurück und drückte dann auf *Aufnahme*. Das Kontrolllämpchen des Mikrofons schaltete sich ein und die Bandspulen begannen sich zu drehen.

»Mama«, sagte ich.

»Ja, mein Schatz?«

»Ich hab dich lieb.«

»Ich hab dich auch lieb, mein Schatz, ganz furchtbar lieb.« Sie seufzte. »Und du wirst sehen, wir werden auch mit dieser Sache fertigwerden …«

Mama hielt mir einen langen Vortrag über neue Heilmethoden, Pillen und Experimente. Seit ich die Diagnose bekommen hatte, hatte die Krankheit die Vertrautheit zwischen uns zerstört. Mama hoffte immer noch, dass mich ein Arzt heilen könnte, während ich, spätestens seit ich mit Doktor Brown gesprochen hatte, die Wahrheit kannte. Was ich brauchte, war nicht eine Behandlungsmethode, sondern ein Wunder. Und ich würde allein losziehen müssen, um danach zu suchen.

Doch ich ließ sie weiterreden, und als sie geendet hatte, drückte ich auf die Stopptaste. So war auf dem Band nun anstatt eines Songs von *Fragíl* die Stimme meiner Mutter. Ich konnte sie mit mir mitnehmen und anhören, wann immer mir danach war. Da meine Augen immer schlechter funktionierten, würden mir meine Ohren helfen müssen, mich zu erinnern. (Ich hoffte, dass mir das in schweren Zeiten Kraft geben würde.)

Als unser gemeinsamer Tag vorbei war, umarmte ich sie ganz fest.

Sie sagte nur: »Bis morgen.«

Morgen würde ich nicht mehr hier sein, aber vielleicht würde sie sich an unseren letzten Abschied erinnern.

»Entschuldige bitte, dass ich dir Sorgen bereite«, sagte ich leise, als sie ins Auto einstieg und es schon nicht mehr hören konnte. »Aber es wird alles gut gehen und ich werde bald wieder zurück sein. Das verspreche ich dir.«

Ich blieb stehen und schaute dem Auto nach, das durch das Tor fuhr und verschwand, dann lief ich ins Krankenhaus zurück. Ich fühlte mich gleichzeitig ganz leicht und ganz schwer.

Ich lehnte Carlos Angebot, mit mir *Truco* zu spielen, ab und zog stattdessen meinen Koffer unter dem Bett vor. Waschzeug, Pyjamas … Das würde ich alles nicht brauchen. Ich nahm Doktor Clarkes Tagebuch aus dem Koffer, die Zahnbürste und die Ersatzbatterien für den Walkman und steckte alles in die Teddytasche.

Was ich sonst noch brauchte, konnte ich unterwegs kaufen.

Um neun Uhr lag ich schon im Bett. Ich hoffte, schnell einschlafen zu können, doch Fortuna beklagte sich ständig über ihre Kopfschmerzen. Ich versuchte, mir die Geräusche im Saal einzuprägen, die nach und nach verstummten.

Willst du es wirklich tun, Laila?

Willst du los?

Von hier weg?

Aber was wird auf der Reise passieren?

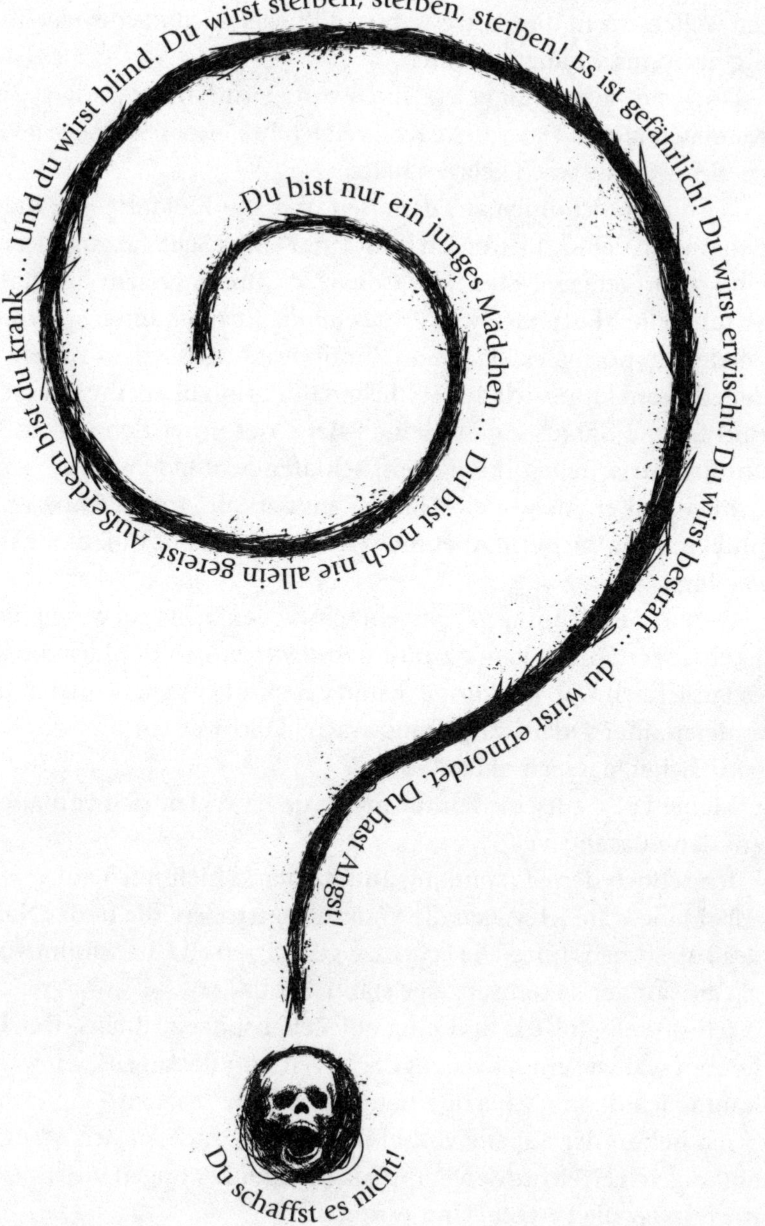
Du bist nur ein junges Mädchen … Du bist noch nie allein gereist. Außerdem bist du krank … Und du wirst blind. Du wirst sterben, sterben, sterben! Es ist gefährlich! Du wirst erwischt! Du wirst bestraft … du wirst ermordet. Du hast Angst!
Du schaffst es nicht!

Im Saal gingen die Lichter aus, nur die grünen Notlichter brannten weiter, damit die Schwestern und Pfleger auch nachts regelmäßig nach uns schauen konnten.

Doch sie kamen nur gelegentlich vorbei und in der übrigen Zeit waren wir allein. Das wusste ich, weil ich in diesem Saal schon viel zu viele Nächte wach gelegen hatte.

Leise rollte ich mich aus dem Bett und zog Kleidung »für draußen« an (in der Klinik trug ich immer nur einen Schlafanzug): Jeans, ein kurzärmeliges T-Shirt, die Converse Chucks (genau dieselben Schuhe, die Marty McFly in *Zurück in die Zukunft* anhat). Ich war wieder ein normales Mädchen. Zumindest hoffte ich, es zu sein.

Behutsam kippte ich den restlichen Kofferinhalt auf die Matratze und formte daraus einen kleinen Berg, der unter dem Laken so ähnlich aussehen sollte wie ein schlafendes Mädchen. In Wirklichkeit sah er aus wie ein Haufen aus zerknitterter Nachtwäsche und ein paar Büchern. Aber mehr konnte ich nicht tun, es musste genügen.

Die Notbeleuchtung gab nur ein schwaches Licht und wegen meiner kranken Augen kam es mir im Saal wesentlich dunkler vor, als es tatsächlich war. Ich konnte kaum etwas erkennen. Schliefen die anderen alle? Oder war jemand wach? Und war ich mir wirklich ganz sicher, dass ich es tun wollte?

Meine Füße entschieden für mich, sie bewegten sich von allein auf den Ausgang zu.

Ich schlich den Flur entlang und niemand hielt mich auf.

Beinahe wäre ich gegen die Wanduhr gestoßen, die in der Nähe des Türrahmens hing. Die Leuchtzeiger zeigten elf Uhr achtundvierzig an, auf der Datumsanzeige stand **24 JUN**.

Ich öffnete die Tür und ging auf Zehenspitzen hinaus. Der Innenhof war wie ein schwarzes Loch. Verdammte Augen! Seit wann konnte ich denn nachts überhaupt nichts mehr sehen?

Ich lief an der Kapelle vorbei und tastete mich an den Mauern entlang. Ich erreichte den Parkplatz der Krankenwagen und hockte mich unter die Pergola. Und wartete.

Jetzt fehlte nur noch El Rato.

Wo blieb er nur?

Vielleicht hatte er auf seiner Abschiedstour durch *Santo Toribio* Zweifel bekommen.

Ich wartete.

Eine Minute, zwei, drei.

Zehn?

Es kam mir vor, als spürte ich die Zeit davonlaufen.

»Pssst.«

So leise, dass ich es nicht gleich hörte.

»He, Laila, ich bin es.«

»Was?«

»Ich bin es!«

Ich zuckte zusammen. »Bist du wahnsinnig? Mich hätte beinahe der Schlag getroffen!«

»Als ich leise war, hast du mich nicht gehört.«

Erst als er näher kam, konnte ich ihn sehen.

Er war wie immer gekleidet, mit seinen Plastikschlappen, der ausgebeulten Hose und dem zerknitterten Hemd.

»Willst du so rumlaufen? Hast du denn keine richtigen Schuhe?«

Er sah mich schief an.

»Okay, ist nicht so wichtig. Dann kaufen wir eben welche.«

»Und wie ist der Plan?«

»Wir gehen hier raus. Hast du den Schlüssel für das Tor?«

Er zog seinen Schlüsselbund aus der Tasche. »Und dann?«

»Dann nehmen wir uns ein Taxi. Fahren zum Flughafen. Steigen in das erste Flugzeug nach Cusco.«

Er schaute mich verblüfft an. »Ich bin noch nie geflogen …«

»Es ist nicht viel dabei. Fast so, wie wenn man in einen Bus steigt. Nur dass man eben fliegt.«

»Was, wenn das Flugzeug abstürzt?«

Ich musste lachen. »Das wird nicht passieren.«

»Wenn wir fliegen, brauchen wir dann Papiere? Ich …« Er atmete tief durch. »Ich habe keinen Pass.«

Wieder musste ich lachen. Er hatte wirklich keine Ahnung vom Reisen.

»Einen Pass braucht man nur für internationale Flüge. Cusco liegt in Peru, deshalb brauchen wir nichts vorzuzeigen. Vertrau mir, ich habe das schon tausendmal gemacht. Ich weiß auch, wie man einen Flug bucht. Man muss nur an den Schalter gehen und die Tickets kaufen. Das erledige dann alles ich.«

El Ratos Gesicht entspannte sich etwas. Hoffentlich konnte ich ihn beruhigen. Ich wollte schnell aufbrechen. Mit jeder Minute, die wir länger blieben, stieg das Risiko, entdeckt zu werden. Inzwischen hatte ich keinerlei Zweifel mehr, ich hatte es nur noch eilig, endlich hier rauszukommen.

»Laila«, murmelte er. »Habe ich dir schon mal erzählt, warum ich El Rato heiße?«

»Weil deine Geburt der wichtigste Moment im Leben deiner Mutter war?«

Er nickte. »Richtig. Und eines Tages werde auch ich den wichtigsten Moment meines Lebens erleben. Vielleicht ist es sogar genau dieser hier.«

Er schenkte mir ein Lächeln, hielt den Schlüssel hoch und steckte ihn in das Torschloss.

Wir schoben es ganz langsam auf, um verräterische Geräusche zu vermeiden, und nur so weit, dass wir uns hindurchquetschen konnten. Dann stürzten wir in die absolute Finsternis.

Sofort bekam ich Panik.

»El Rato … ich … ich kann nichts sehen!«

»So dunkel ist es doch gar nicht.«

»Aber ich kann gar nichts erkennen!«

Er nahm mich an der Hand. »Das macht doch nichts. Ich helfe dir. Aber wo sollen wir hingehen? Wo stecken denn diese Taxis?«

Woher sollte ich das wissen? Ich erinnerte mich daran, dass das hintere Tor auf die Calle Amazonas hinausging und dass der Fluss direkt vor uns sein müsste … Aber auf welcher Seite ging es zum Flughafen? Welche Richtung sollten wir einschlagen?

»Ist ja auch egal«, meinte El Rato. »Versuchen wir es mal links.«

So zogen wir los, durch eine dicke schwarze Suppe hindurch, oder zumindest kam es mir so vor. Außerdem musste ich die ganze Zeit daran denken, dass wir uns in den Barrios Altos befanden und ich viel Geld dabeihatte. Jemand könnte uns überfallen, zusammenschlagen, ausrauben, ermorden … Auf einmal musste ich lachen: Ich war doch genau deshalb hier unterwegs, weil ich bald sterben würde. Ich hoffte nur, dass sie El Rato nicht wehtun würden.

Wir gingen schnell. Ich hielt mich an seiner Hand fest und achtete auf seine Hinweise.

»Achtung, Stufe!«, »Loch!«, »Weich nach links aus!«, »Pass hier gut auf!«, »Hohe Stufe.«

Wir erreichten eine Straße, die noch dunkler als die davor war, und plötzlich durchschnitten die Scheinwerfer eines Autos die Finsternis.

»Ist das ein Taxi?«, fragte El Rato.

»Taxi, Taxi! Taaaxiii!«

Ich streckte die Hand aus und schwenkte sie, doch das Auto fuhr mit hoher Geschwindigkeit an uns vorbei.

Vielleicht war es gar kein Taxi gewesen oder aber der Fahrer wollte mitten in den Barrios Altos lieber nicht anhalten und zwei Teenager mitnehmen. Vielleicht hatte er ebenfalls Angst, ausgeraubt zu werden, und misstraute uns.

Wir gingen einfach weiter, immer geradeaus und am Fluss entlang. Auf diese Weise würden wir früher oder später aus dem Viertel rauskommen.

»Bist du sicher, dass die Richtung stimmt?«, fragte El Rato.

»Klar.«

Eigentlich aber nur ziemlich sicher.

Wenn man sich verirrt hat, bleibt einem nur der Glaube, das eigentliche Ziel trotzdem finden zu können.

Und den hatte ich.

Zum allerersten Mal hatte ich das Nest verlassen.

Ich hatte das Tor aufgeschlossen und war hinausgegangen. In die echte Welt.

Ich hatte es mir so oft vorgestellt: dass ich den Mut finden würde, es zu tun. Doch dann war ich immer davor zurückgeschreckt. Es hieß ja, Barrios Altos sei ein gefährliches Viertel, und ich hatte keine Lust, mir die Kehle durchschneiden zu lassen. Ein bisschen war es deswegen, ein bisschen aber auch … Also, einer wie ich, einer mit so einem Geheimnis wie ich, wo hätte der schon hingehen sollen? Da konnte ich genauso gut in der Klinik bleiben.

Doch jetzt war ich hier. In echt.

Wir überquerten eine Straße, und weil hier nirgends Straßenlaternen standen, war es stockfinster. Es war so ähnlich, wie nachts durch die Gänge der Klinik zu gehen. Doch dann kamen wir auf eine andere, gut beleuchtete Straße, sie war sechsspurig und Unmengen von Autos fuhren darauf, Autos in allen Farben. Zu beiden Seiten der Straße standen riesige Häuser, und auf den Bürgersteigen waren viele Menschen unterwegs, junge Mädchen in kurzen Röcken, alte Leute …

Ich hatte noch nie so viele Menschen auf einmal gesehen. Und so einen Krach gehört. So also geht es auf der Welt zu, dachte ich.

Laila versuchte erneut, ein Taxi zu rufen, und schwenkte die Arme wie eine Geisteskranke.

QUIETSCH!

Dieses Mal hielt sofort ein Auto an, ein kirschrotes, es bremste neben uns ab und der Fahrer kurbelte sein Fenster herunter.

»Was tust du hier um diese Zeit, Mädchen?«

»Wir haben uns verlaufen. Und meine Eltern warten am Flughafen auf uns. Können Sie uns dorthin bringen?«

»Wenn ihr Geld habt.«

Laila zog einen Geldschein hervor und der Taxifahrer grinste.

»Steigt ein.«

Laila nahm auf der Rückbank Platz, ich tat es ihr nach, und das war's schon.

Ich hatte das Gefühl, als würden ganze Herden von *ersten Malen* auf mich zugaloppieren. Das erste Mal in einem Auto. Das erste Mal in einem Taxi. Die Sitze waren weich, mit Plastik überzogen und klebrig.

Der Fahrer gab sofort Gas, vor den Fenstern zogen die Gebäude im Eiltempo vorbei.

»Wie könnt ihr euch hier verlaufen haben? Ihr seid vom Flughafen sehr weit weg ... Beinahe in Barrios Altos. Eine Straße weiter hätten sie euch sicherlich ausgeraubt.«

»Es ... es ist ...«, stammelte ich.

»Es ist eine lange Geschichte, viel zu lang, um sie zu erzählen«, sagte Laila.

Der Taxifahrer nickte. »Okay, wenn ihr nicht darüber reden wollt, dann eben nicht. Ihr seid die Fahrgäste.«

Er schwieg, wir auch, und ich betrachtete die Straßen, die Häuser und die Nacht.

Lima.

Die Stadt, in der ich mein ganzes bisheriges Leben verbracht hatte, ohne sie jemals wirklich gesehen zu haben, war unglaublich groß! Wenn ich sie von oben betrachtet hatte, vom Dach der neuromotorischen Abteilung aus, hatte ich im Kopf die Klinik multipliziert. Denn damals dachte ich, Lima müsse so sein: ein Ort, der zehnmal, hundertmal, tausendmal so groß wie *Santo Toribio* war.

Tatsächlich aber war die echte Stadt ... unvorstellbar riesig.

Und sie machte mir Angst.

Es gab Bars mit schillernden Leuchtschildern, Häuser mit Gitterstäben vor den Fenstern und Autos im Garten, alte Busse, Restaurants, die um diese Zeit immer noch geöffnet waren und vor denen auf dem Gehsteig Tische standen.

Alles Dinge, die ich nicht kannte. Ich wusste nicht, wie ich mit all dem umgehen sollte.

Ich hatte Angst.

Alles war viel zu groß. Wirr. Und so anders.

Kein Ort für El Rato. Nein, ganz und gar nicht.

Was hatte ich mir nur gedacht?

Das Taxi hielt vor einem niedrigen, lang gestreckten Gebäude. Laila übergab dem Fahrer den Geldschein, den sie ihm zuvor gezeigt hatte, und befahl mir auszusteigen. Mit schnellen Schritten ging sie auf die automatischen Türen des Flughafengebäudes zu.

Ich dagegen blieb wie erstarrt stehen.

»He, was ist denn los?«

Ich senkte den Kopf. Ich wusste nicht, wie ich es ihr erklären sollte, wo ich überhaupt anfangen sollte.

Doch sie lächelte mich an. »In Ordnung, das macht nichts. In der Klinik warst du in deinem Revier und wusstest immer, wohin man gehen und was man tun musste, oder? Das hier ist *mein* Revier. Ich bin schon so oft mit Mama und Señor Tanaka geflogen. Ich weiß, wie das geht. Du wirst schon sehen.«

Sie schleifte mich in das Gebäude hinein und plötzlich befanden wir uns inmitten anderer Reisender. Sie sahen müde aus und schoben mit bunten Koffern beladene Gepäckwagen vor sich her.

Ich beneidete sie um die Gepäckwagen, die mir wunderschön vorkamen. Wie gern hätte ich selbst einen benutzt.

»Meinst du, ich könnte …«, fragte ich, doch Laila war schon auf große Schilder zugegangen, die ein bisschen wie Tafeln, aber auch ein bisschen wie Fernseher aussahen.

»Da ist er«, sagte sie. »Flug 215 von Lima nach Cusco. Ein Flugzeug der *Faucett Peru*. Abflug um sieben, das ist perfekt.«

»Warum?«

»Weil sie in der Klinik um die Zeit noch nicht gemerkt haben werden, dass wir abgehauen sind. Die Visite fängt erst um acht an. Und wenn sie sehen, dass wir nicht da sind, wird es schon zu spät sein.«

»Stimmt.«

Laila schien hier in ihrem Element zu sein, ich bewunderte sie richtig. Es gab so viele Schalter, doch sie fand schnell den der Fluggesellschaft *Faucett* und sprach selbstbewusst die verschlafen aussehende Frau mit Brille an, die dahinter saß.

»Zwei Tickets nach Cusco, für den Flug morgen früh um sieben«, sagte Laila.

Die schläfrige Frau rieb sich das Gesicht. »Äh … entschuldige bitte, wenn ich dich das frage, aber wo sind deine Eltern?«

Ich begann innerlich zu zittern, doch Laila schaute sich um und zuckte dann mit den Schultern. »Sie sind nicht da«, meinte sie nur.

Die Frau riss die Augen auf.

Ich merkte, dass Laila zögerte und deshalb jetzt schnell das kommen musste, was ich am besten beherrsche: eine Lüge.

»Sie sind nicht hier, weil sie uns gar nicht zum Flughafen gebracht haben. Uns hat jemand anderes gefahren …«

»Die Nanny«, flüsterte mir Laila zu.

»Die Nanny. Die jetzt im Waschraum ist, mit der kleinen Schwester der jungen Dame hier. Die Kleine musste *kotzen.*« Angewidert verzog ich das Gesicht. »Und weil es schon sehr spät ist, will die Nanny sie möglichst bald nach Hause bringen. Deshalb hat sie uns losgeschickt, um die Tickets zu kaufen. Sie und die kleine Schwester fliegen sowieso nicht mit.«

Ungläubig starrte die Frau uns an. »Aber das Ticketkaufen dauert doch nicht so lange. Wenn die Dame zu mir herkommt, können wir das ganz schnell erledigen …«

Ich war verlegen, denn ich wusste eigentlich gar nicht, was eine Nanny war.

Laila dagegen stützte ihre Ellbogen auf der Theke ab und schlug einen unfreundlichen, herrischen Ton an. »Schauen Sie, wir haben Ihnen erklärt, was los ist. Meine Eltern sind wichtige Persönlichkeiten, und wenn wir Ihretwegen hier Zeit vergeuden, werden sie *sehr verärgert* sein. Drucken Sie bitte sofort zwei Tickets für mich und meinen Freund aus. Erste Klasse.«

Ich konnte es kaum glauben.

Die Frau hinter dem Schalter auch nicht. »Erste … Klasse?«

Laila fischte eine dicke Rolle Banknoten aus ihrer Teddytasche und knallte sie auf die Theke. »Ja, richtig.«

Die Frau schaute in dem Register nach, das vor ihr lag. »In der ersten Klasse sind nur noch in der Raucherreihe zwei Plätze frei.«

»Ach je!«, seufzte Laila. »Aber wenn Sie nichts Besseres mehr haben … Hauptsache, sie sind nebeneinander. Und einer davon am Fenster. Mein Freund ist noch nie geflogen.«

»Ja, natürlich, Señorita. Sofort. Ihr Name?«

»Maria Olaffson. Das ist ein ausländischer Name, mein Vater ist Diplomat. Und mein Freund …«

»Juan Antonio Cristóbal Fujiama«, ratterte ich die ersten Namen herunter, die mir einfielen.

Damit waren die Formalitäten schon abgeschlossen und eine Minute später hielten wir die Tickets in Händen.

Auf meinem stand tatsächlich *Juan Antonio Cristóbal Fujiama. Reihe 4, Platz A, Fenster*.

»He, du warst fantastisch!«, lobte ich Laila, sobald wir weit genug vom Schalter entfernt waren. »Wie hast du das denn geschafft?«

Laila zuckte mit den Schultern. »Du warst ja auch super … Die Geschichte von der kleinen kotzenden Schwester … Wie bist du bloß darauf gekommen? Und das andere … Mir war eingefallen, wie sich Mama verhält, wenn sie einen Flug bucht: Sie bittet nie, sie befiehlt.«

»Na, das hast du wirklich toll hinbekommen. Fast hätte ich dir auch gehorcht.«

Lachend gingen wir in die Abflughalle und setzten uns auf eine Bank. Die Tasche stellten wir zwischen uns, wo sie am sichersten war.

In dieser Nacht hatten sich tausend neue Dinge ereignet und ich war todmüde, gleichzeitig aber auch viel zu aufgeregt, um schlafen zu können.

»Das alles ist unglaublich«, sagte ich. »Wir werden also fliegen? Weit wegfliegen? Wirklich?«

»In ein paar Stunden werden sie das Gate ausrufen, das ist das

Tor, durch das wir ins Flugzeug einsteigen. Jedes dieser Tore hat eine eigene Nummer, deshalb müssen wir darauf achten, was auf den Tafeln steht. Und wenn alle eingestiegen sind, startet der Flieger. Aber du wirst schon sehen, dass alles ganz einfach ist.«

»Und wie fühlt sich Fliegen an?«

»Ein bisschen so wie Kettenkarussell-Fahren. Nur dass man viel, viel höher hinaufkommt. Sogar noch höher als die Wolken.«

Fliegen. Ich konnte es mir immer noch nicht vorstellen.

Laila schlief ein, ich dagegen beobachtete die Tafel, weil ich sehen wollte, wann sie unser Gate anzeigen würde.

Allerdings stellte sich später heraus, dass ich auf die falsche Tafel gestarrt hatte, unser Flug war bereits ausgerufen worden und wir liefen Gefahr, ihn zu verpassen. Laila wachte auf, brummelte, dass ich unzuverlässig sei, und wir rannten los. Als wir an unserem Gate ankamen, hatten sie schon angefangen, die Passagiere einsteigen zu lassen und eine Hostess kontrollierte die Tickets der ersten Klasse.

Wir stellten uns hinten in der Schlange an.

»Wo sind denn eure Eltern?«, fragte die Hostess, als ich an die Reihe kam.

»Sie fliegen nicht mit!«, erwiderte prompt Laila, die direkt hinter mir stand. »Die Nanny hat uns zum Flughafen gebracht, aber sie bleibt hier in Lima. Sie ist schon wieder nach Hause gefahren. Die Eltern meines Freundes holen uns in Cusco vom Flughafen ab. Hier sind unsere Erste-Klasse-Tickets.«

»Ach so, in Ordnung.« Die Frau schenkte uns ein ermutigendes Lächeln.

Wir liefen an großen Fenstern vorbei und in den Gang hinein, der uns zum Flugzeug führte. Durch die Fenster konnte ich es sehen: eine riesige silberne Zigarre mit Propellern an den Flügeln und weißen und orangefarbenen Streifen an den Seiten und der Aufschrift *Faucett* in komisch geschriebenen Buchstaben.

Natürlich hatte ich schon Flugzeuge gesehen, in Zeitschriften und im Fernsehen, ich hatte ja bisher nicht in einer Höhle gelebt. Aber eines in voller Größe vor mir zu haben, das war schon etwas ganz anderes! Von allen *ersten Malen* war dies zweifellos das Allerbeste.

Laila zog mich weiter und schließlich gingen wir an Bord und nahmen unsere Plätze in der Raucherreihe ein. Die Reihe sah genau wie alle anderen aus, doch wer hier saß, durfte rauchen. Mein Sessel stank auch tatsächlich nach kaltem Zigarettenrauch.

Eine freundliche junge Frau kam uns lächelnd entgegen.

»Ach, da sind ja die mutigen Kinder«, sagte sie. »Mir wurde gesagt, dass ihr allein reist, stimmt das?«

»Meine Eltern holen uns gleich nach der Landung ab«, erwiderte ich.

»Ihr seid wirklich schon sehr selbstständig …« Sie sprach mit uns, als ob wir etwas zurückgeblieben seien, doch ich dachte, es wäre besser, sie nicht darauf anzusprechen.

»Habt ihr Hunger, kann ich euch etwas zu essen bringen?«

»Ja, warum nicht«, antwortete ich. »Wir haben noch nicht gefrühstückt.«

»Dann müsst ihr ja einen Monsterhunger haben!«

Einen Monsterhunger?

»Ich bringe euch sofort etwas«, fuhr sie fort und ging wieder.

Nach einer Weile bekam ich ein Hörnchen vorgesetzt, das nach Plastik schmeckte, und einen Fruchtsaft, der … Na ja, das kann man sich ja denken, wie der war. Doch ich war so ausgehungert, dass ich alles verputzte, und anschließend auch noch das Omelett, das Laila nicht hatte essen wollen.

»Ist das toll, in einem Flugzeug zu sein!«, jubelte ich.

Laila warf mir einen skeptischen Blick zu. Dann zeigte sie mir, wie man den Sicherheitsgurt schließt.

Plötzlich führte die junge Frau, die uns das Frühstück gebracht hatte, ein seltsames Ballett auf, bei dem sie mit den Händen auf die Notausgänge zeigte.

Der Herr, der gegenüber von uns auf der anderen Seite des Ganges saß, musste seine Zigarette ausmachen und das Flugzeug begann, sich zu bewegen.

Ich drückte mein Gesicht gegen die Fensterscheibe.

Draußen brach ein grauer Morgen an und über den Start- und Landebahnen schwebte der für Lima typische leichte Nebel.

»Es geht los!«, rief ich. »Ja, klar«, meinte Laila lächelnd. Immer schneller rollte das Flugzeug über die Startbahn. Die Motoren brüllten. Dann …

hob sich die Nase des Fliegers, die Räder lösten sich vom Boden und wir flogen direkt auf den Himmel und auf ein Abenteuer zu und eine Herausforderung und eine Blume, die es hoffentlich wirklich gab, wer weiß, wo, um uns das Leben zu retten.

DER ZWEITE GEIST
EL APU

Anden, Peru
Juni 1986

In jener Nacht ging ich in den Wald, auf die Jagd.
Stundenlang lief ich durch die Dunkelheit,
duckte mich zwischen Lianen hindurch, bis ich endlich
die Lichtung des Weltenbaums erreichte.
An seinen Wurzeln blieb ich stehen, um auszuruhen.
»Jaguar, schläfst du?«, fragte der Baum.
»Es gibt jemanden, der in dieser Nacht
kein Auge zutut und in die Luft aufsteigt.«
»Sprichst du von einem Vogel?«
»Ich spreche von zwei jungen Menschen. Sie
haben eine lange und schwierige Reise angetreten.«
Ich begriff, dass es um die Geschichte ging,
von der mir bereits der Kondor erzählt hatte.
»Werden sie von drei Geistern beschützt?«, fragte ich.
Der Baum antwortete nicht darauf. »Sei vorsichtig,
Jaguar«, sagte er stattdessen. »Ihre Geschichte
ist auch deine. Dich erwartet ein schwerer Kampf.«

»Señorita, Señorita!«

»Taxi zum Hotel!«

»TAXI! TAXI! TAXI!«

»Taxi?«

»Taxi zu den Hotels!«

»Sonderpreise!«

»Die besten Hotels von Cusco!«

»Hotel-Taxi-Hotel?«

»TAAAXIII!«

»Hierher! Taxi, Taxi!«

Sie schrien.

Sie drängelten sich vor dem Flughafen und winkten, um die Aufmerksamkeit auf sich zu ziehen.

Es waren sehr viele.

Verwirrt blieb ich stehen, während El Rato mich überholte und tat, als ob nichts wäre. Ein Mann packte ihn am Arm und schob ihn mitten in die Menge.

»He!«, rief ich. »Wo geht ihr hin?«

Grinsend ließ sich El Rato weiterschieben. »Es ist ein Taxifahrer. Er wird uns zum Hotel bringen.«

In mir breitete sich Panik aus, wie ein saurer Geschmack im Mund. »Aber wir haben doch gar kein Hotel! Wir wissen nicht, wo wir hinsollen.«

»Ach …« El Rato blieb stehen.

Der Mann versuchte vergebens, ihn weiterzuschieben, dann erblickte er mich. »Taxi, schöne Señorita? Ich fahre euch. Wenn ihr nicht wisst, wohin, schlage ich euch ein nettes Hotel vor.«

»Lassen … lassen Sie mich in Ruhe.«

»Hast du gehört, was sie gesagt hat? Lass sie in Ruhe«, schaltete sich ein jüngerer Mann ein. »Ich bringe die beiden in die Stadt.«

»Ich kenne alle Hotels!«

»Kommt mit mir mit!«

»Taxi, hier entlang!«

»TAXI!«

»Taxi, billig!«

»Ich mache die besten Preise!«

Es waren zu viele.

Ich schob sie beiseite und lief los. Ich stieß gegen einen Rücken, jemand beschwerte sich und deshalb lief ich schneller.

»Laila! Warte, wo willst du hin?«

Ich wusste es nicht. Ich lief quer über den ganzen Parkplatz, und als ich die Straße erreichte, lief ich weiter.

»Laila!«

El Rato holte mich ein und ergriff meinen Arm. Ich war vollkommen verängstigt, von einem Entsetzen erfüllt, das mich am ganzen Körper zittern ließ. Jetzt, wo ich stehen geblieben war, fühlten sich meine Beine wie aus Gummi an.

»Was ist denn mit dir los?«

Rings um uns herum tobte der Verkehr. Eine alte Frau verkaufte auf dem Bürgersteig Süßigkeiten.

»Ich … ich bekomme keine Luft mehr«, stammelte ich.

»Das ist *Soroche,* die Höhenkrankheit«, erklärte die alte Frau. »Cusco liegt sehr hoch. Wenn man gerade hier angekommen ist, sollte man nicht gleich losrennen.«

»Darüber habe ich schon mal etwas gehört.« El Rato spielte sich als großer Experte auf. »In der Höhe gibt es weniger Sauerstoff.«

»Atme tief durch«, riet mir die alte Frau. »Und lutsch einen von diesen hier.«

Sie reichte mir einen in grünes Papier eingewickelten Bonbon. Auf dem Papier stand: *COCA CANDY – DAS BESTE MITTEL GEGEN HÖHENKRANKHEIT*.

Als ich klein war, hatte mir meine Mutter eingeschärft, von Fremden nichts anzunehmen. Aber jetzt war alles anders.

Ich brauchte etwas, das mir half, mich zu beruhigen. Deshalb nahm ich den Bonbon an, wickelte ihn aus dem Papier und steckte ihn in den Mund. Er schmeckte nach Honig und komischerweise auch nach Gras und hatte einen leicht bitteren Nachgeschmack.

»Er scheint gar nicht aus Coca-Cola zu sein … Es ist, als hätte ich Gras im Mund.«

Die alte Frau schüttelte den Kopf. »Coca-Cola? Der Bonbon ist aus echten Cocablättern.«

El Rato kicherte.

»Uns Peruanern sind die Cocablätter heilig«, fuhr die alte Frau fort. »Sie vertreiben Kopfschmerzen und die Höhenkrankheit und schenken Kraft. Die Menschen hier verwenden sie seit Jahrhunderten.«

Ich reichte ihr ein paar Münzen und kaufte einen ganzen Beutel Bonbons. Vielleicht dank des Bonbons oder vielleicht auch, weil mir bewusst geworden war, wie absurd die ganze Situation war, fühlte ich mich jetzt viel wacher und klarer. Die Angst ließ allmählich nach.

»Verrätst du mir jetzt, warum du weggelaufen bist?«, fragte El Rato und schaute mich ernst an. »Ich habe mich total erschreckt.«

»Ich habe plötzlich Angst bekommen.«

»Ja, das habe ich gemerkt.«

»Es ist nur, weil … Ich weiß nicht, was wir tun sollen. Doktor Clarke hat in seinem Tagebuch geschrieben, dass er von Cusco aus nach Machu Picchu wollte, also in das Dorf Aguas Calientes, wo Miguel Castillo wohnte. Das müssen wir auch tun, und wenn wir dort sind, müssen wir herausfinden, wie wir die Reise fortsetzen. Aber wo sollen wir anfangen?«

»Wir machen immer nur einen Schritt auf einmal. Jetzt versuchen wir erst mal, uns hier in der Stadt zurechtzufinden. Dann besorgen wir uns eine Karte und überlegen, wie wir die nächste Etappe erreichen können.«

Ich nickte. El Rato hatte recht.

Ein kleiner zerbeulter Bus fuhr in hohem Tempo an uns vorbei. Die Tür war offen und ein junger Mann, der außen auf dem Trittbrett stand und sich am Türrahmen festhielt, rief:

»CUSCO ZENTRUM!

CUSCO ZENTRUM!«

Ich hob die Hand.

Der kleine Bus machte kehrt, raste auf uns zu und bremste so heftig, dass auf dem Asphalt schwarze Streifen zurückblieben.

»Fahrt ihr ins Zentrum?«, erkundigte ich mich. »Plaza de Armas?«

In jeder Stadt in Peru heißt der Hauptplatz nämlich Plaza de Armas.

Der junge Mann bedeutete uns, einzusteigen, also kletterten El Rato und ich hinein und der Bus raste wieder los.

Die anderen Fahrgäste waren Zeitung lesende Männer, Kinder in Schuluniformen, alte Frauen in traditioneller Tracht mit großen breitkrempigen Hüten. Niemand beachtete uns. El Rato starrte fasziniert aus dem Fenster.

Cusco war zwar wesentlich kleiner als Lima, aber doch eine richtige Großstadt mit breiten Straßen und mehrstöckigen Häusern aus Holz und Stein, die noch aus der Zeit der *Conquistadores*, der spanischen Eroberer stammten.

Wir stiegen an einem weitläufigen Platz aus, an dessen Rand eine große Kirche mit Zwillingstürmen thronte. Der Platz lag in der prallen Sonne. Überall liefen Touristen herum, die sich gegenseitig oder die Kirche oder beides fotografierten. In den Arkadengängen hingen Schilder von Reiseagenturen, von teuer wirkenden Restaurants und Souvenirläden. In der Ferne sah man die grün schimmernden Anden.

»Ich glaube, das hier ist genau der richtige Ort, um mit unserer Suche zu beginnen«, meinte El Rato. »Und auch, um etwas zu essen zu finden. Ich habe einen derartigen Hunger …«

»Mir dagegen ist kalt.« Erst in diesem Moment wurde mir bewusst, wie sehr ich fror.

In Lima regnete es nie und das ganze Jahr über herrschte Frühling. Hier oben dagegen wehte ein rauer Bergwind und ich hatte nur Jeans und ein T-Shirt an. El Rato trug Badeschlappen, eine Leinenhose und ein zerknittertes Hemd. Er sah aus wie jemand, der gerade aus einem Krankenhaus entflohen war. Oder aus einer Nervenklinik.

»Komm!«, sagte ich.

»Wohin soll ich mitkommen?«

»Das wirst du gleich sehen. Wir gehen jetzt shoppen.«

Es stellte sich heraus, dass »shoppen« nur »Kleider kaufen« bedeutete. Was für mich auch wieder ein *erstes Mal* war.

Ein Herr riet Laila, zum Markt von Cusco zu gehen. Es war ein überdachter Platz mit Hunderten von Marktständen.

Laila kaufte

einen Poncho aus bunter Wolle

Ich dagegen

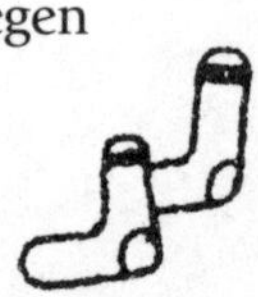

Socken aus Alpakawolle

eine Hose aus festem Stoff

ein neues Hemd aus grobem Leinen

einen
bestickten Pulli

einen Juterucksack, um
meine Sachen hineinzutun

eine Bommelmütze

Die gefiel mir am wenigsten von allem.

Doch Laila sagte: »Du musst die unbedingt aufsetzen, sie versteckt deine Ohren.«

Wieso? Was war denn mit meinen Ohren?

Laila fand, ich bräuchte auch Schuhe, und fragte nach einem Schuhladen. Sie war einfach nicht mehr aufzuhalten. Kaum hatten wir den Laden betreten, bat sie einen Verkäufer, Unmengen von Schuhen herbeizutragen. Schließlich suchte sie für mich ein Paar tonnenschwere Wanderschuhe aus.

Ich war müde und hungrig wie ein Puma, aber auch sehr stolz auf meine neue Kleidung. Wer weiß, was die Kids im Nest sagen würden, wenn sie mich jetzt sehen könnten.

Wir kehrten zum Markt zurück, weil ich dort einen Bereich entdeckt hatte, wo Essen verkauft wurde. Da gab es Stände, an denen frischer Fruchtsaft zubereitet wurde, und andere, die *Ceviche* verkauften, marinierten rohen Fisch in dünnen Scheiben mit Reis und scharfen Peperoni. Weder ich noch Laila hatten dieses Gericht jemals zuvor probiert, und während ich es köstlich fand, verzog Laila angewidert das Gesicht. Ihr war es viel zu sauer und viel zu scharf, aber gerade das war doch das Tolle daran …

Ich aß beide Portionen auf. Laila kaufte sich eine mit Fleisch und Zwiebeln gefüllte *Empanada* und auch ich holte mir noch eine dieser Teigtaschen, um ihr beim Essen Gesellschaft zu leisten.

Als wir satt waren, wurde es Zeit, uns ans Werk zu machen.

Wir gingen in einen Buchladen und kauften uns einen Reiseführer von Cusco und Umgebung. Dann kehrten wir auf die Plaza de Armas zurück und setzten uns auf eine Stufe, um uns in den Reiseführer zu vertiefen.

Doch kaum hatten wir das Buch aufgeschlagen, als ein junger Mann mit Wanderschuhen und Baseballcap lächelnd auf uns zukam.

»Kann ich euch helfen? Ich heiße Manuel und bin Fremdenführer. Ich kann euch hinführen, wo auch immer ihr hinwollt. Sacsayhuamán, Tambomachay, Puka Pukara, Moray …«

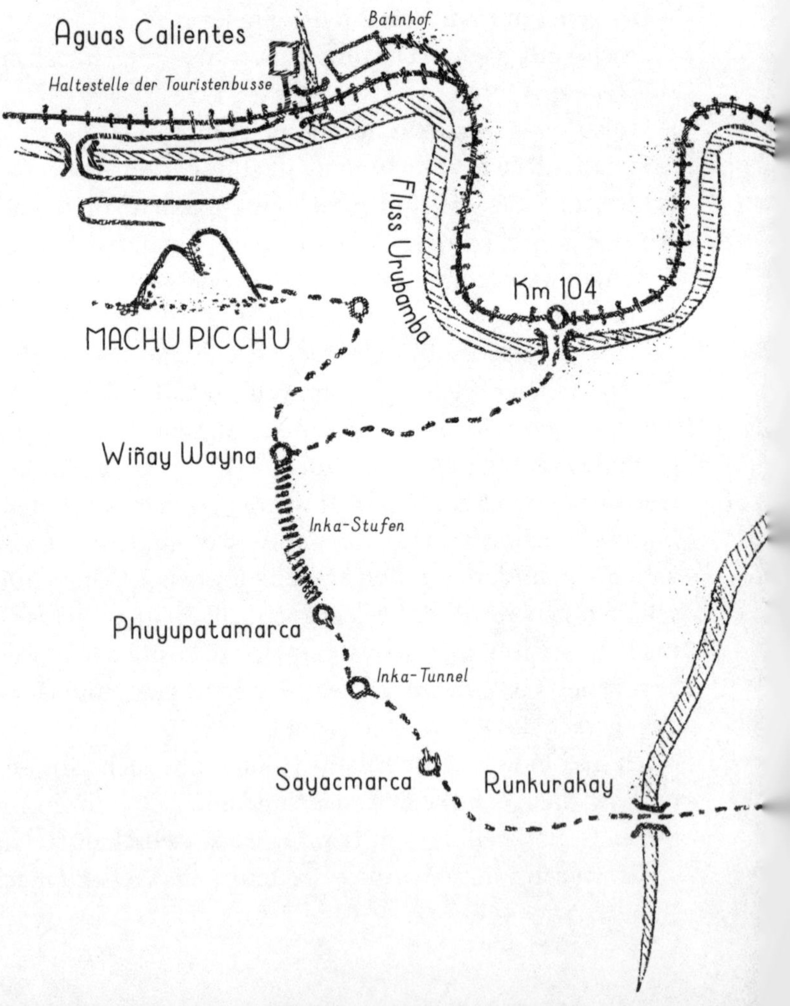

»Auch nach Aguas Calientes?«, fragte ich neugierig.

Das Lächeln des jungen Mannes wurde breiter. »Ach so, ihr wollt nach Machu Picchu? In die verlassene Stadt der Inka, die 1911 von dem großen Archäologen Bingham wiederentdeckt wurde? Eine ausgezeichnete Wahl. Wunderbar! Ein unvergessliches Erlebnis! Darf ich einen Vorschlag machen? Wir könnten morgen früh mit dem Touristenzug um sieben von Cusco aus dorthinfahren. Er wird uns zum Anfang des berühmten Inka-Pfads bringen. Von da aus erreichen wir nach vier- oder fünftägiger Wanderung genau bei Sonnenaufgang Machu Picchu und können dort das einzigartige Sonnentor bewundern …«

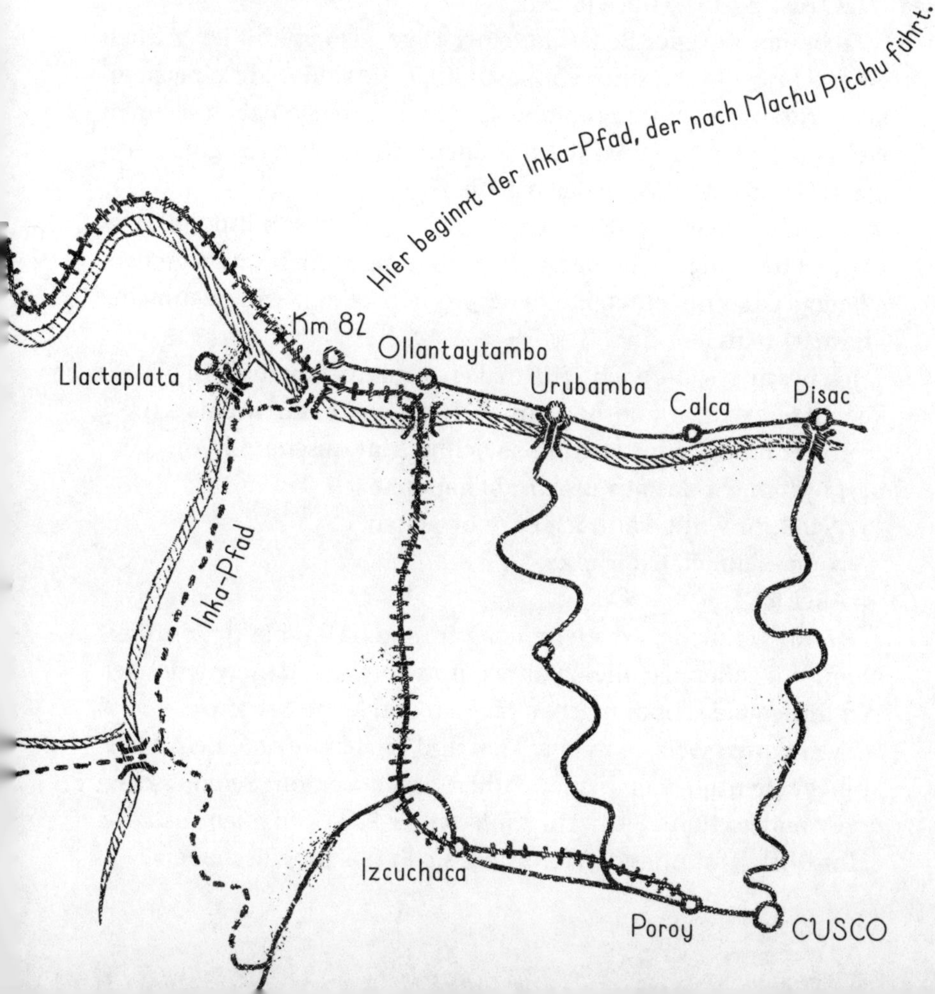

Er sprach so schnell, dass es sich wie eine Ansage vom Band anhörte.

»Kann man da auch direkter hin?«, fragte Laila. »Also ohne dass wir mehrere Tage lang wandern müssen?«

»Selbstverständlich. Wenn ihr es lieber bequem habt, können wir mit dem Zug direkt bis nach Aguas Calientes fahren. Wir würden um zehn Uhr morgens dort ankommen, um dann mit einem luxuriösen Reisebus …«

Ich schaute Laila an, weil ich wissen wollte, was sie davon hielt.

»Von mir aus gern!«, sagte sie und klang sehr überzeugt.

»Perfekt! Wo sind denn eure Eltern? Holt ihr sie bitte mal?«

KOFF, KOFF, hüstelte ich.

Es bestand wieder Bedarf an einer Lüge, also erfand ich schnell eine: »Unsere Eltern sind sehr beschäftigt. Sie sind Ärzte, eine ziemlich anstrengende und zeitraubende Arbeit, deshalb haben sie nicht viel Zeit für uns und wollen uns allein losschicken. Es ginge also nur um uns beide. Wäre das machbar?«

Der junge Mann kratzte sich an der Nase. Ich sah ihm an, dass er nicht besonders wild darauf war, zwei Jugendliche zu begleiten. »Wenn ich das mit euren Eltern besprechen kann, wenn sie mir eine Vollmacht erteilen …«

Ich beschloss, die Sache abzuhaken, eigentlich brauchten wir gar keinen Führer, wir konnten uns auch gut allein durchschlagen.

»In Ordnung, wir treffen uns nachher mit unseren Eltern, dann besprechen wir das mit ihnen«, behauptete ich.

»Wenn ihr wollt, kann ich euch begleiten …«

»Nein, nein, vielen Dank.«

»Aber ich …«

»Nein, wirklich«, erwiderte ich grinsend. »Überhaupt kein Problem. Wir gehen nachher zu ihnen und kommen dann wieder her. Wir finden Sie schon, machen Sie sich mal keine Sorgen.«

Zwei Stufen weiter saß eine Frau und knabberte an einem Maiskolben. Sie trug einen blauen Pulli, Cargohosen mit Seitentaschen und Wanderschuhe. Sie fiel mir auf, weil sie Laila und mich anstarrte.

Ihr Blick kam mir vor, als könnte sie in uns hineinschauen.

Manuel war noch nie der Hellste gewesen.

Er gab sich so viel Mühe, den Jungen und das Mädchen dazu zu bringen, ihre Eltern holen zu gehen, und merkte gar nicht, dass die beiden überhaupt nicht die Absicht hatten, es zu tun.

Vergebliche Mühe, Manuel.

Es lohnt sich nicht, sich da groß reinzusteigern. Reine Zeitverschwendung. Lieber gleich weitergehen und nach dem nächsten Kunden suchen.

Endlich merkte er es und ging weg.

Amüsiert schüttelte ich den Kopf und aß weiter meinen Mais.

Das Mädchen schlug ihren offensichtlich frisch gekauften Reiseführer auf und sagte zu ihrem Freund: »Wir verdanken dem Typ wertvolle Informationen. Jetzt wissen wir, dass es hier in Cusco einen Bahnhof gibt und dass die Fahrt nach Aguas Calientes nur ein paar Stunden dauert. Wenn wir morgen früh um sieben losfahren, sind wir mittags schon dort.«

Der Junge nahm seine Mütze ab und ein bemerkenswertes Paar Segelohren kam zum Vorschein.

»Und wenn wir jetzt gleich zum Bahnhof gehen? Vielleicht gibt es ja heute Abend einen Zug.«

»Super«, erwiderte sie. »Oder aber wir schlafen dort, auf einer Bank.«

»Bloß nicht!«

Ich konnte mir nicht erklären, warum mir das rausgerutscht war.

Eigentlich hatte ich zu tun, ich musste Kunden aufspüren, genau wie Manuel. Außerdem war es, als hätten die beiden Schilder umgehängt, auf denen in Großbuchstaben *ÄRGER* stand. Ein *Cholo* mit Segelohren und ein europäisch aussehendes weizenblondes Mädchen?

ÄRGER

Richtig fetter Ärger.

»He, sprechen Sie mit uns?«

Ich konzentrierte mich ganz auf meinen gekochten Maiskolben und aß weiter, ohne sie anzuschauen. Sie würden sich gleich wieder um ihren eigenen Kram kümmern.

»Entschuldigen Sie«, meinte das Mädchen, »es kam mir vor, als ob …«

Na ja, einen Rat konnte ich ihnen schon geben. Aber nur einen.

»Cusco ist eine ruhige Stadt«, erklärte ich. »Doch am Bahnhof San Pedro wimmelt es nur so von Dieben. Die schlitzen euch die Taschen auf und nehmen euch alles weg, bevor ihr es merkt, geschweige denn euch wehren könnt.«

Der Junge stieß einen Pfiff aus. »Dann sollten wir uns besser ein Hotel suchen und unseren Rucksack dort lassen. Können Sie uns was empfehlen? Vielleicht sogar hier in der Nähe?«

»Nein«, antwortete ich kauend.

Ich bereute es schon, die beiden überhaupt zur Kenntnis genommen zu haben. Alles in allem war ich nicht viel schlauer als Manuel.

»Wir haben genug Geld«, behauptete das Mädchen.

»Das weiß ich.«

»Sind Sie Fremdenführerin?«

»Ja«, antwortete ich.

»Und kennen keine Hotels?«

Ich hörte auf, Maiskörner vom Kolben herunterzubeißen. »Ich kenne sie alle. Aber keines davon eignet sich für euch.«

»Warum?«

»Weil ihr zwei Jugendliche seid, die von zu Hause weggelaufen sind.«

Oh, là là! Jetzt würden sie sicherlich davonflitzen wie Karnickel.

Nein, doch nicht. Sie blieben sitzen und starrten mich an.

»Wir sind nicht …«

»Ihr seid mit Geld abgehauen, das ihr euren Eltern heimlich geklaut habt.«

»Das stimmt überhaupt nicht!«, rief das Mädchen. »Es sind meine Ersparnisse!«

»Das ist doch dasselbe. Es ändert nichts an den Tatsachen. Ihr solltet euch besser vom Bahnhof San Pedro fernhalten und schleunigst zur Polizei gehen. Erklärt denen, dass ihr Blödsinn gemacht habt und dass es euch leidtut. Ihr seid noch sehr jung, euch wird nichts passieren. Sie ziehen euch die Ohren lang und das war's dann. Und sie bringen euch nach Hause.«

Ich hatte sämtliche Körner aus dem Kolben gezupft und stand auf, um ihn wegzuwerfen. Langsam musste ich mich mal wieder ums Geschäft kümmern.

Das blonde Mädchen starrte mich weiterhin an.

»Das geht nicht«, sagte sie. »Es stimmt schon, wir sind weggelaufen. Aus einem Krankenhaus in Lima. Wir sind krank, alle beide ...«

Krank?

»Ja, ich weiß, man sieht es uns nicht an, aber es ist so. Ich kann immer schlechter sehen, ich werde bald blind sein und dann sterben. Sehr bald, weil es kein Mittel dagegen gibt. Es sei denn, ich kann nach Aguas Calientes.«

Mit so etwas hatte ich wirklich nicht gerechnet.

Die beiden sahen tatsächlich nicht krank aus. Klar wirkte der Junge ein bisschen seltsam, doch das war auch schon alles. Aber wer würde so eine Geschichte erfinden? Außerdem log das Mädchen nicht, das sah ich ihren Augen an.

»Willst du zu einem *Curandero*, einem Heiler?«, fragte ich.

Das Mädchen schüttelte den Kopf. »Nein. Aber ich hoffe, in Aguas Calientes einen Mann zu finden, der einen sehr mächtigen Heiler kennt. Es ist zwar nicht gesagt, dass er uns helfen kann, aber er ist so ziemlich unsere letzte Hoffnung.«

Ich setzte mich wieder hin. »Hört mir mal zu: Ich glaube, dass ihr die Wahrheit sagt. Aber ihr seid abgehauen, eure Eltern sind sicherlich völlig verzweifelt, und wenn ich euch helfe, bringe ich mich in Schwierigkeiten. Ganz abgesehen davon muss ich jetzt arbeiten.«

»Wir haben wirklich Geld«, wiederholte das Mädchen. »US-Dollar. Und sie gehören mir, ich habe sie niemandem gestohlen. Wir können Sie gut bezahlen. Was halten Sie davon?«

Nicht viel. Im Grunde gar nichts.

»Wenn Sie uns nicht helfen, gehen wir einfach weiter«, drohte der Junge. »Wir wollen nicht zur Polizei. Wir setzen unsere Reise allein fort, und wenn uns dann was passiert, haben Sie uns auf dem Gewissen.«

Die miese kleine Kanaille! Aber er hatte nicht ganz unrecht. Die beiden mussten ungefähr so alt sein, wie meine Maria jetzt wäre. Wenn sie noch lebte.

Ich schaute auf die Uhr. »Am Nachmittag fährt ein Zug, aber den erwischt ihr heute nicht mehr. Also bleibt nur der Touristenzug, von dem euch Manuel schon erzählt hat. Der fährt morgen früh um sieben. Aber ich warne euch, die Fahrkarten sind ziemlich teuer.«

»Das Geld ist wirklich kein Problem. Wir müssen einfach so schnell wie möglich dorthin. Wenn Sie uns begleiten, zahlen wir Ihnen das Doppelte Ihres üblichen Honorars.«

»He!«, widersprach der Junge. »Ich dachte, sie soll nur die Fahrkarten für uns kaufen. Warum soll sie uns denn begleiten?«

»Wenn der Zug morgen früh fährt, brauchen wir heute Nacht ein Dach über dem Kopf«, erklärte das Mädchen. »Und in den Hotels fragen sie oft nach dem Pass. Oder sie erwarten zumindest, dass ein Erwachsener dabei ist.«

»Deine Freundin ist vernünftiger als du, lass dir das mal gesagt sein. Aber ich will keine Kinder ausbeuten. Normaler Tarif. Ich bringe euch heute Nacht irgendwo unter, morgen früh fahren wir nach Aguas Calientes, und sobald ihr den gefunden habt, den ihr sucht, fahre ich wieder zurück, verstanden? Wenn es irgendwie schiefgeht, weil die Polizei auf euch aufmerksam geworden ist oder so, dann sage ich einfach, ihr habt mich reingelegt, dass ihr mir irgendeinen Typen vorgestellt und behauptet habt, das sei euer Vater.«

»Okay.«

»Indem ich euch helfe, gehe ich ein Risiko ein, das ich lieber vermieden hätte. Stimmt die Geschichte, die du mir erzählt hast, denn wirklich?«

Das Mädchen nickte.

Ich betrachtete ihr Gesicht. In meinem Beruf ist es lebensnotwendig, sofort zu begreifen, wen man vor sich hat. Die beiden wirkten verängstigt und naiv und hatten sich auf etwas eingelassen, das viel größer war als sie. Aber sie waren ehrlich, daran hatte ich keinerlei Zweifel mehr.

Ich nickte. »Gut, gehen wir los. Hier in der Nähe kenne ich ein Hotel. Es ist nicht allzu schick und man bekommt gelegentlich auch mal eine Maus zu sehen.«

»Warum sagen Sie das?«, wollte der Junge wissen. »Was haben Sie gegen Mäuse?«

Das Mädchen dagegen wirkte nicht besonders begeistert.

Ich zuckte mit den Schultern. »Ihr habt sowieso keine Wahl. Ich weiß, dass der Besitzer keine Fragen stellen wird, und es kostet nicht viel. Ihr müsst euch damit zufriedengeben.«

Ich ging los und die beiden beeilten sich, mir zu folgen.

Dann drehte ich mich um. »Wie heißt ihr eigentlich? Aber bitte die richtigen Namen.«

»Laila«, antwortete das Mädchen sofort.

»Mich nennen alle El Rato.«

»Okay, ich bin Chaska. Ihr könnt mich ruhig duzen. Und jetzt weiter.«

Chaska hatte seidige Haut und Augen wie aus alter Zeit. Sie war schön, mit langen schwarzen Haaren, und sie bewegte sich auf eine ruhige, entschlossene Art. Als sie zu uns stieß, war es, als würde vor uns ein Licht aufflammen, das uns den richtigen Weg wies. Sie war genau rechtzeitig gekommen.

Das Hotel dagegen sah noch viel schlimmer aus, als ich es ihrer Beschreibung nach erwartet hatte: Von den Wänden rieselte der Putz, der Fußboden war dreckig und das einzige Badezimmer befand sich in einem Holzverschlag unten im Hof. Unser Zimmer hatte keine Fenster und keinen Schrank, und die Betten waren nicht bezogen. Und natürlich sahen die Matratzen einfach ekelhaft aus.

»Ich hatte euch vorgewarnt: Ihr müsst euch mit dem zufriedengeben, was ihr bekommt«, meinte Chaska.

El Rato sprang fröhlich auf das eine Bett. »Das ist viel bequemer als meine Luftmatratze in der Werkstatt.«

Ich dagegen schwieg, weil ich das Zimmer ziemlich bedrückend fand. Aber was sollten wir schon machen?

»Jetzt, wo ihr gesehen habt, was euch erwartet, gehen wir ein bisschen spazieren, und danach gibt es Abendessen«, ordnete Chaska an.

Wir folgten ihr brav, sie kam mir mehr wie eine Mutter als wie eine bezahlte Fremdenführerin vor. Der Gedanke an Mama tat mir weh. In Lima mussten sie unser Verschwinden mittlerweile bemerkt haben und ich hatte nicht einmal einen kurzen Brief hinterlassen.

Das war ein Fehler gewesen. Ich hätte eine Nachricht schreiben können, wie zum Beispiel: *Macht euch keine Sorgen, ich bin bald wieder zurück.*

Mit Sicherheit waren Mama und Señor Tanaka zur Polizei gegangen … Oder vielleicht auch nicht. Vielleicht hatte Papa um seiner Karriere willen verlangt, dass mein Verschwinden geheim gehalten wurde.

Ich könnte ein Telefon suchen und zu Hause anrufen, doch ich wusste, dass dann alles verloren wäre. Sobald ich Mamas Stimme hörte, würde ich nicht mehr den Mut haben weiterzumachen.

Also zwang ich mich, sämtliche traurige Gedanken zu verjagen und mich mit El Rato und Chaska zu unterhalten. Und allmählich riss deren Fröhlichkeit mich mit.

Cusco war eine schöne Stadt, es gab schmale gepflasterte Gassen und breite Straßen und viele bizarre alte zweistöckige Häuser mit dunklem Dach.

Heimlich, ohne dass die anderen es mitbekamen, steckte ich eine Hand in meine Teddytasche und drückte den Aufnahmeknopf des Walkmans: Ich wollte mich später an diese Geräusche erinnern können, an das Hupen, die redenden Leute, die Busschaffner, die auf dem Trittbrett stehend die Haltestellen ausriefen, den Flöte spielenden Studenten, das Knallen der Tassen auf die Bartheke, das Rauschen eines Springbrunnens, die Rufe der Obst- und Gemüseverkäufer, das Lachen der zur Schule laufenden Kinder, das Krähen der Hähne

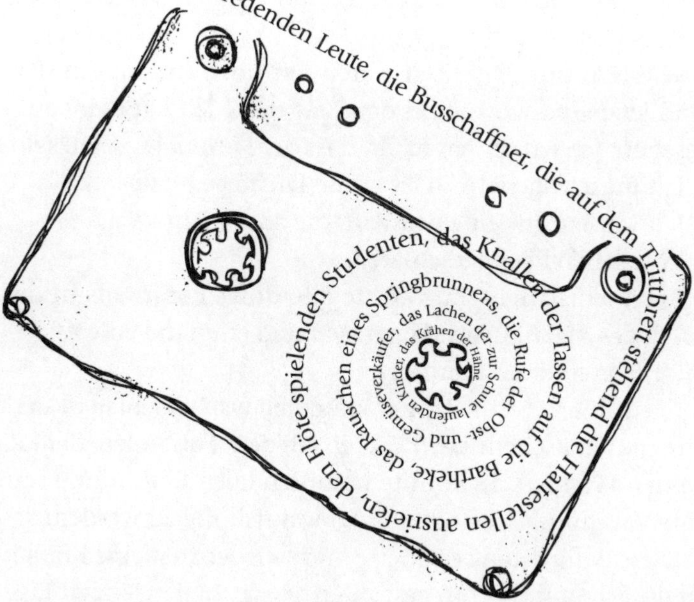

Chaska führte uns zu einem Restaurant, das so klein war wie das Esszimmer in einem Wohnhaus (tatsächlich war unser Esszimmer in der Botschaft wesentlich größer). Es standen nur drei Tische darin und zum Glück war einer frei. Eine Frau in einer Schürze stellte vor jeden von uns einen Teller Suppe mit Quinoa, Peperoni, Kartoffeln, Bohnen, Karotten und Limettensaft.

Ich hatte kaum etwas zu Mittag gegessen, deshalb stürzte ich mich mit Heißhunger darauf.

Nach dem Essen begleitete uns Chaska zum Hotel und verabschiedete sich an der Tür. Wir würden uns morgen früh um sechs wiedersehen, sagte sie. Dann war sie verschwunden.

El Rato und ich gingen nacheinander ins Bad, danach legten wir uns vollständig angezogen ins Bett. Ich schaltete das Licht aus und stürzte in die Finsternis.

»Laila …«

Ich hörte ihn neben mir atmen und dachte, dass es das erste Mal war, dass ich mit einem Jungen im selben Zimmer übernachtete – und wegen meiner Krankheit könnte es auch das letzte Mal sein.

»Ja?«

»Gestern um diese Zeit waren wir noch in Lima in der Klinik. Und jetzt sind wir hier in den Bergen … Ich habe noch nie Berge gesehen. Ich wusste gar nicht, dass der Himmel so blau sein kann.«

Ich musste lächeln. »Der große Dichter El Rato …«

Ich wartete auf eine Antwort, die aber nicht kam.

Er war bereits eingeschlafen.

Auch ich schlief ein, wachte allerdings mehrmals in der Nacht auf. Jedes Mal hatte ich Herzrasen und empfand eine Angst, die ich mir nicht erklären konnte.

Ob das *Soroche*, die Höhenkrankheit war? Oder lag es an den seltsamen Geräuschen? Dem Tapsen auf dem Fußboden, dem Rascheln an den Wänden. Es konnte natürlich auch Einbildung sein. Oder eine Vorahnung. Ob ich anfing, wahnsinnig zu werden?

Diese Befürchtung erinnerte mich wieder an meine Krankheit und an die Zukunft, die mir gestohlen wurde. In den letzten Tagen hatte ich nicht mehr so viel darüber nachgedacht, weil so viel passiert war.

Doch die Gedanken daran waren immer da. Ich konnte nicht davor fliehen, es sei denn, wir erreichten das Ziel unserer Reise.

Um fünf Uhr morgens stand ich auf, ging ins Bad hinunter und schüttelte danach El Rato, bis er aufwachte.

»Was für eine fantastische Nacht«, nuschelte er. »In einem so angenehmen Bett habe ich mein ganzes Leben noch nicht geschlafen!«

Manchmal ging mir mein Freund wirklich auf die Nerven. Außerdem spürte ich ein ungewohntes Jucken. Ob in den Matratzen irgendwelche Chemikalien waren? Ich hätte mich gern umgezogen, doch ich besaß nur die Kleidung, die ich anhatte. Ich musste mir dringend neue Unterwäsche kaufen.

»Was gibt es denn zum Frühstück?«, fragte El Rato. Seine Probleme waren Lichtjahre von meinen entfernt.

»Ich glaube nicht, dass sie hier ein Frühstück anbieten, und selbst wenn, würde ich es nicht anrühren. Wir kaufen uns nachher was.«

Weil Chaska gesagt hatte, dass am Bahnhof viele Diebe waren, versteckte ich den größten Teil des Geldes in meinen Schuhen und behielt nur das in der Tasche, was, wie ich hoffte, für drei Fahrkarten reichen würde.

Das kleine Vermögen, das ich mitgenommen hatte, war schon ziemlich geschrumpft und ich begriff, dass ich sparsamer werden musste, weil wir sonst bald pleite sein würden.

»Seid ihr schon auf?«

Es war Chaska. Sie war genauso angezogen wie am Vortag, trug aber einen kleinen Rucksack auf dem Rücken.

»Hast du da was zum Essen drin?«, fragte El Rato.

»*Empanadas*«, verriet sie.

»Lecker!«

Wir gingen hinunter auf die Straße. Der Himmel sah aus wie aus blauem Seidenpapier, er war so schön, dass es wehtat. Der Bahnhof lag direkt hinter dem Markt und die Händler waren gerade dabei, die Plastikplanen von ihren Ständen zu entfernen und ihre Ware zu ordnen, die vielen Pullover, Schals und Ponchos, die Gewürze, das frische Obst und Gemüse.

»Wir sind schon da.«

»Wo?«

»Am Bahnhof, er ist da drüben.«

Tatsächlich stand auf dem Gebäude vor uns *ESTACIÓN SAN PEDRO*, dabei sah es überhaupt nicht wie ein Bahnhof aus. Es war einfach nur ein Haus mit einer grün gestrichenen Holztür.

»Lasst uns reingehen«, sagte Chaska. »Und denkt an meine Warnung von gestern: Nehmt euch vor Dieben in Acht.«

Wir folgten ihr in einen Raum voller Leute, überwiegend Touristen in Bergschuhen und Wanderausrüstung.

»Schau mal da drüben, Laila«, sagte El Rato. »Das Mädchen ist so blond wie du. Und die da auch!«

Es stimmte: Seit ich in Peru lebte, hatte ich nicht mehr so viele Ausländer auf einem Haufen gesehen.

»Die kommen sicher auch aus Norwegen! Warum gehst du nicht zu ihnen und unterhältst dich mit ihnen auf Norwegisch?«

»Weil ich kein Norwegisch kann«, entgegnete ich. »Ich bin Finnin.«

»Finnin?«, fragte Chaska, die neugierig geworden war. »Finnland ist aber weit weg! Wie bist du in Peru gelandet?«

»Ihr Vater ist ein wichtiger Diplomat«, erklärte El Rato. »Er hat sogar ein ganz schwarzes Auto mit Fähnchen dran.«

»Pssst, halt den Mund! Du machst sie nur auf uns aufmerksam und zum Schluss überfallen sie uns wirklich.«

Chaska bahnte sich einen Weg zum Fahrkartenschalter und bezahlte mit dem Geld, das ich ihr im Hotel gegeben hatte. Der Mann am Schalter gab ihr kein Wechselgeld. Draußen am Bahnsteig war inzwischen der Zug eingetroffen, ein kurzer kleiner Zug, der nach Diesel stank. Er wirkte altmodisch und gleichzeitig elegant. Wir stiegen ein und sahen, dass er mit Sitzen aus abgenutztem Leder, Wandverkleidungen aus Holz und Handläufen aus Messing ausgestattet war.

Unser Waggon war halb leer.

»Wie kommt das denn?«, fragte ich Chaska.

»Das ist der Touristenzug, das hatte ich euch ja schon gesagt.«

»Aber der Bahnhof ist doch voller Touristen!«

»Ja, aber das sind lauter Hippies«, entgegnete Chaska und zeigte auf einen jungen Mann in Sandalen, der auf dem Bahnsteig wartete. »Sie nehmen den späteren Zug, den für die Einheimischen. Der ist viel unbequemer und langsamer, aber die Fahrkarten kosten nur ein Zehntel von unseren.«

Einen Augenblick lang ärgerte ich mich, dass wir nicht auch den anderen Zug nahmen. Okay, von nun an *musste* ich wirklich sparsamer sein.

El Rato dagegen war begeistert. »Das ist fantastisch!«, sagte er. »In nur zwei Tagen bin ich in ein Flugzeug, einen Bus, in ein Taxi und jetzt in einen Zug eingestiegen! Ich bin ein richtiger Reisender geworden!«

Ich musste lachen. »Ach was … es ist doch nur, weil …«

Ich konnte den Satz nicht beenden.

Denn in genau dem Augenblick.

Während aus meinem Mund noch das »eil« kam.

Genau in diesem Augenblick.

Explodierte die Bombe.

»Das ist fantastisch!«, sagte ich. »In nur zwei Tagen bin ich in ein Flugzeug, einen Bus, in ein Taxi und jetzt in einen Zug eingestiegen! Ich bin ein richtiger Reisender geworden!«.

Laila lachte. »Ach was … es ist doch nur, weil …«

Und dann explodierte

die

ABE

Der Zug bäumte sich auf und stürzte mit lautem Knall auf das Gleis zurück.

Ich knallte gegen ein Tischchen und stieß mir krachend den Kopf an.

In meinen Augen brummte es kreischend wie eine Schlagbohrmaschine:
BZZZZZZZZZZZZZZZZZZZZZZZZZZZZZZZZZZZZZZZZZZZZZZZZZ

ZZZZZZZZZZZZZZZZZZZZZZZZZZZZZZZZZZZZZZZZZZZZZZZZZZZZZZZ
ZZZZZZZZZZZZZZZZZZZZZZZZZZZZEine Hand packte mich am Pulli und drückte mich auf den Fußboden, unter den Tisch und zwischen die Sitze. Sie gehörte Chaska.

Ich war zwischen ihr und Laila eingequetscht, am Kinn hatte ich eine Platzwunde. Ich hatte die Augen weit aufgerissen, ich bekam sie gar nicht mehr zu.

Um das Brummen loszuwerden, schüttelte ich den Kopf. »Was war das denn?«

»Da ist nur ein Flugzeug vorbeigeflogen!«, rief jemand von der anderen Seite des Waggons her.

Ein Flugzeug?

»Schwachsinn! Bleibt unten, das ist ein Attentat!«

Wir hörten auch noch andere Stimmen, manche riefen um Hilfe oder weinten laut. Die Fenster auf der anderen Seite des Ganges hatten rote Spritzer.

War das Blut? Was war hier los?

»Schnell«, sagte Chaska leise. »Raus hier.«

Ich reagierte als Erster, weil ich dem Gang am nächsten war. Ich kroch aus unserem Versteck unter den Sitzen und richtete mich schwankend auf. Rings um mich herum waren schockierte Fahrgäste. Einer hielt sogar noch eine Tasse in der Hand, doch sein Tee hatte sich im ganzen Waggon verteilt.

»Laila?«

»Ich bin hier, lass uns gehen.«

Ihre Stimme zu hören beruhigte mich.

Wir erreichten die offene Waggontür und sprangen hinaus.

Was wir sahen, war nicht mehr der Bahnhof, in dem wir vor wenigen Minuten gewesen waren: Menschen lagen am Boden, überall war Blut. Und der Zug ... Der Waggon vor unserem war in der Mitte gespalten, seine Metallwände hatten sich geöffnet und nach außen gebogen.

Er war explodiert.

»Carlos bewegt sich nicht!«

»Hier liegt ein Toter!«

»Helft mir doch!«

Ich sah einen der Touristen, die Chaska als Hippies bezeichnet hatten. Er kniete am Boden und versuchte, einer über und über mit Blut befleckten Frau beim Aufstehen zu helfen.

Dann einen Bahnarbeiter, der sich ein Mädchen auf den Rücken geladen hatte, und einen rennenden Polizisten.

Ein kniender Mann weinte, das Gesicht dem Himmel entgegengestreckt.

Alles kam mir wie in Zeitlupe vor und weit weg: Mir war, als würde ich die Szene von außen betrachten.

»Hier entlang! Hier entlang!«

Ein Zugführer kam auf uns zugelaufen. Er hatte einen dunklen Schnurrbart und eine dicke Brille. Das Hemd seiner Dienstuniform hing ihm halb aus der Hose.

Er packte Laila am Arm.

»He, was ...?«

»Los, Mädchen, hier ist es gefährlich, komm mit!«

»Aber ich ...«

»Los, beweg dich!«

Laila warf uns einen ratlosen Blick zu. Wir folgten ihr und dem Zugführer durch den chaotischen Bahnhofssaal und hinaus auf die Straße.

»Was ... was ist denn passiert?«, fragte Chaska.

»Es war eine Bombe! Jemand hat im Zug eine Bombe gezündet. Es ist gefährlich ...«

Menschen flohen aus dem Bahnhofsgebäude, während andere, die draußen gewesen waren, hineinzurennen versuchten. Alle schrien herum, es war ein einziges riesiges Durcheinander.

Ich hatte immer noch nichts begriffen.

Wer hatte eine Bombe in den Zug gelegt?

Waren wirklich Menschen gestorben?

Warum?

Was sollte ich tun?

Und wie ging es Laila wirklich?

Ein weißer Kleinbus bahnte sich hupend einen Weg durch die Menge. Er hatte ungefähr zehn Sitze und war fast leer. Außer dem Fahrer saßen nur zwei junge Frauen darin. Außerdem gab es natürlich noch den Ausrufer, der außen auf dem Trittbrett stand und die Menge anschrie: »Macht Platz, verdammt!«, und »Lasst uns durch!« Dabei blieb sein Gesicht vollkommen unbewegt.

Der Zugführer hob einen Arm, um auf sich aufmerksam zu machen. Der Ausrufer bemerkte ihn und der Kleinbus blieb abrupt stehen.

»Hierher!«, rief der Typ auf dem Trittbrett.

Er öffnete die Fahrgasttür. Eine alte, in einen bunten Schal gehüllte Frau wollte einsteigen, doch der Typ stieß sie weg.

Inzwischen hatte der Zugführer Laila bei den Schultern gepackt und rief: »Sie fährt auch mit!«

Der Trittbrett-Typ schaute ihn schief an, doch der Zugführer schubste Laila in den Kleinbus.

Weil ich Angst bekam, dass sie ohne uns abfuhren, stürzte ich mich auf den Zugführer und rief: »Wartet! Wartet auf uns!«

Der Zugführer bedachte Chaska und mich mit einem schnellen, abschätzenden Blick.

»Ja«, sagte er zu dem Trittbrett-Typ. »Die beiden auch.«

Als wir eingestiegen waren, schloss der Zugführer die Tür und rief dem Fahrer zu: »Los!«

Dieser fuhr so schnell an, dass er beinahe eine Frau überfahren hätte.

Ganz vorn saßen der Fahrer und der Trittbrett-Typ.

In der zweiten Reihe der Zugführer und ich.

In der dritten Laila und Chaska.

In der vierten die beiden jungen Frauen, die schon vor uns im Bus gewesen waren.

Und erst in diesem Augenblick, als der kleine Bus mit überhöhter Geschwindigkeit in die Straße einbog, kam mir das, was in den letzten fünf Minuten geschehen war, seltsam vor.

Warum war der Zugführer genau auf uns zugerannt und hatte uns aus dem Bahnhof geführt, ohne alle anderen zu beachten? Wo es doch vor Leuten, die dringend Hilfe brauchten, nur so gewimmelt hatte?

Dann hatte der Typ auf dem Trittbrett eine Frau am Einsteigen gehindert, während Laila praktisch dazu gezwungen worden war.

Warum nur?

Irgendetwas stimmte da nicht, das hätte ich sofort begreifen müssen, ich Idiot! Aber erstens war alles so schnell gegangen. Und zweitens war eine Bombe explodiert, ich hatte Tote gesehen und Blut. Ich hatte eine Unmenge von *ersten Malen* erlebt, auf die ich gern verzichtet hätte. Und deshalb war mein Gehirn zu spät angesprungen.

Der Fahrer fuhr wie ein Besessener.

»Was ist eigentlich los?«, fragte ich den neben mir sitzenden Zugführer.

Er musste ungefähr so alt wie Doktor Fernandez sein, doch der Schnurrbart und die Brille bedeckten sein halbes Gesicht, sodass sie wie eine Verkleidung wirkten.

Außerdem hatte er eine Pistole.

Er drückte sie mir gegen den Bauch, auf die Höhe des Nabels. So fest, dass es wehtat.

»Lass ihn in Ruhe!«, schrie Laila.

Die beiden jungen Frauen aus der vierten Sitzreihe zogen ebenfalls Pistolen hervor und richteten sie auf uns.

»Ihr habt es wohl noch nicht kapiert«, sagte die eine. »Bleibt still sitzen, und zwar alle. Sonst erschießen wir euch.«

»Was hast du denn für einen Mist gebaut?«

»Ja, was soll der Scheiß? Wir sollten doch nur dich abholen, und fertig.«

»Du hast alles vermasselt. Und wer darf das dem Genossen Kommandanten sagen?«

»Ich werde ihm alles erklären.«

»Vielleicht erklärst du es jetzt erst mal uns. Und zwar sofort!«

»Die Kleine hier. Sie saß im Zug. Sie ist die Tochter eines finnischen Diplomaten.«

»Ja, und?«

»Genossen, ihr solltet öfter Zeitung lesen.«

»Die faschistische Presse druckt doch nur Lügen ab!«

»Lügen, aber *auch* interessante Informationen, die der Revolution nützen können. Zum Beispiel war gestern ein Artikel über das Verschwinden der Tochter eines finnischen Diplomaten drin. Das Mädchen ist aus einem Krankenhaus in Lima entwischt. Es wird überall gesucht.«

»Ja, und weiter?«

»Ich bin mir ziemlich sicher, dass dies das Mädchen ist. Und jetzt haben wir es. Das könnte der Coup des Jahrhunderts werden.«

»Hm, in der Tat …«

»Genossin Esther: Halte deine Waffe auf sie gerichtet. Genossin Lilith: Knebel und Kapuzen! Und fessle ihnen die Hände.«

Ich hörte das alles, ohne es bewusst mitzubekommen. Ich sah nur noch die Pistole. Dieses schwarze Ding, das bei jedem Schlagloch hochsprang und zwischen mir und Chaska hin und her schwankte.

Die junge Frau namens Esther hielt den Finger am Abzug. Und obwohl ich wusste, dass ich sowieso sterben würde, nämlich durch die Krankheit, wollte ich nicht, dass es an diesem Tag geschah, in diesem Bus und außerdem auch noch durch diese Pistole.

Die andere Frau zwang Chaska, ihre Hände hinter die Rückenlehne zu nehmen, und band ihr mit einem Kabelbinder die Handgelenke zusammen.

Dann legte sie ihr ein Tuch auf den Mund, damit sie nicht schreien konnte, und verknotete die Enden hinten in Chaskas Nacken. Als Letztes stülpte sie ihr einen Sack über den Kopf.

»Jetzt bist du dran«, sagte die Frau zu mir.

»Ich will das nicht.«

Nun zeigte das schwarze Loch am Ende des Pistolenlaufs direkt auf mich.

»Sei brav oder ich töte dich.«

Ich ließ mich ebenso einpacken wie Chaska. Der Sack bedeckte meine Augen und ich sah nichts mehr. Jetzt konnte ich nur noch weinen und das tat ich auch.

Bis mir jemand auf den Kopf schlug. Ein plötzlicher, betäubender Schmerz. Ich fiel nach vorn. Der Knebel nahm mir die Luft und verhinderte, dass ich laut aufschrie.

»Bleibt jetzt unten. Die Passanten schöpfen sonst Verdacht, wenn sie drei Leute mit Säcken über dem Kopf sehen. Ich will nichts hören. Gehorcht einfach, das ist das Beste, was ihr tun könnt.«

Mein Kopf war auf Chaskas Beinen gelandet und dieser Körperkontakt beruhigte mich ein wenig. Ich versuchte, tiefer zu atmen und zu rekonstruieren, was in der letzten Stunde passiert war.

Es hatte ein Attentat gegeben und ich war entführt worden.

Nein, nein, langsamer. Ganz langsam.

Ein Terrorist hatte sich als Zugführer verkleidet und in der belebten Bahnhofshalle El Rato laut sagen hören, wessen Tochter ich war.

(Danke, El Rato.)

Danach hatte derselbe Terrorist in dem Zug eine Bombe gezündet.

Dann hatte er mich aus dem Waggon kommen sehen, lebendig, und hatte beschlossen, mich zu entführen, indem er mich zwang, in den weißen Kleinbus einzusteigen, der eigentlich nur dort stand, um ihm vor der Ankunft der Polizei die Flucht vom Tatort zu ermöglichen.

Chaska und El Rato waren nur deshalb verschleppt worden, weil sie bei mir waren.

Ich war mir ziemlich sicher, dass es sich genau so abgespielt hatte, doch zwei Fragen blieben noch offen: Wer waren diese Typen und was wollten sie eigentlich?

Ich interessierte mich nicht sonderlich für Politik. Doch ich war in Botschaften aufgewachsen und verfügte über ein paar Anhaltspunkte.

Unsere Entführer nannten einander »Genosse« und »Genossin« und hatten von der »faschistischen Presse« gesprochen. Deshalb handelte es sich wahrscheinlich um kommunistische Guerilleros. (Señor Tanaka hatte mir mal erklärt, dass sie stets diese Begriffe verwendeten.) Mir fiel ein Name dazu ein: *Sendero Luminoso*.

Ich hatte von dieser Organisation gehört. Es waren Revolutionäre, die davon träumten, die Regierung zu stürzen und eine eigene neue Regierung aufzustellen: ein sozialistisches Regime (was auch immer das bedeuten sollte). Sie schlugen stets ohne Vorwarnung und sehr brutal zu. Sie setzten nachts Bauernhöfe in Brand, betrieben Sabotage in Fabriken und Kraftwerken. Und sie legten Bomben.

Señor Tanaka hatte mir erzählt, dass das Hauptquartier von *Sendero Luminoso* irgendwo in den Anden lag. Doch in letzter Zeit waren sie auch in Lima aktiv gewesen und mein Vater hatte die Sicherheitsvorkehrungen der Botschaft verstärken müssen. Seit einiger Zeit hatte draußen vor dem Zaun immer ein gepanzerter Transporter geparkt und Soldaten mit Maschinengewehren hatten herumgestanden.

Ja, es könnten tatsächlich diese Terroristen sein.

Jetzt fehlte mir noch die Antwort auf die zweite Frage: Was wollten sie von mir?

Der Zugführer hatte das, was El Rato gesagt hatte, gehört, *bevor* die Bombe explodiert war. Dennoch hatte er uns nicht daran gehindert, in den Zug einzusteigen. Vielleicht weil er gewusst hatte, dass unser Waggon von der Explosion nicht allzu stark beschädigt werden würde? Nein, das glaubte ich nicht. Die Erklärung war viel einfacher: Er war bereit, mich zu töten. Vielleicht wäre es für ihn sogar besser gewesen, wenn ich gestorben wäre. Denn das hätte mehr öffentliches Interesse geweckt durch Schlagzeilen wie *Diplomatentochter unter den Anschlagopfern*.

Das war doch der Grund, warum Terroristen Bomben legten, oder? Um in die Zeitungen zu kommen und allen zu beweisen, dass sie stark waren. Um *Angst* zu verbreiten.

(Was ihnen auch gelungen war. Gratulation. Ich war halb tot vor Angst.)

Alles in allem war ich mir beinahe sicher, dass sie mich nicht entführt hatten, um Lösegeld zu fordern. Wahrscheinlicher war, dass sie mich später töten würden, an einem Ort, zu einer Zeit, die für sie passten.

Chaskas Beine unter meinem Kopf zitterten. Wohin brachten sie uns? Ich hörte kein Gehupe mehr, deshalb vermutete ich, dass wir die Stadt bereits verlassen hatten. Also traf mein Verdacht zu und sie fuhren uns an einen abgelegenen Ort, um uns dort umzubringen.

Die Angst stieg mir vom Bauch in den Kopf hinauf. Ich bemühte mich, sie zu unterdrücken. Angst verleitet immer nur dazu, Fehler zu machen. Meine Angst war schuld daran gewesen, dass ich mich einfach so aus dem Bahnhofsgebäude hatte schleifen und in den Bus hatte schubsen lassen, ohne auch nur zu protestieren.

Das war falsch gewesen. Beim nächsten Mal würde ich mich richtig verhalten.

Denn selbst wenn ich sterben musste: Es durfte nicht an diesem Tag sein.

Und nicht durch diese Leute.

Ich würde gern behaupten, dass ich ruhig und gelassen war, doch in Wirklichkeit machte ich mir vor Angst beinahe in die Hose. Ich kauerte auf dem Boden, zwischen einem Sitz und der Rückenlehne der Reihe davor, mit einem Knebel im Mund und dem Rucksack, der sich mir in den Rücken drückte.

Ich hatte keine Ahnung, was das für Typen waren und warum sie uns verschleppten. Wie Polizisten sahen sie nicht aus. Ob sie vielleicht von einer Sondereinheit waren? Doktor Fernandez hatte mir einmal erzählt, dass er bei einer Demonstration gewesen war und ein Polizist ihn mit einem Schlagstock geschlagen hatte. Er hatte gesagt, dass die Polizisten einen wegbrachten, und dann würde man niemals wieder nach Hause zurückkommen.

Geschah das gerade mit uns?

Unsere Entführer sprachen einander mit falschen Namen an. Darauf war ich gekommen, weil ich ganz sicher wusste, dass »Lilith« und »Esther« keine peruanischen Namen waren, während die Mädchen wie typische Peruanerinnen aussahen. Außerdem nannten sie einander »Genosse«. Bedeutete das etwa, dass sie derselben Einheit angehörten?

Jedenfalls waren wir aus Cusco rausgefahren und es ging bergauf – an den steilen Stellen schaffte der Motor es kaum –, außerdem fuhren wir jede Menge Kurven. Es ging noch eine ganze Weile weiter, aber dann:

IIIEEEK.
BRU-BRU-BRUMM.
TSCHACK.

Der Bus blieb stehen, der Motor wurde ausgeschaltet und die Türen wurden geöffnet. Der Zugführer stieg über mich drüber und versetzte mir einen Stoß mit dem Knie, der mich aus dem Wageninneren nach draußen beförderte. Ich landete auf Kies und wimmerte vor Schmerzen.

Ich versuchte aufzustehen, doch ein weiterer Schlag ließ mich wieder stürzen.

»Runter!«, fauchte der Zugführer.

»Lade sie aus!«, sagte der Trittbrett-Typ. »Wir bringen sie erst mal ins Lager.«

Laila und Chaska mussten aussteigen und jemand stolperte über mich. Es war Laila, ich erkannte sie an den Chucks, die sie trug, während Chaska und ich Wanderschuhe anhatten.

Sie zerrten mich auf die Füße und schoben mich vor sich her. Es war kalt.

Von einem Moment auf den anderen wurde die Dunkelheit noch dunkler, offenbar hatten sie uns von draußen in einen geschlossenen Raum gebracht.

»Setzt euch«, sagte eine der jungen Frauen. »Rührt euch nicht, redet nicht, tut einfach nichts oder es wird böse Folgen für euch haben.«

Dann entfernten sich Schritte, eine Tür wurde abgeschlossen. Sie hatten uns eingesperrt.

Ich zählte bis fünf, dann fragte ich: »Laila, Chaska, seid ihr hier?«

Weil ich immer noch den Knebel im Mund hatte, kam dabei natürlich nur unverständliches Genuschel heraus. Ich wartete, ob mir erneut ein Stoß versetzt wurde, doch nichts geschah.

Dann, neben mir: »El Rato! Geht es dir gut?«

»Laila, El Rato!«

»Ich bin hier!«

Wegen der Knebel und der Säcke war es schwierig, die anderen zu verstehen, aber immerhin waren wir zusammen in einem Raum. Und wir waren allein, denn sonst hätten sie uns schon längst ein paar Schläge verpasst.

»Geht es euch allen gut?«

»Ich weiß nicht, ich bin hingefallen, ich muss mich am Bein verletzt haben.«

»Wir müssen stark sein. Bleibt ruhig ...«

Ich achtete nicht mehr auf die undeutlichen Laute der anderen und konzentrierte mich. Ich hatte einige Probleme und der Knebel war nicht das schlimmste davon. Dringender war es, die Hände freizubekommen und den Sack über dem Kopf loszuwerden.

Wahrscheinlich war es am einfachsten, sich von dem Sack zu befreien, denn den hatten sie nicht befestigt, sondern einfach nur über meinen Kopf gestülpt.

Ich legte mich mit dem Rücken auf den Lehmfußboden und rieb den Hinterkopf hin und her, um den Sack abzustreifen. Weil das nichts brachte, versuchte ich mich zu winden und schob mich mit den Füßen rückwärts, während ich den Kopf abwechselnd auf die eine und die andere Seite drehte.

Ich fand eine Stelle, wo Kieselsteine lagen, die mich sehr schmerzhaft drückten, aber den Sack fixierten. Ich wand mich wie eine Schlange und endlich bekam ich Mund und Kinn frei. Luft!

Ich machte weiter, bis ich den Sack losgeworden war.

Ich hatte es geschafft!

Und es hatte nicht mal so furchtbar lange gedauert.

Ich schaute mich um. Wir waren in einer Garage oder etwas Ähnlichem: Lehmboden, Ziegelwände, eine Tür und ein Wellblechdach. Keine Fenster. Licht drang nur durch den Türspalt in den Raum und durch Lücken zwischen Dach und Wänden.

In einer Ecke lehnten einige Zementsäcke, daneben sah ich einen Eimer, einen zusammengerollten Wasserschlauch, sonst nichts. Keine Scheren oder Messer oder – was noch besser gewesen wäre – Waffen. Andererseits wäre es wirklich dämlich von ihnen gewesen, uns in ihr Waffenlager zu sperren.

Laila und Chaska waren nur zwei Schritte von mir entfernt. Die erste kniete, die zweite saß im Schneidersitz. Mit den Säcken auf dem Kopf sahen sie wie Vogelscheuchen aus.

»Nicht erschrecken! Ich komme jetzt zu euch und nehme euch die Säcke ab.«

»Was?«

Weil sie mich nicht verstehen konnten, war es wohl am besten, es einfach zu tun, und fertig. Ich ging zu Chaska und trotz des verdammten Knebels im Mund gelang es mir, mit den Zähnen eine Falte des Sacks zu erwischen. Zwar biss ich sie dabei ins Ohr, denn sie schrie kurz auf, doch ich ließ mich dadurch nicht beirren und schließlich gelang es mir, ihr den Sack vom Kopf zu ziehen.

Gleich darauf wiederholte ich mein Kunststück bei Laila.

Sie hatte die Augen weit aufgerissen und weinte. Verängstigt schaute sie sich um.

»Ich sehe nichts, es ist hier viel zu dunkel.«

Ich verstand sie nicht, aber ich ahnte, was sie sagen wollte. Es war hier drinnen nicht sehr hell und sie hatte Probleme mit den Augen.

»Bleib ganz ruhig! Chaska und ich kümmern uns um alles.«

Chaska stand auf und horchte an der Tür. Stimmt, unsere Entführer konnten jeden Moment zurückkehren, und wenn sie sahen, dass wir die Säcke losgeworden waren, würde es uns schlecht ergehen.

Ich musste allerdings erst noch meine Hände befreien. Das würde ich nur schaffen, wenn ich sie vor anstatt hinter dem Rücken hatte. Also versuchte ich, meinen Hintern durch das von den gefesselten Armen gebildete Loch zu schieben. Das tat weh und der Rucksack, obwohl nur halb voll, behinderte meine Bemühungen. Trotz allem war es mir beinahe schon gelungen, als ich mit der einen Hüftseite am Handgelenk hängen blieb und praktisch in mir selbst feststeckte.

Ich versuchte es immer weiter, zerrte und drückte mal hier und mal da – und mit einem letzten Ruck und stechenden Schmerzen in den Schultern hatte ich es endlich geschafft.

Nun befanden sich meine Handgelenke unter den Knien und ich musste mich ziemlich verbiegen, um sie unter den Füßen hindurchzuziehen.

»Ich habe es hingekriegt!«, rief ich. »Ich bin genial!«

Jetzt musste ich etwas finden, womit ich den Kabelbinder durchschneiden konnte. Ich ging zur hinteren Seite des Raums und suchte alles ab, konnte jedoch nichts Brauchbares entdecken, wirklich nichts, nur einen einzigen Nagel. Ungefähr auf Augenhöhe ragte er aus der Wand.

Ich packte ihn und zog daran, um ihn aus der Wand zu lösen. Ich dachte, dazu sei viel Kraft nötig, doch der Nagel gab sofort nach und ich stürzte rücklings.

»Was ist passiert?«, fragte Laila

»Hast du dir wehgetan?«, erkundigte sich Chaska.

»Nein, nein, nichts ...«

Ich tastete den Nagel ab. Er war rostig, schien aber stabil zu sein und seine Spitze war ganz schön scharf. Scharf genug, um Plastik zu zerschneiden, zumindest hoffte ich das.

»Alarm!«, rief Chaska. »Sie kommen!«

Ich verstand nicht genau, was sie rief, doch mir war klar, was sie meinte. Noch bevor ich überlegen konnte, was ich tun sollte, flog die Tür weit auf und Chaska stürzte zu Boden.

Ein hochgewachsener Mann betrat den Raum, von dem ich im Gegenlicht fast nur die Silhouette erkennen konnte. Eines jedoch sah ich sofort: Auch er trug eine Pistole.

»Oh«, sagte er. »Ihr seid ja schon fleißig gewesen. Anscheinend bin ich gerade noch rechtzeitig gekommen.«

Russe, dachte ich. Ich war mir sicher, weil Finnland und Russland Nachbarländer sind. Obwohl er Spanisch gesprochen hatte, hatte ich den Akzent sofort wiedererkannt.

Weil es im Raum dunkel, draußen aber hell war, konnte ich nicht viel erkennen. Ein großer, kräftiger Mann mit viel Bart. Schon etwas älter. Fünfzig, vielleicht auch sechzig.

Er knallte drei Stühle in den Raum und eine Seilrolle, und als er dann selbst hereinkam und die Tür hinter sich schloss, wurde er für mich unsichtbar.

»Kinder, Kinder, ihr habt euch ja in ein schönes Schlamassel gebracht. Du bist also Laila Raskinen, ja? Sämtliche Zeitungen schreiben, dass du verschwunden bist. Offenbar ist deine Mutter durchgedreht, entschuldige bitte, wenn ich es so formuliere. Was ist denn passiert? Hast *du* sie etwa entführt?«

Den letzten Satz hatte er offenbar zu Chaska gesagt und die antwortete hinter ihrem Knebel: »Ich habe nichts gemacht, ich bin Fremdenführerin.«

»Was hast du gesagt? Warte mal …«

In der Hand des Mannes sah ich etwas aufblitzen. Ein Messer?

Einen Augenblick später sagte Chaska: »Danke.«

»Oh, keine Ursache. Schließlich könnt ihr hier so viel schreien, wie ihr wollt, im Umkreis von vielen Kilometern ist niemand, der euch hört. Also, was meintest du gerade?«

»Dass ich Fremdenführerin bin. Sie haben mich engagiert … in Cusco. Damit ich sie nach Machu Picchu bringe. Tun Sie uns bitte nichts. Tun Sie den beiden nichts, bitte. Es sind doch noch Kinder.«

»Das weiß ich. Aber sie ist die Tochter eines finnischen Diplomaten. Und wir kämpfen in einem Krieg. Wo Krieg ist, gibt es Opfer. Und darunter sind auch Unschuldige.«

»Was habt ihr mit uns vor?«

»Genosse Ladoga – das bin übrigens ich – ist hier nur zu Gast. Ich bin nicht der Befehlshaber dieser Operation und falls euch das tröstet: Ich war dagegen, in diesem Zug eine Bombe zu zünden. Ich habe früher schlechte Erfahrungen gemacht mit … Aber das spielt jetzt keine Rolle. Ich bin ein Soldat, und Soldaten gehorchen.«

Während er sprach, hatte er gearbeitet: Er hatte die drei Stühle mit den Sitzflächen nach außen und den Lehnen nach innen zusammengestellt und mit dem Seil die hinteren Stuhlbeine zusammengebunden, sodass sie nun so etwas wie einen dreiseitigen Thron bildeten.

Er arbeitete konzentriert, und auch wenn er nicht grausam oder jähzornig wirkte (als er sah, dass wir uns teilweise befreit hatten, hatte er gar nicht verärgert reagiert), so schien er doch nicht auf unserer Seite zu sein.

»Ich sage euch, was jetzt geschieht«, meinte er. »Ich fessle euch auf diese Stühle und an Händen und Füßen, damit ihr euch nicht wieder befreien könnt. Falls ihr Pipi machen müsst, sagt ihr es mir und ich lasse euch den Eimer dort benutzen. Oder ihr müsst durchhalten, bis ich das nächste Mal nach euch sehe. Die Kapuzen seid ihr ja schon losgeworden und ich werde euch auch die Knebel abnehmen … Aber sorgt dafür, dass ich das nicht bereue. Falls ich euch beim nächsten Mal, wenn ich nach euch sehe, wieder so vorfinde wie vorhin, also mitten in einem Fluchtversuch, dann wird das Konsequenzen haben. Ist das klar? Gut. Señorita, müssen Sie Pipi machen?«

»Ich …?«, sagte Chaska. »Ja, danke.«

»Ich bedauere, Ihnen nichts Besseres anbieten zu können als einen Eimer. Der Junge und ich werden uns umdrehen, um Ihnen wenigstens ein bisschen Privatsphäre zu ermöglichen.«

Ich fand das unglaublich peinlich und beschloss, um keinen Preis auf diese Toilette zu gehen. Chaska dagegen tat es. Anschließend befahl Ladoga ihr, sich auf einen der Stühle zu setzen, und fesselte ihre Knöchel mit zwei Kabelbindern an die Stuhlbeine. Nun konnte sie nicht mehr aufstehen und herumlaufen.

»Junger Mann, jetzt bist du dran. Pipi?«

El Rato nahm das Angebot an und musste sich danach ebenfalls auf einen Stuhl setzen. Der Mann entfernte seinen Knebel und band ihm die Hände wieder hinter den Rücken.

»Señorita Laila, jetzt bist du an der Reihe. Steh auf.«

Ich gehorchte und stemmte mich hoch.

Der Mann trat zu mir und entfernte meinen Knebel. Ich zuckte zusammen, als ich bemerkte, dass ihm an der rechten Hand drei Finger fehlten. Dort hatte er nur Stummel.

»Alles in Ordnung?«

Ich antwortete nicht und beobachtete ihn, während er mit seinem Messer und seinen Kabelbindern hantierte. Ich schaute zu El Rato und Chaska hinüber, konnte im Halbdunkeln aber nur schwach ihre Umrisse erkennen, so als wären sie Gespenster.

Ich hätte gern etwas gesagt, oder nein, lieber zu fliehen versucht, aber ich war unbewaffnet und was konnte ich schon tun?

Plötzlich aber, ohne Vorwarnung, hörte ich auf, ich zu sein, und verwandelte mich in einen elektrischen Blitzzz

Gehirn Versteifung Konvulsion

des Nervensystems

Normale Funktionen Krise des Nervensystems Gehirn Versteifung Konvulsionen Krämpfe Hirnrinde Musk

elkontraktionen Bewusstseinsverlust Normale Funktionen Krise des Nervensystems Gehirn Versteifung Konvulsionen Krämpfe Hirnrinde Muskelkontraktionen Bewusstseinsverlust Normale Funktionen Krise des Nervensystems Gehirn Versteifung Konvulsionen Krämpfe Hirnrinde Muskelkontraktionen Bewusstseinsverlust Normal

e Funktionen Krise des Nervensystems Gehirn Versteifung Konvulsionen Krämpfe Hirnrinde Muskelkontraktionen Bewusstseinsverlust Normale Funktionen Krise des Nervensystems G

ehirn Versteifung Konvulsionen Krämpfe Hirnrinde Muskelkontraktionen Bewusstseinsverlust Normale Funktionen Krise des Nervensystems Gehirn Versteifung Konvulsionen Krämpfe Hirnrinde Muskelkontraktionen Bewusstseinsverlust Normale Funktionen Krise des Nervensystems Gehirn Versteifung Konvulsionen Krämpfe Hirnrinde Muskelkontraktionen Bewusstseinsverlust

zz Funktionen Krise des Nervensystems Gehirn Versteifung Konvulsionen Krämpfe Hirnrinde Muskelkontraktionen Bewusstseinsverlust

Versteifung
Konvulsionen Krämpfe Hirnrinde Muskelkontraktionen
Bewusstseinsverlust Normale Funktionen Krise
des Nervensystems Gehirn Versteifung
Konvulsionen Krämpfe Hirnrinde Muskelkontraktionen Bewusstseinsverlust Normale
Funktionen Krise des Nervensystems Gehirn Versteifung Konvulsionen Krämpfe Hirnrinde Muskelkontraktionen Bewusstsein
sverlust Normale Funktionen Krise des Nervensystems Gehirn Versteifung Konvuls
ionen Krämpfe Hirnrinde M
uskelkontraktionen Bewusstseinsverlust Normale Funktionen Krise d
es Nervensystems Gehirn Versteifung Konvulsionen Krämpfe Hirnrinde Mus
kelkontraktionen Bewusstseinsverlust Normale Funktionen Krise des Nervensystems Gehirn Versteifung Kon
vulsionen Krämpfe Hirnrinde Muskelkontraktionen Bewusstseinsverlust Normale Funktionen Kri
se des Nervensystems Gehirn Versteifung Konvulsionen
Krämpfe Hirnrinde Muskelkon
traktionen Bewusstseinsverlust N
ormale Funktionen Krise des Nervensystem
s Gehirn Versteifung Konvulsionen Krämpfe Hirnrinde Muskelkont
raktionen Bewusstseinsverlust No
rmale Funktionen Krise des Nervensys
tems Gehirn Versteifung Konvulsionen Krämpfe Hirnrinde Muskelkontraktionen Blitz

zzzzzzzzzzzzzzzzzLaila gab einen schrillen, unmenschlichen Schrei von sich. Sie bog den Kopf unnatürlich weit nach hinten und schrie immer lauter.

Dann stürzte sie stocksteif um.

Ich wollte aufspringen und ihr helfen, doch ich war blockiert, mit den verdammten Kabelbindern an den Stuhl gefesselt.

Kurz bevor sie auf den Boden krachte, fing Ladoga sie auf und legte sie vorsichtig ab. Die hinter dem Rücken gefesselten Arme des Mädchens zuckten in grauenhaften Krämpfen. Ich dachte, sie würde sich die Knochen brechen.

Der Russe schaute mich entsetzt an. »Was hat sie?«

»Das ist ein Epilepsieanfall!«, rief El Rato. »Sie müssen Sie sofort losbinden!«

»Ich …«

»Befreien Sie ihre Arme, schnell!«

Ladoga starrte erst ihn und dann die von Krämpfen geschüttelte Laila an.

»Passen Sie auf, dass Sie sie nicht schneiden.«

Er nickte. Dann kniete er sich rittlings auf das Mädchen, klemmte sie zwischen seine Knie und zerteilte den Plastikstreifen um die Handgelenke mit einem sauberen Schnitt.

»Soll ich noch etwas tun?«

»Legen Sie Laila auf die Seite.«

»Soll ich ihre Zunge aus dem Mund ziehen?«

»Nein, lassen Sie das. Wir können jetzt nur abwarten.«

Laila hatte am Mund blutigen Schaum, die Augen waren nach oben verdreht. Heftige Zitteranfälle schüttelten ihren Körper.

»El Rato …?«, fragte ich. »Was …?«

»Das ist nur ein vorübergehender Anfall. Normalerweise dauert so was ein paar Minuten. Wenn es länger anhält, haben wir ein Problem.«

Ladoga stand auf. »Woher willst du das wissen? Du bist doch kein Arzt.«

»Ich habe mein ganzes Leben in *Santo Toribio* verbracht. Das ist eine neurologische Klinik. Ich habe so was schon Dutzende Male gesehen.«

Der Mann nickte. Dann befreite er den Jungen von den Fesseln an Armen und Beinen.

»Pass auf sie auf«, befahl er.

El Rato kniete sich neben das Mädchen.

Ich hatte mich bei unserem ersten Zusammentreffen gefragt, warum die beiden zusammen reisten. Ich meine, sie wirkten überhaupt nicht wie ein Paar. Sie war eine Tochter aus reichem Hause, sicherlich sprach sie mühelos vier oder fünf Sprachen. Er dagegen war der klassische *Cholo,* der noch nie eine Schule von innen gesehen hatte.

Was verbindet die beiden?, hatte ich mich die ganze Zeit über gefragt.

Jetzt wusste ich es.

Sie erschließt ihm die Welt und er beschützt sie vor der Welt.

Der Anfall dauerte noch eine Weile an, dann beruhigte sich das Mädchen, genau wie El Rato es vorhergesagt hatte. Es sah aus, als schliefe sie.

Einige Zeit später öffnete sie die Augen.

Laila konnte sich an nichts mehr erinnern. Behutsam erzählte El Rato ihr alles.

»Aber was habe ich gemacht?«

»Du hast eine tolle Show hingelegt«, alberte er herum. »Zuerst hast du einen Kondor nachgeahmt und einen markerschütternden Schrei von dir gegeben. Dann hast du den Kopf zurückgebogen wie in diesem Film *Der Exorzist*. Hast du den mal gesehen? Du hast

Schaum vor dem Mund gehabt und hast dermaßen um dich geboxt und getreten, dass Ladoga dachte, du wolltest fliehen.«

Laila kicherte, oder zumindest versuchte sie es, und ich dachte noch einmal: Er beschützt sie vor der Welt.

Die Tür ging auf und der Mann, der uns entführt hatte, kam herein, mit umgehängtem Maschinengewehr, aber immer noch in der Zugführeruniform.

Er musste Lailas Schrei gehört haben, aber anstatt uns danach zu fragen, herrschte er den Russen an: »Warum brauchst du so lange? Warum sind die Gefangenen noch nicht gefesselt?«

Ladoga erhob sich. Er war mindestens dreißig Zentimeter größer als der andere. Es gab eine kurze Diskussion, beziehungsweise der Zugführer fing an zu diskutieren und Ladoga packte ihn am Kragen und zerrte ihn aus dem Raum.

Ich hörte sie draußen vor der Tür reden, verstand jedoch nicht, was sie sagten, aber sie sprachen ohnehin nicht lange.

Nach einer Minute kam der Russe wieder herein. Allein.

»Junge«, sagte er zu El Rato. »Wird es wieder passieren? Könnte sie noch so einen Anfall bekommen?«

Er zuckte mit den Schultern. »Das weiß keiner … In der Klinik war mal ein Mädchen, das jeden Tag einen oder zwei Anfälle hatte. Meistens kommen die aber nicht so oft. Es ist schwer zu sagen, auch weil sie den Epileptikern in der Klinik Medikamente geben, und wir haben hier nichts.«

»Ich will nicht, dass mir das noch mal passiert«, stammelte Laila.

»Mach dir keine Sorgen, du gehörst sicherlich zu den Glücklichen, die nur ganz selten Anfälle haben.« Dann drehte El Rato sich zu Genosse Ladoga um. »Jetzt sollte sie schlafen.«

»Ja, klar, kein Problem.«

Der Mann half dem Mädchen, sich auf dem Boden hinzulegen, mit der Bärentasche als Kissen. Danach band er El Rato abermals die Arme hinter dem Rücken zusammen und befahl ihm, sich neben mich zu setzen.

»Die Beine nicht?«

»Nein. Damit du zu deiner Freundin gehen und ihr helfen kannst, wenn wieder was sein sollte. Ich bleibe sowieso hier und behalte euch im Auge.«

Ladoga holte sich einen Zementsack aus der Ecke, schleifte ihn vor die Tür und setzte sich darauf, den Rücken an die verschlossene Tür gelehnt.

»So, fertig«, sagte er.

Wir redeten nicht mehr. Die Stunden verstrichen.

Jemand klopfte an die Tür und Ladoga öffnete sie. Es war eine der jungen Frauen, sie brachte eine Schüssel voll Suppe. Ladoga trank sie aus der Schüssel, einfach so, ohne Löffel, und bot Laila einen Schluck davon an. Wir anderen bekamen nichts.

El Rato saß links von mir, deshalb konnte ich sein Gesicht nicht sehen, ich spürte nur seinen Arm an meinem.

Plötzlich stach mich etwas in die Hand. Ich zuckte zurück, doch wieder kam ein Stich. Beinahe hätte ich aufgeschrien, konnte mich aber beherrschen. Als ich den dritten Stich spürte, bewegte ich mich gerade so viel, dass ich den Gegenstand mit den Fingern berühren konnte.

Er war klein und gerade, mit einer scharfen Spitze. Ein Nagel. Wo hatte El Rato nur einen Nagel gefunden? War das vorhin gewesen, als er zur Wand gegangen und dann auf den Rücken gefallen war? Hatte er ihn aus der Wand gezogen? Unglaublich, dieser Junge … Und er hatte ihn die ganze Zeit über versteckt gehalten!

Er legte ihn mir auf die Handfläche, dann sagte er laut: »Also, Genosse Ladoga, wo kommen Sie eigentlich her? Ich glaube nicht, dass Sie Peruaner sind.«

»Nein, das bin ich auch nicht. Ich komme aus der UdSSR. Aus Russland. Ganz schön weit weg von hier.«

»Und ist es da schön? Auch schön warm?«

»Nein, ganz und gar nicht. In Russland ist es sehr kalt.«

El Rato hatte den Nagel an mich weitergegeben. Warum? Vielleicht war es ihm nicht gelungen, sich damit zu befreien und er brauchte meine Hilfe.

»Wie kalt? So kalt, dass man jeden Tag dicke Pullis anziehen muss?«

Ich versuchte, mit der Nagelspitze den Kabelbinder an seinen Handgelenken zu durchlöchern, und El Rato zuckte zusammen: Ich hatte ihn versehentlich gepikst. Trotzdem gab er keinen Laut von sich.

»Bis gestern habe ich mein ganzes Leben lang noch keinen Pulli getragen«, plauderte er weiter.

Ich versuchte es nochmals, brachte den rostigen Nagel in die Nähe des Plastikstreifens und versuchte, ihn hineinzudrücken. Wieder zuckte El Rato zusammen. Ich konnte nur hoffen, dass er in der Klinik, von der er immer erzählte, gegen Tetanus geimpft worden war.

»Da, wo ich in Russland herkomme, hat es manchmal vierzig Grad unter null. Weißt du, was das bedeutet? Im Krieg mussten wir die Motoren der Lastwagen erst mal auftauen, indem wir unter der Motorhaube Feuer machten, sonst hätten wir nicht losfahren können. An manchen Tagen ist es so kalt, dass einem Finger und Zehen abfallen können.«

»Haben Sie so … Also, ich meine … Ihre Finger? Durch die Kälte?«

Inzwischen hatte ich herausgefunden, wie es am besten ging: Ich durfte den Nagel nicht wie einen Dolch ins Plastik drücken, sondern musste ihn wie eine Säge einsetzen. Rauf und runter, vorsichtig rauf und runter.

»Nein, das war ein Hieb mit einer Axt. Damals war ich ungefähr so alt wie du.«

Säge rauf, Säge runter.

Wie spät mochte es wohl sein? Draußen war es dunkel geworden, aber ich hatte mein Zeitgefühl verloren. Es konnte sechs Uhr abends, aber auch sechs Uhr morgens sein. Wir hatten weder zu essen noch zu trinken bekommen, meine Kehle war trocken und rau.

»Im Krieg?«

»Das reicht jetzt, Junge. Gib Ruhe.«

Ich musste mein Sägen unterbrechen, in der Stille hätte man es gehört. Laila, die immer noch am Boden lag, war wieder eingeschlafen.

Ich musste nachdenken. Einen Plan ausarbeiten. Mit dem Nagel und etwas Geduld würde ich El Rato und mich befreien können. Aber dann?

Wir könnten uns auf Ladoga stürzen. Versuchen, ihn zu entwaffnen.

Ich versuchte, mir die Szene vorzustellen, und überlegte mir mehrere Angriffstechniken, doch wenn ich alles folgerichtig durchdachte, endeten diese Szenen immer damit, dass entweder El Rato oder ich am Boden lag, mit einer Kugel im Bauch.

Der Russe sah sehr stark aus, er war ein erfahrener Soldat und er war bewaffnet. Wir hatten keine Chance, ihn zu überraschen. Außerdem war der Abstand zwischen uns und ihm zu groß: Bis wir aufgestanden wären, hätte er uns schon erschossen.

Zumindest einen von uns.

Zumindest einen.

Ich dachte darüber nach. Wenn wir es zu dritt auch nicht schaffen würden, so könnte es doch einem von uns gelingen. Um den Preis, dabei erschossen zu werden, dadurch aber den Russen lange genug abzulenken, dass die anderen beiden fliehen konnten. Mit etwas Glück.

Die Kinder, dachte ich.

Ich muss die beiden Kinder in Sicherheit bringen.

Dieser Gedanke traf mich wie eine Ohrfeige.

Denn ich begriff sofort, dass es funktionieren würde.

Und wie ich es bewerkstelligen müsste.

Ich müsste Ladoga allein angreifen, mit bloßen Händen. Damit El Rato und Laila weglaufen konnten. Ich müsste mich für sie opfern.

Nein, auf keinen Fall! Das wollte ich nicht! Ich hatte mich dazu bereit erklärt, zwei Touristen nach Machu Picchu zu begleiten, und nicht, zu sterben.

Es musste noch irgendeine andere Lösung geben. Doch sosehr ich mich auch bemühte, mir fiel keine ein. Einer musste zurückbleiben. Musste unseren Bewacher ablenken und den beiden anderen die paar kostbaren Minuten schenken, um zu fliehen.

Aber wenn jemand geopfert werden musste – warum ausgerechnet ich?

Ich dachte an Laila und verwarf den Gedanken sofort wieder. Sie wäre nicht in der Lage zu kämpfen.

Und El Rato? Auf keinen Fall, das Mädchen brauchte ihn. Und er war so jung, er hatte sein ganzes Leben noch vor sich …

Beide waren so alt wie meine Tochter. Oder besser: Sie waren in dem Alter, in dem Maria jetzt wäre, wenn sie nicht an Gelbfieber gestorben wäre.

Ich wusste nur zu gut, wie es sich anfühlte, gegen eine grausame Krankheit ankämpfen zu müssen. Und wenn Laila nach einem Weg suchte, ihre Krankheit zu besiegen, dann musste ich ihr die Möglichkeit dazu geben.

Alles in allem blieb also nur ich übrig. Ich musste es tun.

Ich atmete tief durch. Jetzt wusste ich, was ich zu tun hatte.

»Wie sind Sie eigentlich hier in Peru gelandet?«, fragte ich Ladoga und sägte mit dem Nagel weiter.

»Das ist eine lange Geschichte.«

»Wollen Sie die nicht vielleicht erzählen?«

Ich verzog meine Lippen zu einem Wolfslächeln. Ich hatte gemerkt, wie er mich ansah. Ich kannte diesen Blick von Männern. Und er war ein faszinierender Mann. Für meinen Geschmack entschieden zu groß, aber er hatte Präsenz. Seine breiten Schultern und der Bart unterstrichen seine verwegene Ausstrahlung. Schade, dass ich ihm nicht unter anderen Umständen begegnet war.

»Im Zweiten Weltkrieg war ich noch zu jung, um Soldat zu sein, doch meine Schwester und ich haben trotzdem gekämpft, auf unsere Art. Und wir haben überlebt, auch wenn ich dabei ein paar Finger verloren habe. Was danach kam … Ich hatte gedacht, das Schlimmste wäre vorbei, aber ich hatte mich geirrt. Die Felder waren verwüstet und es gab nicht genug Bauern, um sie zu bewirtschaften. Es gab eine furchtbare Hungersnot. Und Epidemien. Und als ob das alles noch nicht gereicht hätte, musste Stalin …«

»Der Diktator?«

»Ja, genau der. Er befürchtete, dass irgendein Kriegsheld früher oder später einen Aufstand entfachen und ihn von seinem Thron stoßen könnte. Deshalb wies er die Geheimpolizei an, so viele Kriegshelden wie möglich zu töten. Unzählige Menschen wurden zum Tode verurteilt, andere in Arbeitslager gesteckt. Auch unsere Akte landete auf den Schreibtischen der Inspektoren.«

Der Nagel zerbrach. Es gelang mir gerade noch, die eine Hälfte festzuhalten, die andere fiel zu Boden. Zum Glück war der jedoch aus Lehm und nicht aus Beton, sodass das Metall beim Aufschlagen nicht klirrte.

»Das muss furchtbar gewesen sein«, sagte ich leise.

Mit der Fingerkuppe tastete ich den Nagelrest ab. Durch den Bruch war eine noch schärfere Kante entstanden. Ich sägte weiter und endlich kamen El Ratos Handgelenke frei.

Beinahe wäre er aufgesprungen, doch ich zwickte ihn schnell, um ihn zu warnen. Wohin hätte er laufen sollen? Ich gab ihm den Nagel zurück und klopfte auf seine Hand. Jetzt war ich an der Reihe.

»Und was ist dann passiert?«, fragte ich den Russen.

»Unsere Akte muss prall gefüllt gewesen sein mit unseren Straftaten, trotzdem haben sie uns nicht verurteilt … Ich habe nie verstanden, wieso. Vielleicht lag es an einem Fehler im System. Dank einer Freundin meiner Schwester, der Tochter eines hohen Tiers, konnten wir durch den Eisernen Vorhang nach Westeuropa fliehen. Wir haben erst in Deutschland und später in Frankreich gelebt. Ich glaube, meine Schwester wohnt noch immer dort.«

Mit einem kleinen Ruck gab der Kabelbinder nach, der meine Handgelenke fixiert hatte. El Rato war sehr schnell gewesen. Offensichtlich war der zerbrochene Nagel wesentlich effektiver.

Der Junge gab ihn mir zurück und ich ließ ihn in meine rechte Hand gleiten. Ich sackte auf meinem Stuhl ein wenig zur Seite, um mit der Hand an die Knöchel zu kommen und die letzten Fesseln zu zersägen. Hatte Ladoga gesehen, dass ich meine Haltung verändert hatte? Es war sehr dunkel im Raum, ich konnte nur hoffen, dass er es nicht bemerkt hatte.

»Und was geschah dann?«, fragte ich.

»Der Kommunismus hatte mir nicht sehr gefallen, doch der

Kapitalismus des Westens gefiel mir noch viel weniger. Ich habe hässliche Dinge gesehen, die mich sehr wütend gemacht haben … Ich hatte geglaubt, in einem freien Land zu leben, und doch durfte man seine Stimme nicht erheben und sollte vor den Ungerechtigkeiten die Augen verschließen. Schließlich konnte ich das alles nicht mehr ertragen und geriet mit dem Gesetz in Konflikt.«

Ich bekam mein rechtes Bein frei und nahm den Nagel in die linke Hand.

»Sind Sie deshalb nach Peru gekommen? Um der Polizei zu entwischen?«

»Nein, um etwas zu verändern. Ich habe mal einen Jungen aus Peru kennengelernt und in Frankreich bin ich weiteren Peruanern begegnet. Sie haben mir erzählt, sie wollten für ihr Volk kämpfen. Für eine neue Zukunft … Deshalb bin ich hierhergekommen.«

Der Kabelbinder sprang entzwei. Ich war frei! Ich konnte es noch gar nicht glauben: Ich war frei!

Trotzdem rührte ich mich nicht. Laila schlief noch immer, sie würde bald aufwachen. Ich musste handeln.

»Und so setzen Sie das jetzt um?« Ich wollte ihn provozieren. »Sie schaffen eine neue Zukunft, indem Sie Züge in die Luft jagen und Kinder umbringen?«

»Es sieht doch eher so aus, als hätte ich euch noch nicht umgebracht.«

»Sie halten uns gefangen.«

»Ich beschütze euch. Solange ich hier bin und auf euch aufpasse, besteht für euch noch Hoffnung.«

El Rato drückte hinter den Stuhllehnen meine Hand. Es war beinahe so weit.

»Was für eine Hoffnung denn? Die Hoffnung, erst morgen zu sterben, anstatt in der nächsten Stunde?«

»Es ist trotzdem eine Hoffnung.«

Ich schob den Nagelrest zwischen den Zeigefinger und Mittelfinger meiner rechten Hand und ballte sie zur Faust. Das würde meine einzige Waffe sein.

Inzwischen war es in dem Raum sehr dunkel geworden.

Und draußen war alles still.

Ich hatte keine Angst. Nicht mehr. Aber ich war aufgeregt. Und die Aufregung sorgte dafür, dass sich meine Muskeln anspannten.

»Ihre Hoffnung ist eine Scheißhoffnung«, sagte ich langsam und deutlich. »Die Hoffnung eines Feiglings.«

Ich forderte ihn heraus und er reagierte. Er stand auf. Weil es so dunkel war, konnte ich ihn nicht sehen, aber den Geräuschen entnahm ich, dass er sich erhoben hatte. Es hörte sich an, als näherte sich ein großer Bär.

Ich streckte einen Fuß aus und tippte mit der Spitze Laila an, damit sie aufwachte. Sie wimmerte. Ich tippte ein zweites Mal, stärker.

»Sie dachten, Sie wären ein Held«, fuhr ich fort. »Stattdessen sind Sie bloß ein Wachhund und haben nur deshalb ein ruhiges Gewissen, weil Sie uns noch nicht umgebracht haben.«

»Jetzt hör mal …«

Ich drückte El Ratos Hand. Ich hoffte, dass er mein Signal begriff und sich bereithielt.

»Sie sind widerlich.«

Ich dachte an das Opfer, das ich bringen würde.

»Ihre Mutter würde sich wegen Ihnen schämen. Ihre Schwester würde sich wegen Ihnen schämen …«

Ich hatte ihn an einem wunden Punkt getroffen und ich spürte, wie er auf mich zulief, wie sich der Abstand zwischen uns verringerte.

Ringsherum war alles schwarz und er war wütend. Doch er ahnte nicht, was ihn erwartete. Als ich ihn über mir spürte, als ich ihn riechen konnte, sprang ich auf.

Ich hatte das Glück, mit meiner Stirn genau sein Nasenbein zu treffen, und er ging zu Boden.

Pistole und Messer fielen ihm aus den Händen. Aber wohin? Ich konnte sie nicht sehen.

Dafür konnte ich hören, wie er brüllend aufsprang.

Mit meinem halben Nagel stürzte ich mich auf ihn.

»Laila, El Rato!«, schrie ich. »Lauft! Schnell! Lauft weg und dreht euch nicht um!«

Warum redete Chaska nur so viel? Sie laberte schon seit Stunden und ich verstand nicht, warum. Wenn sie still gewesen wäre, wäre dieser Genosse Ladoga vielleicht eingeschlafen und wir hätten in der tintenschwarzen Finsternis fliehen können, ohne dass er es gemerkt hätte …

Stattdessen reizte sie ihn. Nein, viel schlimmer: Sie machte ihn richtig wütend.

Als sie sagte, dass sich seine Mutter wegen ihm schämen würde, wurde mir klar, dass es ernst wurde. Ich konnte überhaupt nichts sehen, nicht einmal mehr die am Boden liegende Laila, doch ich hörte den Russen auf uns zurennen und dann gab es ein

TUMF

und ein

KLUNK

und ein

BADAMM

und dann schrie Chaska:

»Laila, El Rato! Lauft!«

Ich sprang in die Dunkelheit hinein, ohne richtig zu begreifen, was los war. Die Arme hatte ich vorgestreckt, um nicht gegen die Wand zu knallen.

Tastend fand ich die Tür. Da ich den ganzen Tag über draufgestarrt hatte, wusste ich genau, wo sie sich befand. Ich zog den Zementsack weg und drückte die Klinke herunter.

Vor mir öffnete sich ein dunkelblaues Rechteck voller Sterne. Ein Halbmond beschien den Hof und den Berghang. Im Vergleich mit der Finsternis in unserem Gefängnis kam es mir hier draußen taghell vor.

Ich drehte mich um. Chaska rang auf dem Fußboden mit unserem Bewacher und Laila war aufgestanden, aber reglos stehen geblieben, wie eine Statue.

Ich dagegen hatte die Wahl: Ich könnte mich auf den Russen stürzen und Chaska unterstützen. Oder mir Laila schnappen und wegrennen.

»Flieht!«, schrie Chaska noch, bevor ihr Ladoga mit einer Hand die Kehle zudrückte.

Sie biss ihn in den Arm. Ineinander verschlungen rollten sie über den Lehmboden.

Chaska hatte recht, Flucht war die beste Idee. Also hechtete ich in den Raum zurück und ergriff Lailas Hand.

»El Rato, ich kann nichts sehen …«

»Das weiß ich doch …«

Ich raste hinaus, mit Laila im Schlepptau.

Vor dem kleinen Gebäude, in dem wir eingesperrt gewesen waren, befand sich ein bekiester Vorplatz. Wegen dem Sack über dem Kopf hatte ich die Umgebung nicht sehen können, als sie uns hergebracht hatten. Aber ich erkannte den weißen Kleinbus. Auf dem Fahrersitz saß eine in sich zusammengesunkene Frauengestalt. Sie schlief. Vielleicht war es eine Wache, die sich vor der Kälte in den Bus geflüchtet hatte. Denn es war bitterkalt.

Unser Gefängnis war eine Garage, ein Kasten aus Zement, der an einen größeren Kasten, vermutlich ein Wohnhaus, angebaut war. Nirgends brannte Licht.

Um die Frau nicht zu wecken, schlichen wir leise an dem Kleinbus vorbei und liefen dann den Berghang hinunter. In dieser Höhe gab es keine Bäume mehr. Dafür reichlich Gestrüpp, das zwischen Felsblöcken spross. Eine breite Rinne verlief schräg über den Hang und beschrieb etwas unterhalb von uns eine Kurve.

»Wo laufen wir hin?«, fragte Laila kläglich. »Ich …«

»Du siehst nichts, ich weiß. Vertrau mir.« Ich schaute mich um. »Da entlang«, beschloss ich.

Laila war nicht superschnell, doch sie konnte einigermaßen mit mir Schritt halten. Ich kam mir vor wie die Maus Amadeo in der Werkstatt von *Santo Toribio* und stellte mir Ladoga vor, wie er blutüberströmt aus der Garage wankte und seine Pistole auf uns richtete.

»Wir können Chaska nicht im Stich lassen!«, rief Laila.

»Ach was, die kommt gleich nach«, log ich.

»Wir können das nicht tun!« Laila riss an meinem Arm und zwang mich dadurch, stehen zu bleiben. Ihre Augen waren tief eingesunken, ihre Haare leuchteten wie Mondstrahlen.

»Hör mal!« Ich schaute ihr direkt in die Augen. Ich wusste, was sie gerade empfand, denn ich empfand es ebenfalls: Ich fühlte mich mies, weil ich Chaska zurückgelassen hatte. Dennoch war es das einzig Richtige gewesen. »Chaska hat gekämpft, damit wir fliehen können. Vielleicht hat Ladoga sie inzwischen schon umgebracht. Wenn wir jetzt umkehren, ist alles umsonst gewesen, verstehst du?«

Laila blieb unbeweglich stehen. Ihre Augen wurden erst riesig groß und dann schmal wie Schlitze. Sie zwinkerte mehrmals.

»Es ist nicht richtig …«, stammelte sie.

»Ich weiß.«

Schließlich nickte sie und ging weiter.

Und ich verschloss jeden Gedanken an Chaska in der hintersten Ecke meines Gehirns. Ich vergaß sie nicht, aber ich wusste, dass ich mich jetzt ausschließlich auf unsere Flucht konzentrieren musste.

Wir erreichten eine Felsgruppe und ich sprang mitten hinein, rutschte ab, fand wieder Halt und rannte gebeugt weiter, um eventuellen Scharfschützen ein schlechtes Ziel zu bieten. Genau wie in den Rambo-Filmen.

Unter unseren Sohlen knirschten Steine, doch abgesehen davon war die Nacht beängstigend still.

Wir folgten eine Weile der bergab führenden Rinne. Laila wurde allmählich langsamer, sie sagte, sie sei todmüde, und ich glaubte ihr das, doch sie war viel zu schwer, als dass ich sie hätte tragen können. Außerdem hätte der Schuss dann sie getroffen.

Die Rinne führte um den Berg herum, und als das Anwesen unserer Entführer hinter der Biegung verschwand, ging es mir besser. In einem Wäldchen von hohen dünnen Bäumen hielten wir an, um zu verschnaufen.

Als Laila wieder von Chaska anfing, sprang ich auf. Ich konnte jetzt einfach nicht über sie sprechen. Vielleicht verfolgten unsere Bewacher uns, vielleicht auch nicht, auf jeden Fall aber mussten wir in Bewegung bleiben.

Wir kamen aus dem Wald heraus und ich wählte einen Pfad, der leicht bergauf führte. Er war sehr schmal und wir mussten zwischen wadenhohen Sträuchern hindurch, unter denen sich Löcher und Felsbrocken verbargen. Ich musste extrem gut aufpassen, nicht nur meinetwegen, sondern auch wegen Laila, die sich an mich klammerte wie an einen Rettungsring.

Wir waren schon länger auf dem Pfad unterwegs, als ich Motorengeräusche hörte. Ziemlich weit über uns war eine geteerte Straße und ich sah Scheinwerfer. War das der Kleinbus der Terroristen? Verfolgten sie uns damit? Ich stand zu weit unten und hatte auch viel zu viel Angst, um es beurteilen zu können.

»Wenn da oben eine Straße ist, dann können wir ihr folgen und in irgendeine Ortschaft kommen«, schlug Laila vor.

»Wenn da oben eine Straße ist, dann werden sie dort lauern, um uns einzufangen«, widersprach ich. »Wir gehen hier weiter.«

Allerdings war das leichter gesagt als getan.

Wir liefen stundenlang. Laila schwankte vor Müdigkeit und ich zog sie hinter mir her. Irgendwann erreichten wir ein Feld, das an einer extrem steilen Stelle des Hangs angelegt worden war. Dahinter befand sich ein windschiefer Stacheldrahtzaun.

Wieder machten wir Rast.

»Hast du was zu essen dabei?«, fragte ich.

»Die Teigtaschen waren in Chaskas Rucksack«, antwortete Laila.

Sie wühlte in ihrer Stofftasche herum und brachte zuerst ihren Walkman zum Vorschein und dann einen Gegenstand, der so klein wie eine Murmel war.

»Was ist das?«

»Ein Coca-Bonbon. Es sind noch vier übrig.«

Wir nahmen uns jeder einen. Lieber hätte ich zwei gelutscht, doch Laila fand es besser, die letzten für später aufzuheben, und vielleicht hatte sie recht.

Ich hatte keine Ahnung, wie weit wir uns von unseren Feinden entfernt hatten. Es kam mir vor, als hätten wir eine sehr lange Strecke zurückgelegt, doch vielleicht irrte ich mich und die Terroristen waren nur wenige Autominuten von uns entfernt. Möglicherweise warteten sie nur, bis es hell wurde, um uns einzufangen.

Vor dem Stacheldrahtzaun lagen viele glatte, flache Steine. Ich sammelte ein paar davon ein und legte sie übereinander.

Neugierig schaute Laila zu.

»Das ist eine *Apacheta*«, erklärte ich.

»Was ist das?«

»Übereinandergelegte Steine. So was macht man hier in den Anden. Eine Krankenschwester hat mir das mal erzählt … also, ja, meine Mutter.«

»Okay. Und wozu soll das gut sein?«

»Alle Wanderer müssen zu Beginn einer schwierigen Reise eine *Apacheta* bauen. Das ist ein Opfer für die *Apu,* die Berggeister, die sie als Dank dafür beschützen. Und ich glaube, wir können ihren Schutz gut gebrauchen.«

Ich schaute Laila an. Ich befürchtete, dass sie sich über mich lustig machen würde, doch stattdessen suchte sie tastend am Boden herum, bis sie einen kleinen, aber ganz glatten, rautenförmigen und sehr schönen Stein gefunden hatte. Den legte sie oben auf meine *Apacheta* drauf.

Dann standen wir wieder auf und gingen weiter, auf den Gipfel zu, ohne zu wissen, wohin unser Weg uns führte.

Ich hatte einen Anfall.

Einen Anfall, einen Anfall.

Das hatte auch in dem Buch gestanden: Verlust des Sehvermögens durch Degeneration der Netzhaut, Epilepsie und fortschreitender Verfall der intellektuellen und motorischen Fähigkeiten.

Und jetzt hatte ich einen Anfall gehabt (einen Anfall, einen Anfall).

Hatte mein Gehirn bereits begonnen, sich selbst zu zerstören? War meine Intelligenz jetzt wie ein alter Lackanstrich, der abzublättern begann?

Ich konnte mich überhaupt nicht daran erinnern, was während des Anfalls passiert war. Ich sah mich mit hinter dem Rücken gefesselten Armen im Raum stehen … Und sofort danach lag ich am Boden, mit dem Mund voller Speichel und Blut, mit einem Kopf, der sich anfühlte, als würde er gleich explodieren, mit unglaublichen Schmerzen in allen Muskeln, so als hätte ich versucht, sie mir von den Knochen zu reißen.

Es war sehr hässlich gewesen und ich müsste mich eigentlich dringend ausruhen, doch El Rato drängte ständig dazu, weiterzugehen, er ließ mich nicht verschnaufen.

Ich hatte keine Ahnung, wohin wir liefen, und ich glaube, er wusste es ebenso wenig.

Wir überquerten eine geteerte Straße und dann eine zweite, und jedes Mal bestand mein Freund darauf, dass wir uns sofort danach im Gebüsch versteckten, weil das sicherer sei.

»Pssst«, machte er plötzlich. »Da ist jemand.«

»Wo?«

»Dort.«

Zu meiner Verblüffung gelang es mir, ihn zu sehen. Ein leuchtender kleiner Punkt vor uns, der sich schräg zum Hang nach oben bewegte.

»Was ist das?«

»Ein Mann«, antwortete El Rato.

»Die Terroristen? Kommen sie uns holen?«

»Nein, nein, das ist ein alter Indio. Er trägt einen Mantel, einen peruanischen Sombrero und hat einen Stock. Er geht einfach nur seiner Wege.«

Obwohl der kleine Lichtpunkt so fern war, fühlte ich mich gleich etwas besser. Und mir fiel wieder ein, wie es gewesen war, als wir Chaska begegnet waren: Erst hatten wir uns verloren gefühlt, dann war alles wieder gut gewesen.

»Lass uns ihm folgen«, schlug ich vor. »Vielleicht führt er uns zu einem Dorf.«

»Hm … okay. Aber besser, er sieht uns nicht.«

Und so folgten wir dem Unbekannten.

Vielleicht war er tatsächlich alt, wie El Rato vermutete, doch er bewegte sich schnell und geschickt. Dabei war der Anstieg sehr steil. Ich bekam schlecht Luft.

»Lutsch noch einen Bonbon«, schlug El Rato vor. »Dann geht es dir besser, du wirst schon sehen.«

Endlich wurde es am Himmel allmählich heller und die Sonne ging auf.

Ohne es zu merken, hatten wir in der Nacht einen sehr hohen Berg erklommen und nun waren wir fast schon am Gipfel angekommen. Der Himmel über uns war so tiefblau, dass ich an ein kopfüber hängendes Meer denken musste, durch dessen Unendlichkeit wir schwammen.

Weiter vorn, genau am Gipfel, sah ich Unmengen von Inka-Ruinen, Überreste von Mauern und Tempeln einer vergessenen Zeit.

Darunter waren terrassierte Felder und eine endlos lange Treppe aus schmalen Stufen, und ganz unten im Tal schlängelte sich ein schäumender Bach, an dem ein kleines Dorf lag.

»Hast du eine Ahnung, wo wir sein könnten?«, fragte El Rato.

»Nein, aber es ist wunderschön. Das ist die schönste Landschaft, die ich je gesehen habe.«

Ich war erschöpft und verzweifelt und mir war schwindelig, und doch fühlte ich mich hier, in den Strahlen der aufgehenden Sonne, sicher und mächtig und lebendig.

Ich holte den Walkman aus meiner Tasche und drückte auf *Rec*, um das Pfeifen des Windes aufzunehmen, der uns umtoste. Ich wollte mich immer daran zurückerinnern können.

»Was machst du da?«, fragte El Rato. »Das ist nicht der richtige Moment, um Musik zu hören.«

»Ja, du hast recht, entschuldige bitte«, sagte ich. Wofür ich den Walkman nutzte, ging nur mich etwas an.

Der alte Mann, der uns die ganze Nacht über den Weg gewiesen hatte, war verschwunden. Wir hatten eine Weile nicht auf ihn geachtet.

Doch das war nicht schlimm, denn jetzt waren wir auf einem richtigen, klar erkennbaren Pfad und konnten auch wieder alles sehen.

Die Ruinen bestanden aus ungefähr zehn Mauerkomplexen, die früher vielleicht Gebäude gewesen waren. Die größeren hatten ein Schilfdach, wohl als Schutz vor Regen.

»Hast du dir das mal angeschaut?«, fragte ich El Rato. »Die Steine dieser Mauern sind alle unterschiedlich groß. Trotzdem stecken sie ganz präzise ineinander. Es würde nicht einmal ein Haar dazwischenpassen … Fast so, als wären sie dorthingezaubert.«

»Kann sein«, erwiderte El Rato, »aber ich bin müde und vor allem habe ich Hunger.«

»Hier oben sind wir in Sicherheit, wir können uns ausruhen.« Ich zeigte auf ein verwittertes Holzschild mit der Aufschrift *QALLA-QASA*. »Vielleicht steht in dem Reiseführer, was das ist.«

»Hast du das Buch denn noch?«

»Klar.«

Ich hatte sowohl Doktor Clarkes Tagebuch als auch den Reiseführer dabei, den wir uns in Cusco gekauft hatten – vor einem Jahrhundert, wie es mir vorkam.

Ein Stück über uns stand ein kleiner Tempel: vier solide Steinmauern mit einem großen Loch als Eingang und kleineren Löchern als Fenster. (Ich weiß gar nicht, warum ich mir sicher war, dass es sich um einen Tempel handelte, obwohl das Gebäude kein Dach hatte und auf seinem Boden Gras wuchs.) Jedenfalls konnten wir von dort aus jeden sehen, der sich näherte. Deshalb gingen wir hinein und setzten uns auf den Boden.

»Also«, begann ich. »*Qallaqasa*. Hier steht: *Befestigte Siedlung der Inka, auf einem natürlichen Felssporn angelegt, der über das Tal des Urubamba ragt, genau oberhalb des Dorfes Písac* …« Ich überlegte. »Dann müssen die Häuser da unten Písac sein.«

»Das dauert hundert Jahre, bis wir da unten sind«, meinte El Rato.

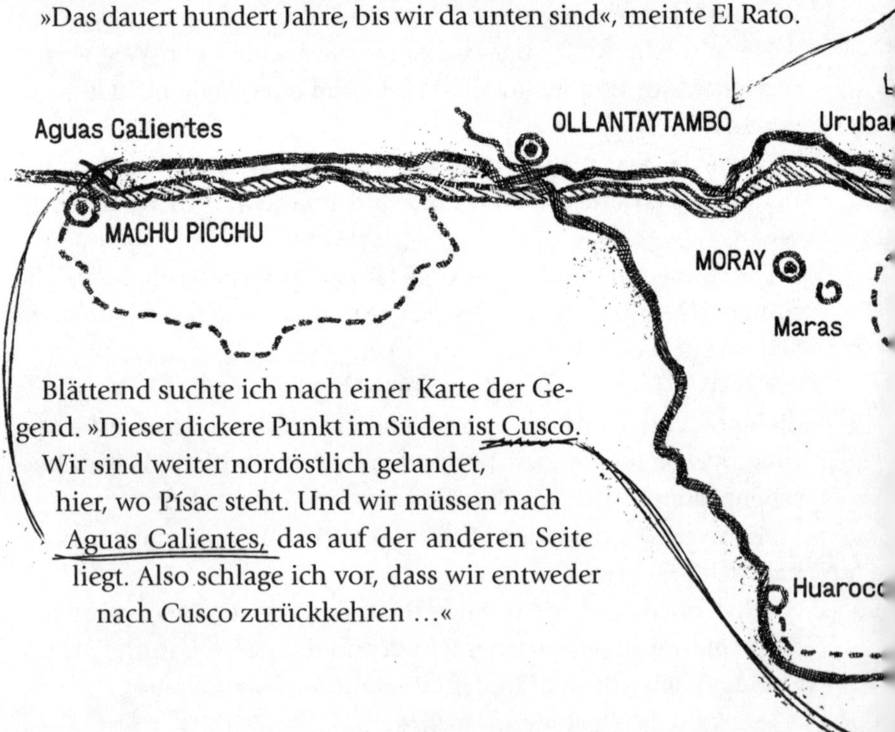

Blätternd suchte ich nach einer Karte der Gegend. »Dieser dickere Punkt im Süden ist Cusco. Wir sind weiter nordöstlich gelandet, hier, wo Písac steht. Und wir müssen nach Aguas Calientes, das auf der anderen Seite liegt. Also schlage ich vor, dass wir entweder nach Cusco zurückkehren …«

»Machst du Witze? Ich werde nie wieder einen Fuß in diese Stadt setzen! Es ist viel zu gefährlich, dorthin zu gehen.«

»Denke ich auch. Deshalb sollten wir lieber dem Fluss nach Westen folgen, in diese Richtung hier, bis nach Urubamba und Ollantaytambo.«

»Zu Fuß? Das ist wahnsinnig weit.«

»Wir fahren irgendwie dorthin. Mit einem Taxi oder so. Ich habe immer noch das Geld, das ich in den Schuhen versteckt hatte.«

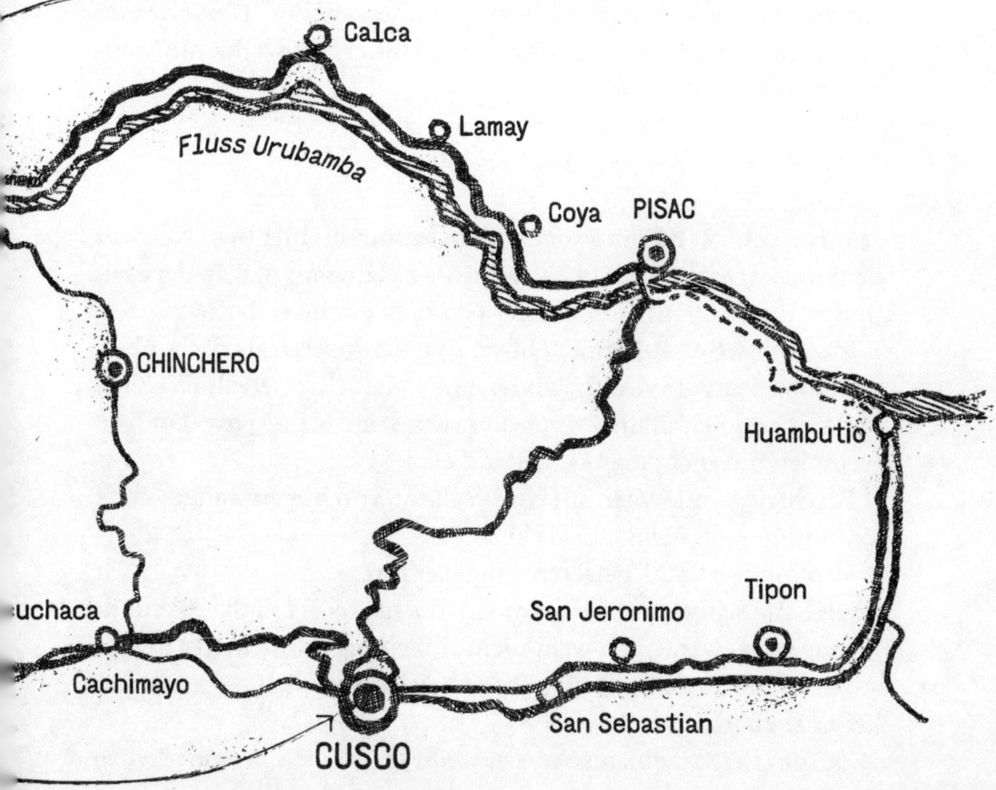

Ich musste grinsen und El Rato ebenfalls.

Dann gähnte er. »Was hältst du davon, wenn wir noch eine Weile hierbleiben? Wir sind die ganze Nacht hindurch gelaufen …«

»Ja, ich bin vollkommen erledigt.«

Er machte es sich auf dem Boden bequem, schob sich den Rucksack als Kissen unter den Kopf und schloss die Augen.

»El Rato …«

»Ja?«

»Warum bist du hier? Ich meine … Warum hast du dich entschlossen, *Santo Toribio* zu verlassen? Du hast gesagt, es wäre, weil du Geld brauchst …«

»Ja, genau.«

»Aber das kann doch nicht alles sein. Du hast mir erzählt, du wärst krank, dabei stimmt das nicht, ich glaube, dass es dir sehr gut geht. Trotzdem lebst du in einem Krankenhaus. Deinen Vater nennst du ›Doktor Brown‹. Und deine Mutter nennst du ›die Krankenschwester‹. Warum?«

»Ich habe das schon immer so gemacht.«

»Und dann läufst du mit mir davon.«

»Laila, ich …«

»Also, verrätst du mir jetzt endlich, warum du hier bist? Nach all dem, was wir schon erlebt haben, wäre es langsam mal an der Zeit, findest du nicht auch? Dass ich es endlich erfahren darf?«

Ich sah, wie er auf seiner Unterlippe herumbiss, als ob er überlegte, ob er mir die Wahrheit oder eine weitere Lüge erzählen sollte.

Dann sagte er: »Puh!«, und umfasste seine Schultern. »Du hast recht, ich bin nicht krank«, gestand er.

Er schwieg und schien auf eine Reaktion von mir zu warten, doch ich rührte mich nicht.

»Ich bin nie krank gewesen«, fügte er hinzu.

Ich hatte schon so etwas vermutet, doch dass er es mir jetzt rundheraus sagte, war … Ich weiß nicht … Schön? Problematisch?

»Du hast überhaupt keine Krankheit?«, fragte ich. »Du bist gar kein Patient der Klinik?«

»Ja, das heißt, nein, also … Du weißt ja, dass ich in *Santo Toribio* gelebt habe und der Pädiatrie zugeteilt war, und so weiter. Aber ich bin gesund.«

»Also tust du einfach nur so, als wärst du ein Patient?«

»Mehr oder weniger.«

»Und warum?«

»Es gab Gründe … Es gibt Gründe. Das kannst du mir glauben. Doch es ist nicht so, wie es scheint.«

Er war verlegen. Vielleicht hatte er vor lauter Lügengeschichten die Wahrheit vergessen. Oder vielleicht ging das alles nur ihn etwas an, so wie mich die Sache mit dem Walkman.

Ich riss eine Handvoll Grashalme aus und zerrieb sie zwischen meinen Handflächen.

El Rato seufzte. »Bist du sauer? Ich hab dir erzählt, ich sei schwer krank, dabei bist du diejenige, die ernsthaft …«

Ich dachte darüber nach. Nein, ich war überhaupt nicht sauer. Ganz im Gegenteil. Ich freute mich, dass ihm nichts fehlte, dass es ihm gut ging. In gewisser Weise beneidete ich ihn auch ein bisschen.

»Also, warum bist du hier?«, wiederholte ich. »Wirklich nur wegen des Geldes?«

»Ja. Na ja, ich bräuchte das Geld, um einen Traum zu verwirklichen. Einen Großen Traum, genauer gesagt.«

»Was für einen?«

»Ich habe noch nie mit jemandem darüber gesprochen.«

»Ich bin nicht jemand«, entgegnete ich sofort. »Nicht nach all dem …«

»Schwörst du, dass du nicht lachen wirst?«

Es war ungewohnt, El Rato so unentschlossen zu erleben. Beinahe verletzlich.

»Ich suche ein Haus«, sagte er schließlich.

Ich hätte beinahe losgeprustet, konnte mich aber zum Glück beherrschen. »Weil du eines kaufen willst?«

»Ja, wenn ich das Geld dafür zusammenbekomme.«

»Aber was für ein Haus? Eine Villa? Ein Schloss? Was für ein Haus suchst du denn?«

»Ein ganz normales Haus. Ein kleines würde schon reichen. Aber ein Haus mit Menschen darin. Die da drin wohnen, zusammen mit mir, und nicht wieder weggehen.«

»Mitbewohner?«

El Rato gab einen sehr langen Seufzer von sich. »Weißt du, wie viele Kinder zusammen mit mir im Nest gewohnt haben, seit ich auf die Welt gekommen bin? Hunderte. Die meisten bleiben ein paar Wochen, der eine oder andere ist einen Monat lang da. Dann gibt es noch die, die ab und zu wiederkommen, wegen der Kontrolluntersuchungen. Deshalb ist es für mich sehr schwierig, richtige Freunde zu finden. Man gewöhnt sich daran, dass alle früher oder später die Klinik wieder verlassen, um in die Welt da draußen zurückzukehren, weil sie dort ein Zuhause haben. Und so ein Zuhause möchte ich auch gern haben. Genau so eines.«

Ich nickte schweigend. Jetzt hatte ich verstanden.

»Haus« war nicht das richtige Wort für das, was El Rato meinte. Was er eigentlich wollte, war eine Familie.

Aber die hatte er doch! Einen Vater, zum Beispiel. Warum lebten die beiden denn nicht zusammen?

Das wollte ich ihn gerade fragen, als ich sah, dass er wieder die Augen geschlossen hatte. Er musste todmüde sein oder vielleicht hatte er einfach keine Lust mehr zu reden.

Ich eigentlich auch nicht.

Ich war vollkommen erledigt und hatte einen seltsamen Geschmack im Mund. Süß und gleichzeitig bitter. Ich dachte, wenn er jetzt schlief, sollte ich Wache halten und auf uns beide aufpassen, doch ich nickte trotzdem ein.

Wir wachten beide gleichzeitig auf, weil wir Stimmen hörten. Ich spähte aus einem der Fenster und entdeckte einen Trupp Touristen mit Rucksäcken und Sonnenbrillen, die sich auf Englisch miteinander unterhielten. Es waren Leute aus den USA.

Ich sagte mir, dass sie unmöglich Terroristen sein konnten, und ging hinaus und auf sie zu.

»Hallo!«, begrüßte ich sie auf Englisch.

»Hallo!«, antwortete eine weißhaarige Dame.

»Entschuldigen Sie bitte, dass ich Sie anspreche. Mein Cousin und ich haben in den Ruinen ein bisschen herumgetrödelt und jetzt sind, fürchte ich, meine Eltern weitergegangen. Können Sie mir sagen, welcher der Wege nach Písac führt? Ich will nicht, dass sie sich Sorgen machen ...«

»Aber klar!«, erwiderte die Frau. »Ihr müsst nur da drüben runtergehen, ihr könnt euch gar nicht verlaufen.«

»Ist es weit?«

»Ungefähr anderthalb Stunden, vielleicht auch zwei. Passt aber auf, es ist sehr steil.«

»Okay, danke. Wir gehen lieber gleich los, damit wir nicht ausgeschimpft werden.«

Ich lief zu El Rato und kurz darauf brachen wir auf.

Die amerikanischen Wanderer hatten recht: Es war ein anspruchsvoller Weg. Wir passierten einen in den Fels gehauenen Gang und kletterten dann die längste Treppe hinunter, die ich jemals gesehen hatte: Sie bestand aus Tausenden von Steinstufen, beschrieb weite Kurven und führte an den terrassierten Feldern und sogar an einem laut rauschenden Wasserfall vorbei.

Ungefähr auf halber Strecke kamen wir an einen Bach. Ich hatte keine Ahnung, ob das Wasser sauber war oder ob wir davon furchtbare Bauchschmerzen bekommen würden, aber ich hatte viel zu viel Durst, um daran vorbeigehen zu können.

Gegen ein Uhr mittags erreichten wir Písac. Das Dorf bestand aus ein paar Häusern, die rings um einen quadratischen Platz angeordnet waren. Auf dem Platz waren Marktstände zu sehen, an denen das übliche Zeug angeboten wurde: Wollpullis, Schals, Mützen ...

An einem Kiosk kaufte ich zwei Teigtaschen für mich und drei für El Rato, und dazu zwei große Becher *Chicha morada*, eine purpurfarbene selbst gemachte Limonade.

Wir verschlangen alles stehend, vor den Augen der Kioskverkäuferin, und tranken zwischendurch die *Chicha* in großen Schlucken.

»Na, ihr habt ja Hunger!«

»Ja, stimmt«, erwiderte ich. »Entschuldigen Sie bitte, vielleicht könnten Sie uns weiterhelfen. Wir müssen nach Aguas Calientes. Wie kommen wir da am besten hin?«

»Ach, in die Richtung geht ein Bus. Er fährt über die Brücke am Fluss und bringt euch in das Dorf Urubamba, wo ihr in den Bus nach Ollantaytambo umsteigt. Dort gibt es dann einen Zug … Aber gestern ist ein Unfall passiert, in Cusco, eine schlimme Geschichte … Ich weiß nicht, ob heute die Züge von Ollantaytambo nach Aguas Calientes fahren. Fragt am Bahnhof lieber nach.«

»Ein Unfall in Cusco?« Ich tat sehr erstaunt.

»Ja, etwas Furchtbares«, erwiderte die Frau. »Guerilleros haben einen Zug in die Luft gejagt. Es gab sieben Tote und fast vierzig Verletzte …«

»Gütiger Himmel …« Ein eisiger Schauer lief mir über den Rücken. »Und … gab es etwa auch eine Entführung?«

»Nein, ich glaube nicht. Warum fragst du?«

»Ach nichts. Dann habe ich mich wohl verhört«, versuchte ich das Thema zu beenden. »Können Sie uns sagen, wie lange wir nach Ollantaytambo brauchen werden?«

»Das hängt davon ab, wann der Bus fährt. Aber normalerweise nicht länger als drei Stunden.«

El Rato gab mir ein Zeichen. Wir bedankten uns bei der Frau und liefen zur Brücke.

In Písac hatten wir keinerlei verdächtige Gesichter gesehen. Und wir hatten geschlafen, gegessen und getrunken.

Ich fühlte mich wieder gut.

Sicher.

Ich war bereit, die nächste Etappe unserer Reise in Angriff zu nehmen.

Also.

Schließlich habe ich Laila doch vom Großen Traum erzählt. Und auch wenn ich ihr nicht die ganze Wahrheit gesagt habe, so habe ich doch zumindest keine weiteren Lügen hineingeschmuggelt.

Danach fühlte ich mich komisch, aber besser als sonst, und schließlich hatte ich noch mein Geheimnis, das ganz allein mir gehörte.

Wir gingen über die Brücke und warteten auf den Bus, der sich dann jedoch als Kleinbus entpuppte und genauso aussah wie der, mit dem wir entführt worden waren. Als er auf uns zufuhr, wäre ich am liebsten weggelaufen.

Auf dem Trittbrett von diesem Kleinbus aber stand ein Junge, der ausrief: »Cusco Písac Urubamba! Cusco Písac Urubamba!«

Es musste also der richtige Bus sein.

Der Fahrer war ein älterer Mann, ansonsten saßen im Bus Frauen und ein kleiner Junge in Schuluniform. Dieses Mal offenbar keine Guerilleros. Wir stiegen ein und Laila setzte sich nach vorn, in die Nähe des Fahrers. Ich fand hinten einen Platz, neben einer Frau, die auf ihrem Schoß ein lebendes Huhn festhielt.

Wir fuhren am Fluss entlang in ein unglaublich tiefes Tal. Zu beiden Seiten ragten Berge auf, die so hoch waren, dass wir ihre Gipfel nicht sehen konnten. Entlang der Straße standen nur wenige Bäume und ab und zu Holzhäuser. Dafür gab es brutale Schlaglöcher. Ich hätte gern ein bisschen geschlafen, doch jedes Mal, wenn ich gerade die Augen geschlossen hatte, ertönte ein

PIM! PAM! PUM!

und ich schnellte hoch, knallte mit dem Kopf gegen die Decke und wachte auf. Der ruhigste Fahrgast war das Huhn, das die ganze Zeit über aus dem Fenster schaute, so gelassen, als fahre es jeden Tag Bus.

Nach unendlich vielen Schlaglöchern erreichten wir ein Dorf, das größer war als die, durch die wir bisher gefahren waren.

»Urubamba!«, verkündete der Ausrufer.

Wir stiegen aus und fanden uns auf einem Parkplatz voller Kleinbusse wieder.

»Ollantaytambo?«, fragte Laila.

Man zeigte uns den entsprechenden Bus, und als sämtliche Sitzplätze besetzt waren, ging es weiter, über neue Schlaglöcher. Am Spätnachmittag, als sich die Sonne bereits rot verfärbte, erreichten wir unser Ziel und waren seekrank.

Ollantaytambo war keine besonders beeindruckende Stadt. Der Fluss, an dem wir seit Písac entlanggefahren waren, floss mitten durch die Stadt. Es war der Urubamba, an dem auch Aguas Calientes lag. Die Plaza de Armas war klein und mit ein paar Bänken ausgestattet. Ringsherum gab es Restaurants und Souvenirläden, genau wie in Cusco, doch wirkte alles ein wenig schäbiger. Auf den Straßen waren zahlreiche Busse, Autos und Mofas unterwegs und es gab viele Schilder, auf denen *Bahnhof* und *Züge nach Machu Picchu* oder *Züge nach Aguas Calientes* und so weiter stand.

Offenbar stellten diese Züge die Hauptattraktion der Stadt dar.

»Wollen wir gleich mal nachschauen, ob die Bahn wegen der Bombe noch blockiert ist?«, schlug Laila vor.

»Es ist schon spät. Ich würde lieber ein Hotel suchen, wo wir die Nacht verbringen können.«

»Und wenn sie uns im Hotel fragen, warum wir ohne Erwachsene unterwegs sind?«

Ich zuckte mit den Schultern. Allmählich begann ich zu begreifen, wie die Welt außerhalb der Klinik funktionierte: Wenn man Geld hatte, stellten einem die reichen Leute nicht allzu viele Fragen. Und die Armen auch nicht. Wie sich die mittendrin verhielten, musste ich erst noch herausfinden, deshalb wollte ich mich vor ihnen lieber erst mal vorsehen.

Vom Hauptplatz aus bogen wir in eine Straße ein, die an einem Bach entlangführte. Hier gab es ein paar Gasthäuser, eines ärmlicher als das andere. Weil mir das sicherer erschien, überredete ich Laila, weiter bis zum Stadtrand zu gehen, wo die Häuser noch heruntergekommener waren.

»Versuchen wir es hier mal?«, fragte ich.

»Ich weiß nicht«, erwiderte Laila. »Das Haus sieht wie eine Bruchbude aus.«

»Genau deshalb.«

Ich klopfte, und als ich sah, dass die Tür offen stand, ging ich gleich hinein. Auf einem lädierten Sofa saß eine sehr dicke alte Frau. Mit »sehr dick« meine ich, dass ich sie auf ungefähr hundert Kilo schätzte.

»Hallo, Kleiner!«, begrüßte sie mich.

»Meine Freundin und ich haben ein Problem … Wir suchen nach einer Übernachtungsmöglichkeit. Und wenn es geht, bräuchten wir auch etwas zu essen. Geld haben wir. Ist das hier ein Hotel?«

Die Frau wischte sich die Hände an ihrer Schürze ab. »Es ist eine Pension. Ich habe ein Zimmer für euch, vorausgesetzt ihr könnt bezahlen.«

Und schon war alles erledigt.

Die Frau zeigte uns eine Abstellkammer, in die ein Doppelbett hineingezwängt worden war. Auf dem Bett lag keine Matratze, doch war über den Lattenrost eine Decke gebreitet worden, sodass man wenigstens nicht mit dem Rücken direkt auf den Holzlatten lag. Wir waren so erschöpft, dass wir uns wahrscheinlich auch mit einem Nagelbett zufriedengegeben hätten. Das Badezimmer, ein Holzverschlag im Hof, hatte eine Art Dusche. Diese Dusche bestand aus einem Schlauch, der durch ein Loch in die Decke gesteckt worden war. Der dazu gehörige Wasserhahn befand sich außerhalb.

Laila ging in den Verschlag und ich drehte für sie den Hahn auf.

»Es ist eiskalt!«, kreischte sie.

»Auf diese Weise duschen alle kürzer und es wird kein Wasser verschwendet«, war der Kommentar der Pensionswirtin.

Die Lust auf eine Dusche war mir inzwischen vergangen, doch Laila erklärte, falls ich gedenken würde, mit ihr im selben Zimmer zu schlafen, müsste ich mich davor waschen. Also blieb das Eiswasser auch mir nicht erspart.

Inzwischen hatte die alte Frau einen *Caldo di gallina* aufgewärmt: eine Hühnerbrühe, in der hart gekochte Eier, Kartoffeln und noch anderes Zeug schwammen. Laila meinte, die Suppe sähe ziemlich eklig aus. Mir schmeckte sie hervorragend, so wie alles, was ich seit unserer Flucht aus *Santo Toribio* gegessen hatte. Deshalb aß ich zusätzlich zu meiner noch die Hälfte von Lailas Portion auf.

Das Gute an der Unterkunft war, dass uns die Frau keine Fragen stellte. Sie wollte nicht wissen, wer wir waren oder was mit unseren Eltern war. Sie hatte es nur eilig, auf ihr Sofa zurückzukehren.

Dann wurde es Zeit, schlafen zu gehen, und erst jetzt merkte ich, dass es da ein Problem gab.

Wir mussten zusammen in einem Bett schlafen.

Zwar hatten wir schon in Cusco die Nacht im selben Zimmer verbracht, aber in zwei Betten. Und hier gab es nur ein einziges Bett. Und das warf peinliche Fragen auf, denn in *Santo Toribio* hatten mir die älteren Jungen erklärt, dass ein Mann und eine Frau, wenn sie im selben Bett schlafen, in Wahrheit gar nicht wirklich schlafen, sondern Sex machen. Was zur Folge hat, dass Babys auf die Welt kommen. Daraufhin hatte ich mich näher informieren wollen und im Krankenhaus einige Bücher über den menschlichen Körper entdeckt und herausgefunden, was Sex ist. Also theoretisch. Praktische Erfahrungen hatte ich natürlich keine. Leider. Deshalb wusste ich überhaupt nicht, wie ich mich verhalten, welche Regeln ich einhalten sollte.

Musste ich mit Laila darüber sprechen? Oder so tun, als ob nichts wäre? Und was, wenn Sex einfach so passierte, ohne dass wir es wollten? Denn das hatte Joaquín immer gesagt: dass Sex so etwas wie eine Urgewalt sei, gegen die man nichts ausrichten könne.

Wobei ich mich gerade überhaupt nicht wie jemand fühlte, der über eine Urgewalt verfügte, sondern eher wie jemand, der Angst hatte.

Die alte Frau hatte mir eine Kerosinlampe in die Hand gedrückt, mit der ich die Treppe für uns ausleuchtete.

Eher zögernd gingen wir zu unserem Zimmer hinauf. Wir versuchten, die Decke möglichst gleichmäßig über den Lattenrost auszubreiten, und ich merkte, dass auch Laila verlegen war, denn sie hielt den Blick gesenkt, während wir hin und her überlegten, wer wo liegen wollte, mir ist es gleich, wähle du aus, und so weiter.

Schließlich legte sie sich vollständig angezogen auf die rechte Seite, wickelte sich in ihren Poncho und verschränkte die Arme.

»Soll ich das Licht löschen?«, fragte ich.

Joaquín hatte immer gesagt, Sex könne man sowohl bei eingeschaltetem als auch bei ausgeschaltetem Licht machen, deshalb wusste ich nicht, was besser wäre.

»Wie du willst.«

Ich drehte den Regler an der Lampe zurück, die Flamme erlosch und das Zimmer lag im Dunkeln. Nun legte auch ich mich auf den Lattenrost. Das Bett quietschte bei jeder Bewegung, schlimmer als meine Luftmatratze in der Werkstatt.

TSCHICK-TSCHAAACK-IEEEH-OOOOOH.

Ich starrte zur Decke hinauf.

»Laila …«

»Ja?«

»Ach, nichts.«

Und nach einer Weile: »El Rato?«

»Ja.«

»Danke wegen gestern Nacht. Dafür, dass du mich geführt hast.«

»Hab ich doch gern gemacht.«

»Und danke auch, dass du mir von deinem Großen Traum erzählt hast. Es ist ein schöner Traum.«

»Ja.«

»Hast du Lust, noch mehr davon zu erzählen?«

»Nein, nicht wirklich, nein.«

»Wie du willst.«

»Okay.«

»Okay.«

»Laila?«

»El Rato?«

»Ich hab mich gefragt … Nein, ist nicht so wichtig.«

Weil diese Sache allmählich unerträglich wurde, drehte ich mich auf die Seite. Dadurch geriet ich in unmittelbare Nähe zu Laila, und weil es im Zimmer nicht ganz dunkel war, konnte ich ihre halb geschlossenen Lippen sehen.

Sie war schön, bisher hatte ich nicht darauf geachtet, doch sie war wirklich schön, sie sah so weich wie ein Pfirsich aus, ich bekam Lust, hineinzubeißen. Oh Gott. Was. Dachte. Ich. Da?

Warum fiel mir solches Zeug ein?

War das die Urgewalt, von der Joaquín gesprochen hatte?

Was sollte ich jetzt tun? Sie wirklich beißen?

Laila schlug die Augen auf. »Warum siehst du mich so an?«

»Wegen … nichts.«

»Du machst mir Angst, wenn du mich so anstarrst. Dreh dich sofort auf die andere Seite!«

»Ähm … okay. Laila?«

»Ja?«

»Glaubst du, dass …?«

»Was?«

»Na, also, du weißt schon.«

»Hä? Wovon redest du?«

»Also, ich meine, wir … glaubst du, dass … könnten wir Sex machen?«

»Was? Bist du völlig verblödet?«

Und nun geschah etwas, womit ich niemals gerechnet hätte: Sie packte mich an der Schulter und schob mich mit unglaublicher Kraft weg.

Ich rollte über das quietschende Bett, plumpste auf den dreckigen Fußboden und wirbelte eine große Staubwolke auf.

SPATUMPF.

»Aua! Du hast mir wehgetan!«

»Das war auch meine Absicht! Wage es ja nicht, dich wieder in dieses Bett zu legen. Du schläfst heute Nacht da unten, auf dem Fußboden, vielleicht kühlt sich da auch dein Temperament ab.«

»Was … wieso Temperament?«

»Ich will bis morgen früh kein Wort mehr von dir hören oder ich schreie, das schwöre ich dir.«

Okay, dachte ich, im Grunde ist der Fußboden bequemer. Ich drehte mich auf die Seite, schloss die Augen und schlief durch, bis die Sonne aufging.

Als ich wach wurde, war Laila schon aufgestanden und sah ziemlich zerknittert aus.

»Hast du gut geschlafen?«, fragte ich sie.

»Ich habe kein Auge zugetan«, entgegnete sie. »Und du? Bist du wieder normal? Gestern Abend kamst du mir völlig daneben vor.«

Ich hüstelte. »Ja, ich glaube, es geht mir wieder besser.« Ich versuchte zu lächeln. »Gehen wir?«

Wir verließen das Haus ohne Frühstück, denn die Pensionsbesitzerin schlief noch. Wir folgten den Schildern zu einem kleinen weißen Haus, das an den Bahngleisen stand.

»Chaska hatte uns in Cusco vor dem Bahnhof gewarnt … Aber hier scheint es nicht gefährlich zu sein«, meinte ich. »Außer uns ist niemand da.«

Laila warf mir einen traurigen Blick zu. »Arme Chaska …«

»Wir wissen ja gar nicht, was mit ihr ist. Vielleicht geht es ihr gut.«

»Glaubst du, dass Ladoga und die anderen sie am Leben gelassen haben?«

Wenn ich ehrlich war, konnte ich mir das nicht vorstellen. Doch ich wusste, was Laila hören wollte, und erfand deshalb eine Lüge. »Ganz bestimmt. Sie war … Sie ist eine resolute Frau. Ich bin sicher, dass es ihr gut geht.«

Ich grinste und versuchte, ermutigend zu wirken. Dann ging ich zum Fahrkartenschalter und fragte, wann der erste Zug nach Aguas Calientes fuhr.

»Die Züge für die Touristen sind wegen des Anschlags gestrichen worden. Aber es gibt einen normalen Zug, der in ein paar Stunden hier eintreffen müsste.«

»Wann genau?«

»Das kann ich nicht sagen. Wegen des Anschlags gibt es viele Verspätungen. Wenn ihr wollt, könnt ihr hier warten.«

Da wir keine andere Wahl hatten, kaufte Laila die Fahrkarten und wir setzten uns auf eine Bank.

Von dort aus, wo wir saßen, sah man hinter den Gleisen einen Ausschnitt des Tals und dahinter den im Gegenlicht dunklen, wahnsinnig hohen Berg, so hoch, dass einem die Luft wegblieb.

»Hör mal«, sagte ich zu Laila. »Entschuldige bitte wegen gestern. Also … ja, es tut mir leid.«

»Macht nichts.«

»Okay.«

Ich atmete tief durch. »Es ist ein bisschen komisch, was?«

»Ja, sehr.«

»Vielleicht sollten wir nie mehr darüber reden.«

»Nie mehr.«

Und dabei blieb es. Schweigend saßen wir nebeneinander auf der Bank, bis der Zug in den Bahnhof einfuhr.

Dieser Idiot von El Rato hat alles ruiniert – also, das zwischen uns, meine ich (und zwar für immer).

In der Nacht hatte ich die Augen geöffnet und sein Gesicht ganz nah an meinem gesehen. Und ich hatte gedacht: Jetzt küsst er mich.

Und wenn ich ehrlich war, hätte mir das gefallen. Es hätte mir wirklich gefallen. Geküsst zu werden, meine ich.

Ich war noch nie mit einem Jungen zusammen und ich wusste nicht, ob ich in El Rato verliebt war. Eigentlich wohl eher nicht. Doch er war nett und er hatte mich inzwischen schon ein paarmal gerettet. Außerdem war er der einzige Junge, mit dem ich jemals wirklich viel Zeit verbracht hatte, und vielleicht würde er auch der einzige bleiben.

Aber das war auch ein abschreckender Gedanke: Jemanden nur deshalb küssen zu wollen, weil es vielleicht die einzige Möglichkeit war, und ohne dass man in ihn verliebt war. Und woher wusste man überhaupt, ob man in jemanden verliebt war?

In mir drin spürte ich schon etwas. Doch ich hatte für dieses Etwas keinen Namen oder konnte ihm keinen Namen geben, und ich hasste es, so in der Schwebe zu sein.

Außerdem war da diese dämliche Bemerkung über Sex gewesen. Ich wusste gar nicht mehr, was mich davon abgehalten hatte, ihm eine zu knallen.

Der Zug kam und sah ziemlich ramponiert aus. Er wurde von einer auffällig langsamen Diesellok gezogen und schien völlig überfüllt zu sein: Aus sämtlichen Fenstern schauten Leute hinaus, sogar auf den Trittbrettern standen Menschen. Der Zug bestand ja auch nur aus zwei Waggons.

Ich bat El Rato, mir beim Einsteigen zu helfen.

Weil ich in der Mitte gut und an den Rändern schlecht sah, fiel es mir in Menschenmengen besonders schwer, mich zu orientieren: Ständig bekam ich einen Ellbogen in den Magen oder knallte mit der Stirn irgendwo dagegen. Ich sah die Hindernisse nicht und konnte sie daher nicht meiden. Und sich ständig von Dingen umgeben zu wissen, die man nicht sieht, ist ganz schön beängstigend.

Unter den Fahrgästen waren Männer in Handwerker-Overalls, Frauen, die in Wolltücher gewickelte Bündel trugen, Kinder, Hühner und sogar ein kleines, mit bunten Wollbändern geschmücktes Alpaka, das die Nase aus dem Fenster steckte.

In diesem Chaos Sitzplätze zu finden war ein Ding der Unmöglichkeit. Deshalb setzten wir uns einfach auf den Waggonboden. Alle Leute schienen mit ihren eigenen Dingen beschäftigt zu sein. Ich beobachtete sie und überlegte, ob unter ihnen wohl ein Spion der Terroristen war, die womöglich immer noch nach uns suchten.

»Laila, hast du dir schon überlegt, was wir machen, wenn wir angekommen sind?«

Ja, das sollte ich mir wirklich mal überlegen. Ich holte das Tagebuch von Doktor Clarke aus meiner Tasche und schlug es auf. Vielleicht würde ich dort Hinweise finden, die ich bisher übersehen hatte. Ich blätterte in dem Buch. Doktor Clarke schrieb, sein Weggefährte Miguel Castillo stamme aus Aguas Calientes, hätte dort Familie und würde, wenn er nicht gerade in der Selva sei, von Aguas Calientes aus Touristen nach Machu Picchu führen. Doch stammte der Eintrag mit diesen Informationen aus dem Jahr 1941, das war lange bevor meine Eltern geboren wurden.

»Ich weiß es nicht«, antwortete ich schließlich und schlug das Buch wieder zu. »Wir laufen einfach mal rum und fragen, ob jemand die Familie Castillo kennt. Und wenn ja, dann gehen wir sie besuchen.«

»Aber in all den Jahren könnten sie weggezogen sein, wer weiß wohin.«

»Ja, klar.«

»Oder aber sie haben gar keine Ahnung, wer Doktor Clarke und Miguel Castillo waren. Ich weiß ja auch nicht, wer meine Großeltern waren. Wenn mich das jemand fragen würde …«

»Hör mal: Ich weiß auch nicht, was wir tun sollen. Vielleicht finden wir niemanden. Oder wir finden jemanden, der uns nicht weiterhelfen kann. Dann ist eben alles umsonst gewesen, wir kehren in die Klinik zurück und ich warte darauf zu sterben, und fertig.«

»Entschuldige«, stammelte El Rato. »Ich wollte nicht …«

Ich schämte mich ein bisschen. Der letzte Satz war mir einfach so rausgerutscht, ich hätte das nicht sagen sollen.

»Nein, entschuldige bitte du. Es ist nur so, dass ich Angst habe … Ich weiß nicht, ob wir es schaffen werden. Aber wir müssen es versuchen.«

»Das werden wir und wir werden Erfolg haben, du wirst schon sehen«, sagte El Rato lächelnd. »Schau doch nur, wie weit wir schon gekommen sind …«

Ich legte meinen Kopf auf seine Schulter.

Der Zug hielt mit quietschenden Bremsen in Aguas Calientes. Das war offenbar auch die Endstation, denn kurz hinter dem Bahnhof hörten die Gleise einfach auf.

Die Luft war sehr feucht und die Berge rings umher waren üppig grün. Erst jetzt wurde mir bewusst, dass ich in den letzten Tagen nur wenige und sehr kümmerliche Bäume gesehen hatte. Hier dagegen wuchs an den Berghängen ein richtiger Wald, wenn auch mit ganz anderen Bäumen als bei uns in Finnland. In meiner Heimat bestehen die Wälder aus Nadelbäumen und Birken, hier dagegen wucherte ein undurchdringlicher Dschungel.

Die Gipfel waren in Wolken verborgen. Aguas Calientes lag, ebenso wie die anderen Etappen dieses Abschnitts unserer Reise, am Fluss Urubamba, der hier aber reißend und voller Strudel war.

Als ich sein lautes Rauschen hörte, musste ich unwillkürlich an ein brüllendes Monster denken.

»Wo fangen wir an?«, wollte El Rato wissen.

Ich zeigte auf das erste Geschäft an der Straße. »Dort!«

Es war ein kleiner Supermarkt, in dem es so ziemlich alles gab. An der Kasse saß ein junges, gelangweilt wirkendes Mädchen. Wir kauften uns ein paar *Grenadillas*-Früchte zum Frühstück.

Beim Bezahlen fragte ich das Mädchen: »Wir suchen die Familie Castillo … Kennst du die? Weißt du, wo sie wohnen?«

Das Mädchen hob langsam den Kopf. »Welche Familie Castillo?«

»Wie meinst du das? Gibt es hier mehrere Familien, die so heißen?«

»Na, ich kenne drei: die von Julia Castillo, die von Roberto Castillo und die von Miguel …«

»Miguel!«, riefen El Rato und ich gleichzeitig.

»Dann ist es ganz einfach: Ihr geht über die Brücke und folgt der Schotterstraße, die am Fluss entlangführt, bis zum Hähnchengrill *El Diablo*. Das Restaurant gehört ihnen. Und sie wohnen auch ganz in der Nähe.«

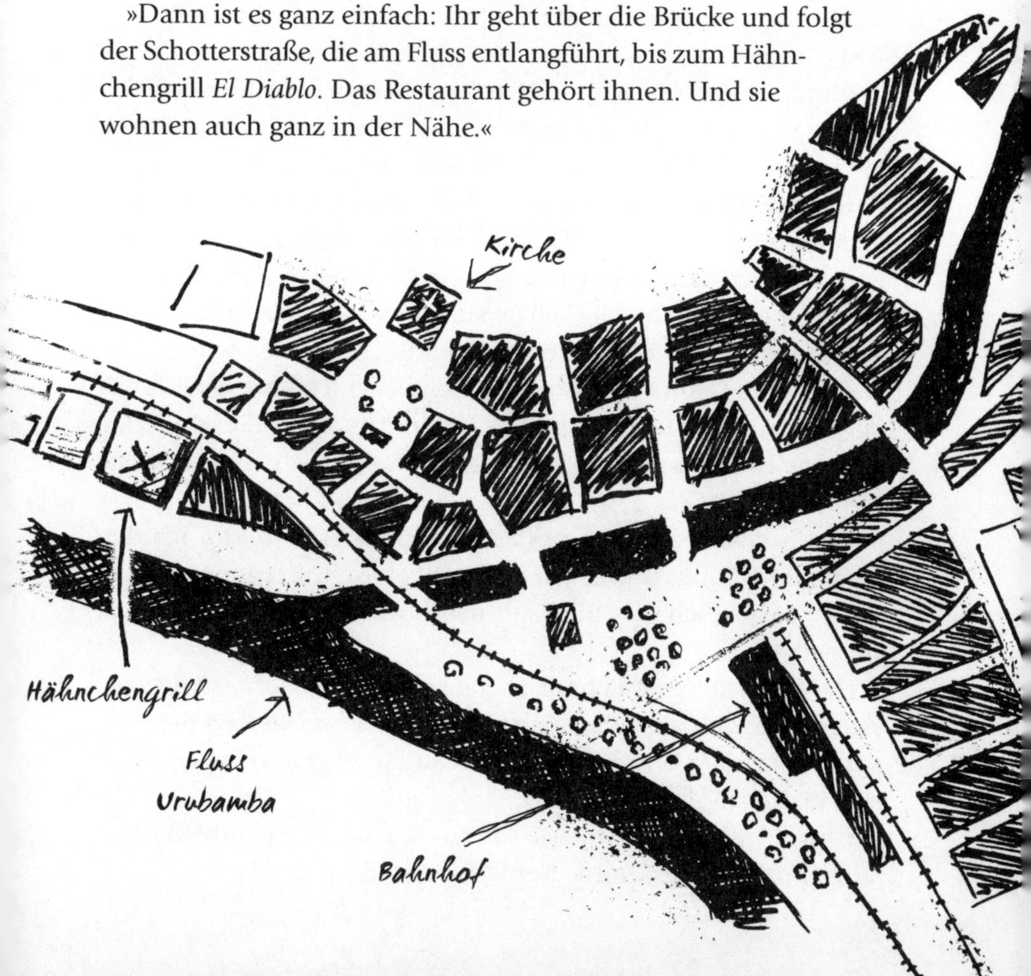

Als wir den kleinen Supermarkt verlassen hatten, ergriff El Rato meine Hände. »Hast du das gehört? Glaubst du, dass das wirklich *der* Miguel ist?«

»Warum sollte er es nicht sein?«, erwiderte ich. »Wenn er noch am Leben ist, müsste er um die siebzig sein …«

»Aber sie hätten doch sicher Bescheid gesagt, wenn sie von ihrer Expedition in den Dschungel zurückgekehrt wären. Warum hat der Arzt danach nicht wieder in *Santo Toribio* gearbeitet?«

Ich zuckte mit den Schultern. Ehrlich gesagt hatte ich nicht die leiseste Ahnung.

»Sag mal: Nachdem du all das gesehen hast, die Berge, den Wald, wärst du an seiner Stelle in die Klinik zurückgekehrt?«

»Ja, klar.«

Ich fühlte mich verwirrt und gleichzeitig konnte ich es nicht erwarten, endlich zu diesem Hähnchengrill zu gehen und dort nach Miguel Castillo zu forschen, auch wenn es sein könnte, dass wir dort eine Enttäuschung erlebten. Also hatte ich zusätzlich zu allem anderen auch noch Angst. Deshalb drängte ich nicht darauf, gleich aufzubrechen, sondern nahm mir eine *Grenadilla* und schlug sie gegen einen Stein, bis die Schale aufsprang. Das Fruchtfleisch war ein Mus voll kleiner Kerne, eigentlich sah es eklig aus, wie ein zerschmettertes Gehirn … Aber der Geschmack! Ich schaufelte es mit den Fingern heraus und schob es mir in den Mund. Es schmeckte süß, wie eine Mischung aus Maracuja und Pfirsich, und schenkte mir Zuversicht.

Durch unser Frühstück gestärkt schlugen El Rato und ich den Weg zum Hähnchengrill ein. Nach einer Weile begannen wir zu laufen (wobei ich den Blick auf den Boden heftete, um nicht zu stolpern).

Der Hähnchengrill *El Diablo* befand sich genau dort, wo die Kassiererin gesagt hatte. Es war eines jener typischen kleinen peruanischen Lokale: ein Raum direkt an der Straße, in dem ein paar Tische und Plastikstühle standen.

Obwohl schon fast Mittagszeit war, ließ sich niemand blicken.

»Hallo! Ist da jemand?«, rief El Rato.

»Marta ist gerade nicht da«, antwortete eine Stimme aus einem Nebenraum. »Sie kommt gleich zurück, wenn ihr warten wollt.«

»Ja, gern, aber wir suchen nicht Marta«, erwiderte ich unsicher. »Eigentlich sind wir … Wir haben eine lange Reise hinter uns … Wir wollten mit Miguel sprechen. Mit Miguel Castillo. Kennen Sie ihn zufällig?«

Die Stimme schwieg und ich hielt die Luft an.

»Ich glaube, ja.« Wieder kurzes Schweigen. »Miguel Castillo, das bin ich.«

Laila schrie überrascht auf.

Dann kam aus dem Nebenraum jemand auf uns zu.

Es war ein junger Mann, so um die zwanzig, mit kurzen Haaren und einer weißen Basecap, auf die jemand mit Filzstift geschrieben hatte: *HÄHNCHENGRILL EL DIABLO.*

Mit einem breiten Lächeln trat er zu uns. »Hier bin ich. Aber ich glaube nicht, dass ich euch kenne.«

»J… ja«, stammelte ich. »Es tut mir leid, ich glaube, da liegt eine Verwechslung vor. Entschuldigen Sie bitte die Störung.«

Laila hielt mich am Arm fest und hinderte mich daran zu gehen. »Wir suchen einen anderen Miguel Castillo. Jemand, der viel älter sein muss als Sie.«

»In Aguas Calientes gibt es aber keinen anderen Miguel Castillo außer mir.«

»Nein, heute vielleicht nicht mehr«, versuchte Laila zu erklären. »Aber früher einmal … Um die Zeit des Zweiten Weltkriegs muss hier ein Herr gelebt haben, der so hieß. Er hat als Touristenführer in Machu Picchu gearbeitet und hatte einen Freund aus den USA, Doktor Robert Clarke …«

Der junge Mann kratzte sich an der Nase. »Hmm … Ich glaube, ihr meint meinen Großvater. Auch er hieß Miguel. Ich habe ihn nie kennengelernt, er starb vor meiner Geburt.«

»Und wie kam er ums Leben?«

Der junge Miguel starrte uns verblüfft an. »Wieso interessiert euch das?«

»Ja, also … Wir haben eine lange Reise hinter uns«, versuchte ich zu erklären. »Wir sind aus Lima hierhergekommen, um mit ihm zu sprechen. Es ist wirklich wichtig.«

»Äh … wenn ihr wollt, könnt ihr mit zu mir nach Hause kommen. Meine Großmutter kocht gerade, sie wird euch sicher gern kennenlernen. Auka freut sich immer über Besuch. Außerdem ist es hier ganz in der Nähe.«

Die Wohnung der Familie Castillo lag im zweiten Stock eines Ziegelbaus. Um sie zu erreichen, mussten wir eine Außentreppe ohne Geländer hochsteigen und einen Gang entlanggehen, der außen am Haus angebracht war. Die Küche war gleichzeitig der Wohnungseingang, ein Raum, dessen Boden mit Strohmatten ausgelegt war. Eine ältere, grauhaarige Frau stand barfuß am Herd und rührte in den Töpfen. Sie hatte sich mit einem bunten Wollschal ein Baby mit lackschwarzen Haaren auf den Rücken gebunden.

»Oma!«, begrüßte Miguel sie. Dann sprach er mit ihr in einer Indianersprache, die ich nicht verstand.

Die alte Frau antwortete ihm. Offenbar ging es um uns, denn sie schauten uns beide dabei aufmerksam an.

Ich schnitt dem Baby Grimassen, woraufhin es mich anlächelte.

»Magst du kleine Kinder?«, fragte Laila.

Ich wurde rot, und sie auch.

»Diese beiden jungen Leute haben einen langen Weg zurückgelegt, um etwas über Großvater zu erfahren«, erklärte Miguel jetzt auf Spanisch.

»In Ordnung«, erwiderte die alte Frau, ebenfalls auf Spanisch. »Was wollt ihr wissen?«

Laila rieb sich die Hände. »Es … es ist eine lange Geschichte.«

Auka nickte. Mit dem Kochlöffel in der Hand hatte sie sich uns zugewandt.

»Es ist wegen des Tagebuchs«, begann ich. »Darin steht, dass Doktor Clarke in den Dschungel aufgebrochen ist, doch in dem Buch geht es auch um eine Blume und meine Freundin hier denkt …«

»Warte … warte«, unterbrach Laila mich. »Jetzt versuche ich mal, es zu erklären.«

Sie erzählte alles, und zwar der Reihe nach, angefangen mit dem

Tag, als sie in die Klinik gebracht worden war. Mir wäre es lieber gewesen, sie hätte einiges ausgelassen, zum Beispiel den Streich, den wir Schwester Felipa gespielt hatten, doch nein, Laila berichtete auch davon.

Als sie zu der Stelle kam, wo sie sich in das Büro des Direktors geschlichen und herausbekommen hatte, woran sie litt, begannen die Augen von Miguels Großmutter zu glänzen.

»Armes Kleines. Warum setzt ihr euch nicht?«

Wir nahmen alle im Schneidersitz auf den Matten Platz.

Und Laila fuhr fort.

Als sie bei unserer Reise im Flugzeug angekommen war, fragte die Frau: »Habt ihr Hunger?«

Natürlich hatte ich den.

Auka hatte gefüllte Kartoffeln zubereitet, das köstlichste Gericht, das ich bis dahin gegessen hatte, und während ich darüber herfiel, erzählte Laila von der Bombe, der Entführung und unserer Flucht.

Als sie zu Ende erzählt hatte, war ich mit meinen Kartoffeln fertig und hatte schon eine von ihren vertilgt.

»Das ist alles«, schloss sie. »Wir sind hergekommen, um herauszufinden, was mit Miguel und Robert Clarke geschah. Wir hoffen, die verschollene Blume des Schamanen von K. zu finden, wenn wir der Spur der beiden folgen.«

Darauf trat ein längeres Schweigen ein.

Der junge Miguel hockte zwischen uns am Boden, er war die ganze Zeit über dageblieben, um zuzuhören. Das Baby auf Aukas Rücken war eingeschlafen.

Auka erhob sich, ging zum Herd und setzte Wasser auf. Sobald es heiß genug war, legte sie Cocablätter hinein, um Matetee zu machen. Sie goss ihn in große Tassen, rührte etwas Honig hinein und reichte sie uns.

Erst nachdem sie sich wieder auf eine Matte gesetzt hatte, begann sie zu erzählen.

Ich war achtundzwanzig Jahre alt und Miguel und ich waren schon eine Weile verheiratet, hatten aber noch keine Kinder.

Der Tag, an dem ich feststellte, dass ich schwanger war, war auch der Tag, an dem Miguel den Brief von seinem Freund Robert erhielt. In dem Brief schrieb Robert von dieser Blume. Ein Experte hätte ihm Karten besorgt und er bat Miguel, zu ihm nach Lima zu kommen, um eine Expedition vorzubereiten.

Miguel war schon einmal in der Selva gewesen: Kurz nach unserer Hochzeit war er dahin aufgebrochen und über ein Jahr weggeblieben. Deshalb hoffte ich, er würde nicht wieder fortgehen. Aber ich versuchte auch nicht, ihn aufzuhalten. Wenn man sich in einen Kondor verliebt, darf man ihm nicht böse sein, wenn er davonfliegt.

Miguel fuhr nach Lima und ein oder zwei Monate später kehrte er zusammen mit seinem Freund Robert Clarke zurück. Robert Clarke war ein magerer Mann, der viel hustete und überhaupt nicht wie ein Abenteurer aussah. Aber wenigstens war er lustig, ich erinnere mich, dass er ständig lachte und auch Miguel zum Lachen brachte.

Sie freuten sich schon auf den Tag ihrer Abreise, ich dagegen war verärgert. Wenn etwas mit dem Kind wäre, das ich unter dem Herzen trug, wer sollte mir dann beistehen?

Miguel und Robert blieben einige Wochen in Aguas Calientes, gerade lange genug, um noch ein paar Dinge zu erledigen, um Vorräte zu kaufen und um sich zwei Maultiere zu beschaffen, die alles tragen sollten. Und dann brachen sie auf.

Ein ganzes Jahr verging. Ich bekam Yurak, das ist der Vater von meinem Enkel Miguel hier.

Dann klopfte es eines Nachts an der Tür.

Als ich öffnete, stand mein Mann vor mir und neben ihm Robert, und sie sahen so schlimm aus, dass ich sie beinahe nicht wiedererkannt hätte.

Sie waren regelrecht ausgezehrt und von Kopf bis Fuß von entzündeten Insektenstichen übersät, und ihre Augen glänzten von dem hohen Fieber, das beide befallen hatte.

Ihre Expedition sei gescheitert, sagten sie. Sie hatten überhaupt nichts gefunden. Die Karten, die Señor Aguado ihnen verkauft hatte, waren gefälscht oder aber frei erfunden gewesen. Sie hatten die Selva durchkämmt und mit Dutzenden von Menschen gesprochen, doch niemand hatte ihnen helfen können. Eine ebenso gefährliche wie sinnlose Reise.

Ich aber war erleichtert. Ich hoffte, dass Miguel von nun an bei mir bleiben, Touristen nach Machu Picchu führen und gemeinsam mit mir unseren Sohn aufziehen würde.

Das einzige Problem dabei war jedoch Robert: Es war Krieg, er war US-Amerikaner und ich hatte eigentlich angenommen, dass er so schnell wie möglich nach Hause wollte. Doch da irrte ich mich. Er blieb bei uns, bis er sich einigermaßen erholt hatte, und bereitete dann seine Abreise vor. Aber nicht nach Lima, um wieder in seinem Krankenhaus zu arbeiten. Und auch nicht nach Hause, in die USA. Ganz im Gegenteil, er hatte beschlossen, niemandem zu sagen, dass er aus dem Urwald zurückgekehrt war. Die Blume war für ihn zu einer fixen Idee geworden, zum Sinn und Ziel seines Lebens.

»Unsere erste Suche ist gescheitert, doch die verschollene Blume existiert, da bin ich mir ganz sicher. Und ich werde sie finden.«

»Willst du wieder in die Selva?«, fragte Miguel, als er das hörte.

»Wenn der richtige Zeitpunkt gekommen ist. Aber zuerst muss ich recherchieren. Andere Karten finden, zuverlässige Karten. Sobald ich sicher weiß, wo man nach der Blume suchen muss, organisiere ich eine neue Expedition.«

»Dann gib mir Bescheid«, entgegnete Miguel. »Ich werde dich begleiten.«

An dem Abend, als Robert abreiste, betete ich zu den Apu, den Herren der Berge. Sie sollten ihn verwirren, sodass er nie wieder zu unserem Haus zurückfand, denn ich wollte ihn nie wieder sehen.

Zwei weitere Jahre vergingen und Miguel und ich lebten glücklich als Familie. Unser Sohn wurde immer größer und wir bekamen ein weiteres Kind, ein Mädchen: Illa.

Aber eines Frühlingsmorgens kehrte Robert zurück. Er war älter geworden, hatte weniger Haare und mehr Falten im Gesicht, doch er lachte immer noch viel.

Er betrat unser Haus, setzte sich auf eine Matte und sagte zu meinem Mann: »Wir sind so weit.«

»Die Blume?«

»Es ist genau so, wie ich angenommen hatte. Sie ist in der Selva verborgen. Doch die Selva ist groß und wir haben an der falschen Stelle gesucht.«

Er berichtet von seinen Reisen. Er war in den Bibliotheken von halb Südamerika gewesen, in Bolivien, in Brasilien, und hatte mit Missionaren und Forschungsreisenden gesprochen.

Und schließlich einen Namen herausgefunden.

»Iquitos!«, verkündete er grinsend.

»Was ist das?«, fragte ich.

»Eine Stadt, ganz weit nördlich von hier. Sie liegt mitten in der Selva, in der Region Loreto, am Fluss Amazonas. In Iquitos wimmelt es nur so von Schamanen, von Hexern und Heilern, denn der Urwald ringsherum ist noch unerschlossen und zum Teil noch gar nicht erforscht. Jeden Morgen bei Sonnenaufgang fahren die Leute aus den Dschungeldörfern mit dem Einbaum nach Iquitos und verkaufen auf dem Markt von Belén Pflanzen und Tiere aus dem Urwald. Und einer von ihnen ist der Schamane von K.«

»Bist du dir sicher?«, hakte Miguel nach.

»In den vergangenen zwei Jahren bin ich nie nach Hause gefahren, habe niemandem verraten, wer ich bin, habe wie ein gesuchter Verbrecher gelebt. Ich habe alles Geld ausgegeben, das ich hatte, und alles geopfert. Und all das nur, um wirklich sicher zu sein. Und jetzt bin ich es. Das Dorf K. liegt am Ufer des Amazonas, in der Gegend von Iquitos. Und der Markt von Belén ist der Ort, an dem man den Schamanen von K. treffen kann.«

Roberts Hände zitterten, als er hinzufügte: »Ich wollte eigentlich allein aufbrechen, doch dann fiel mir dein Versprechen ein. Deshalb bin ich hierhergekommen.«

Mein Miguel verlangte, eine Karte zu sehen. Wir rollten sie auf einer Matte wie dieser hier aus. Mit dem Fingernagel zog Robert eine Linie von Aguas Calientes, wo wir jetzt sind, nach Iquitos.

»Das ist eine ziemliche Entfernung«, meinte Miguel. »An die tausend Kilometer.«

»Wahrscheinlich sogar mehr, und das nur Luftlinie. Eine schöne Reise mit dem Flugzeug.«

»Ich werde sicher nicht fliegen.«

»Du musst aber, mein Freund. Iquitos ist auf dem Landweg nicht erreichbar ... Es gibt keine Straßen, die dorthin führen, der Dschungel stellt ein unüberwindbares Hindernis dar.«

»Wartet«, warf ich ein. »Das könnt ihr nicht tun.« Ich schaute Robert fest in die Augen. »Miguel hat inzwischen zwei Kinder, eine Familie. Die Zeit der Reisen ist für ihn vorbei.«

Der Doktor zuckte nicht mit der Wimper. »Wie ihr wollt. Ich bin nur gekommen, um ihn an ein altes Versprechen zu erinnern. Ich kann auch gleich wieder gehen.«

Und das tat er auch. Er verließ unser Haus, und in jener Nacht stritten Miguel

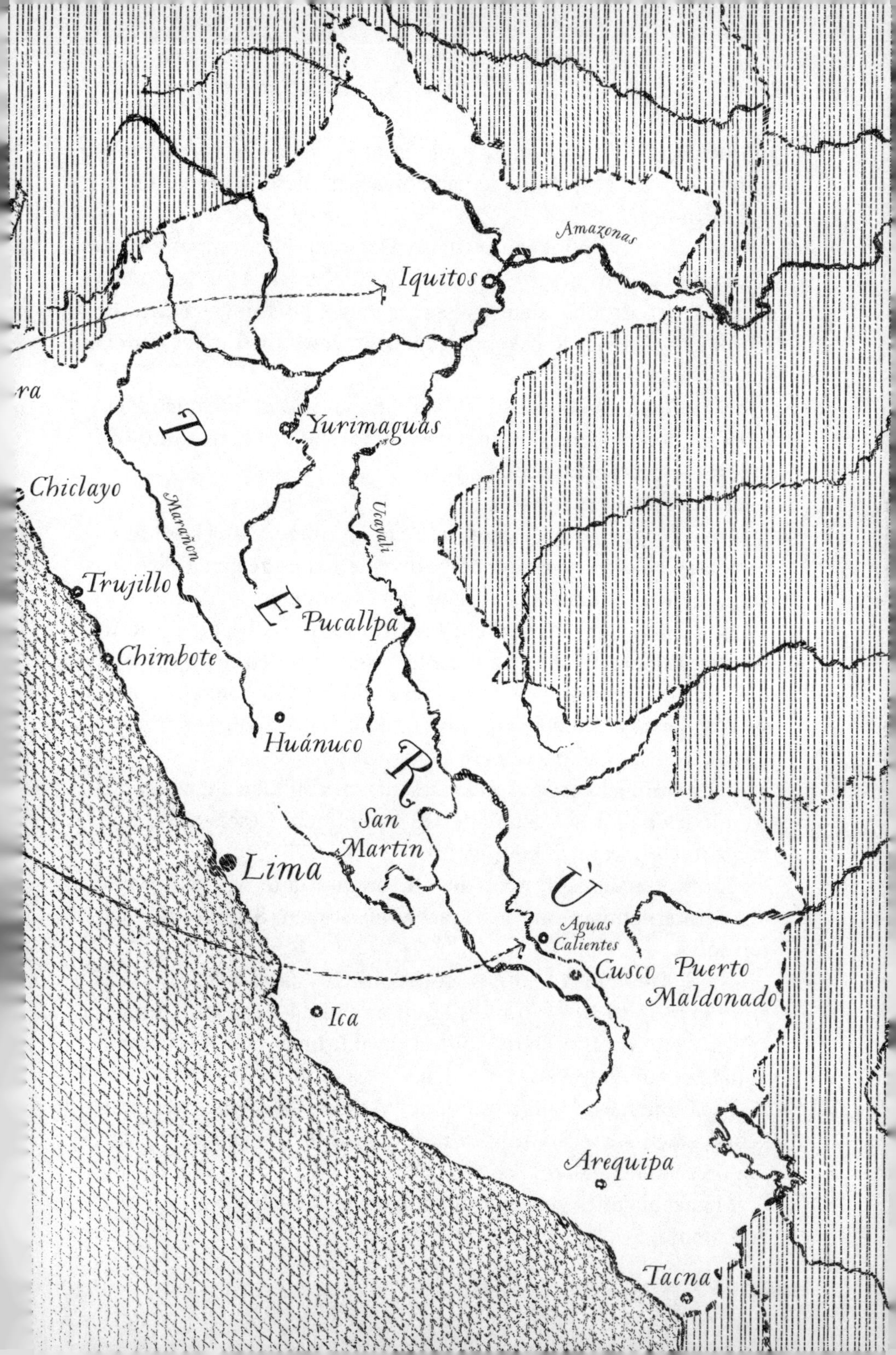
Amazonas
Iquitos
ra
P
Yurimaguas
Chiclayo
Marañon
Ucayali
Trujillo
E
Pucallpa
Chimbote
Huánuco
R
San
Martin
Lima
Ú
Aguas
Calientes
Cusco
Puerto
Maldonado
Ica
Arequipa
Tacna

und ich uns, was noch nie vorgekommen war, seit wir verheiratet waren. Das eine Mal hatte ich geschwiegen, dieses Mal würde ich das nicht tun.

Wir hatten zwei Kinder zu ernähren, Miguels Eltern waren schon älter und es würde eine gefährliche Reise werden, fern der Zivilisation … Ich drohte Miguel: Wenn er in den Dschungel aufbrach, würde er bei seiner Rückkehr weder mich noch die Kinder antreffen. Doch er hörte mir nicht zu.

Bei Sonnenaufgang stand ich auf. Miguel schlief noch. Ich kletterte auf den Huayna Picchu, betete zum Apu des Berges und bat ihn, mir einen Rat zu geben.

Und der Apu kam zu mir.

Macht nicht so ein Gesicht. In Zeiten großer Gefahr kommt es vor, dass sich die Herren der Berge den Menschen zeigen. Gewöhnlich nehmen sie dann die Gestalt eines Wanderers an. Wenn sich jemand zwischen den Gipfeln verirrt und um Hilfe bittet, kann ein Apu mit einer Laterne auftauchen und ihm den richtigen Weg weisen, bevor er sich wieder in Luft auflöst. Oder aber er kommt als Wanderer gekleidet in ein Haus und bittet um Gastfreundschaft, um die Hausbewohner auf die Probe zu stellen.

An jenem Tag kam der Apu in Gestalt eines blinden alten Mannes zu mir. Ich gab ihm Cocablätter. Er nahm mein Geschenk an und fragte mich, was mich bedrückte.

»Großväterchen«, antwortete ich, »mein Mann will eine weite Reise unternehmen und ich mache mir Sorgen. Sag mir, was ich tun soll.«

»Die Reise deines Mannes ist gefährlich«, sagte der Apu nach einer längeren Pause, »und es könnte sein, dass er nicht zurückkehrt. Wenn du ihn liebst, solltest du ihn um jeden Preis davon abhalten, auf diese Reise zu gehen.«

Ich rannte nach Hause, um diese Warnung an Miguel weiterzugeben, doch anstelle von ihm traf ich meine Schwägerin an, mit Illa und Yurak auf dem Schoß.

»Miguel hat mich gebeten, zu kommen und mich um die Kleinen zu kümmern.«

»Wo ist er?«

Meine Schwägerin schaute mich entschuldigend an. »Er ist mit dem Amerikaner abgereist. Er hat gesagt, er wolle nicht mehr mit dir streiten, doch Versprechen müssten gehalten werden. Er hat auch gesagt, dass er dich liebt und dass du dir keine Sorgen machen sollst. Er sei bald wieder bei dir.«

Vor Angst um ihn wurde ich beinahe wahnsinnig. Ich lief, so schnell ich konnte, zum Bahnhof, um Miguel von der Tragödie zu erzählen, die uns treffen würde. Doch ich kam zu spät, sein Zug war schon abgefahren.

Weil es um Leben und Tod ging, kaufte ich mir eine Fahrkarte für den nächsten Zug und fuhr nach Cusco. Die ganze Stadt suchte ich nach Miguel ab, in allen Hotels fragte ich nach ihm ... Aber entweder hatte ich ihn verpasst oder Robert und er waren bereits nach Lima oder wer weiß wohin abgereist.

Drei Tage lang blieb ich in Cusco und schlief irgendwo auf der Straße, weil ich nicht genügend Geld für eine Pension dabeihatte.

Am Morgen des vierten Tages gab ich auf. Ich konnte nichts mehr tun, um Miguel aufzuhalten, wenn er seinen Entschluss endgültig gefasst hatte.

Ich kehrte nach Aguas Calientes zurück, zu meinen Kindern.

Von Miguel hörte ich nie wieder.

Bis heute.

Als Señora Auka zu reden aufhörte, wachte das Baby auf ihrem Rücken auf und fing an zu weinen.

Miguel, also natürlich der junge Miguel, stand auf, um sie beide zu umarmen, die alte Frau und das Baby (und zum ersten Mal wurde mir bewusst, dass es wahrscheinlich sein Kind war).

Er war gerührt, und auch seine Großmutter war es, und das Kind brüllte. Ich dagegen fühlte mich wie erstarrt, hart und kalt wie ein Stein.

Iquitos.

Über tausend Kilometer Luftlinie.

Eine Stadt, die man über Straßen gar nicht erreichen konnte, man musste entweder hinfliegen oder erst irgendwie nach Brasilien gelangen und von dort aus ein Schiff nehmen.

Iquitos.

Ständig wiederholte ich in Gedanken diesen Namen, der in meinem Kopf ein Echo hatte, das wie »SCHEITERN« klang.

Es gab für uns keinerlei Möglichkeit, dorthin zu kommen.

Auf die andere Seite von Peru.

In das Herz des Amazonasgebiets.

Gar keine.

Hoffnung.

Mir war, als würden sich meine Beine verflüssigen. Ich stand auf. Ich drehte mich um.

Und ich rannte raus.

Jemand rief mir etwas nach.

Ich blieb nicht stehen.

Ich raste die Treppe hinunter, dann durch die Gassen von Aguas Calientes bis zum Hähnchengrill und dort nach rechts, am Fluss entlang, um mich so weit wie möglich vom Dorf und von allem zu entfernen.

Die Straße war schlammig, die Häuser wurden weniger, bis an ihre Stelle das erstickende Pflanzengewucher des Dschungels trat. Von den Ästen hingen lange Lianen und die Luft war feucht. Der Fluss sprang donnernd über riesige Felsblöcke, er schäumte und auch ich schäumte und rannte immer weiter, ohne irgendetwas zu denken.

Ich stolperte und fiel, rollte über den schlammigen Boden und verfing mich in meinem Poncho. Ich stand wieder auf und lief weiter, doch ich stolperte abermals.

Dieses Mal schlug ich mir das Kinn auf, ich wischte mit der Hand darüber und sie war voller Blut.

Weil ich auch ein Knirschen gehört hatte, wühlte ich in meiner Tasche herum, bis ich den Walkman fand. Er hatte einen Stoß abbekommen, aber er funktionierte noch.

Also nahm ich das Rauschen des Flusses auf.

Ein unaufhörliches Fauchen, ein Brüllen, aus dem dieselbe Wut sprach wie die, die ich in mir spürte.

W H O

»Laila!«

Ich hörte ihn, bevor ich ihn sah.

El Rato rannte auf mich zu.

»Laila! Was machst du?«

Er setzte sich neben mich in das feuchte Gras der Böschung. Unter unseren Füßen tobte der Urubamba.

»Warum bist du weggelaufen? He, du bist ja voller Blut! Bist du hingefallen, hast du dir wehgetan?«

Ich hatte mir geschworen, nicht zu weinen. Ich hatte es mir feierlich geschworen. Denn wozu wäre es gut? Aber es gelang mir nicht.

»Laila, sei doch nicht so … Okay, der Doktor und Miguel sind verschwunden, sie sind nicht mehr zurückgekommen … Aber das wussten wir im Grunde schon. Das bedeutet doch nicht, dass es auch uns passieren wird. Wir sind stark. Wir könnten …«

»Was machen?«, schrie ich. »Iquitos! Mitten in der Selva! Wie sollen wir denn da hinkommen?«

»Du hast doch gehört, was die Señora gesagt hat. Ihr Mann ist hingeflogen, und das schon vor sehr langer Zeit. Wir brauchen nur nach Cusco zurückzufahren und von dort aus …«

»Ja, klar. Und wovon bezahlen wir den Flug? Die Tickets kosten einen Haufen Geld. Unsere Reise hierher hat so ziemlich alle meine Ersparnisse aufgebraucht. Das, was noch übrig ist, wird niemals für zwei Tickets reichen, nicht mal für eines …«

»Das Geld werden wir schon irgendwie zusammenkriegen. Wir borgen es uns von jemandem oder wir arbeiten in dem Hähnchengrill und sparen unseren Lohn. Notfalls stehlen wir das Geld …«

»So ein Quatsch!«

»Oder wir fahren mit einem Schiff hin.«

»Den Amazonas hinauf? Der, falls du es nicht weißt, zufällig der längste Fluss der Welt ist. Er fließt quer durch ganz Südamerika. Außerdem haben wir gerade gehört, dass es im Amazonasgebiet kaum Straßen gibt. Wie sollen wir da überhaupt aufs Schiff kommen? In Brasilien? Aber wer bringt uns dort hin?«

»Ich bin überzeugt, dass es eine Lösung gibt, wir müssen sie bloß finden.«

Vielleicht hatte El Rato ja recht, vielleicht aber auch nicht, auf jeden Fall aber war ich viel zu wütend, um darauf zu antworten.

Und viel zu enttäuscht.

Todmüde.

Ich hatte mein Zuhause verlassen, meine Eltern, die sich so große Sorgen um mich machten, dass sie mein Foto in die Zeitung gesetzt hatten. Ich war nach Cusco gekommen, wo es einen Anschlag gegeben hatte. Man hatte mich entführt und ich hatte einen Anfall gehabt. Ich war nachts durchs Gebirge geflohen (wer weiß, ob der Mann, der uns gerettet hatte, nicht vielleicht in Wahrheit ein Apu gewesen war), und nachdem wir die Anden überquert hatten, war ich hier angelangt.

Und stand nun vor einer Wand.

Die zu hoch war, als dass ich sie überwinden könnte.

Ich hatte nicht die Kraft dazu.

Also: Schluss.

Ich hisste die weiße Fahne.

»Warum hältst du den Walkman in der Hand?«, wollte El Rato wissen.

Ich starrte das Gerät an. Ich war so wütend gewesen, dass ich mich gar nicht daran erinnern konnte, es aus der Tasche geholt und eingeschaltet zu haben. Ich starrte El Rato an. Eigentlich könnte ich ihm ruhig erzählen, warum. Wir hatten schon so viel zusammen durchgemacht und mir war mittlerweile ohnehin alles egal.

Ich zuckte die Schultern. »Ich habe die Musik gelöscht, weil ich die Lieder inzwischen auswendig kenne. Jetzt nehme ich das Rauschen des Flusses auf.«

Er schaute mich fragend an. »Warum?«

»Ich dachte, dass …« Ich zog die Nase hoch. »Wenn ich irgendwann blind bin, kann ich mir keine Fotos oder Zeichnungen mehr ansehen und auch keine Bücher mehr lesen. Aber vielleicht kann ich dann noch gut hören. Deshalb nehme ich die Geräusche und Stimmen auf. Um sie bei mir zu haben. Und falls es schlimm ausgeht … falls ich sterben muss, bleiben die Stimmen für die anderen zurück. Als ein Zeichen. Als eine Art Vermächtnis.«

El Rato nahm den Walkman in beide Hände, hielt ihn sich vor den Mund und sagte: »Hallo, dies ist die erste Aufnahme von El Rato. Ich teile allen mit, dass Laila wirklicheinsuperriesengroßerkohlkopfist!«

»Hä?«

»Ja, ja, ein Kohlkopf. Ein Dummerchen. Eine Heulsuse!«

»Hör sofort damit auf und gib mir das Gerät zurück!«

»Ich denke gar nicht daran. Laila Kohlkopfheulsuse kann doch nicht einfach aufgeben!«

Ich fand es derartig kindisch von ihm, so was zu sagen, dass ich auf ihn losging, um ihm den Walkman wegzunehmen. Denn dieser Idiot machte alles kaputt, so wie immer. Doch er ließ nicht los, wir kullerten über das Gras und ich fing an, auf ihn einzuschlagen. Er ließ es zu, ohne sich zu wehren. Er war voller Erde, er sah wie ein Junge aus Schlamm aus und ich musste lachen.

Und er lachte auch.

Erst leise, dann immer lauter.

Und plötzlich fiel die ganze Angst, die ganze Beklemmung von mir ab, wenigstens einen Moment lang.

Ich beugte mich über sein Gesicht.

Ich schloss die Augen.

Ich gab ihm …

… einen Kuss.

Einen schlichten kleinen Kuss mit geschlossenen Lippen.
Es dauerte nur einen Augenblick.
Doch es war mein erster Kuss und ich würde ihn nie vergessen.
Als ich den Kopf wieder hob, sah ich, dass auch El Rato die Augen geschlossen hatte, und hinter mir hörte ich eine Stimme, die sagte: »Ich hoffe, dass ich nicht gerade etwas unterbreche.«
Blitzschnell drehte ich mich um.
Breitbeinig stand der Russe hinter mir.
Genosse Ladoga.
Mit einer geschwollenen, vermutlich gebrochenen Nase.
Und einem schiefen Grinsen im Gesicht.

Wer versteht schon die Mädchen, oder besser: Wer versteht schon Laila? Am Abend zuvor hatte sie mich gezwungen, auf dem Fußboden zu schlafen, und jetzt küsste sie mich.

Küsse kannte ich bisher nur aus Filmen und da hatte ich sie gar nicht so besonders aufregend gefunden.

Aber dieser Kuss.

Dieser Kuss!

Er war ein loderndes Feuer voller Farben und gleich darauf ein komisches Gefühl unten im Bauch, Verwirrung, auch Angst und der Gedanke, dass ich noch nie so etwas Schönes erlebt hatte. Ich wünschte mir, er würde ewig dauern. Oder aber, dass man ihn zumindest möglichst bald wiederholen könnte.

Wegen diesem Gedankenwirbel im Kopf brauchte ich ein Weilchen, um mein Gehirn wieder auf Normalbetrieb umzustellen, als jemand in meiner Nähe sagte: »Ich hoffe, dass ich nicht gerade etwas unterbreche.«

Weil ich auf dem Rücken im Gras lag und Laila rittlings auf mir saß, konnte ich nicht gleich aufstehen und drehte den Kopf zur Seite. Genosse Ladoga.

Oh verdammt.

Laila stand auf, ich ebenso. So gut es ging, wischte ich Erde und Gras von meiner Kleidung.

Und überlegte blitzschnell: Der Russe stand ungefähr zehn Meter von uns entfernt. Er hatte keine Pistole auf uns gerichtet, was uns möglicherweise etwas Spielraum bot. Ich könnte auf ihn zurennen und ihm meinen Kopf gegen die offensichtlich bereits verletzte

Nase rammen, was ihm sehr, sehr wehtun würde. Oder weglaufen. In den Fluss springen. Besser der Fluss als die Terroristen, oder? Aber ich konnte nicht schwimmen, es war ja nicht so, dass es in der Klinik einen Swimmingpool gegeben hätte.

»Keiner bewegt sich«, sagte Ladoga.

Wir mussten fliehen. Ich nahm Laila an der Hand und schaute mich um. Weg oder Fluss. Oder vielleicht doch Wald? Zwischen die Bäume flitzen?

Erst jetzt bemerkte ich, dass jemand auf der Straße in unsere Richtung lief. Und dass dieser Jemand Chaska war.

Chaska?

Ich blinzelte ein paarmal, weil ich meinen Augen nicht traute.

Ja, sie war es, zweifelsohne!

Einen Augenblick lang war ich wie erstarrt. Zwei ganze Tage lang hatte ich mir Mühe gegeben, nicht mehr an sie zu denken, nicht mehr daran zu denken, wie sie ums Leben gekommen sein mochte. Hatte mir Mühe gegeben, sie zu vergessen.

Und jetzt sah ich sie hier vor mir. LEBEND!

Es war wunderbar, es war unglaublich, aber …

Was machte sie hier?

War sie gekommen, um uns zu retten?

Sicherlich hatte sie eine Waffe und würde gleich Ladoga erschießen und dann …

»Fantastisch, du hast sie gefunden!«

Chaska erreichte Ladoga, beugte sich vor, um zu verschnaufen, und legte ihm eine Hand auf die Schulter. So, als ob sie beste Freunde wären.

»Ich habe ihnen gesagt, sie sollen sich nicht bewegen«, brummte der Russe.

»Okay, jetzt erklären wir euch alles.«

Ja, da gab es wohl einiges zu erklären.

»Bist du auf seine Seite übergelaufen?«, fragte ich wütend. »Bist du jetzt auch Terroristin geworden?«

Chaska und Ladoga schauten einander an und mussten dann beide lachen.

»Nein«, sagte Chaska. »Ganz bestimmt nicht.«

»Wenn hier jemand übergelaufen ist, dann ich, auf eure Seite«, sagte Ladoga.

Laila warf mir einen verwirrten Blick zu und auch ich war ziemlich durcheinander. Ja, jetzt hatten wir eine Erklärung dringend nötig.

Wir liefen zu viert zum Dorf zurück. Ich hielt dabei so viel Abstand wie möglich zu dem Russen, denn ich traute ihm immer noch nicht.

»Also«, begann Laila. Sie wirkte sehr angespannt, so als hielte sie sich in Fluchtbereitschaft. »Was ist passiert?«

»Als ihr aus der Garage geflohen seid, haben Viktor und ich gekämpft«, antwortete Chaska.

»Viktor ist mein richtiger Name«, erklärte Ladoga. »Und wir haben nicht gekämpft. Sie hat gekämpft. Sie hat mir die Nase gebrochen und hätte mich beinahe umgebracht.«

Er öffnete seinen Hemdkragen und zeigte uns den Hautschnitt, der quer über seine Kehle verlief.

Ich musste grinsen: Das war mein Nagel gewesen.

»Dann hat er sich gewehrt«, sagte Chaska, »und beinahe mich getötet.«

»Bis ich mich im Dunkeln gefragt habe, was ich da eigentlich mache. Eine Frau erwürgen? Und dann hinaus in die Nacht rennen, um zwei Kinder umzubringen? Mir fiel ein Versprechen ein, das ich vor langer Zeit meiner Schwester gegeben hatte. Damals, bevor ich nach Südamerika aufgebrochen bin. Ich hatte ihr versprochen, niemals Kindern wehzutun, selbst dann nicht, wenn es um mein eigenes Leben ginge.«

Ah, dachte ich, was für ein netter Vortrag. Zu lang, um wahr zu sein. Ich traute ihm immer noch nicht.

»Und deshalb hat Viktor aufgehört, mich zu würgen, und gesagt, wir sollten leise sein, damit die anderen nicht aufwachen. Denn wenn sie herkämen, würden sie uns beide erschießen.«

»Das meinte ich mit: *Selbst dann nicht, wenn es um mein eigenes Leben ginge*. Die Guerilleros vergessen nie. Sobald man den Treueeid geschworen hat, gehört man sein Leben lang zu ihnen. Oder man ist ein Verräter und wird getötet.«

Laila blieb stehen. »Dann bist du jetzt also ihr Feind?«

»Ich habe nichts gegen diese Leute … Aber ja, ich glaube schon, dass sie jetzt Jagd auf mich machen. Und wenn sie mich finden …« Er hielt sich den Zeigefinger an die Schläfe und bewegte den Mittelfinger, als betätige er einen Abzug. »**PENG!** Ein Kopfschuss, und adiós!«

Er sagte es lächelnd, doch ich fand, dass es eine sehr ernste Sache war.

»Wir sind aus der Garage raus und haben gesehen, dass die Wache im Kleinbus saß und schlief«, erzählte Chaska weiter. »Wir haben sie gefesselt und geknebelt und in der Garage eingesperrt. Dann haben wir den Kleinbus kurzgeschlossen und sind losgefahren, um euch zu suchen.«

Ich musste an die Autoscheinwerfer denken, die ich in der Nacht auf der Straße gesehen hatte. Ich hatte gedacht, das seien Terroristen … Aber vielleicht waren es ja Chaska und Ladoga gewesen?

»Wir haben den Kleinbus vor allem deshalb genommen, damit die anderen kein Fahrzeug mehr hatten und dort oben im Haus bleiben mussten. So haben wir Zeit gewonnen«, fügte Ladoga hinzu.

»Jedenfalls haben wir uns dann durchgefragt. Zwei allein reisende Jugendliche, einer davon ein blondes Mädchen, fallen eben auf. Wir sind einige Dörfer abgefahren. In Písac haben sie uns gesagt, dass ihr nach Ollantaytambo weitergereist seid, und dort haben wir erfahren, dass ihr den Zug genommen habt. Dann sind wir hierhergekommen und jemand verwies uns auf den Hähnchengrill.«

»Und Miguel hat uns gesagt, dass ihr gerade weggelaufen wart.«

»Weinend«, ergänzte Ladoga.

»Wir haben gar nicht geweint«, widersprach ich.

Mittlerweile waren wir bei dem Hähnchengrill angelangt. Immer noch saßen keine Kunden drin, aber Miguel war da, und außer ihm noch eine junge Frau, die er uns als seine Frau Marta vorstellte.

Nachdem wir uns für unser Verhalten entschuldigt hatten, setzten wir uns zusammen mit Chaska und Ladoga an einen Tisch. Laila wiederholte nun alles, was sie zuvor Großmutter Auka erzählt hatte, und fasste auch deren Bericht zusammen.

Als sie fertig war, schüttelte Chaska den Kopf. »Iquitos? Das ist wirklich sehr weit weg von hier.«

»Praktisch auf der anderen Seite der Erde«, meinte ich.

»*So* weit nun auch wieder nicht, aber ziemlich weit.«

»Das eigentliche Problem ist nicht die Entfernung, sondern die Selva«, erklärte Ladoga. »Seid ihr schon jemals dort gewesen? Sie besteht aus Millionen von Quadratkilometern undurchdringlicher Vegetation. Es gibt keine Straßen, nicht einmal Pfade. Man muss sich mit einer Machete den Weg freischlagen, um vorwärts zu kommen. Deshalb braucht man Tage, um nur einen einzigen Kilometer zurückzulegen, und wird dabei von Insekten aufgefressen. Der Amazonasregenwald wird nicht umsonst Grüne Hölle genannt.«

Chaska warf ihm einen giftigen Blick zu. »So entmutigst du sie ja nur!«

Tatsächlich war Laila ganz fahl im Gesicht geworden.

»Es stimmt aber«, entgegnete er. »Es gibt nur zwei Möglichkeiten, um im Amazonasgebiet Entfernungen zu überwinden: Entweder man nimmt ein Flugzeug. Oder man folgt dem Amazonas oder einem seiner Nebenflüsse. Aber das kann Wochen dauern. Eine derartige Reise ist immer eine Expedition, und die muss erst einmal finanziert werden.«

»Ich habe nicht mehr viel Geld«, gestand Laila. »Es reicht gerade noch für Chaskas Honorar …«

»Mach dir deswegen mal keine Sorgen.«

»… und für die Fahrkarten für die Rückfahrt nach Cusco. Vielleicht auch noch für ein paar Übernachtungen und Essen, falls wir sparsam sind. Aber das ist schon alles. Ich weiß nicht mal, wie wir es zurück nach Lima schaffen können.«

»Vielleicht solltest du deine Eltern anrufen«, schlug Chaska vor. »Eigentlich solltest du das ohnehin unbedingt tun. Sie werden sich große Sorgen machen.«

Wir beratschlagten noch eine Weile, bis Chaska losging, um im Ort einen Touristenführer von ganz Peru mitsamt dem Amazonasgebiet zu kaufen. Dann studierten wir die möglichen Routen nach Iquitos: Man konnte von Brasilien aus flussabwärts auf dem Amazonas dorthin gelangen. Eine andere Route verlief vom Westen her flussaufwärts quer durch die Anden, anschließend musste man allerdings mehrere Hundert Kilometer weit durch den Dschungel … Viel zu schwierig.

Ich versuchte noch ein paar Ideen einzubringen, wie wir zu Geld kommen könnten, zum Beispiel, indem wir einen Kredit aufnahmen oder eine Bank ausraubten, doch die anderen machten meine Vorschläge nieder.

Allmählich wurde es Abend und wir bestellten, da wir nun schon mal im Hähnchengrill saßen, ein Huhn. Miguel bot uns an, im Lokal zu übernachten. Er hätte ein paar Matratzen, die wir auf den Fußboden legen könnten. Wir nahmen sein Angebot gern an.

Nach dem Abendessen gingen Laila und ich noch spazieren, mir kribbelten die Beine, weil ich so lange gesessen hatte. Außerdem musste ich ständig an diesen Kuss denken, ich hätte ihr gern noch einen gegeben.

Doch sie war nicht in der richtigen Stimmung. Sie beklagte sich darüber, dass es viel zu dunkel sei, sie könne überhaupt nichts sehen, das Rauschen des Flusses mache ihr Angst und so weiter, aber ich wusste, dass das alles in Wahrheit gar keine Rolle spielte.

Es tat mir leid, dass es nicht zu dem Kuss kam, aber noch mehr bedauerte ich, sie so verzweifelt zu sehen. Ich sagte ihr, dass wir eine Lösung finden würden, auch wenn ich selbst noch nicht wusste, welche.

Inzwischen hatten Chaska und der Russe die Matratzen ausgelegt. Die für Laila und mich lagen hinter der Theke, die für sie beide auf der gegenüberliegenden Seite des Lokals.

»Wir müssen nahe bei der Tür sein, falls jemand kommt«, erklärte Ladoga. »Denn schließlich suchen sie nach mir.«

Beim Einschlafen hörte ich, wie sie sich leise unterhielten, und ich fragte mich, ob sie sich vielleicht verlobt hatten. Erwachsene machen viele komische Sachen.

Doch als wir am nächsten Morgen aufwachten, war Ladoga verschwunden. Ebenso wie der Kleinbus, in dem sie hergefahren waren.

»Hallo … Mama?«

»Laila! Laila, bist du es wirklich?«

»Ja, ich bin's.«

»Laila … Wo bist du, Liebling, wo bist du? Wie geht es dir? Ich … ich kann nicht …«

»Ich weiß, Mama, verzeih mir bitte. Ich weiß, dass du dir Sorgen machst. Es tut mir so furchtbar leid.«

»Ich dachte, du wärst … Weißt du denn nicht … Weißt du nicht, wo du bist? War das der Junge, der … der zusammen mit dir verschwunden ist? Hat er dich entführt? Hat er dir wehgetan?«

»Nein, El Rato hat damit nichts zu tun. Ganz im Gegenteil. Ich hatte die Idee, wegzulaufen. Er hat mich nicht entführt. Niemand hat mich entführt.«

»Du warst das? Du bist weggelaufen? Was hat das zu bedeuten, Laila, warum …?«

»Ich muss jemanden finden, der mir hilft.«

»Schatz … Ich verstehe dich. Wir suchen … Dein Vater, Señor Tanaka und ich … Du musst in die Klinik zurück, später bringen wir dich in ein anderes Krankenhaus, in ein besseres. Wir gehen dann wieder nach Europa, wir haben das schon alles besprochen …«

»Entschuldige, Mama, aber ich muss jetzt gehen.«

»NEIN! Oh Gott, nein, ich bitte dich, nein, ich bitte dich, leg nicht auf! Sag mir, wo du bist!«

»In der Nähe von Cusco.«

»In den Anden? Machst du Witze?«

»Nein. Ich bin hierhergekommen, um einen Menschen zu finden, der … Ist nicht so wichtig. Nicht mehr. Ich rufe dich an, weil … Mach dir bitte keine Sorgen, Mama. Ich schwöre dir, dass es mir gut geht. Es ist nicht schlimmer geworden, nicht sehr, und ich … Ich bin bald wieder zu Hause. Ich rufe dich wieder an, sobald ich kann. Mach dir keine Sorgen.«

»Laila, bitte, erklär mir doch, ich …«

»Ich hab dich so lieb. Ich vermisse euch ganz furchtbar.«

Und dann sagte ich nichts mehr und legte auf.

Es vergingen etliche Tage, zehn oder so, oder ein paar weniger.

Chaska sprach nie darüber, warum Ladoga weggegangen war.

Großmutter Auka sagte immer wieder: »Wenn man sich in einen Kondor verliebt, darf man ihm nicht böse sein, wenn er davonfliegt.«

Und wenn man sich in eine Ratte verknallt, darf man sich nicht wundern, wenn sie wieder im Gully verschwindet, dachte ich.

Laila weigerte sich, mir zu erzählen, was ihre Mutter gesagt hatte, als sie zu Hause angerufen hatte. Und es gab keinen weiteren Kuss – das fand ich am schlimmsten.

Tatsache war, dass alle beide, Laila ebenso wie Chaska, die ganze Zeit über finstere Gesichter machten und unerträglich waren. Immer wenn ich vorschlug, doch nach Lima oder wenigstens nach Cusco zurückzukehren, da es für uns überhaupt keinen Grund gab hierzubleiben, sagten sie entweder nichts oder wechselten das Thema.

Laila redete überhaupt wenig, seufzte ständig und schien tief in ihre Trauer versunken. Ihr Gesicht war zu einer starren Maske geworden, wie aus Ton geformt. Sie war hier bei mir und gleichzeitig ganz woanders.

Schließlich kam ich zu dem Schluss, dass ich es in Aguas Calientes eigentlich gar nicht so schlecht hatte, jedenfalls nicht schlechter als in *Santo Toribio*. Miguel und Marta konnten eine Aushilfe gebrauchen, und wenn ich meine Arbeit richtig gut machte, könnte ich das Lokal vielleicht eines Tages übernehmen. Oder ich könnte Fremdenführer werden, wer weiß.

Laila, Chaska und ich hatten uns angewöhnt, abends im Lokal auszuhelfen. Tagsüber dagegen ging ich spazieren, meistens allein. Ich schaute bei Großmutter Auka vorbei und bei ihrer Urenkelin Tika, der Tochter von Miguel und Marta.

Auf meinen Spaziergängen merkte ich, wie viel Spaß es mir machte, auf Erkundungstouren zu gehen. Ich lief herum, bis mir die Füße wehtaten, und war immer wieder überrascht darüber, wie groß die Welt doch war – und was für eine kleine Welt die Klinik gewesen war.

Wenn das hier die Freiheit war, dann war das für mich ein weiteres *erstes Mal*. Und mit Abstand das Erstaunlichste von allen.

Ich stellte fest, dass es ein Stück flussabwärts von der Stelle, wo Laila und ich uns geküsst hatten, eine Stahlbrücke gab. Wenn man hinüberging, kam man an eine Serpentinenstraße. Diese führte einen zu dem Berg, auf dem die Ruinenstadt Machu Picchu lag.

Wer wie ich nicht mit dem Auto unterwegs war, konnte eine Abkürzung nehmen: einen Weg, der eigentlich eine in den Fels gehauene Treppe war und die Kurven der Serpentinenstraße durchschnitt. Links und rechts von den Stufen war dichter Urwald.

Die vielen Stufen hinaufzusteigen war unglaublich mühsam. Außerdem regnete es hier oben immer, manchmal so heftig, dass man innerhalb von Sekunden triefend nass wurde.

Schön war es trotzdem.

Jemand hatte mir erklärt, dass dieser Urwald anders war als der Dschungel bei Iquitos. Er lag in beträchtlicher Höhe und wurde »Nebelwald« genannt, weil in den Baumwipfeln Wolken hängen blieben.

Oben angekommen stellte ich fest, dass man Eintritt zahlen musste, um Machu Picchu zu besichtigen. Ich fragte Chaska, ob sie mich begleiten und vielleicht eine Ermäßigung für mich aushandeln könnte, doch sie schüttelte den Kopf. Ein andermal. Inzwischen war ich es gewohnt, auf diese Weise vertröstet zu werden.

Eines Morgens nach dem Frühstück, als ich zu meinem Spaziergang aufbrechen wollte, hörte ich das Brummen eines Motors und ein total verbeultes Auto kam mir entgegen.

Zu meiner Verblüffung saß hinter dem Steuer Ladoga.

»Wo hast du den Kleinbus gelassen?«

»Er war viel zu auffällig … Ich habe ja gesagt, dass ich gesucht werde. Das hier ist besser. Wo ist Chaska?«

»Sie und Laila schlafen noch.« Ich deutete zum geschlossenen Lokal hinüber.

»Dann weck sie auf«, sagte er. »Es gibt Neuigkeiten.«

»Was denn?«

»Ich weiß vielleicht, wie ihr nach Iquitos kommen könnt, vorausgesetzt ihr seid mutig genug.«

Ungefähr eine Viertelstunde später saßen wir alle um einen Tisch des Hähnchengrills herum, jeder vor einem Glas *Chicha morada*, einer purpurfarbenen selbst gemachten Limonade.

Als Chaska Ladoga gesehen hatte, war sie ihm entgegengelaufen und hatte ihn zuerst umarmt, ihm gleich darauf eine Ohrfeige verpasst und ihn sofort wieder umarmt.

Habe ich schon mal erwähnt, dass ich Frauen irgendwie komisch finde?

Jedenfalls hatte Ladoga Küsse bekommen und ich beneidete ihn darum.

»Ich habe einen Freund, der Pilot ist«, erklärte er, »den habe ich besucht … Er war unterwegs und ich musste auf seine Rückkehr warten, um mit ihm sprechen zu können. Dieser Freund hat eine Aztec, eine kleine Propellermaschine … Sie hat nur sechs Sitzplätze, er benutzt das Flugzeug, um Fracht zu transportieren. Und heute Nacht fliegt er nach Iquitos.«

»Wie viel müssten wir ihm bezahlen?«, erkundigte ich mich.

»Wo wohnt dieser Typ«, fragte dagegen Chaska. »In Cusco?«

»Nein, er … äh … er nutzt nicht den normalen Flughafen. Er hat eine kleine Startbahn, die ein paar Stunden von hier entfernt ist. Es ist seine Privatpiste, könnte man sagen. Außerdem schuldet er mir noch einen Gefallen. Einen ziemlich großen Gefallen. Und um die erste Frage zu beantworten: Er will kein Geld dafür. Wir müssen nur vor Mitternacht bei ihm sein, denn um Mitternacht will er starten. Das bedeutet, dass wir demnächst losmüssen …«

Ich sprang auf und beugte mich über den Tisch zu Laila hinüber. Beinahe hätte ich den Tisch umgekippt.

»Laila!«, rief ich. »Hast du das gehört? Wir können doch nach Iquitos! Wir haben ein Flugzeug! Laila!«

Sie war so bleich geworden wie eine Tote. Dass sie noch am Leben war, sah man nur an ihren zitternden Lippen, die sich allmählich zu einem Lächeln verzogen.

»Wirklich? Im Ernst?«

»Ja«, erwiderte Ladoga. »Aber …«

Ich wusste, dass es bei der Sache einen Haken gab. Ich traute dem Typ immer noch nicht. Schnell setzte ich mich wieder hin.

»Was ist denn?«

Ladoga wirkte verlegen. »Also … sagen wir es mal so … Pedro und ich waren mal Geschäftspartner.«

»Ja und?«

»Das waren Geschäfte, die … also, nicht so ganz … Die Guerilla-Organisation *Sendero Luminoso* braucht außer Freiwilligen auch Operationsbasen, Fahrzeuge … und Waffen. Das alles kostet Geld, deshalb benötigen die Guerilleros Einnahmen. Pedro gehörte zu den Leuten, mit denen sie Geschäfte machen.«

»Wer ist dieser Pedro?«

Doch Laila stellte die sinnvollere Frage: »Was transportiert er denn?«

»Ja genau, was transportiert er?« Chaskas Frage klang wie ein Echo.

»Puh«, machte Ladoga. »Also, eure Leute, die Peruaner, nutzen seit Jahrhunderten eine Heilpflanze, die sie als heilig ansehen. Coca. Doch kann man aus dieser Pflanze auch etwas sehr Wertvolles gewinnen, nämlich …«

»Kokain«, fiel ihm Chaska ins Wort. »Dieser Pedro ist ein Drogendealer? Willst du die Kinder bei einem Drogentransport mitfliegen lassen?«

Ladoga war ganz rot geworden. Er zuckte die Schultern. »Sie werden nicht zusammen mit Drogen fliegen. Pedro … In der Selva gibt es geheime Plantagen. Sie pflücken dort die Cocablätter und verarbeiten sie zu einer Paste. Pedro fliegt die Cocapaste hierher in die Anden, wo aus ihr das eigentliche Kokain gewonnen wird. Das dann mit einem anderen Flugzeug nach Bolivien geflogen wird. Ja, so funktioniert es.«

»Du erzählst uns ja schöne Sachen, bravo«, tadelte Chaska. »Willst du uns zu Drogendealern machen?«

Ladoga schüttelte den Kopf. »Nein, nein, was sagst du denn da … Auf dem Rückflug hat Pedro nur Nahrungsmittel an Bord und … na ja, anderes Zeug, das sie in der Selva brauchen. Auf diesem Flug befördert er keine Drogen.«

Ich fand das beruhigend.

»Na, super«, setzte Chaska dagegen ihre Schimpftirade fort. »Also werden an Bord wir vier sein, dein krimineller Freund und wer weiß, was noch. Na, da bin ich ja beruhigt.«

Jetzt sah Ladoga noch viel verlegener aus als vorhin. »Da wäre noch ein anderes Problem«, druckste er herum.

»Was denn?«

»Pedro sagt, dass er nicht Platz für vier Personen hat. Soweit ich es verstanden habe, geht es um das Gewicht. Damit sich die Flüge lohnen, muss er seine Maschine bis zur Höchstgrenze beladen. Um Laila und El Rato mitzunehmen, muss er schon eine Kiste zurücklassen. Und das tut er nur ungern. Aber wie gesagt schuldet er mir noch einen Gefallen. Doch wir beide können da nicht mit.«

»Was?«, rief Chaska. »Sie sollen allein dorthinfliegen? Bist du verrückt?«

Ladoga zuckte mit den Schultern. »Das war das Äußerste, was ich herausholen konnte.«

Laila stand auf. Ganz langsam, wie in Zeitlupe. Sie schaute Ladoga fest in die Augen. »In Ordnung. Wenn das die Bedingungen sind, bin ich einverstanden. Ich will nach Iquitos.« Sie wandte sich zu mir um. »Ich wollte sagen, wir sind einverstanden. Denn du kommst doch mit, El Rato, oder?«

»Hmm …«, überlegte ich laut. »Also, ich weiß nicht. Es scheint ziemlich gefährlich zu sein. Außerdem gefällt es mir hier im Hähnchengrill und in den Bergen total gut …« Doch dann konnte ich nicht mehr und platzte lachend heraus: »Natürlich komme ich mit. Erstens will ich unbedingt diesen berühmten Schamanen kennenlernen.«

»Und … zweitens?«, fragte Laila und dabei zitterte ihre Stimme ein wenig.

»Ohne mich, Kleine, würdest du es sowieso nicht schaffen.«

Es waren leere Tage gewesen.

Langeweile und Besorgnis hatten bewirkt, dass ich mich in Orte in mir drin verirrt hatte, in die ich nie wieder zurückkehren wollte.

Der Abgrund der verlorenen Zukunft. Ein Wirbel aus Dingen, die ich fest vorgehabt hatte und die nun unerreichbar geworden waren.

Wie zum Beispiel selbst Auto zu fahren.

Ein Haus am Meer zu kaufen.

Eine Schallplatte aufnehmen.

Mit meinem Freund ins Kino gehen.

Einen Studienabschluss schaffen.

Ich fühlte mich meines Lebens beraubt und die Last dieser Vorstellung drohte mich zu erdrücken.

Doch jetzt war Schluss damit.

Ich schwor mir, dass mir das nie wieder passieren würde.

Nie mehr.

Wenn ich das Ziel meiner Reise erreichen wollte, musste ich stärker werden. Und Vertrauen in den Lichtstrahl haben, der mir trotz allem den Weg zu weisen schien.

Und deshalb sagte ich Ja.

Natürlich hatte ich Angst, und das Telefonat mit Mama wirkte wie eine Wunde nach, die immer noch schmerzte. Trotzdem wusste ich inzwischen, dass es für mich nur eine Richtung gab: nach vorn und immer weiter.

Ich ergriff El Ratos Hand und gemeinsam verließen wir das Lokal.

»Wir müssen unsere Sachen mitnehmen«, sagte ich. »Und Chaska und Ladoga müssen sich aussprechen.«

»Streiten, meinst du wohl.«

Und sich dann wieder versöhnen, dachte ich, doch das sagte ich nicht.

»Glaubst du, dass sie verlobt sind? Wohl eher nicht. Der Russe ist so viel älter als sie …«, hakte El Rato nach.

»Ich weiß nicht«, antwortete ich. »Es ist aber auch nicht wichtig. Jeder kann sich in den Menschen verlieben, in den er sich verlieben will.«

Und ich wandte den Kopf und schaute mir den Jungen mit den Segelohren und dem mageren Hals an, der neben mir herging, der seit jenem Abend unserer Flucht aus der Klinik immer neben mir herging.

»Komm, wir wollen uns von Tika verabschieden«, schlug er schließlich vor.

»Wer ist das?«

El Rato verzog das Gesicht. »Das ist doch das Baby von Miguel!«

Warum nicht? Eine Möglichkeit, die Zeit totzuschlagen.

Wir gingen zur Wohnung der Familie Castillo. El Rato schnitt seine Grimassen, um das kleine Mädchen zum Lachen zu bringen, und es kicherte, als gäbe es auf der Welt nichts Lustigeres.

Wir erklärten, dass wir bald abreisen würden.

»Wo fahrt ihr hin?«, fragte Großmutter Auka.

Ich wusste nicht, ob wir ihr die Wahrheit sagen sollten.

»Iquitos«, verriet El Rato.

»Ich verstehe«, entgegnete sie. »Ich hoffe, dass ich euch wiedersehe. Und falls ihr herausbekommt, was meinem armen Miguel passiert ist …«

»Klar, das schwöre ich Ihnen. Wir werden hierher zurückkehren und es Ihnen erzählen.«

Ich weiß nicht, was mich dazu bewog, doch ich zog aus meiner Teddytasche Doktor Clarkes Tagebuch und reichte es ihr.

»Es ist auf Englisch geschrieben. Ich weiß, dass Sie das nicht lesen können. Und dass Sie Robert Clarke nicht besonders mochten. Aber hier drin steht auch die Geschichte Ihres Mannes. Wir brauchen es nicht mehr, ich würde es Ihnen gern geben.«

Großmutter Auka umarmte mich und schenkte mir gefüllte Kartoffeln als Proviant für die Reise.

Als wir wieder beim Hähnchengrill waren, saßen Chaska und Ladoga bereits im Auto und waren abfahrbereit.

»Habt ihr alles mitgenommen?«, fragte Ladoga.

Ich besaß nur meine Teddytasche, El Rato den Rucksack, in dem der Proviant war.

Wir setzten uns auf die Rückbank.

In Aguas Calientes gab es nur eine einzige Straße. Sie war nicht geteert und folgte dem Lauf des Urubamba in Richtung Urwald (soll heißen, dass sie nicht entlang der Gleise nach Ollantaytambo führte).

Keiner von uns hatte Lust zu reden, deshalb schwiegen wir die meiste Zeit über und ich schlief ein.

Als ich aufwachte, fuhren wir auf einer Teerstraße, und die Landschaft ringsherum war die vertraute Andenlandschaft mit leuchtend grünen, aber völlig baumlosen Hängen.

»Wo sind wir?«

»Besser, du weißt es nicht. Überhaupt, ihr zwei: Je weniger ihr euch später an diese Fahrt erinnert, desto besser. Dann müsst ihr nämlich nicht lügen, wenn euch jemand Fragen stellt. Und versucht auch Pedro möglichst nicht anzusprechen. Er hat geschworen, dass er euch nach Iquitos bringen wird … Also nicht ganz nach Iquitos, denn er kann natürlich nicht auf dem dortigen Flughafen landen. Er fliegt eine Piste an, die im Dschungel verborgen ist. Aber sie liegt nahe am Fluss und Pedro wird euch helfen, ein Boot zu finden. Von der Piste bis nach Iquitos ist es dann nur noch eine halbe Tagesreise.«

»Ach so?«, schaltete sich Chaska wütend ein. »Eine weitere Neuigkeit, ja? Oder eigentlich das x-te zusätzliche Problem …«

»Das ist das Beste, was ich rausschlagen konnte, okay?«

»Ich weiß das«, sagte ich zu Ladoga. »Danke.«

Es genügte nicht, um Chaska zu beruhigen, aber ich fand es in Ordnung.

Wir machten unterwegs eine kurze Pause, und als die Sonne unterging, bogen wir in eine ungeteerte, steil bergauf führende Straße ein, die so voller Schlaglöcher war, dass ich dachte, wir würden früher oder später in einem davon stecken bleiben. Oder aber von der Straße abrutschen, in einen Abgrund stürzen und sterben.

Es wurde dunkel, doch Ladoga weigerte sich, die Scheinwerfer einzuschalten. »Ich kenne die Straße gut genug«, meinte er, als Chaska protestierte.

Plötzlich fiel mir etwas ein: »Wenn dieser Pedro für die Drogendealer arbeitet, aber auch für *Sendero Luminoso,* hast du dann keine Angst, dass er dich verrät?«

»Ja, richtig«, meinte El Rato und klang besorgt. »Vielleicht hat er ja die Terroristen verständigt und sie warten jetzt an der Piste auf dich. Sie würden uns alle töten.«

»Könnte sein«, erwiderte Ladoga. »Ich traue niemandem.«

Mir lief ein Schauer über den Rücken.

Gegen zehn Uhr abends langten wir am Ende der Straße an, auf dem Kamm eines Berges, der niedriger als die ihn umgebenden Gipfel war. Hier gab es nichts, nicht einmal ein Licht, nur eine große Wellblechhütte, vor der ein Transporter parkte.

Ladoga legte den Rückwärtsgang ein und wendete das Auto, mit dem Kühler zu der Straße, auf der wir soeben hergefahren waren.

»In der Wellblechhütte müsste die Propellermaschine stehen«, erklärte er. »Und im Transporter befindet sich der Rest der Fracht. Lasst mich erst mal vorgehen … Sobald ich sehe, dass alles in Ordnung ist, komme ich euch holen. Chaska, du setzt dich solange hinter das Steuer. Wenn du Schüsse hörst, startest du den Motor und fährst weg. Ohne dich umzudrehen. Klar?«

Chaska nickte. So eingeschüchtert hatte ich sie noch nie erlebt.

»Es wird alles gut gehen«, meinte Ladoga noch, dann verschwand er in der Hütte.

Eine halbe Ewigkeit verging, bis er zurückkam, um zu sagen, dass alles in Ordnung war.

Wir stiegen aus und er führte uns in die große Wellblechhütte, die nur von einer Petroleumlampe erleuchtet wurde. Doch auch in dem schwachen Licht konnte ich die Maschine erkennen. Sie war hellblau, mit langer Nase und zwei ungefähr auf der Mitte der Flügel montierten Propellern. Allerdings war sie sehr klein, sie sah aus, als würde sie innen nicht viel mehr Platz bieten als der Kleinbus unserer Entführer.

»Damit sollen wir bis nach Iquitos fliegen?«, fragte ich.

»Ah!«, erklang eine Stimme. »Die Passagiere.«

Hinter dem Flugzeug kam ein Mann zum Vorschein. Er war auffallend mager und hatte einen stoppeligen Dreitagebart. Er trug eine speckige Mütze und in seinem Mundwinkel hing eine Zigarette.

»Das ist Pedro«, stellte Ladoga ihn vor.

Der Pilot schaute El Rato und mich abschätzig an. »Verdammt, die wiegen mehr, als du gesagt hast. Vor allem der Junge.«

»Aber sie haben kein Gepäck«, erwiderte Ladoga.

»Doch, ich sehe da eine Tasche und einen Rucksack. Ich dachte, ich hätte mich klar ausgedrückt.«

»Hör mal, Pedro, fang jetzt nicht wieder an. Nimm sie mit und fertig.«

Der Pilot spuckte die Zigarette auf den Boden. »Wie du willst. Aber du hast ja wohl die Piste gesehen, oder? Ich kann die Maschine gerade so hochziehen, bevor der Abgrund kommt. Danach muss ich sie in den Pass zwischen den beiden Gipfeln einfädeln. Wenn wir zu schwer sind, knallen wir gegen einen Hang und …«

»Dann lass noch eine Kiste zurück.«

Ladoga und Pedro schauten einander wütend an, bis sie beide plötzlich gleichzeitig losprusteten.

Sie luden verschlossene und versiegelte Behälter ins Flugzeug ein (wir hüteten uns zu fragen, was sie enthielten). Dann fuhr Pedro den Transporter weg, damit er das Flugzeug aus der Wellblechhütte holen konnte.

Die beiden Männer zogen es gemeinsam raus, anschließend rangierte Pedro den Transporter in die Hütte, schloss das Tor und sicherte es mit einem Vorhängeschloss.

»So, alles bereit. Herrschaften, es geht los. Du, Junge, setzt dich neben mich auf den Sitz für den Kopiloten. Aber wenn du irgendetwas anrührst, schneide ich dir die Finger ab, das schwöre ich dir.«

»Verstanden«, erwiderte El Rato.

»Und du gehst nach hinten«, sagte er zu mir. »Da gibt es keine Sitze, weil ich den Platz für die Ladung brauche, aber ich habe dir ein Eckchen freigeräumt, das passt bestens. Seid ihr schon mal geflogen?«

»Na klar«, sagte El Rato.

Pedro musste lachen. »Verdammt, natürlich. In diesen Riesendingern. Mein Flugzeug ist ganz anders, ihr werdet es schon merken. Wir haben eine lange Reise vor uns und müssen tief fliegen … Wenn alles gut geht, kommen wir morgen bei Sonnenaufgang an. Ihr zwei könnt schlafen, ich habe mir eine Thermoskanne Kaffee mitgebracht.«

»Vergiss nicht unsere Abmachung«, ermahnte Ladoga ihn. »Du musst sie in ein Boot nach Iquitos setzen. Wenn du das nicht machst, werde ich das rausbekommen und dann kannst du was erleben.«

»He, du brauchst mir nicht zu drohen. Was Pedro verspricht, das hält er auch. Los, Herrschaften, alles einsteigen!«

Wieder umgab uns diese Dunkelheit, in der ich nichts sehen konnte. Ich war sehr traurig, denn ich hätte mir gern Chaskas Gesicht noch mal ganz genau eingeprägt.

Deshalb griff ich nach meinem Walkman und drückte auf die Aufnahmetaste, ohne dass es jemand merkte.

Ich umarmte Chaska ganz fest. »Danke für alles, was du für uns getan hast.«

»*Ich danke dir, Laila*«, antwortete sie. »*Und wenn du deine Blume gefunden hast, lass es mich wissen.*«

»Wo finde ich dich?«

»Viktor und ich kehren wahrscheinlich nach Aguas Calientes zurück. Im Hähnchengrill können sie abends noch Unterstützung brauchen. Tagsüber werde ich Touristen nach Machu Picchu führen. Also, ruf im Postamt an, das ist der Apparat, mit dem wir auch deine Mutter angerufen haben. Sie kommen dann und holen mich.«

»Okay.«

Ich drückte auch Ladoga die Hand. »Kümmer dich gut um sie.«

»Es war mir eine Ehre, dich kennenzulernen, Mädchen.«

Um an Bord zu gelangen, musste ich auf den linken Flügel steigen und durch die Luke schlüpfen. Über die Pilotensitze kletterte ich zu meinem Platz. Es war eine Nische zwischen Unmengen übereinandergestapelter Bündel und Kisten. Wenn auch nur eines dieser Frachtstücke auf mich drauffiel, war ich erledigt. Ich setzte mich auf eine grüne Stahlkiste und lehnte mich an einer Mauer aus Paketen an.

»Siehst du, dass da ein Expander liegt? Häng ihn in den Haken da drüben ein und spann ihn dir über den Bauch. Das ist dann dein Sicherheitsgurt.« Pedro zeigte mir, was er meinte. »Und du, Junge, behältst die Tür im Auge. Sie schließt nicht gut und springt gern mal mitten im Flug auf. Und was dann passieren kann, will ich dir lieber nicht erzählen.«

»Was soll ich tun?«

»Schnall dich gut an und pass auf, dass du mir nicht rausfällst.«

Pedro setzte sich einen schweren Kopfhörer auf, drückte eine Reihe von Knöpfen und betätigte außerdem auch noch mehrere kleine Hebel.

Auf einmal sagte er:

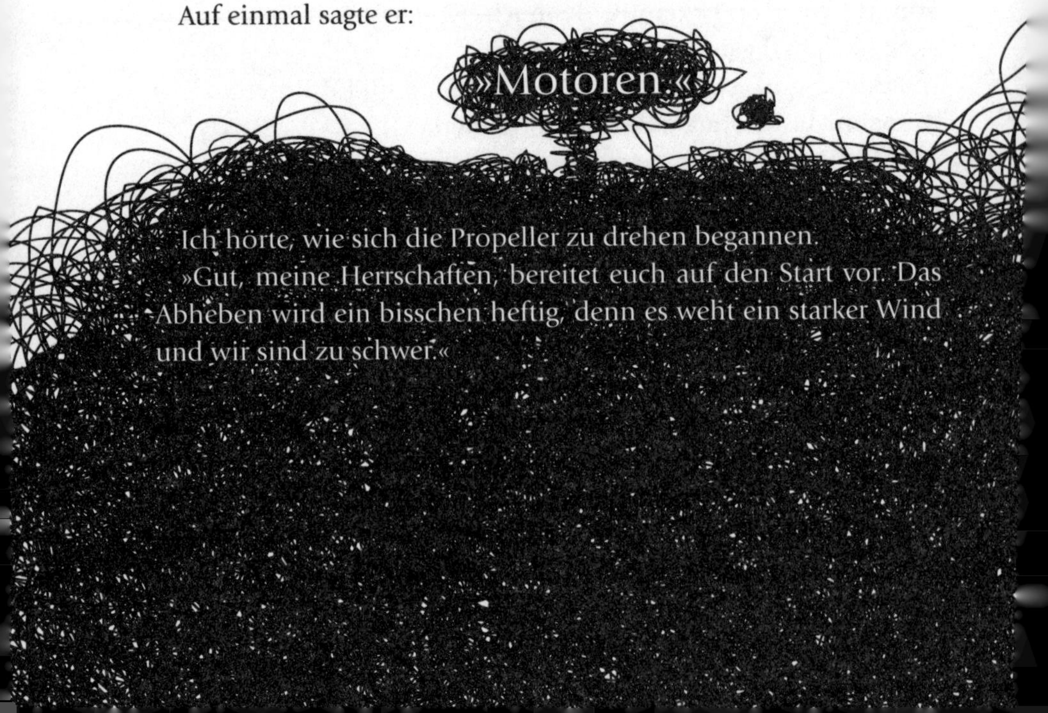

»Motoren.«

Ich hörte, wie sich die Propeller zu drehen begannen.

»Gut, meine Herrschaften, bereitet euch auf den Start vor. Das Abheben wird ein bisschen heftig, denn es weht ein starker Wind und wir sind zu schwer.«

»Werden wir abstürzen?«, fragte El Rato mit zittriger Stimme.

»Das will ich verdammt noch mal nicht hoffen.«

Ich hätte gern etwas sehen können, und sei es nur, um Chaska und Ladoga noch einmal zuzuwinken, doch vor der Frontscheibe war nur Schwärze.

Das Dröhnen der Propeller wurde ohrenbetäubend laut, viel lauter als der Düsenlärm des Jets, der uns nach Cusco gebracht hatte.

Wir rollten. Erst langsam und dann ganz schnell.

Pedro packte den Steuerknüppel und zog ihn zu sich hin. Mit einem Ruck schnellte die Nase des Flugzeugs hoch.

Ich schrie auf und El Rato ebenso. Ich war mir sicher, dass wir gleich abstürzen würden (Pedro hatte ja gesagt, dass am Ende der Piste ein Abgrund war).

Doch wir stürzten gar nicht ab.

Der Motor heulte verzweifelt auf und wir blieben in der Luft hängen …

»Verdammt!«, fluchte Pedro. »Um ein Haar …«

»Vorsicht!«, kreischte El Rato. »Der Berg!«

»Ja, ja, der Berg. Wir fliegen zwischen zwei Bergen durch. Jetzt pass mal auf, Kleiner: Ich bin schon durch diese Täler geflogen, als du nur eine Idee im Kopf deiner Mutter warst. Lass mich in Ruhe meine Arbeit machen.«

Plötzlich sackten wir zu einer Seite ab und ich knallte mit Wucht gegen eine Kiste. Dann flogen wir wieder gerade und stiegen immer höher auf. Das wird ei

anger Flug, sagte ich mir. Ich schloss die Augen und dachte an nichts mehr.

DER DRITTE GEIST
SACHAMAMA

In der Selva, Peru
Juli 1986

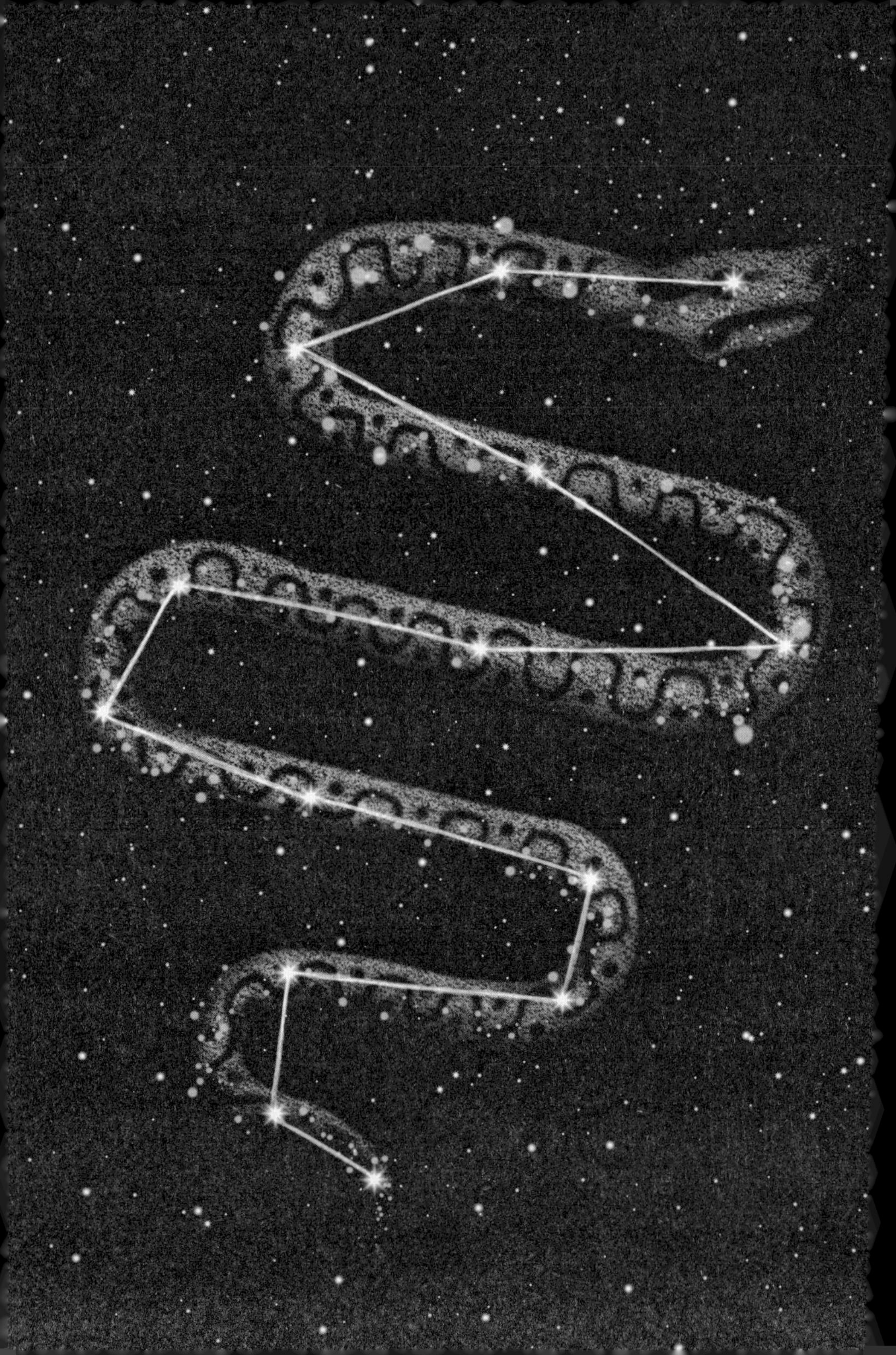

In jener Nacht kehrte ich in den Wald zurück,
um zu jagen.
Ich lief stundenlang durch die Dunkelheit,
bis ich an dem Tümpel anlangte und stehen blieb,
um zu trinken.
Mir stellten sich die Nackenhaare auf.
Etwas Dunkles und Mächtiges strich zwischen
den Bäumen hindurch.
Ich hob den Kopf. Ein rotes Auge blickte
mir entgegen.
»Sie kommen bald«, sagte die Stimme.
»Das Mädchen und der Junge?«, fragte ich.
»Sie sind schon sehr nahe.«
»Bist du der dritte Geist, der sie beschützen wird?«
Die Stimme lachte. »Du solltest es eigentlich
besser wissen, Jaguar. Ich beschütze niemanden.«

Wir hatten unsere Hängematten unter dem Verandadach der Anlegestelle aufgehängt, alle drei mit einer Öse an denselben Pfahl. Meine war dem kleinen See zugewandt, die meiner beiden Brüder zur anderen Seite.

Ich hatte das so entschieden. Schließlich war ich der Älteste und musste auf alles aufpassen, die Anlegestelle im Auge behalten und auch unseren Einbaum. Außerdem wollte ich so viel Abstand wie möglich zu den beiden halten, weil sie einfach unerträglich waren: Fabio hatte sich eine hässliche Infektion eingefangen und kratzte sich pausenlos die Beine, während Gió ständig Albträume hatte und dann wild in seiner Hängematte schaukelte und um sich schlug.

In der Nacht gab es einen heftigen Platzregen, der für die Jahreszeit ungewöhnlich lang andauerte. In null Komma nix füllte sich das Becken der Anlegestelle. Der Einbaum lag nun nicht mehr auf trockenem Boden, sondern schwamm im Wasser und ich bekam Angst, dass er sich losreißen und davontreiben könnte, denn ihn suchen zu müssen, würde ziemlich nervig werden. Also lief ich in den Regen hinaus. Das Wasser war pipiwarm.

Ich erreichte den Einbaum gerade noch rechtzeitig, schob ihn ans Ufer zurück und band ihn am Stamm einer *Buriti*-Palme fest.

Fabio und Gió wachten nicht mal auf. Am nächsten Morgen würden sie was von mir zu hören bekommen, denn es wäre ihre Aufgabe gewesen, das Boot zu vertäuen.

Als ich unter das Verandadach zurückkehrte, war ich patschnass. Ich zog alles aus und legte mich wieder in meine Hängematte.

Der Onkel hatte sich über den Platzregen bestimmt geärgert,

denn er machte unsere kurze Landebahn schlammig. Er wartete auf das Flugzeug, das in der Nacht kommen sollte. Dafür hatte er die Männer organisiert, die die Ladung ins Lager bringen sollten. Doch wenn die Landebahn verschlammt war, wurde die Landung ziemlich gefährlich und der Pilot musste vielleicht wieder zurückfliegen. Dann würde der Onkel am Morgen sehr schlecht gelaunt sein, und das war nie gut.

Irgendwann ließ der Regen nach und ich schlief ein. Ich träumte, dass ich sechzehn Jahre alt war und der Onkel ein neues Flugzeug gekauft hatte, eine hellblau gestrichene *Piper Navajo*, die man vom Boden aus nicht erkennen konnte, wenn sie flog.

»Zum Teufel mit Pedro, diesem Nichtsnutz«, sagte der Onkel in meinem Traum. »Du bist jetzt ein Mann, Ramirez, du wirst diese Maschine fliegen.«

Dann stieg ich in das Flugzeug, ließ es über die Piste rollen und hob ab, mit meiner hellblauen *Navajo*, dem Himmel entgegen …

»Ramirez! Das Flugzeug!«

Ich glaubte, noch zu träumen, und sagte: »Ach ja, das Flugzeug …«

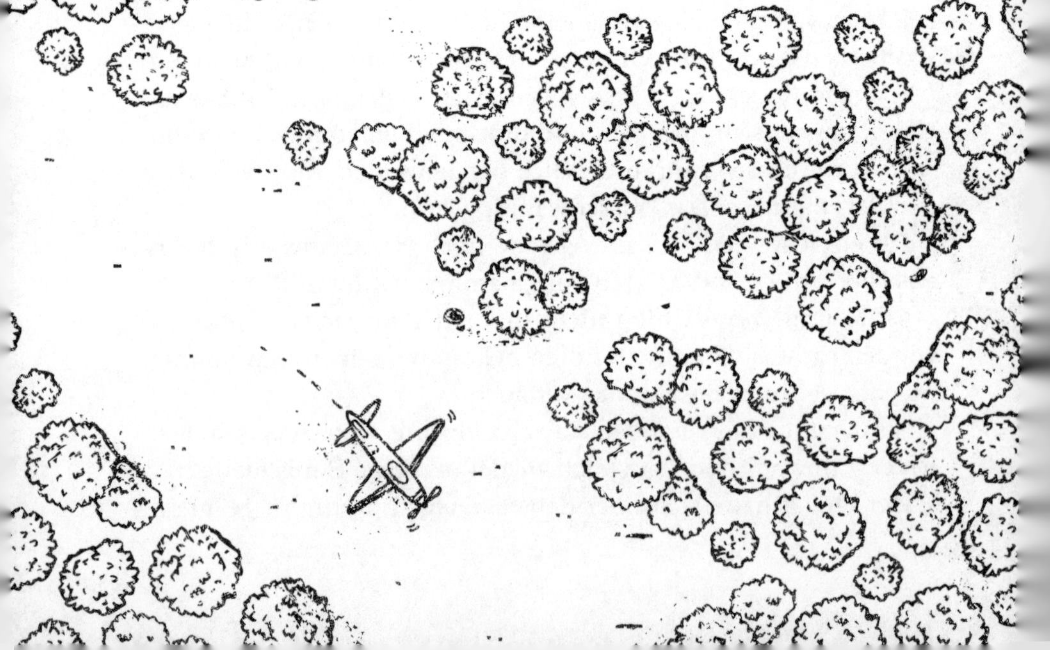

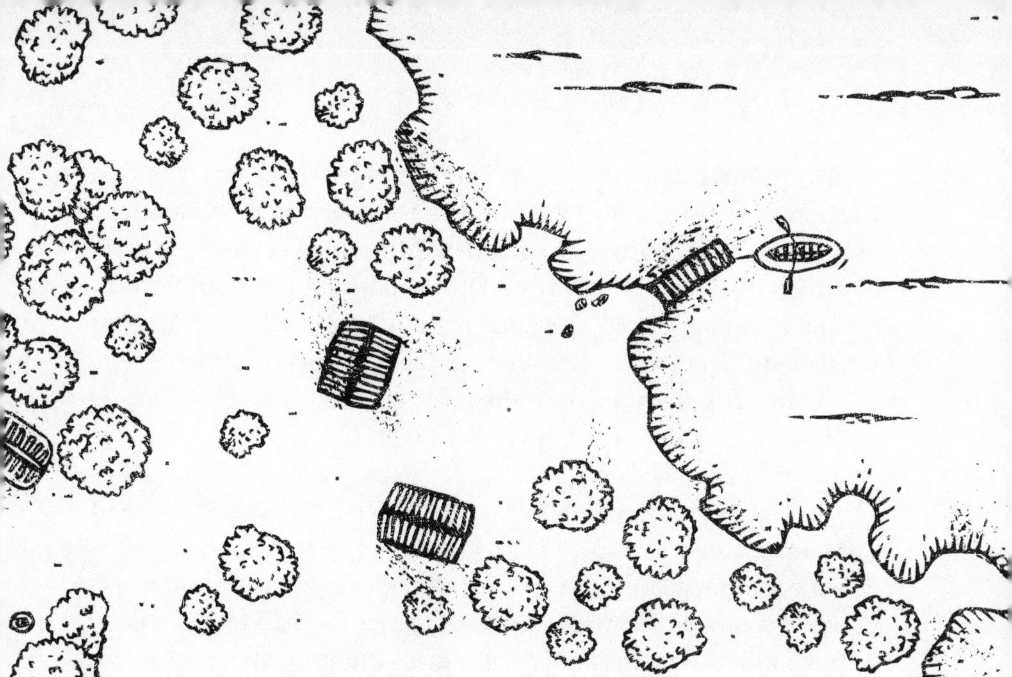

»Es kommt! Wach auf!«

Ich öffnete die Augen. »Was ist los?«

»Das Flugzeug landet gleich«, sagte Gió.

Ich rutschte aus der Hängematte und schlüpfte in meine Shorts und das T-Shirt. Beides war noch feucht.

»Wo ist Fabio?«

»Er ist schon zur Piste gelaufen, um den Onkel zu verständigen. Was sollen wir tun?«

Was für eine bescheuerte Frage.

»Lauf!«

Die Anlegestelle befand sich am Ufer eines kleinen Sees mitten im Nationalpark. Der See gehörte zu einem wahren Labyrinth von Kanälen, die ich, bei aller Bescheidenheit, wie meine Westentasche kannte. Sie durchflossen die Selva und brachten jemanden, der sich so gut auskannte wie ich, bis zum Rio Marañón.

Hinter der Anlegestelle schimmerten zwischen den Bäumen die Dächer von zwei Hütten durch. Dort hängten Onkels Arbeiter ihre Hängematten auf. Weiter hinten befanden sich das Haus des Onkels und die Lagerhallen.

Um zur Piste zu kommen, musste man einen Kilometer in den Dschungel hineinlaufen. Es war eine Frage der Sicherheit: Pedro musste die Landebahn gut erkennen können, aber das bedeutete natürlich auch, dass sie für die Drogenfahnder gut sichtbar war. Deshalb standen unsere Gebäude nicht in unmittelbarer Nähe der Landebahn. Damit uns Zeit blieb zu fliehen, falls sie kamen.

Ich rannte in Richtung Urwald.

»Warte auf mich!«, rief Gió.

»Komm nach, ich hab's eilig!«

»Aber ich war es doch, der dich geweckt hat! Du kannst da nicht ohne mich hin!«

Seine Stimme klang, als würde er gleich losheulen, und wenn der Onkel das mitkriegte, war ich derjenige, der die Schläge abbekam. Es blieb mir also nichts anderes übrig, als ihn mir auf die Schultern zu laden. Sein Gewicht machte mich zwar langsamer, dennoch vertraute ich darauf, schneller als Fabio zu sein.

Auch wenn es keine Pfade zur Piste gab, war es doch ziemlich leicht, den Spuren der Arbeiter zu folgen: Die Abdrücke ihrer Stiefel zeichneten sich deutlich im Schlamm ab.

»Nimm die Abkürzung, Ramirez, so schlagen wir ihn!«, rief Gió.

Mich interessierte das Flugzeug noch mehr als ein Sieg über Fabio: Um nichts in der Welt wollte ich die Landung verpassen.

Ich sprang über den kleinen Bach und über einen umgestürzten *Chuchuhasi*-Stamm mit abblätternder Rinde. Jetzt war die Piste nicht mehr weit. Ich sah meinen Bruder Fabio vor mir laufen: Er hatte sich die zusammengerollte rote Signalflagge unter den Arm geklemmt.

»Bleib stehen!«, rief ich ihm zu.

Als er mich bemerkte, versuchte er, den Abstand zwischen uns zu vergrößern. Wieder blieb mir keine Wahl: Ich setzte Gió ab und legte für den letzten Abschnitt einen mörderischen Sprint ein. Mit einem Hechtsprung stürzte ich mich auf Fabio. Wir kugelten über den Waldboden und er versuchte, mir eins mit der Fahnenstange zu versetzen, doch ich boxte ihn in den Magen.

»Fabio! Du hättest mich wecken sollen! Es ist meine Aufgabe, Signale zu geben.«

Inzwischen hatte uns Gió eingeholt. Gemeinsam erreichten wir die Piste, die eigentlich nur ein schmaler langer Lehmstreifen mitten im Dschungel war.

Der Onkel stand mit einer Zigarre zwischen den Zähnen da und starrte zum Himmel hinauf: Er hatte den brummend herannahenden Flieger bereits bemerkt.

»Na, wurde auch Zeit«, knurrte der Onkel. »Als Wachposten seid ihr wirklich ein Reinfall.«

Die Arbeiter standen bei den Warenballen herum, die sie einladen sollten. Ich tat, als hätte ich die Bemerkung des Onkels nicht gehört, und entriss Fabio die rote Flagge. Dann rannte ich mitten auf die Piste und schwenkte sie, um Pedro zu signalisieren, dass er landen konnte.

Ich hörte das lauter werdende Dröhnen der Motoren. Das kleine Flugzeug flog über mich hinweg und verschwand hinter den Baumwipfeln. Pedro hatte das Signal gesehen. Die *Piper* beschrieb einen weiten Bogen, um sich auf die Landebahn auszurichten, und tauchte dann wieder zwischen den Bäumen auf. Das Fahrwerk wurde ausgeklappt und die Maschine war für die Landung bereit.

»Er ist viel zu schnell, er wird es nicht schaffen«, meinte ich.

»Pedro schafft es immer!«, widersprach Fabio, der noch so klein war, dass er den Piloten für einen Helden hielt.

Tatsächlich gelang es Pedro zu landen, aber es war knapp. Er setzte hüpfend auf der Piste auf und prallte zur Seite ab, und der Onkel fluchte vor sich hin. Nun kam das Flugzeug auch mit dem Vorderrad auf dem Boden auf und die Bremsen quietschten. Beinahe wäre es gegen die Bäume gekracht. Dann wendete es langsam und rollte mit langsam rotierenden Propellern auf uns zu.

Der Onkel nahm die Zigarre aus dem Mund und fluchte erneut. Dann rief er seinen Leuten zu: »Rafael, Esteban, passt auf!«

Rafael und Esteban waren seine Leibwächter und hatten Maschinengewehre.

»Was ist los?«, fragte mein Bruder Gió.

»Siehst du das denn nicht?«, rief ich. »Da ist noch jemand bei Pedro im Flugzeug.«

Auf dem Platz des Kopiloten saß jemand.

Das bedeutete, dass es Probleme gab.

Vielleicht hatte Pedro uns ausgetrickst und anstelle des erwarteten Materials waren Drogenfahnder an Bord.

»Sag den anderen, sie sollen sich bereithalten«, befahl der Onkel. »Finger am Abzug. Wenn ich eine Augenbraue hochziehe, schießt ihr.«

Doch etwas kam mir komisch vor.

»Onkel«, sagte ich leise. »Pedros Passagier ist ein Junge.«

Mit den Segelohren und den riesigen Augen sah er wirklich noch ziemlich jung aus. Allerdings kapierte ich nicht, was er in Pedros Flugzeug verloren hatte.

»Um Himmels willen, du hast recht! Behaltet aber trotzdem alle die Augen offen.«

Pedro schaltete den Motor aus, der Junge öffnete die Tür und beide krochen auf den Flügel, um von dort aus herunterzuspringen. Als sie die auf sie gerichteten Gewehrläufe sahen, hoben beide die Hände.

»He, nur die Ruhe!«, rief Pedro. »Ihr braucht mir kein Loch in den Hintern zu schießen, mir genügt das, das ich schon habe!«

»Ob hier geschossen wird, entscheide ich«, entgegnete der Onkel. »Wer ist der Typ da bei dir?«

»Ein Kind«, antwortete Pedro. »Ungefähr so alt wie Ramirez, würde ich sagen. Und hinten sitzt noch ein Mädchen. Es ist eine lange Geschichte. Können wir kurz reden?«

»Kommt drauf an. Hast du das mitgebracht, was ich haben will?«

»Wie immer. Keinerlei Programmänderung.«

»Zwei verfluchte Rotznasen *sind* eine Programmänderung.«

»Ich kann dir alles erklären. Die vom *Sendero* haben in Cusco ein Riesentheater gemacht, die sind ja alle völlig durchgeknallt ... Aber für uns wird das keine Folgen haben. Wenn du mir einen Drink anbietest, erzähle ich dir alles.«

»Lass sie aussteigen.«

Pedro sprang vom Flügel herunter, der Junge mit den Riesenohren folgte ihm. Irgendwie war er mir sympathisch. Er schien tatsächlich ungefähr so alt zu sein wie ich.

Gleich darauf kam aus dem Flugzeug noch ein Mädchen heraus und da kippte mir doch wirklich der Unterkiefer herunter. Wunderschön, mit Haaren, wie ich sie noch nie gesehen hatte, blond wie Sonnenstrahlen.

»Das ist Laila und er nennt sich El Rato«, erklärte Pedro.

Mein Onkel machte ein Zeichen. Esteban richtete sein Maschinengewehr auf den Jungen und das Mädchen, und Rafael kletterte in die *Piper Aztec*, um hineinzuschauen.

»Scheint alles in Ordnung zu sein.«

Der Onkel warf den Zigarrenstummel weg und zertrat ihn mit dem Stiefel. »Gut. Männer, ihr fangt an abzuladen und kontrolliert die Kisten, eine nach der anderen. Ramirez, du kümmerst dich um die Rotznasen. Und du, Pedro, kommst her und erklärst mir, was passiert ist. Und ich hoffe in deinem eigenen Interesse, dass es eine überzeugende Geschichte ist.«

Dieser Typ gefiel mir überhaupt nicht, vor allem weil er Laila angaffte. So, als würde er sie gleich fressen.

»Was machen sie da?« Ich zeigte auf den Mann, der vorhin Zigarre geraucht hatte, und auf Pedro. Sie hatten sich hinter eine hohe Barriere aus Kisten zurückgezogen.

»Der Onkel überlegt, wie er euch am besten kaltmacht«, antwortete der Typ.

Der kleine Junge, der neben ihm stand, nickte, während sich der andere, der mittelgroße, nicht rührte und überhaupt wie jemand aussah, der wenig redete.

»Warum will er uns umbringen?«

»Weil ihr hier seid. Niemand darf dieses Camp sehen. Es ist geheim.«

»Habt ihr Angst, dass wir zur Polizei gehen? Aber selbst wenn wir das vorhätten, wie könnten wir sie hierherführen? Wir wissen doch gar nicht, wo wir sind. Eure Drogen sind vor uns sicher.« Ich biss mir auf die Lippen, denn so etwas zu sagen, war nicht sehr clever.

Der Typ grinste hämisch. »Du weißt zu viel, Großohr.«

»Nenn mich noch mal so und …«

»Großohr.«

Ich wollte mich schon auf ihn stürzen, als Laila eingriff. »Wie heißt ihr?«

»Ich bin Ramirez und das sind meine jüngeren Brüder Gió und Fabio.«

Der Letztgenannte nickte.

»Lebt ihr hier?«

»Klar.«

»Und er ist euer Onkel?«

»Ja. Er ist ein sehr wichtiger Mann.«

»Gut«, entgegnete Laila. »Dann könnt ihr ihm sagen, dass er sich keine Sorgen zu machen braucht. Ich heiße Laila und er heißt El Rato, und auch wir sind auf der Flucht vor der Polizei.«

Ramirez verzog das Gesicht. »Wirklich?«

»Wir sind in den Anschlag auf den Zug in Cusco verwickelt, ich weiß nicht, ob ihr davon gehört habt. Und Pedro hat uns geholfen, hierherzukommen.«

Ich hatte immer geglaubt, ein hervorragender Lügner zu sein, Laila aber war ein wahres Genie: Sie stellte uns hin, als wären wir gesuchte Verbrecher.

Ihre Lüge schien ihre Wirkung nicht verfehlt zu haben, denn Ramirez schaute uns jetzt geradezu respektvoll an. »Na, dann lässt euch der Onkel ja vielleicht am Leben ...«

Während wir uns unterhielten, machte sich ein Trupp Männer am Flugzeug zu schaffen und lud Holzkisten, in Stoff gewickelte Bündel und Kanister aus. Nachdem sie alles rausgeholt hatten, würden sie das Flugzeug wahrscheinlich mit dem Zeug beladen, das hier neben der Piste abgestellt war. Ob es sich um Drogen handelte? Möglich wäre es schon. Ein Schauer lief mir den Rücken und dann an den Beinen hinunter bis zu den Knöcheln.

Wir waren auf einem schmalen und langen gerodeten Streifen gelandet, der auf allen Seiten von Bäumen gesäumt war. Wesentlich mehr Bäume, als ich jemals zuvor gesehen hatte. Es war sehr schwül und ich war bereits durchgeschwitzt. Kein Wunder, dass die drei Jungen hier halb nackt herumliefen.

Ein weiteres *erstes Mal* für mich: die Selva. Ich hätte niemals zu träumen gewagt, dass es auf der Erde einen derartig *großen* Wald gab. Wirklich unglaublich. Vom Flugzeug aus hatte ich gesehen, dass er sich auf allen Seiten bis zum Horizont erstreckte. Mitten hindurch schlängelte sich der glitzernde Fluss.

Ich hörte den Onkel der Jungen brüllen: »Es ist mir egal, was du dem Kerl versprochen hast!«

Pedro redete weiter auf ihn ein und zeigte auf uns. Der Onkel schüttelte den Kopf. Pedro sagte wieder etwas. Der Onkel spuckte auf den Boden und schüttelte ihm schließlich die Hand.

Dann drehte er sich zu uns um. Ramirez, Fabio und Gió richteten sich blitzschnell auf, wie Soldaten. Laila und ich nahmen ebenfalls Haltung an, wenn auch nicht so reflexartig. Ich war nervös, denn mir war klar, dass dieser Mann soeben über unsere Zukunft entschieden hatte, und das war keine beruhigende Vorstellung.

»Also, ihr zwei«, sprach Pedro uns an. »Ich denke mal, dass wir uns geeinigt haben.«

»Wie es aussieht, schuldete mein Pilot eurem russischen Freund einen großen Gefallen … und ich will, dass er sein Wort hält.«

»Im Austausch für zwei Gratisflüge«, meinte Pedro seufzend. Er machte ein bedrücktes Gesicht.

»Drei. Drei Gratisflüge. Jeweils hin und zurück. Aber deine beiden Freunde müssen nicht sterben.«

»Wenn ihr Ladoga seht, könnt ihr ihm ausrichten, dass mich diese Sache ganz schön teuer zu stehen kommt. Er und ich sind jetzt quitt, ist das klar?«

Und wie das klar war. Ich war ehrlich gesagt ziemlich erleichtert.

»Du hattest ihm aber auch versprochen, uns dabei zu helfen, nach Iquitos zu kommen«, erinnerte Laila den Piloten.

Der Onkel starrte sie einen Augenblick lang an und bekam dann einen Lachanfall. »Hör dir nur das Mädchen an, Pedro«, sagt er. »Die hat dickere Eier als du. Aber ihr habt Glück, ich will euch schleunigst wieder loswerden. Meine drei Assistenten hier haben ein Boot. Sie bringen euch bis Nauta. Das ist eine kleine Stadt am Fluss Marañón, eine halbe Tagesreise von Iquitos entfernt. Von

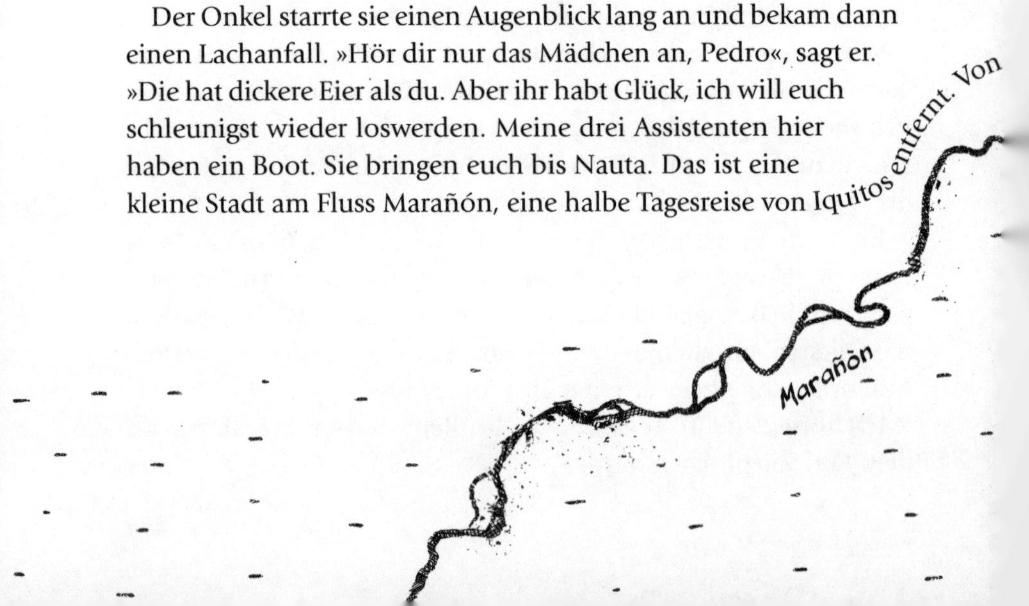

dort aus könnt ihr euch dann selbst durchschlagen.«

»Nein«, widersprach Laila. »Vereinbart war, dass wir bis nach Iquitos gebracht werden. Ich kann dafür bezahlen. In US-Dollar.«

Mit einer blitzschnellen Bewegung fasste ihr der Onkel ans Kinn. Ich wollte ihn daran hindern, doch Ramirez hielt mich an der Schulter fest.

»Pass auf, Kleine. Du bist mir sympathisch, aber übertreib es nicht. Ich bin nicht besonders geduldig.«

Laila reagierte nicht. Sie sah ihn einfach nur an.

Der Onkel ließ sie los. »So, das reicht, ich habe schon viel zu viel Zeit mit euch verschwendet. Ramirez! Sorg dafür, dass die beiden hier verschwinden.«

»Ja, Onkel. Wo … wo soll ich sie hinbringen?«

»Da, wo sie hinwollen, zum Teufel. Nimm Fabio und Gió mit und lass dich von dem Mädchen bezahlen.«

»Ja, Onkel, geht klar.«

»Denk daran, ihnen Säcke über die Köpfe zu ziehen, damit sie nicht die Straße zum Camp sehen. Wenn sie irgendetwas Komisches machen oder du misstrauisch wirst, dann wirf sie in den Fluss.«

»Ja, Onkel, wird gemacht.«

Der Mann wandte sich mir zu. Seine Augen sahen wie Glasmurmeln aus.

»In unserem Fluss zu landen kann unangenehm werden. Wegen der Fische, die darin herumschwimmen. Zum Beispiel die *Candirú*, schon mal davon gehört?«

Ich schüttelte den Kopf.

»Die Leute haben normalerweise Angst vor den gefräßigen Piranhas, dabei ist der *Candirú* viel schlimmer. Er ist winzig klein, und wenn du im Fluss badest, schlüpft er dir in den Schniedel. Er hat überall Stacheln. Und rausholen kann den Fisch nur ein Chirurg.«

Ich schluckte. Mehrmals.

»So, jetzt ab mit euch.«

Ich nickte Pedro zum Abschied zu und ging schweigend in Richtung Bäume. Mein Rücken hatte sich verkrampft und es war, als hätte ich einen Eisklumpen zwischen den Beinen.

»Stimmt das, was er über die *Candirú* erzählt hat?«, fragte El Rato.

»Vor den Zitteraalen habe ich mehr Angst«, meinte Gió, der jüngste der drei Brüder. »Wenn sie dich berühren, bekommst du einen total starken elektrischen Schlag ab und stirbst daran.«

»Das ist nicht wahr!«

»Doch!«

El Rato und die drei Brüder unterhielten sich, aber ich hörte kaum hin. Ich war noch nie in einem Urwald gewesen und ich muss zugeben, dass ich ihn mir anders vorgestellt hatte. Die Bäume standen so dicht, dass es am Waldboden dunkel war, ich konnte gerade noch etwas erkennen, aber nicht wirklich deutlich sehen.

Es war unerträglich schwül. In meinem Poncho war es mir viel zu warm, deshalb zog ich ihn aus und legte ihn quer über meine Teddytasche.

Mir fiel ein, dass ich nicht einmal ein T-Shirt zum Wechseln dabeihatte, ich stank und die nächste Dusche war mindestens eine Tagesreise entfernt.

»Kommst du wirklich aus Cusco?«, fragte mich Ramirez, der älteste der drei, der ungefähr mein Alter hatte.

»Nein, ich wohne in Lima. Davor war ich in Argentinien. Und eigentlich komme ich aus Finnland.«

»Ach. Wo ist das denn?«

»Ganz weit weg, so ziemlich auf der anderen Seite der Erde. Und ihr …« Ich sah zum Dschungel hinüber. »Lebt ihr gerne hier?«

Ramirez wirkte überrascht, als hätte er sich diese Frage noch nie gestellt. »Meistens ist es okay.« Er seufzte. »Außer wenn der Onkel sauer ist. Alle haben Angst vor ihm … Er ist jemand, dem es nichts ausmacht, Leute umzubringen. Du warst vorhin wahnsinnig mutig.«

»Nein«, entgegnete ich. »Das wirkt nur so, weil ich nichts zu verlieren habe.«

Tatsächlich hatte ich furchtbare Angst gehabt, als ich mit seinem Onkel gesprochen hatte, denn dieser grausame Mann hätte mich jederzeit erschießen können. Doch ich hatte mir in Aguas Calientes geschworen, niemals aufzugeben. Nur deshalb hatte ich mich zusammengerissen.

Ramirez und seine Brüder führten uns zwischen den Bäumen hindurch zu einem schlammigen kleinen See, an dem einige Holzbaracken standen. Am Ufer war ein Anleger, weiter hinten gab es ein Häuschen mit einer Veranda, unter deren Dach drei Hängematten hingen.

»Gió, geh und bereite das Boot vor. Fabio und Großohr, wir holen zusammen den Motor.«

»Nenn mich nicht Großohr …«

»Los, beweg dich.«

Die drei Jungen verschwanden in einer der Baracken, während der kleinste zum Ufer flitzte, um einen Einbaum an Land zu ziehen. Er war so lang, dass schätzungsweise zwölf Personen hineingepasst hätten. An den Seiten des Einbaums befand sich ein Gerüst, an dem ein Dach aus geflochtenen Palmwedeln angebracht war.

Gió sprang an Bord. Ich erschrak, weil mir jetzt erst auffiel, dass im Boot das Wasser mindestens zwei Handspannen hoch stand. In diesem Wasser schwamm ein alter Topf. Und tatsächlich begann der kleine Junge nun, mit dem Topf eilig das Wasser aus dem Einbaum zu schöpfen.

Kurz darauf kamen El Rato und die beiden anderen Brüder mit dem Außenbordmotor aus der Baracke und schleppten das schwere Ding zum Boot. Ramirez und Fabio befestigten ihn routiniert am Heck.

Fabio nahm dann auch im Heck Platz und klemmte sich die lange Stange, die als Steuer am Motor befestigt war, unter die Achsel.

»Hopp, steigt ein!«

Das waren die ersten Worte, die ich ihn sagen hörte.

Ich setzte mich auf eine der beiden in den Rand des Einbaums eingearbeiteten Bänke. El Rato ließ sich neben mir nieder, während Ramirez den Topf übernahm und das letzte Wasser ausschöpfte.

Er löste das Tau, mit dem das Boot an einer Palme angebunden war. Fabio zog an der Anlasserschnur und mit ohrenbetäubendem Dröhnen sprang der Motor an.

Fabio fuhr eine enge Wende und nahm Kurs auf einen schmalen Fluss, der auf der gegenüberliegenden Seite in den See mündete.

»Gestern war hier alles voller Boote«, erklärte mir Gió, der furchtbar laut schreien musste, um den Motorenlärm zu übertönen. »Sie kommen aus Yurimaguas. Sie bringen die Ware vom Onkel ins Naturschutzgebiet, das da anfängt, wo wir jetzt sind.«

»Ein Naturschutzgebiet?«

»Ja, deshalb lungert hier auch niemand herum. Der Onkel lässt dann die Ware in Pedros Flugzeug laden …«

Ramirez verpasste ihm eine Kopfnuss. »Hörst du auf, über unsere Angelegenheiten zu quatschen? Und setz ihr diesen Sack auf. Du weißt, was der Onkel gesagt hat: Sie dürfen nicht sehen, wohin wir fahren.«

Er hielt zwei dreckige Säcke hoch, doch ich wusste sofort, dass ich mir nach meinen Erlebnissen in Cusco nie wieder einen Sack über den Kopf ziehen lassen würde. Schon gar nicht einen, der so eklig war.

»Machen wir doch Folgendes«, schlug ich vor. »Wir beide, mein Freund und ich, sind sehr müde. Wir könnten uns mit dem Gesicht nach unten auf die Bänke legen. Vielleicht schlafen wir sogar ein bisschen, auf jeden Fall aber sehen wir dann nur den Boden des Boots. Und wir heben den Kopf erst, wenn ihr uns dazu die Erlaubnis gebt. Wie fändet ihr das?«

»Ich weiß nicht«, meinte Ramirez. »Befehl ist Befehl …«

»Ach, komm«, widersprach Fabio. »Das ist doch dasselbe.«

Ich lächelte ihn dankbar an und er lächelte zurück.

El Rato legte sich bäuchlings auf die Bank, ich tat es ihm nach und blieb dann so liegen. Der Motorenlärm dröhnte in meinem Kopf und der Einbaum schaukelte bei jeder Wendung.

Irgendwann schlief ich ein und wachte erst auf, als eine kleine Hand sacht meine Wange berührte.

»Ramirez sagt, du darfst dich jetzt wieder aufsetzen. Wir sind fast schon in Nauta.«

Benommen richtete ich mich auf. Mein Rücken tat mir weh und an den Armen hatte ich Abdrücke vom Bankrand.

»Oh«, sagte ich.

Wir fuhren mit dem Einbaum auf der Mitte eines riesigen Flusses. Er war so
erkennen, in welche Richtung er eigentlich floss. An den Ufern wuchs üppiger
Boot glitt langsam durch gleißendes Blau und Grün. Durch farbiges Licht.

breit, dass die Ufer weit entfernt waren, und so träge, dass es mir schwer fiel zu
Dschungel und das Wasser schimmerte im Sonnenlicht wie flüssiges Quecksilber. Das

»Das ist also der Amazonas?«, fragte ich.

»Nein, wir sind auf dem Río Marañón«, antwortete Gió grinsend, weil ich etwas so Selbstverständliches nicht wusste. »Der Amazonas fängt weiter vorn an, wo sich dieser Fluss hier mit dem Ucayali verbindet.«

»Dann ist der Amazonas noch breiter?«

Anstatt zu antworten lachte er nur.

Ramirez lief durch den Einbaum zu mir. »Bald sind wir in Nauta, das liegt an dem Ufer da«, überschrie er den Motorenlärm.

»Aber wir fahren doch bis Iquitos, oder?«

»Ja, wenn du willst. Deswegen habe ich dich wecken lassen. Um dich das zu fragen.«

El Rato lag noch auf der Bank, sein einer Arm hing im abgestandenen Wasser auf dem Bootsboden. Er machte ein derart komisches Gesicht, dass ich grinsen musste.

»Ja, auf jeden Fall«, antwortete ich.

»Von hier bis Iquitos ist es eine lange Fahrt, mindestens sieben Stunden. Aber wir könnten in Nauta haltmachen und uns etwas zu essen kaufen.«

»Einverstanden.«

»FABIO!«, rief Ramirez laut. »NAUTA!«

Unser Steuermann machte eine Wende. Am Ufer waren neben den endlosen Baumreihen nun gelegentlich bunt angestrichene Holzhäuschen mit Wellblechdächern zu sehen, vor denen Einbäume lagen. Hier und da tauchte aus den Hängematten, die an den Veranden aufgespannt waren, ein Kopf auf.

Links beschrieb der Fluss einen Bogen, der eine kleine Bucht bildete. Hier waren die Häuser zahlreicher und es gab alte Kähne, Anleger und Stege, auf denen Leute mit Einkaufstaschen und Kisten unterwegs waren.

Ramirez stellte sich in den Bug und erteilte seinem Bruder Anweisungen, zeigte mal nach rechts und mal nach links und lotste ihn auf diese Weise durch den kleinen Hafen.

Nachdem wir angelegt hatten, übergab ich ihm ein paar Geldscheine.

»Geh du einkaufen«, sagte ich. »Bei dir geht es schneller. Ich möchte so bald wie möglich weiterfahren.«

»Was willst du haben? Obst? Chips?«

»Beides. Und auch etwas zu trinken.«

Ramirez sprang auf den Anlegesteg und verschwand zwischen Marktständen. Nach einer ganzen Weile kehrte er zurück und zeigte mir, was er erstanden hatte: Karamellkekse, Kartoffelchips, frittierte Kochbananenscheiben, geröstete Maiskolben, Maracuja- und Papayasaft und vier Bananen mit schwarz gefleckter Schale.

»Ist das okay so?«

»Ja, prima. Lass uns El Rato wecken, dann frühstücken wir.«

Wie auf ein Stichwort wachte dieser von selbst auf. »Frühstück?«

Wir teilten die Kekse, die Bananen und die Chips unter uns auf und tranken dazu den Saft. Ich brachte Fabio seinen Anteil. Er hatte sich Watte in die Ohren gestopft, um sie vor dem Motorenlärm zu schützen.

»Wozu wollt ihr überhaupt nach Iquitos?«, erkundigte sich Ramirez beim Essen.

»Das ist eine lange Geschichte.«

»Ja? Na, dann erzähl mal!«

Ich hatte keine Lust, ihm alles zu erklären. Vor allem nicht, dass ich krank war. Dass El Rato ein Haus suchte. Und dass wir weggelaufen waren und Hinweisen aus einem vierzig Jahre alten Tagebuch folgten.

»Ein andermal.«

»Okay, wie du willst. Ist ja nicht wichtig«, sagte er, doch ich merkte, dass es ihm sehr wohl wichtig gewesen wäre. »Kannst du mir wenigstens sagen, was du in Iquitos vorhast?«

»Ich muss jemanden finden.«

»Und er?« Ramirez zeigte auf El Rato.

»Er begleitet mich.«

»Ist er dein fester Freund?«

»Ja«, antwortete El Rato.

»Nein«, antwortete ich.

Ich errötete bis unter die Haarwurzeln. Wie viele Tage waren vergangen, seit wir uns in Aguas Calientes geküsst hatten? Ich hatte sie nicht gezählt. Es kam mir vor, als sei es in einem anderen Leben gewesen.

»Und wo wohnt dieser Jemand, den ihr in Iquitos treffen wollt?«, hakte Ramirez nach.

»Auf dem Markt von Belén.«

»Hm … Wenn das so ist, werden wir zu spät kommen, fürchte ich. Auf dem Markt ist morgens sehr viel los, so gegen sechs oder sieben Uhr, wenn die Leute aus der Selva kommen, um ihre Sachen zu verkaufen. Doch dann gehen alle wieder. Bis wir dort sind, werden viele Stände schon geschlossen sein.«

El Rato und ich schauten einander an: Wir folgten einer sehr schwachen Spur. Im Grunde wussten wir nur, dass Doktor Clarke überzeugt davon gewesen war, dass die Leute aus dem Dorf K. ihre Waren auf dem Markt von Belén verkauften. Doch seit damals war viel Zeit vergangen. Vielleicht gab es dieses Dorf inzwischen gar nicht mehr, vielleicht waren seine Bewohner längst irgendwo anders hingezogen.

Offen gestanden machte mir die Vorstellung, den gesuchten Mann in Iquitos nicht zu finden, große Sorgen. Andererseits hatte mich der Lichtstrahl, der mich zu leiten schien, bisher nie im Stich gelassen. Ich musste weiterhin Vertrauen haben.

»Das macht nichts«, sagte ich. »Lasst uns erst mal dort ankommen, dann sehen wir weiter.«

»Wo werdet ihr übernachten?«

»Wir finden schon was«, erwiderte ich.

»Wart ihr schon jemals in Belén?«

»Nein.«

»Es ist ein seltsamer Ort«, erklärte Ramirez. »Zum einen weil er auf dem Wasser erbaut ist. Die Häuser stehen auf Pfählen oder auf großen Flößen. Wenn der Fluss in der Regenzeit viel Wasser führt, schwimmen sie auf ihm. Jetzt dagegen, in der Trockenzeit, führt der Fluss wenig Wasser und die Flöße liegen im Schlamm. Ihr müsst euch in Belén sehr in Acht nehmen, weil es ein gefährliches Viertel voller Verbrecher ist.«

Beinahe hätte ich laut gelacht: Der Neffe eines Drogendealers warnte mich vor Kriminellen!

»Ein Teil des Markts findet unten am Fluss statt, die andere Hälfte oben, an der Straße. Bleibt nach Möglichkeit lieber oben, das ist sicherer.«

Fabio rief nach seinem Bruder, damit der ihn am Steuer ablöste und er zu uns kommen konnte. Ich hatte gedacht, er wollte sich mit mir unterhalten, doch stattdessen fing er an, mit El Rato rumzualbern.

Die beiden lachten ausgelassen.

Ich entspannte mich und betrachtete die Landschaft. Dann holte ich den Walkman raus und nahm das Dröhnen des Außenbordmotors auf.

Wir fuhren immer weiter.

PEKEPEKEPEKEPEKEPEKEPEKEPEKEPEKEPEKEPEKEPEKEPEKEPEKEPE

KEPEKEPEKEPEKEPEKEPEKEPEKEKE

Der Motor sang unaufhörlich sein überlautes Wiegenlied vor sich hin. Mir taten davon die Ohren weh. Der Tunnel aus Bäumen, in dem wir die letzten Stunden verbracht hatten, öffnete sich überraschend und der Fluss wurde vier- oder fünfmal breiter.

»Jetzt sind wir auf dem Amazonas«, rief Fabio, bevor er weiter an seinen mit Insektenstichen übersäten Beinen herumkratzte.

»Das ist der längste Fluss der Welt«, verkündete Laila. »Er fließt quer durch den Kontinent zur Ostküste Südamerikas und mündet dort in den Ozean.«

Der Ozean! Ob er noch größer als dieser riesige Fluss war? Ich hoffte, dass ich ihn eines Tages sehen würde.

Der Einbaum fuhr am Ufer entlang. Ich sah Vögel, die über Palmen hinwegflogen, Lianen, die bis zum Wasser hinunterwuchsen, und Myriaden von Pflanzen, deren Namen ich nicht kannte.

»Also«, sagte ich zu Fabio. »Warum lebt ihr eigentlich bei eurem Onkel in dem Camp?«

Er verzog das Gesicht. »Unsere Eltern sind tot. Das heißt, Mama ist gestorben. Vor drei Jahren. Was mit unserem Vater ist, weiß ich nicht, ich habe ihn nie gesehen. Und das ist auch schon alles. Mama hat für den Onkel gearbeitet und jetzt arbeiten eben wir für ihn.«

»Und was macht ihr da so?«

»Na ja, so das Übliche. Wir passen auf. Wir geben Alarm, wenn irgendwas komisch ist. Ab und zu fahren wir mit dem Boot nach Nauta und erledigen was. Solche Sachen halt.«

»Macht es Spaß, das Boot zu steuern?«

Fabio grinste. »Magst du es mal probieren?«

Natürlich wollte ich das, und so balancierten wir nach hinten zu Ramirez, um ihn zu fragen, ob er mich ein Weilchen das Boot steuern ließ.

»Auf gar keinen Fall.«

»Warum denn?«, fragte ich. »Man braucht doch nur diese Stange gerade zu halten, die du dir da unter den Arm geklemmt hast. Das kann doch nicht so schwierig sein.«

»Ist es aber. Man muss aufpassen, weil im Fluss alles Mögliche herumschwimmt, Baumstämme und anderes Zeug. Wir könnten dagegenkrachen. Außerdem kann man sich hier leicht verirren. Schnappt euch lieber den Topf zum Wasserschöpfen. Es ist schon wieder ziemlich viel eingedrungen und das Gewicht verlangsamt die Fahrt.«

Zwar hatte ich überhaupt keine Lust, von Señor Spaßbremse Befehle entgegenzunehmen, aber es war wohl besser, ihm zu gehorchen. Beim Schöpfen betrachtete ich die Umgebung und musste feststellen, dass Ramirez recht hatte: Ständig teilte sich der Fluss in Nebenarme auf, floss um kleine Inseln herum, ging an den Uferseiten in Sümpfe über. Wir hätten schnell irgendwo im Nirgendwo landen können.

Laila hielt ihren Walkman gerade Gió hin. Der kleine Junge sang ein Lied ins Mikrofon, dann spulte Laila zurück und Gió hörte sich die Aufnahme mit dem Kopfhörer an. Keine Ahnung, was er da hörte, eigentlich wurden alle Geräusche vom Dröhnen des Außenbordmotors übertönt.

Ja, ich war gereizt. Nein, eigentlich war ich richtiggehend wütend auf Laila, denn als Ramirez sie gefragt hatte, ob ich ihr fester Freund sei, hatte sie mit Nein geantwortet. Ich dagegen fand, dass ich das war. Weshalb hätte sie mich sonst geküsst? Aber warum hatte ich danach nie wieder einen Kuss von ihr bekommen?

Fabio wechselte seinen großen Bruder am Motor ab, und weil ich keine Lust hatte, mich mit Ramirez zu unterhalten, legte ich mich auf die Bank und schlief ein.

Als ich aufwachte, fuhr der Einbaum durch eine Art Lagune. Auf der einen Seite war Schilf, auf der anderen eine Stadt. Bereits aus dieser Entfernung konnte man erkennen, dass die Gebäude keine einfachen Hütten, sondern richtige Häuser aus Holz und Ziegelsteinen waren, so wie die Häuser in Lima oder Cusco.

Laila kam zu mir herüber. »Endlich bist du wach, du hast lange geschlafen.« Sie zeigte auf die Häuser. »Wir sind gleich in Iquitos.«

Bevor wir am Anlegesteg ankamen, verlangte Ramirez sein Geld.

Ich zog meinen linken Schuh aus, in dem ich die Hälfte meiner Ersparnisse versteckt hatte, und merkte, dass nicht mehr allzu viel übrig war. Ich reichte ihm, was ich ihm schuldete, und er verstaute das Geld in der Tasche seiner Shorts.

»Kehrt ihr gleich wieder um?«

»Ach, wenn wir schon mal hier sind, können wir auch eine Runde in der Stadt drehen. Ich glaube nicht, dass der Onkel uns vor morgen zurückerwartet.«

Ich hatte gehofft, dass er das sagen würde.

»Was haltet ihr davon, wenn ihr uns nach Belén begleitet?«

»Was?«, rief El Rato. »Warum sollen sie denn mitkommen?«

»Weil sie die Stadt und den Markt kennen. Sie könnten uns helfen. Ich würde euch auch etwas mehr Geld geben.«

Ramirez schenkte mir ein eiskaltes Lächeln. »In Ordnung.«

Wir bereiteten das Gepäck für den Landgang vor. Ich packte den Rest des Proviants in meine Tasche und El Rato stopfte meinen Poncho und seinen Wollpulli in den Rucksack. Dann banden wir das Boot an einem schief aus dem Wasser ragenden Pfosten an.

Gió zeigte mir, wie ich am besten über die Stege lief, ohne ins Wasser zu fallen.

Es war drei Uhr nachmittags und es herrschte eine unangenehme, drückende Hitze. Von dem Gestank des stehenden Wassers wurde mir schlecht.

»Habt ihr keine Angst, dass euer Einbaum geklaut wird?«, fragte El Rato.

Gió grinste. »Der gehört dem Onkel. Niemand würde ein Boot des Onkels stehlen.«

Der Hafen war voller Boote, die wir unseres aussahen. Inzwischen wusste ich, dass man sie *Pekepeke* nannte, doch gab es hier auch wesentlich größere Boote: aus Brasilien stammende Fähren, Motorboote, Flussjachten und Touristenschiffe.

Wir quetschten uns durch die Menge und gelangten zu einer geteerten Straße.

»LAILA! PASS AUF!«

El Rato umfasste meine Taille und warf mich zu Boden. Ich stürzte und er landete auf mir. Ein roter Blitz schoss knapp an meinem Gesicht vorbei. Hupend raste der Blitz davon und ließ uns in einer Abgaswolke zurück.

»Der hat dich beinahe überfahren!«

»Was … was war das?«, stammelte ich erschrocken.

Die Straße war voller Motorradrikschas. Sie bestanden aus einem Motorrad, auf dem der Fahrer saß, und einem angehängten Wägelchen für die Fahrgäste. Eines dieser Dinger hätte mich eben beinahe umgebracht.

»Das sind Mototaxis«, erklärte Gió. »Alle lassen sich damit herumfahren. Das macht total Spaß!«

Also stiegen El Rato und ich in eine dieser Rikschas ein.

»Bring sie zum Markt von Belén«, rief Ramirez dem Fahrer zu. »Wir folgen mit dem nächsten Mototaxi.«

Der Fahrer legte den Gang ein und wir fuhren los. Es war noch früher Nachmittag und beim Fahren klatschte uns die glühend heiße Luft ins Gesicht.

»Mein erstes Mal auf einer Motorradrikscha!«, rief El Rato. »Und es ist fantastisch! Diese Dinger sind wirklich super!«

Er lachte und ich lachte auch, obwohl ich heftiges Herzklopfen hatte. Vorhin wäre ich beinahe überfahren worden, wenn El Rato nicht eingegriffen hätte.

Tatsache war, dass ich die Motorradrikscha, die auf mich zugefahren war, nicht gesehen hatte. Ich hatte nach vorne geschaut und das von der Seite kommende Motorrad nicht wahrgenommen. Keine Ahnung, ob El Rato begriffen hatte, dass meine Augen daran schuld gewesen waren.

Ich sah mittlerweile wesentlich schlechter.

Langsam drehte ich den Kopf von einer Seite auf die andere und tat so, als bewundere ich das Panorama, während ich in Wahrheit herauszufinden versuchte, wie meine Augen funktionierten.

In der Mitte konnte ich perfekt sehen: eine geschäftige tropische Stadt voller Menschen und mit vielen Plätzen. Doch wenn sich etwas nicht direkt vor meiner Nase befand, sah ich es nicht. So, als ob mir ein Fernglas auf die Augen geklebt worden wäre.

»Halte durch, Laila«, sagte ich lautlos zu mir. »Jetzt bist du fast am Ziel und alles wird wieder gut.«

Die Motorradrikscha bog in eine Straße am Fluss ein. Ich wandte den Kopf und sah auf der einen Seite eine lange Promenade, auf der anderen eine Reihe von Häusern im Kolonialstil.

Die Straße führte uns in ein wesentlich ärmeres Viertel. Zwischen den Häusern waren Plastikplanen aufgespannt worden, die Schatten spendeten. Bald tauchten einfache Marktstände aus Holz auf und auf dem Boden liegende Matten voller Waren. Die Verkäufer hockten daneben.

»Das ist der Markt von Belén«, verkündete der Fahrer. »Ist es okay, wenn ich hier anhalte?«

Ich bezahlte die Fahrt und wartete auf die zweite Motorradrikscha, die gleich darauf eintraf. Gemeinsam mit Ramirez und seinen beiden Brüdern gingen wir los, unter den aufgespannten Plastikplanen hindurch, unter denen sich unglaublich heiße Luft aufgestaut hatte. Ein süßlicher Geruch nach Fleisch, Fisch und Früchten, die allesamt schon zu lange in dieser Hitze herumlagen, schlug uns entgegen.

Der Markt erstreckte sich über das gesamte Viertel. Hunderte von Ständen, an denen so ziemlich alles verkauft wurde: Kleidung, Küchenutensilien, Nahrungsmittel. Hier gab es Gemüsesorten und Früchte, die ich in meinem ganzen Leben noch nie gesehen hatte. Große ausgenommene Fische, Aale, in Stücke gehackte Schildkröten. Tote Hühner und zu blutroten Haufen aufgeschichtete Urwaldtiere, an Haken hängende Affen, die wie kleine Leichen aussahen.

So viel Tod um uns herum. Ein herzzerreißender Anblick. Überall in den Straßen lag Müll, ein Hund pinkelte an eine Hauswand. Der Gestank war so schlimm, dass das Atmen Überwindung kostete. Ich taumelte und musste mich an El Rato festhalten, um nicht zu stürzen.

»Laila, geht es dir gut?« El Rato nahm mich bei der Hand. »Du bist furchtbar blass.«

»Ja, ist gleich wieder besser.«

Die drei Brüder hingegen schienen sich richtig wohlzufühlen.

»Also«, sagte Ramirez, »ihr tut ja immer sehr geheimnisvoll, aber wenn wir euch helfen sollen, müsst ihr uns schon mehr erzählen. Wen sollen wir denn hier in Belén treffen?«

Gute Frage.

»Wir suchen einen Schamanen«, erklärte El Rato selbstsicher. »Er kommt aus dem Dorf K.«

Ramirez kratzte sich an der Wange.

»Was ist?«, fragte El Rato.

»Nichts. Ich bin nur überrascht. Ich meine, ich wundere mich, dass zwei wie ihr … also, zwei aus Lima … dass ihr hierherkommt, um … Was soll an diesem Schamanen denn so besonders sein?«

»Ist er sehr mächtig?«, wollte Gió wissen. »Kann er zaubern?«

»Ich hoffe ja«, erwiderte ich. »Wir haben die weite Reise hierher nur wegen ihm gemacht.«

»Er muss eine wichtige Persönlichkeit sein«, überlegte Ramirez.

»Davon gehen wir aus. Hast du noch nie von ihm gehört? Vom Schamanen von K.?«

»Nein, noch nie. Was soll das überhaupt für ein Ort sein, *Ka*?«

»Das wissen wir nicht. Vermutlich ist es der Anfangsbuchstabe des eigentlichen Dorfnamens. Seid ihr ganz sicher, dass euch das nichts sagt?«

Ramirez schüttelte den Kopf.

Fabio aber meinte: »Normalerweise halten die Schamanen sich alle am *Pasaje Paquito* auf.«

»Ja, stimmt!«, bestätigte sein älterer Bruder.

»Was ist das *Pasaje Paquito*?«

»Etwas, das hier ganz in der Nähe ist.«

Kurz darauf begriff ich, dass es sich um eine Gasse im Zentrum des Markts handelte, in der an Ständen Zaubertränke und Heilkräuter angeboten wurden, sowie Zigaretten aus heiligem Tabak, Flaschen in allen Größen und Farben und Tausende von Behältern mit Pulvern und zerstoßenen getrockneten Kräutern.

Die Verkäufer riefen den Passanten laut entgegen:

»Señorita! Hier die einzigartige Katzenkrallen-Liane, die vor allen Krankheiten schützt!«

»Schlangenhäute! Affenköpfe!«

»*Achiote*-Samen für Gewürzmischungen! Ganz frisch, gerade gepflückt!«

»*Agua florida*! Echtes Kräuterwasser für magische Rituale!«

»Drachenblut-Elixier! *Para-para*!«

»Liebestränke! Elixier der sieben Wurzeln!«

Eine füllige junge Frau zeigte mit dem Finger auf den vorbeigehenden El Rato. »Junger Mann! Was suchst du? Ich habe alles, Tränke und Elixiere. Die Zutaten habe ich heute Morgen frisch in der Selva gepflückt …«

»Also, ich … äh …«, stammelte El Rato.

»Wir suchen nach der verschollenen Blume des Schamanen von K.«, schaltete ich mich ein. »Haben Sie die zufällig auch?«

Die Frau schenkte mir ein breites Lächeln. »Aber sicher! Ich habe furchtbar viele Blumen, Señorita. Und Früchte aus dem Dschungel. Außerdem fermentierte und in Flaschen abgefüllte Extrakte aus Wurzeln …«

»Ja, ja, aber haben Sie auch die verschollene Blume von K.?«

»Wo soll denn dieses Ka sein? Ich habe so viele Blumen … Und auch Kakteen, Lianen …«

Ich schüttelte den Kopf und ging zum nächsten Stand. Der Verkäufer war ein großer dicker Mann in einem hellblauen T-Shirt.

Der kleine Gió rief: »Ich wette, dass nicht einmal du die verschollene Blume von K. hast!«

Der Mann zeigte auf die Flaschen in seinem Stand.

»Ich habe diese hier«, sagte er. »Lauter gute Heiltränke, die ich selbst herstelle.«

»Dürfen wir sie uns mal anschauen?«

Wir lasen die Etiketten und er schien so ziemlich alles zu haben, mit Ausnahme der Blume, die wir suchten.

»Haben Sie jemals von einem Dorf gehört, das Ka heißt? Oder aber mit dem Buchstaben K anfängt? In der Selva hier in der Nähe?«

Der Mann zuckte mit den Schultern.

Wir wiederholten das Ganze am folgenden Stand, dann an dem daneben und so weiter, die gesamte *Pasaja Paquito* entlang. Manche Verkäufer waren freundlich, andere weniger, aber alle wirkten erschöpft, denn sie waren schon seit dem frühen Morgen auf dem Markt.

Keiner konnte uns weiterhelfen.

»Ich glaube, diesen Schamanen gibt es gar nicht«, meinte schließlich Ramirez. »Oder er wohnt nicht mehr hier. Wir sollten jetzt zurückgehen, es wird bald dunkel …«

»Ja, klar, geht nur«, erwiderte El Rato genervt. »Wir brauchen euch nicht.«

»Wartet mal«, sagte ich. »Ihr habt erzählt, Belén würde aus Häusern bestehen, die auf Pfählen im Wasser stehen. Aber hier ist alles ganz normal, die Häuser sind aus Ziegelsteinen.«

»Die Häuser auf Pfählen sind unten. Wenn ihr wollt, bringe ich euch dahin, aber …«

»Ja, bitte«, flehte ich ihn an.

»Ja, bitte«, unterstützte Gió mich.

»Okay.« Ramirez gab nach. »Aber halt deine Tasche gut fest. Ich habe es euch schon mal gesagt: Belén ist ein gefährlicher Ort.«

Die drei Brüder lotsten uns quer durch den Markt zu einer Steintreppe, die zum Fluss hinunterführte.

Von den obersten Stufen aus hatte man einen weiten Ausblick auf das schwimmende Belén: ein über dem Wasser erbauter, zum Teil sogar auf dem Wasser treibender Slum aus Holz und rostigem Eisen, Plastik und Wellblech. Manche Häuschen standen auf dünnen Pfählen, andere auf Kähnen, sodass sie tatsächlich auf dem Wasser schwammen. Ein wirres System von Treppchen, Leitern und Stegen ermöglichte es, sich von einem Haus zum anderen zu bewegen. Auf dem Wasser waren Boote unterwegs, dazwischen badeten Kinder oder saßen in Plastikwannen und ruderten mit den Händen auf dem Fluss herum.

Es war total überfüllt, farbenfroh, bitterarm, wirr, beängstigend und faszinierend zugleich.

»Äh, Laila«, meinte El Rato unsicher, »willst du wirklich da runtergehen?«

»Aber klar«, antwortete ich und stieg die Stufen hinab.

Ich wagte mich in das Maul eines Krokodils.

Und es war ein hungriges und gefährliches Krokodil. Nur dass ich das in

diesem Augenblick natürlich noch nicht wusste.

»Guten Tag, Señores und Señorita, willkommen in Belén! Ihr seid nicht von hier, oder?«

»Woher wissen Sie das?«, fragte ich.

»Weil Pepito Grau, also meine Wenigkeit, alle kennt, die von hier sind! Und euch kenne ich nicht, ha, ha! Die drei jungen Männer dagegen kommen aus der Gegend. Leute vom Fluss, oder?«

Ramirez, Fabio und Gió nickten.

»Während du aus den Bergen bist, und die Señorita … sie ist eine Europäerin! Ha, ha, ja, ja, Pepito Grau hat scharfe Augen!«

Der Mann saß auf der untersten Stufe der Treppe und sprang auf, als wir näher kamen. Er war kaum größer als ich, dunkelhäutig und barfuß und hatte keinen einzigen Zahn mehr im Mund.

»Was führt euch nach Belén? Tourismus? Sucht ihr jemanden? Einen Freund?«

»Mehr oder weniger«, sagte ich leise. Und warf Laila einen Blick zu.

»Worum geht es? Ich kenne alle, ich könnte euch helfen.«

»Wir wissen nicht, wie er heißt. Er ist ein sehr mächtiger Schamane und kommt aus dem Dorf K.«

»Hm«, meinte Pepito. »Das klingt schwierig … Ich habe schon mal von dem Dorf gehört, aber seit Langem hat es niemand mehr erwähnt. Seid ihr sicher, dass diese Person immer noch in Belén wohnt?«

»Nein«, gab Laila zu. »Es geht um etwas, das schon viele Jahre her ist. Wir wollen herausfinden, was aus dem Schamanen geworden ist.«

Der Mann schenkte ihr ein zahnloses Lächeln. »Du bist diejenige, die hier den Ton angibt, Señorita, nicht wahr? Das habe ich sofort gesehen. Und du interessierst dich für die großen Geheimnisse … Für Schamanen, Zauberer und Hexer. Aber du musst aufpassen: Die *brujos*, die Hexer, sind gruselige Leute. Und es sind viele Betrüger darunter. Doch ich kenne einen echten Schamanen. Wenn ihr wollt, könnt ihr seine Bekanntschaft machen. Er ist sehr, sehr gut. Er kann eure Feinde verfluchen, Liebestränke zubereiten. Einmal soll er sogar einen Toten wieder zum Leben erweckt haben, hat man mir erzählt. Er wohnt hier ganz in der Nähe …«

»Nein, nein«, lehnte Laila ab. »Wir suchen den Schamanen von K., und nur ihn.«

»Hm …«, machte Pepito. »Hm …«

»Gut«, versuchte ich die Sache abzuschließen. Ich hätte nicht sagen können, warum, aber ich mochte diesen Mann nicht. »Trotzdem danke.«

Er hielt uns auf. »Wartet, nicht so eilig. Eure Suche ist sehr schwierig. Den Mann, den ihr meint, kenne ich nicht … doch ich weiß, wer euch weiterhelfen könnte. Ein Freund von mir, der hier in Belén wohnt. Er ist sehr alt und weiß alles. Kommt, ich bringe euch zu ihm.«

Ein weiteres zahnloses Lächeln. Keiner von uns rührte sich.

»Traut ihr mir nicht? Es stimmt schon, in Belén muss man stets auf der Hut sein. Aber solange ihr mit mir zusammen seid, kann euch nichts passieren. Darauf gebe ich euch mein Wort. Kommt, lasst uns gehen.«

Er breitete die Arme aus und schritt auf den nächstgelegenen Steg zu.

Laila folgte ihm, und wir Übrigen schlossen uns ihnen an.

Wir stiegen auf einer Sprossenleiter zum Wasser hinunter. Die Sonne brannte immer noch heiß. Kinder badeten in dem Fluss, der noch viel brutaler stank als vorhin der Markt.

Ramirez, der hinter mir ging, legte mir die Hand auf die Schulter und flüsterte mir ins Ohr: »Hör mal … Mir gefällt dieser Pepito nicht besonders.«

Erstaunlicherweise war ich mit ihm einer Meinung.

»Folgen wir ihm, vielleicht irre ich mich und er kann uns wirklich helfen. Aber wenn er uns dazu bringen will, in ein Haus reinzugehen, dann bleiben wir beide draußen, denn wir sind die Ältesten und Stärksten.«

»Und dann?«

»Weiß nicht. Warten wir mal ab, was passiert, okay?«

»Okay«, antwortete ich leise.

Pepito stellte im Gehen jede Menge Fragen. Wir überquerten einen weiteren Steg und stiegen eine zwei oder drei Meter hohe Treppe hinauf, die auf die Veranda eines Pfahlhauses führte.

Das Haus war ein einfacher, aus Brettern gezimmerter, fensterloser Kasten mit Schilfdach. Anstelle einer Tür gab es nur ein Loch in der Wand.

»Hier ist es«, verkündete Pepito. »Geht einfach rein.«

Ramirez und ich wechselten einen Blick. Wir ließen Laila, Fabio und Gió an uns vorbei und blieben vor der Türöffnung stehen.

Leider tat Pepito dasselbe.

»Los, geht nur rein«, forderte er uns lächelnd auf.

Unsicher schaute ich in das Haus hinein und blinzelte, um meine Augen an das darin herrschende Halbdunkel zu gewöhnen. Ich sah einen leeren Raum und zwei Männer, die auf einer alten Matratze hockten und nun aufstanden. Ihre Gesichter machten mir Angst. Der eine hatte ein Messer in der Hand.

Ich schrie:

»VORSICHT, FALLE!«

Pepito packte mich von hinten und versuchte, mich ins Innere des Hauses zu schieben, doch ich entwand mich seinem Griff und trat ihm mit meinem Wanderstiefel auf den nackten Fuß. Er brüllte vor Schmerz.

Die beiden Typen stürzten auf uns zu.

»LEUTE!«, rief Ramirez. »SCHNELL WEG HIER!«

Fabio und Gió flitzten auf den Ausgang zu, während Laila wie erstarrt stehen blieb, wahrscheinlich weil sie in dem dunklen Raum so gut wie blind war.

Also lief ich zu ihr.

Einer der Männer hielt sie bereits an den Schultern fest und schüttelte sie.

»Du bist die, die das Geld hat, was? Wo ist es?«

Mit gesenktem Kopf rannte ich auf ihn zu und rammte ihm mit voller Wucht meinen Schädel in den Magen.

Der Typ war ungefähr doppelt so groß wie ich, doch mit diesem Angriff hatte er nicht gerechnet. Er flog rücklings zu Boden.

»El Rato …«

»Schnell, raus hier!«

Der Mann mit dem Messer kam hinter uns her und hätte mich wohl in Scheibchen geschnitten, wenn nicht plötzlich etwas durch den Raum geflogen wäre und ihn mitten ins Gesicht getroffen hätte.

Ich drehte mich um: Fabio hatte einen seiner Plastikschlappen geworfen!

Ich ergriff Lailas Arm und mit zwei Sprüngen waren wir aus dem Haus raus. Ramirez und Pepito rollten ineinander verschlungen auf der Veranda herum. Ich lief schnell zu ihnen und trat nach Pepitos Nase. Weil er gegen Ramirez kämpfte, konnte er mich nicht abwehren. Mit einem Schmerzensschrei ließ er Ramirez los und ich half dem Jungen rasch auf die Beine.

Ich wollte ihn gerade fragen, wo wir jetzt hinsollten, doch ich ließ es bleiben.

Die Frage hatte sich erübrigt. Wir konnten nirgendwo mehr hin.

Sie hatten uns umzingelt.

In der nächsten Sekunde würden sie sich auf uns stürzen, sie würden uns gefangen nehmen und wir wären ihnen hilflos ausgeliefert.

Deshalb fasste ich blitzschnell einen Entschluss.

Ich nahm Lailas Hand.

Zog sie hinter mir her zum Rand der Veranda.

Wir hielten die Luft an.

Und sprangen in das stinkende Wasser.

Ein Sprung in die

T
I
E
E
E
E
E
E
E

…der nur einen Augenblick dauerte.

Laila und ich tauchten in das stinkende dunkle Wasser ein.

Ein einziger Gedanke pulsierte in meinem Kopf: Oh Gott nicht schlucken ich flehe dich an nicht schlucken oh Gott nicht dieses Wasser schlucken bitte nicht.

In meinem Rucksack waren mein Pulli und der Poncho. Die Stoffsachen saugten sich sofort mit Wasser voll und wurden bleischwer. Sie zogen mich nach unten und ich schlug mit dem Hintern auf dem Grund des Flusses auf.

Während ich noch kämpfte, um den verdammten Rucksack loszuwerden, fiel mir ein, dass ich gar nicht schwimmen konnte. Ich bekam Panik und strampelte wie wild mit den Beinen. Die Wanderschuhe hatten sich inzwischen ebenfalls mit Wasser vollgesaugt und waren schwer wie Steine, doch ich gab nicht auf. Irgendwie gelang es mir, zur Oberfläche aufzusteigen und den Kopf aus dem Wasser zu strecken.

Endlich konnte ich wieder atmen.

Und ich glaube auch, dass ich geschrien habe.

Laila tauchte eine Sekunde nach mir auf, genau rechtzeitig, um mitanzusehen, wie Ramirez, Fabio und Gio einer nach dem anderen in den Fluss sprangen.

PLATSCH

PLATSCH

PLATSCH

Die drei Männer standen oben auf der Veranda und schienen unentschlossen, ob sie hinterherspringen sollten. Ihre Unentschlossenheit mussten wir nutzen, um abzuhauen. Sofort.

Ich strampelte zum nächstgelegenen Steg und zog mich aus dem Wasser, half Laila, und wir rannten los, ohne Zeit mit Absprachen zu verschwenden, nur weg, weg, weg, an Häusern und Wasser und Schlamm und Booten vorbei, über Stege, Leitern und Treppen, bis mir die Lunge zu platzen drohte, mit steinschweren Schuhen, die schmatzend auf den Holzbrettern aufschlugen. Hinter mir hörte ich das schnelle Badeschlappenklatschen von Ramirez und seinen Brüdern.

Verfolgten sie uns? Nein? Doch? Wir liefen einfach immer weiter, ohne uns allzu sehr um das Wohin zu kümmern. Bis ich nicht mehr konnte und stehen blieb, mich an eine Wand lehnte, mich bückte und eine Ladung Angst und Flusswasser erbrach.

»Wa… was …«, stotterte Laila. »Was …?«

Erst jetzt sah ich, dass direkt hinter ihr Ramirez und seine Brüder standen.

»Sie wollten uns ausrauben«, keuchte ich. »Aber Ramirez war misstrauisch und ich auch.«

»Du hast dem Mann einen Kopfstoß verpasst.«

»Oh Gott, ich habe den halben Fluss leer getrunken!«

»Der Fluss … mein Walkman …« Laila zog ihn aus ihrer Tasche. Aus dem Gerät triefte Wasser. »Wahrscheinlich funktioniert er nicht mehr … Dabei waren all meine Stimmen darin … Alles, was ich gesammelt hatte …«

»Auch meine Stimme, die ich selbst aufgenommen habe?«, fragte Gió.

»Alles … mein kostbarer Schatz. Die Geräusche, die ich für immer bewahren wollte …«

Laila war so verzweifelt, dass ich sie am liebsten umarmt hätte, obwohl wir doch triefnass waren.

»Mach dir keine Sorgen«, versuchte ich sie zu trösten. »Du wirst sehen, wenn der Walkman erst mal schön trocken ist, geht er wieder. Das ist ein japanisches Fabrikat, die sind stabil.«

»Das Ding ist doch völlig egal«, schimpfte Ramirez. »Wir wären beinahe umgebracht worden. Und ihr seid an allem schuld!« Er war außer sich vor Wut.

»Jetzt beruhig dich doch erst mal. Es tut mir leid«, erwiderte Laila. »Entschuldige bitte. Ja, entschuldigt bitte alle.«

»Mir reicht's«, verkündete Ramirez. »Es ist spät, bald wird es dunkel sein, und wenn wir morgen nicht zurück sind, schlägt der Onkel mich windelweich. Deshalb gehen wir jetzt zurück zum Hafen. Macht's gut!«

»Warte! Der Schamane …«

»Der interessiert mich nicht! Und eure blöde verschollene Blume auch nicht! Der Schamane von Ka! Ich glaube, den gibt's gar nicht!«

»Oh, oh, oh«, kicherte eine Stimme. »Und wie es den gibt, den Schamanen aus dem Dorf K.! Ich kann mich gut an ihn erinnern …«

Aus der Holzbaracke neben uns trat eine alte Frau. Sie trug einen ausgebleichten Trainingsanzug und ein geblümtes T-Shirt. Ihr Haar war ganz weiß und ihr Gesicht so faltig, dass man die Augen kaum sah.

»Wirklich?«, fragte Laila. »Sie kennen den Schamanen von K.?«

»Ich kannte ihn. Vor langer, langer Zeit.«

»Können Sie sich denn auch an die zwei Männer erinnern, die hergekommen waren, um ihn zu suchen? Ein Amerikaner aus den USA und ein Peruaner aus den Bergen? Vor … vor ungefähr vierzig Jahren?«

»Doktor Clarke und Señor Castillo?«, rief die alte Frau aus. »Natürlich!«

Ich bin auf dem Markt von Belén in einem Kohlkopf zur Welt gekommen … So sagt man doch, oder? In einem Kohlkopf geboren … In meinem Fall stimmt das sogar.

Meine Eltern waren Korbflechter. Sie flochten Gegenstände aus Palmfasern und verkauften sie an ihrem eigenen Stand auf dem Markt. An dem Tag, als ich zur Welt kam, war meine Mutter wie immer auf dem Markt. Als es so weit war, halfen ihr die anderen Frauen, sich inmitten von Obst und Gemüse auf eine Matte zu legen, schufen aus Tüchern einen Sichtschutz und standen ihr bei. Und so erblickte ich das Licht der Welt.

Meine Eltern nannten mich Blanca, weil ich sehr hellhäutig war, und seit diesem Tag lebe ich hier inmitten von Belén.

Aber keine Angst, ich werde euch jetzt nicht mit meiner Lebensgeschichte langweilen. Ich erzähle euch das nur, damit ihr versteht, dass nur wenige dieses Viertel besser kennen als ich.

Das Dorf K. dagegen kenne ich wie die meisten nur dem Namen nach, es ist sehr geheimnisvoll. Es geht ja schon mit dem Namen los: Was kommt nach dem K? Ich glaube, das weiß niemand.

Eigentlich ist es nicht mal sehr weit weg von hier. Wenn man mit dem Einbaum paddelt, fährt man drei Tage lang flussabwärts. Dann muss man noch einen Tagesmarsch durch den Dschungel machen. Ich war noch nie dort, ich habe das nur gehört.

Manche Leute sagen, dass es das Dorf gar nicht mehr gibt. Alle seine Bewohner sollen tot und ihre Häuser vom Dschungel überwuchert sein. Andere aber meinen, dass es noch einen einzigen Überlebenden gibt: den Schamanen.

Früher kam er alle drei Monate in einem Einbaum nach Belén, um seine Waren zu verkaufen. Stets war er barfuß und so gut wie nackt, nur mit einem Lendenschurz aus Leder bekleidet. Er war vollkommen haarlos, hatte am ganzen Körper eine glatte Haut wie ein kleines Kind, und sein Alter ließ sich unmöglich schätzen.

Wenn er kam, vertäute er seinen Einbaum irgendwo zwischen den Pfahlhäusern und ging in den *Pasaje Paquito*. Er setzte sich auf den Boden und breitete seine Waren vor sich aus: Pulver und Salben, die er in kleine Lederbeutel gefüllt hatte.

Es waren hochwirksame Heilmittel aus geheimnisvollen Zutaten, deren Namen niemand kannte. Und hochbegehrt: Bei ihm standen die Kunden an, die Schlange reichte weit aus dem Markt hinaus.

Sobald der Schamane alles losgeworden war, stand er auf, kaufte sich von seinen Einnahmen Reis, Stoffe, Werkzeug und andere notwendige Alltagsdinge, lud sie in seinen Einbaum und paddelte davon.

Jedes Mal.

Wir hier in Belén sind seltsame Menschen und vieles gewohnt, vor allem wenn es aus der Selva kommt. Dennoch war die Ankunft des Schamanen von K. stets ein aufregendes Ereignis. Sobald die Kinder seinen Einbaum in der Ferne sichteten, schrien sie laut, dass er kam, und liefen dann die ganze Zeit hinter ihm her.

Vor etwas mehr als vierzig Jahren war unter diesen Kindern auch meine Tochter Ana. Sie war ein wunderschönes und furchtbar unartiges Mädchen, ständig lief sie mir weg und brachte sich in Schwierigkeiten.

Als ich wieder einmal nach ihr suchte, lernte ich die beiden kennen: Doktor Clarke und seinen Freund Miguel Castillo. Es war an einem Tag, an dem der Schamane in der Stadt war. Rings um ihn herum hatte sich eine Menschenmenge versammelt. Es waren so viele, dass die beiden Fremden gar nicht durchkamen, um mit dem Schamanen zu reden.

Sie wirkten derartig niedergeschlagen, dass ich sie ansprach. Ich erklärte ihnen, dass die gesamte *Pasaje Paquito* voller Schamanen sei und dass sie bei jedem von ihnen wirksame Heilmittel kaufen könnten. Der Schamane, um den so viele Kunden herumstanden, behandle jedoch nur Menschen aus der Gegend. Außerdem spreche er weder Englisch noch Spanisch, und bis sie zu ihm vorgedrungen wären, hätte er schon seine gesamten Waren verkauft.

Doch Doktor Clarke wollte nicht aufgeben. Er sagte mir, er habe eine sehr lange Reise unternommen, um genau diesen Schamanen zu treffen. Seit Jahren arbeite er nun schon auf diese Begegnung hin.

Er war wirklich ein sturer Hund und wartete, bis alles verkauft war und die Menge sich verlief. Dann ging er zu dem noch am Boden hockenden Schamanen und sprach ihn in mehreren Indianersprachen an. Erstaunt fragte ich mich, wo er die wohl gelernt haben mochte.

»Ich bin Doktor Clarke, ein Arzt aus Lima. Ich habe von der verschollenen Blume erfahren und möchte sie erforschen. Ich möchte Ihre Heilmethoden kennenlernen.«

Der Schamane hörte ihm aufmerksam zu. Als Clarke geendet hatte, erhob er sich wortlos und ging davon.

Doktor Clarke und Miguel Castillo gaben nicht auf. Sie liefen ihm hinterher, sahen zu, wie er Reis und andere Dinge kaufte, und folgten ihm bis zu seinem Einbaum. Dann beobachteten sie, wie er grußlos ablegte und sich auf dem Wasser entfernte.

Inzwischen hatte ich meine kleine Ana wiedergefunden und lief nach Hause. Ich wohnte in der Nähe der Stelle, wo das Boot des Schamanen angebunden gewesen war, deshalb begegnete ich nun wieder den beiden Männern.

Castillo fragte mich: »Wissen Sie, wo dieser Mann wohnt?«

»Das weiß niemand«, erwiderte ich. »Irgendwo in der Selva.«

»Und wie oft kommt er hierher?«

»Ungefähr alle drei Monate.«

Von nun an gingen die beiden Männer jeden Tag auf den Markt von Belén. Früh am Morgen waren sie zur Stelle und warteten bis zum Nachmittag auf den Schamanen.

Nach drei Monaten kam er zurück.

Wieder trugen sie ihm ihre Bitte vor, sie zu der verschollenen Blume zu führen, und wieder bestand seine einzige Antwort in hartnäckigem Schweigen. Und so stieg der Schamane auch dieses Mal wortlos in seinen Einbaum, nachdem er alles erledigt hatte. Doch Clarke und Castillo waren darauf vorbereitet: Sie folgten ihm in einem gemieteten Motorboot. Ich sah sie am Horizont verschwinden.

Am nächsten Tag waren sie jedoch wieder auf dem Markt, wie immer.

»War eure Suche erfolglos?«, fragte ich Miguel.

»Nach einer knappen halben Stunde hatten wir eine Motorpanne«, antwortete er. »Wir mussten hierher zurückrudern.«

»Die Macht des *brujo*, des Hexers hat euch von ihm ferngehalten. Wenn er es nicht will, könnt ihr ihm nicht folgen.«

»Das ist doch Unsinn«, widersprach Clarke, und das lange Warten begann von Neuem.

Ein sehr langes Warten, denn beinahe zwei Jahre lang sahen die beiden den Schamanen immer nur bei seinen vierteljährlichen Besuchen in Belén. Sie lernten neue Sprachen, erfanden tausend Tricks und taten alles, um mit ihm zu sprechen, aber es war nichts zu machen.

Ich erinnere mich an das letzte Mal, dass ich sie sah. Mein Stand mit den Körben war von der *Pasaje Paquito* nicht allzu weit entfernt. Außerdem war ich ebenso wie viele Leute aus Belén neugierig, wer am Ende den Sieg davontragen würde: die dickköpfigen Fremden oder aber der Schamane.

Wie immer wartete Clarke, bis der Schamane all seine Heilmittel verkauft hatte, und nahm dann den Hut ab.

»Señor«, sagte er. »Vielleicht verstehen Sie nicht, was ich sage, doch ich bin sicher, dass Sie mir ins Herz schauen können. Ich habe begriffen, dass ich mich wie ein Dummkopf verhalten habe. Ich wollte die Geheimnisse der verschollenen Blume aus reiner Eitelkeit ergründen, denn ich träumte davon, Ruhm und Ehre zu erringen. Ich hatte den heiligen Eid vergessen, den ich als Arzt abgelegt hatte und der besagt, dass die Patienten stets vor allem anderen Vorrang haben. Doch jetzt wurde mir dieser Eid auf grausame Weise in Erinnerung gerufen. Miguel, mein Freund und Expeditionsgefährte ist sehr krank.«

Ich drehte mich zu Miguel Castillo um und sah, dass er blass und mager war und eingefallene Wangen hatte.

»Ich weiß nicht, was er hat und vor allem auch nicht, wie ich ihm helfen soll. Ich könnte ihn nach Lima oder in eine andere Stadt bringen, aber ich habe Angst, dass er die Reise dorthin nicht überleben würde. Sie sind meine einzige Hoffnung. Ich bitte Sie, helfen Sie uns.«

Darauf folgte ein längeres Schweigen und alle, die diese Szene mitbekommen hatten, hielten gespannt den Atem an.

Endlich erhob der Schamane sich. Langsam ging er auf Miguel Castillo zu und betastete dessen Gesicht, Schultern und Bauch.

Dann sagte er – zur allgemeinen Verblüffung in perfektem Spanisch: »Mein Haus ist drei Tagesreisen im Einbaum von hier entfernt. Dort, wo sich der Fluss fünffach verzweigt, wählt ihr den Nebenarm ganz links. Nach einer Weile seht ihr einen Felsen, der wie der Kopf eines *Tinamú* aussieht, und gleich dahinter einen großen Baum, einen *Andiroba*, über dessen Wipfel *Gallinazos* kreisen. An dieser Stelle verlasst ihr euer Boot und geht in Richtung Sonnenaufgang einen Tag lang durch den Wald. So gelangt ihr zu meinem Haus. Kommt bei Neumond und ich werde versuchen, euch zu helfen.«

Alle waren erstaunt, ich nicht weniger als die anderen. Mich beeindruckten die Worte des Schamanen so stark, dass sie sich mir unauslöschlich eingeprägt haben und ich mich heute noch an sie erinnere.

Nachdem er gesprochen hatte, setzte sich der Schamane in seinen Einbaum und paddelte davon.

Doktor Clarke und Miguel Castillo umarmten einander. Sie weinten vor Glück. Die folgenden Tage nutzten sie, um sich auf ihre Expedition vorzubereiten, denn der Neumond stand kurz bevor. Sie kauften ein Motorboot, Proviant und Trinkwasser, und am festgesetzten Tag brachen sie bei Sonnenaufgang auf.

Ganz Belén versammelte sich, um sie zu verabschieden. Wir schauten ihnen nach, als sie die Lagune durchquerten, Clarke stolz und aufrecht am Steuer, Castillo im Bug liegend, weil er zu schwach war, um längere Zeit zu stehen.

Das war das letzte Mal, dass ich sie sah.

Sie kehrten nie wieder nach Iquitos zurück, und auch den Schamanen von K. haben wir hier nie wieder gesehen.

Es war, als ob die Selva sie verschlungen hätte.

Denn das kommt manchmal vor, wisst ihr?

Die Selva hat ihre Geheimnisse.

Manchmal weist sie dich zurück.

Manchmal heißt sie dich willkommen.

Manchmal nimmt sie dich in sich auf und lässt dich nicht mehr fort.

Jetzt war es wieder geschehen.

Noch einen Augenblick zuvor schien alles verloren und dann tauchte plötzlich etwas auf, das uns unserem Ziel näher brachte.

Es war, als würde eine Kraft uns leiten, die wesentlich mächtiger war als wir. Der Lichtstrahl, der uns seit Beginn der Reise begleitete, schien niemals zu erlöschen. Oder aber ich bildete mir das alles nur ein und wir waren es selbst, die aus lauter Hartnäckigkeit immer wieder einen neuen Weg fanden.

Während sie erzählte, führte uns Señora Blanca in ihr Haus. Es hatte nur einen einzigen Raum, der auf den Fluss hinausging und in dem in hohen Stapeln die Körbe lagerten, die sie auf dem Markt verkaufte. An den Wänden waren getrocknete Palmblätter und lange Palmfasern aufeinandergehäuft.

In einer Schüssel lag eine große frische Kokosnuss, noch in der glänzenden orangefarbenen Außenschale. Als sie fertig erzählt hatte, nahm die Frau eine Machete und schnitt mit einem Hieb den oberen Teil der Kokosnuss auf, sodass sie nun oben ein Loch hatte. Sie reichte sie uns und wir tranken reihum die leckere Kokosmilch. Dann hackte Señora Blanca die Nuss entzwei und wir konnten das weiche weiße Fruchtfleisch auslöffeln.

Sobald wir alles aufgegessen hatten, sagte sie, dass nun wir mit dem Erzählen dran wären. Sie wüsste gern, warum wir den Schamanen von K. unbedingt finden wollten. Ramirez und seine Brüder nickten, denn auch sie wollten endlich den Grund für unsere Reise erfahren. Sie hatten ja recht. Es wurde Zeit, ihnen alles zu erzählen. So wiederholte ich meine Geschichte ein weiteres Mal.

Als ich bei der Flucht aus der Klinik angelangt war, unterbrach mich Gió: »Dann bist du also krank.«

»Ja, leider.«

»Du siehst aber gar nicht krank aus«, meinte Fabio.

»Meine Augen funktionieren nicht mehr so gut und die Ärzte meinen, das wäre erst der Anfang. Es ist eine sehr schlimme Krankheit.« Ich zwang mich zu lächeln. »Deshalb muss ich den Schamanen finden. Das ist meine letzte Chance.«

Ich schluckte und nahm den Faden wieder auf. Einige Einzelheiten ließ ich aus, wie den Kuss, den ich El Rato gegeben hatte, oder dass der Onkel der drei Brüder ein Drogendealer war. Mit der Begegnung mit Pepito Grau und dem Sprung in den Fluss endete meine Geschichte.

»Oje! Was für ein Feigling«, schimpfte Señora Blanca. »Kinder auszurauben. Hier bei mir seid ihr sicher. Aber wenn ich euch einen Rat geben darf: Lauft nicht mehr durch Belén, wenigstens heute nicht mehr.«

»Wir müssen aber nach Hause ...«, sagte Ramirez leise.

»Fahrt erst morgen, ihr könnt doch nicht die Nacht auf dem Fluss verbringen. Ihr schlaft hier und brecht morgen früh auf. Ich freue mich, wenn ich zur Abwechslung mal Gesellschaft habe.«

El Rato und ich nahmen ihr Angebot begeistert an, und Fabio und Gió ebenso. Nur Ramirez brummelte eine Weile vor sich hin, gab sich dann aber geschlagen.

Die Korbflechterin zog unter einem Schrank einen Campingkocher hervor und kochte eine Suppe aus Fischköpfen. Bis vor einem Monat hätte die Vorstellung, etwas zu essen, das aus Köpfen besteht, bei mir einen Brechanfall ausgelöst. Doch inzwischen hatte sich viel geändert und ich verschlang meine Portion mit großem Appetit.

Nach dem Essen versuchten die anderen, Señora Blanca beim Korbflechten zu helfen. Für mich war es jedoch für solche Arbeiten schon viel zu dunkel, deshalb legte ich mich auf eine Matte und holte meinen Walkman raus.

Meine Teddytasche war innen mit Plastikfolie gefüttert, außerdem war noch der Beutel der Coca-Bonbons und der Plastikbeutel darin, in dem Ramirez seine Einkäufe vom Markt in Nauta verstaut hatte.

Ich hoffte, dass all das Plastik meinen kostbaren Walkman vor dem Flusswasser geschützt hatte. Ich rieb ihn mit meinem T-Shirt trocken, entfernte die Batterien und trocknete sie sorgfältig ab, nahm die Kassette heraus und wischte sie ebenfalls trocken.

Ich steckte wieder alles an seinen Platz, hielt die Luft an und drückte auf *Start*.

Nichts tat sich.

Die Spulen drehten sich nicht, das Band wurde nicht abgespielt.

DER WALKMAN WAR KAPUTT.

Ich zwang mich ruhig zu bleiben. Vielleicht war wenigstens die Kassette noch in Ordnung. Meiner Freundin Ana war mal eine Kassette in die vollgelaufene Badewanne gefallen, und als sie trocken war, funktionierte sie wieder.

Doch ich konnte das nicht überprüfen und bekam deshalb Panik. Auf der Kassette waren Stimmen und Geräusche: meine Mutter, die sich von mir verabschiedete, Straßengeräusche in Cusco, das Rauschen des Flusses Urubamba. Also alles, was mir von diesen wichtigen Momenten geblieben war. Sie nicht mehr anhören zu können, war schrecklich. Plötzlich fühlte ich mich entsetzlich einsam. Wesentlich einsamer als bisher.

Ich rollte mich auf der Matte zusammen, mit dem Walkman im Arm, und schlief ein.

Am nächsten Morgen verabschiedeten wir uns von Señora Blanca. Um ihr irgendwie zu danken, kaufte ich den kleinsten ihrer Körbe, weil er in meine Tasche passte.

Zwei Motorradrikschas brachten uns zum Hafen zurück.

»Was machen wir denn jetzt?«, rief El Rato mir gegen den Fahrtwind zu.

Gestern Abend waren wir nicht dazugekommen, das zu besprechen.

»Wir nehmen ein Boot und folgen Blancas Wegbeschreibung«,

schlug ich vor. »Drei Tage den Fluss entlang, einen Tagesmarsch durch den Dschungel …«

»Ja, ja, schon klar, aber wo finden wir das Boot?« El Rato schaute mich an und schüttelte den Kopf. »Oh nein, du willst *ihn* fragen …«

»Genau. Ramirez. Ohne die drei wäre es gestern bei Pepito böse für uns ausgegangen. Ich werde Ramirez unser letztes Geld geben.«

»Und wie soll es dann weitergehen?«

Auf diese Frage gab ich ihm keine Antwort.

Am Hafentor angelangt, warteten wir auf die zweite Motorradrikscha mit den drei Brüdern.

Ramirez sprang als Erster raus. »Da sind wir. Jetzt müssen wir uns verabschieden …«

»Ich will nicht«, protestierte Gió.

»Sei still. Wir müssen nach Hause zurück. Der Onkel wird uns verprügeln, weil wir so lange gebraucht haben.«

»Aber wenn er euch sowieso schlägt …«, warf ich ein. »Warum nutzt ihr dann nicht die Gelegenheit und verdient euch noch etwas dazu?«

»Wie meinst du das?«

Ich hörte El Rato hinter mir seufzen, doch ich hatte nicht die Absicht, von meinem Plan abzuweichen.

»Ich habe immer noch Geld. Dollars. Nicht mehr so viele, aber sie gehören alle euch. Ich gebe sie euch, wenn ihr uns mit dem Boot den Fluss hinunterfahrt.«

»Waaas?«, rief Ramirez. »Du bist ja verrückt! Unser Befehl lautet …«

»Ihr habt ihn auch gestern nicht befolgt. Und, wie du schon gesagt hast: Euer Onkel verhaut euch sowieso. Ihr müsst uns ja nicht bis zu dem Schamanen begleiten. Es reicht, wenn ihr uns am Ufer aussteigen lasst. Blanca hat gesagt, dass die Fahrt drei Tage dauert, wenn man paddelt. Mit dem Motorboot brauchen wir sicher nur einen Tag. Heute Abend fahrt ihr zurück. Ihr sagt dem Onkel einfach, dass der Motor eine Panne hatte, oder so was in der Art. Und ihr bekommt mein letztes Geld. Was hältst du davon?«

Weil Ramirez nicht sehr überzeugt wirkte, zog ich meinen rechten

Schuh aus und zeigte ihm die letzte Geldscheinrolle. Sie war arg zusammengeschrumpft, aber es waren immerhin Dollars.

»Ramirez«, sagte Fabio. »Ich finde, wir sollten …«

»Lass mich in Ruhe nachdenken, ich bin hier derjenige, der entscheidet! Hmm … Okay, ja. Einverstanden. Aber wir fahren euch hin und kehren dann sofort um, ist das klar?«

Wir gaben uns reihum die Hand drauf und alle grinsten erleichtert, sogar El Rato.

Ich fühlte mich gut. Und bereit.

Vor der Abfahrt verteilten wir die Aufgaben: Ramirez und Fabio gingen Sprit für den Außenbordmotor holen, während El Rato, Gió und ich alles andere besorgten. In einer Stunde würden wir uns wieder beim Einbaum treffen.

Wir fragten einen Mann nach Lebensmittelgeschäften und er sagte, vier Straßen weiter gäbe es einen Supermarkt. Dort kauften wir wieder Bananenchips und Kekse, Cracker, vier große Wasserflaschen und eine Flasche Fruchtsaft.

El Rato erinnerte mich daran, dass wir auch durch den Dschungel marschieren würden und uns dafür ausrüsten mussten. Und so erstand ich außerdem Mückenspray, fünf Schachteln Streichhölzer und einen Satz Küchenmesser mit Plastikgriffen. (El Rato hätte lieber eine Machete gekauft, wie Blanca sie hatte, doch so etwas hatten sie in dem Laden nicht.)

Auf dem Rückweg zum Hafen kamen wir an einem Stand vorbei, an dem Palmblattpäckchen verkauft wurden, die eine Mischung aus Reis, Hühnerfleisch und Eiern enthielten. Weil sie nur sehr wenig kosteten, gab ich mein letztes peruanisches Geld für zehn dieser Päckchen aus.

»So, jetzt sind wir blank«, meinte El Rato. »Ich hoffe, dass uns dieser Schamane Kredit gibt, sonst müssen wir für immer in der Selva bleiben.«

Ich musste lachen. Ich weiß nicht, warum das so war, aber alles, was später sein würde, war mir völlig egal. Ganz so, als ob es mich nichts mehr anginge.

An der Anlegestelle warteten Fabio und Ramirez schon auf uns.

Der mit einer gelblichen Flüssigkeit gefüllte Kanister war bereits an Bord.

»Das sieht ja wie Pipi aus«, meinte Gió.

»Ha, ha. Wenn uns der Diesel ausgeht, könnt ihr ja reinpinkeln und wir schauen, ob der Motor damit auch läuft«, erwiderte Ramirez spöttisch. »Jetzt alle an Bord, wir haben schon viel zu viel Zeit verloren!«

Wir sprangen in den *Pekepeke*. Ramirez löste die Vertäuung und blieb am Bug stehen, um Fabio zu lotsen. Der Einbaum wendete und nahm Kurs auf die Einmündung der Lagune in den Amazonas.

Obwohl es noch früh am Morgen war, stand die Sonne bereits hoch am Himmel und die Farben leuchteten so stark, dass mir die Augen schmerzten. Ein Schwarm von Greifvögeln kreiste zweimal über unser Boot und flog dann davon.

Wir traten die letzte Etappe unserer Reise an.

Ich schaute zu El Rato hinüber, der gemeinsam mit dem kleinen Gió das Wasser aus dem Boot schöpfte.

Wir hatten zusammen viel erlebt.

Aber es blieb noch ein Stück Weg zu gehen.

Der Onkel würde uns umbringen.

Oder uns zumindest sehr wehtun.

Ich sah ihn förmlich vor mir: Er würde von seinem Schaukelstuhl auf der Veranda aufstehen, die Zigarre ausspucken, die er im Mund gehabt hatte, und Rafael ein Zeichen geben. Dasselbe Zeichen, das ich schon so oft gesehen hatte: wie ein Lächeln, aber mit den Mundwinkeln nach unten. Ein umgekehrtes Lächeln. Und Rafael würde das Maschinengewehr nehmen oder aber den Gürtel – den Ledergürtel mit der großen, schweren Schnalle – und uns damit so lange auspeitschen, bis wir ohnmächtig wurden.

Das war früher schon passiert und konnte auch wieder passieren, und schuld daran wäre ganz allein ich. Denn der Onkel sagte immer, wer bestimmt, dem gebührt die Ehre und auch die Schuld. Vielleicht könnte ich ihn wenigstens dazu überreden, Fabio und Gió in Ruhe zu lassen. Ihm sagen, dass sie nichts dafür konnten … So was in der Art.

»Schaut mal!«, rief El Rato. »Das Wasser hat hier zwei verschiedene Farben. Schwarz und blau!«

»Das liegt daran, dass der Fluss links der Nanai ist und der ist sehr dunkel«, erklärte ich. »Der Amazonas dagegen ist viel heller. Es dauert eine Weile, bis das Wasser sich vermischt. Das bleibt jetzt noch ein paar Kilometer so.«

»Hier sind wohl überall Flüsse, die in den Amazonas münden, was? Wie viele sind es denn?«

Keine Ahnung, woher sollte ich das wissen? Ich hatte andere Sorgen.

Wir fuhren am Indianerdorf Barrio Florido vorbei und, etwas weiter vorn, an den Raffinerien, von denen die ganze Gegend lebte. Das Erdöl sicherte den Menschen hier den Lebensunterhalt. Das Erdöl und die Coca. Der Onkel war der Ansicht, dass die Coca besser war, denn durch sie wurde man viel reicher ... solange einen die anderen nicht umbrachten.

Nach ein paar Stunden wurde der Fluss schmaler. Auf der rechten Seite lag eine üppig grüne Masse.

»Das ist die Affeninsel!«, rief ich. »Das heißt, dass wir am Ende der Welt angelangt sind.«

»Was meinst du damit?«, fragte Laila.

Sie saß neben mir. El Rato und Gió hockten uns gegenüber. Sie gefiel mir, ich kannte sie ja nicht sehr gut, aber sie war das mutigste Mädchen, dem ich jemals begegnet war.

»Weiter als bis zur Affeninsel bin ich noch nie gekommen«, erklärte ich. »Ab hier kenne ich den Fluss nicht mehr. Wir müssen jetzt blind navigieren.«

»Ist das denn ein Problem?«

»Ja, ziemlich. Wie El Rato schon gesagt hat, gibt es unglaublich viele Flüsse, die in den Amazonas münden. Einige von ihnen sind sehr breit, während der Amazonas an manchen Stellen sehr schmal ist, vor allem dort, wo Inseln ihn in zwei oder drei Arme teilen.«

»Dort, wo sich der Fluss fünffach verzweigt«, wiederholte Laila die Worte der alten Korbflechterin aus Belén.

»Genau. Deshalb kann man sich leicht täuschen. Wir könnten in einem anderen Fluss landen und stundenlang weiterfahren, ohne es zu merken. So haben sich schon viele verirrt und meist kehren sie nicht mehr zurück. Sie verhungern oder sie haben keinen Sprit mehr, gehen deshalb an Land und verlaufen sich im Dschungel. Oder aber sie werden gefressen und ...«

»Ich dachte, ihr Jungs hättet mehr drauf«, unterbrach El Rato mich verächtlich. »Ihr seid doch Leute vom Fluss, oder? Jedenfalls hat euch dieser Gangster in Belén so genannt.«

»Pfff«, machte ich. »Er meinte damit, dass im Amazonasbecken zwei Völker leben. Das eine Volk wohnt an den Ufern und reist auf dem Wasser. Das andere ist in der Selva zu Hause und findet sich gut zwischen den Bäumen zurecht. Wir drei sind Leute vom Fluss, doch bis hierher sind wir noch nie gekommen und ich glaube nicht, dass es hilfreich ist, wenn …«

RRRRRRRRRRRRRRRRRRRRRRRRRRRRRRRRRRRRRRRRRRRRRRRRRRRRRRRRRRRRRRRRRR

der Nervenzellen Krise vorübergehende Verwirrung unwillkürliche

plötzliche elektrische Entladungen

Versteifung der Muskeln Verlust der Muskelkontrolle Aufbäumen laute Atemgeräusche plötzl

er Anfall Kontraktionen fokale Anfälle Hirnrinde Bewusstlosigkeit Krampfanfälle Versteifung

Störung Nervenzellen Gehirn Konvulsionen Bewusstlosigkeit epileptischer

Bewusstseinsverlust neurologische S

unwillkürliche Bewegungen

ungen der Nervenzellen Krise vorübergehend

elektrische Entladungen

plötzliche Atemgeräusche laute Aufbäumen

steifung der Muskeln Verlust der Muskelkontr

Krampfanfälle Bewusstlosigkeit und

fokale Anfälle Hirnrinde Kontraktionen

n Konvulsionen Bewusstlosigkeit epilep

Gehirn Nervenzellen Störung neurologische

Bewusstseinsverlust

liche Bewegungen unwillkürliche

Krise vorübergehende V

Nervenzellen Entladung

liche elektrische Entladung

plötzliche Atemgeräusche laute Aufbäumen

ifung der Muskeln Verlust der Muskelkontrol

Krampfanfälle Versteifung

Anfälle Hirnrinde

fokale Kontrak

nfall Kontrak

epileptischer A

igkeit epilep

Bewusstlos

ulsionen

n Konv

en Gehir

Nervenzell

RRRRöcheln Störung

men Wiedererlangung der Körperkontrolle Beginn der Entspannuuuuuuuu

ng der Muskeln Verlust der Muskelko

Krampfanfälle Versteifu

fälle Hirnrinde Bewus s

Kontraktione n

sionen Bewusstlosigkei t

neurologische Störung

Bewegungen Bewusstseinsverlust

llen Krise vorübergehende Verwirrung unwillkürliche B

Atemgeräusche plötzliche elektrische Entladungen der Nervenz

ontraktionen fokale Anfälle Hirnrinde Bewusstlosigkeit Krampfanfälle Versteifung der Muskeln Verlust der M

Gehirn Konvulsionen Bewusstlosigkeit epileptischer Anfall K

nwillkürliche Bewegungen Bewusstseinsverlust neurologische Stö

gehende Verwirrung u

elektrische Entladungen der Nervenzellen Krise vo

le Anfälle Hirnrinde Bewusstlosigkeit Krampfanfälle Versteifung der Muskeln Verlust der Muskelkontrolle Au

Gehirn Konvulsionen Bewusstlosigkeit epileptischer Anfall Kontraktionen fo

einsverlust neurologische Störung Nervenzell

Verwirrung unwillkürliche Bewegungen Bewussts

ötzliche elektrische Entladungen der Nervenzellen Krise vorüb

uuuuuuuugsphaseLaila gab einen unmenschlichen Schrei von sich und wurde ganz steif, mit stockgeradem Rücken.

»Ein Anfall!«, rief El Rato. »Laila hat einen Anfall!«

Er hechtete auf sie zu und tat damit genau das, was man auf einem so langen und schmalen Boot wie einem *Pekepeke* auf gar keinen Fall tun darf, denn man riskiert, das Boot dadurch zum Kentern zu bringen und im Wasser zu landen.

Instinktiv warf ich mich auf die gegenüberliegende Sitzbank, um das Gewicht auszugleichen.

Lailas Augen verdrehten sich so weit nach oben, dass man nur noch das Weiße sah, ihr Kopf schnellte nach hinten. Sie zitterte stark, am ganzen Körper. El Rato versuchte, ihre Beine zu fassen zu kriegen, doch es gelang ihm nicht. Der Einbaum begann gefährlich zu schaukeln und Laila schüttelte sich, als habe sie einen Zitteraal berührt.

Sie stürzte nach hinten, schien einen Augenblick lang über dem Bootsrand in der Schwebe zu stehen …

… und fiel hinein.

In den Fluss.

»FABIO!«, schrie ich.

Sofort klappte mein Bruder den Außenbordmotor nach vorn, damit der Propeller aus dem Wasser kam. Der Motor drehte leer und Fabio schaltete ihn aus.

Es war eine sekundenschnelle Entscheidung. Ich holte tief Luft. Und sprang.

Weil Laila auf der anderen Seite ins Wasser gefallen war, musste ich unter dem flachen Bootsboden hindurchtauchen. Mit weit aufgerissenen Augen schwamm ich auf der anderen Seite zur Oberfläche hoch.

Das Wasser war trüb und dunkel. Ich hoffte, dass Laila schwimmen konnte, jemand wie sie musste es einfach gelernt haben. Die eigentliche Frage aber lautete: War sie während eines Anfalls überhaupt in der Lage zu schwimmen?

Vor mir bewegte sich etwas, es konnte auch ein Fisch, Treibholz oder Müll sein, der im Fluss trieb.

Aber nein, es war Laila.

Sie trieb mit geschlossenen Augen unter Wasser.

Ich schwamm hektisch auf sie zu, erreichte sie und packte sie am T-Shirt, das dabei halb entzweiriss. Laila hatte aufgehört zu zittern und war schlaff wie ein leerer Sack. Ich streckte einen Arm unter ihre Brust und bemühte mich dabei, nicht daran zu denken, dass sie ein Mädchen war und ich gerade ihre Brüste berührte. Ich zog mit all meiner Kraft und es gelang mir, ihren Kopf aus dem Wasser zu stemmen.

Dann streckte auch ich meinen Kopf nach oben, hinauf in die Luft, hustete und schrie: »HILFE!«

Ich merkte, dass das Boot mit der Strömung davongetrieben war. Fabio hatte es bereits quergestellt und wendete. Ich hörte den Propeller, der nun wieder das Wasser durchschnitt.

El Rato beugte sich uns entgegen, um uns an Bord zu ziehen. Lailas regloser Körper hatte sich gegen meinen geschoben. Ich ließ mich von der Strömung treiben und passte auf, dass ihr Kopf immer über Wasser blieb. Beim ersten Versuch verfehlte ich El Ratos Hand, beim zweiten konnte ich sie packen. Fabio stellte den Motor aus und kam uns zu Hilfe, und gemeinsam gelang es uns, Laila an Bord zu ziehen. Schnell kletterte ich hinterher.

»Sie hat Wasser geschluckt«, keuchte ich.

El Rato legte sie auf die Bank, ihr Kopf drehte sich zur Seite und ein Schwall dunkles Wasser quoll aus ihrem Mund.

»Laila … Laila!«

»Atmet sie?«

»Laila … du hattest einen Anfall … Hörst du mich? Kannst du mich hören?«

»Wie lange war ihr Kopf unter Wasser?«, fragte ich Fabio.

»Ich weiß nicht«, antwortete mein Bruder. »Weniger als eine Minute. Du warst sehr schnell.«

Letztes Jahr hatten die Arbeiter meines Onkels auf einer Fahrt auf dem Fluss Blödsinn gemacht. Sie waren gekentert und das Boot war auf den Grund gesunken. Später erzählten sie mir, dass einer von ihnen unter einer Kiste eingezwängt gewesen war. Ihn zu befreien und an die Oberfläche zu bringen hatte mehr als fünf Minuten gedauert. Und er hatte es überlebt.

»Eine Minute ist nicht lange«, entgegnete ich und bemühte mich, an das zu glauben, was ich da sagte. »Sie könnte es schaffen.«

Ich versuchte mich an die Einzelheiten jener Geschichte zu erinnern.

»Weißt du, wie man das mit dem Mund macht?«, fragte ich El Rato.

»Hä?«

»Diese Art Kuss, mit dem man in bewusstlose Leute Luft hineinbläst. Du hast doch dein ganzes Leben in einem Krankenhaus verbracht … Die werden dir doch gezeigt haben, wie das geht, oder?«

»Mei… meinst du Mund-zu-Mund-Beatmung?«, stotterte er. »Ja, beim Kurs für …«

»Na, dann mach es bei ihr! Sofort!«

El Rato war ganz bleich geworden, er war beinahe grau im Gesicht, als er sich neben die auf der Bank liegende Laila kniete. Mit den Fingern der einen Hand drückte er ihr die Nase zu.

Er beugte sich über sie, legte seine Lippen auf ihre und blies in ihren Mund hinein.

Einmal, zweimal, dreimal. Pause. Dann fing er wieder von vorne an.

»Was tut er da?«, fragte Gió.

»Pscht!«, machte ich. »Lass ihn in Ruhe, er muss sich konzentrieren.«

Wieder drei Atemzüge. Pause. Drei Atemzüge. Pause.

Laila hustete, El Rato wich zurück. Das Mädchen beugte sich zur Seite und erbrach den Fluss.

»Geht es dir besser?«, erkundigte ich mich. »Wie fühlst du dich?«

Ohne zu antworten, lag sie mit geschlossenen Augen auf der Seite. Sie war eingeschlafen.

Ich weiß nicht, wie lange sie so liegen blieb, aber uns kam es sehr, sehr lange vor. Vielleicht deshalb, weil wir ständig beobachteten, ob sie noch atmete oder nicht.

Wir hatten keine trockenen Sachen, die wir ihr hätten anziehen können, doch weil es so schwül war, war das zum Glück kein Problem.

Irgendwann öffnete Laila die Augen und richtete sich etwas auf.

»Was ist …?«

»Du hattest einen Anfall«, erklärte ihr El Rato. »Du bist ins Wasser gefallen. Ramirez ist hinterhergesprungen und hat dich gerettet.«

»Ich … danke«, sagte sie.

Gió fing an zu weinen und auch ich hätte am liebsten geweint.

Wir legten sie wieder auf die Bank und sie schloss die Augen.

Sie hustete, lauter als vorhin.

Aber wenigstens war sie noch am Leben.

Ich hatte Ramirez nie besonders gemocht, weil er so über-cool war und diese »Ich-bin-der-Käptn-hier-und-weiß-sowieso-alles-besser«-Art draufhatte. Außerdem hatte er mich *Großohr* genannt.

Doch er hatte Laila das Leben gerettet. Er war blitzschnell in den Fluss gesprungen, war wie ein Fisch unter dem Einbaum durchgetaucht, hatte sie im trüben Wasser gefunden und wieder an die Oberfläche gebracht, wie ein richtiger Held.

Eine irre Sache.

Also ging ich zu ihm.

»Du warst super. Danke«, sagte ich zu ihm.

»Nicht der Rede wert.«

»Nein, wirklich. Das war fantastisch.«

»Du warst aber auch gut, bei dieser Beatmung von Mund zu Mund. Du musst mir mal zeigen, wie das geht.«

»Im Krankenhaus haben sie es den Medizinstudenten beigebracht … Ist gar nicht so schwer. Aber bitte mich jetzt nicht, es bei dir zu machen. Das wäre ja total eklig.«

Ramirez grinste und ich auch, und dabei beließen wir es.

Wir trieben mit ausgeschaltetem Motor im Fluss. Wir mussten uns alle erst einmal von dem Schock erholen. Der Einbaum glitt mit der Strömung dahin. Gió weinte immer noch leise, Fabio hielt ihm die Hand und Laila schlief. Ab und zu hustete sie.

»Woher kommt so ein Anfall?«, fragte Ramirez und nickte zu ihr hin.

»Es ist wie ein Kurzschluss in ihrem Gehirn, sie wird bewusstlos und bewegt sich so, wie du es vorhin gesehen hast, bevor sie ins

Wasser gekippt ist. Zwar passiert das nicht alle Tage, aber es ist gefährlich, weil sie sich dabei verletzen kann. Und dieses Mal wäre sie durch den Anfall beinahe gestorben.«

»Ja, da fehlte wirklich nicht viel.«

Fabio stand auf und ging an uns vorbei nach hinten.

»Wohin gehst du?«

»Zum Motor. Das Boot stellt sich allmählich quer zur Strömung, das ist gefährlich.«

Apropos Helden, dachte ich. Auch Fabio hatte seinen Teil beigetragen. Er hatte geistesgegenwärtig den Propeller aus dem Wasser geholt, damit er Laila und Ramirez nicht verletzen konnte, und hatte den Einbaum dann sehr geschickt so manövriert, dass wir die beiden schnell aus dem Wasser ziehen konnten.

Im nächsten Augenblick übertönte das PEKEPEKEPEKEPEKEPEKE des Motors sämtliche Gedanken und wir fuhren mit der niedrigsten Geschwindigkeitsstufe weiter flussabwärts.

Als Laila aufwachte, hatte sie Kopfschmerzen und fühlte sich schwach. Ich gab ihr Fruchtsaft und ein paar Bananenchips. Sie hustete viel, dennoch hörte es sich nicht allzu schlimm an.

Gegen sechs Uhr nachmittags verfärbte sich der Fluss rosa.

Fabio und Ramirez entdeckten eine kleine Bucht, wo wir anlanden konnten. Sie wendeten den Einbaum und schalteten den Motor aus, und mit dem restlichen Schwung bewegte sich das Boot auf das Ufer zu, bis es im Schlamm stecken blieb.

Meinetwegen hätten wir nicht anzuhalten brauchen, doch Fabio erklärte mir, dass es viel zu gefährlich war, in der Dunkelheit weiterzufahren, zumal keiner von ihnen diesen Teil des Flusses kannte. Gemeinsam zogen wir den Einbaum aufs Trockene, damit ihn die Wellen nicht ins Wasser spülen konnten.

Wir waren auf einer von Bäumen gesäumten Schlammbank gelandet. Ramirez und ich machten einen Erkundungsrundgang, doch die Bäume und Sträucher waren so hoch, dass wir gar nicht sehen konnten, wohin wir gingen. Wir sammelten trockene Zweige und kehrten zu den anderen zurück.

Fabio baute aus den Zweigen eine Pyramide, Ramirez goss einen

Tropfen Diesel darüber und ich zündete das Ganze mit einem Streichholz an.

Laila hustete immer noch und war furchtbar blass, doch kam es mir vor, als ginge es ihr schon ein bisschen besser.

Wir aßen Palmblattpäckchen und Kekse und unterhielten uns am Feuer. Als es zu regnen anfing, flüchteten wir uns unter das Schilfdach des Einbaums.

Überall schwirrten Mücken herum. Wir sprühten uns mit dem Spray ein, das wir in Iquitos gekauft hatten, aber es schien nicht viel zu nützen. Bald hatte ich furchtbar viele Stiche und kratzte mich blutig. Fabio kratzte sich ebenfalls ständig die Beine, aber bei ihm hatten sich die Stiche bereits entzündet und eiterten.

Weil wir unter diesen Umständen so gut wie gar nicht schlafen konnten, waren wir bei Sonnenaufgang alle wach und bereit, unsere Reise fortzusetzen.

Laila setzte sich auf die kleine Bank vorn im Bug, Fabio zum Motor ans Heck. Ramirez und ich schoben den Einbaum ins Wasser und sprangen an Bord. Und sogleich ertönte das *Pekepeke* des Motors und wir glitten auf die Flussmitte zu.

Seit dem vergangenen Nachmittag hatten wir keine anderen Menschen mehr gesehen. Das letzte Schiff, das unseren Weg gekreuzt hatte, war ein Kreuzfahrtschiff für Touristen gewesen. Wir waren ihm bei Sonnenaufgang begegnet und keines Blickes gewürdigt worden.

Gió kam zu mir, und weil er sich langweilte, erzählte ich ihm Geschichten aus der Klinik: wie Doktor Brown einen Schrank mit Gehirnen gefüllt hatte und wie Carlos das erste Mal nach *Santo Toribio* gekommen war. Er hatte versucht, sich mit seinem Rollstuhl in einen Krankenwagen zu schmuggeln, um gleich wieder zu fliehen.

»Hast du denn im Krankenhaus gelebt?«, fragte Gió, der kleinste, aber auch neugierigste der drei Brüder.

»Ja, schon immer, seit meiner Geburt.«

»Sein Papa ist ein sehr guter Arzt«, erklärte Laila.

»Quatsch«, warf Ramirez ein. »Das glaube ich nicht.«

»Was?«

»Dass er der Sohn eines Arztes ist.«

»Doch, ist er aber«, entgegnete Laila.

»Er benimmt sich nicht wie einer, der reich ist. Du schon, aber er nicht. Und Ärztesöhne sind reich.«

Laila hustete und schaute dann mich an. »El Rato, sag ihm doch, dass es wahr ist.«

Und das hätte ich beinahe getan. Ich hätte ihm beinahe meine übliche Geschichte erzählt oder irgendeine neue Lüge.

Doch ich tat es nicht.

Weil mir mein Geheimnis früher immer so wichtig vorgekommen war.

Und jetzt kam es mir so klein vor.

Ein winziges Geheimnis in einer Welt, in der man ertrinken oder jemanden retten konnte, in der man das Leben riskieren und gewinnen, oder aber das Leben verlieren konnte.

Vielleicht war der Moment gekommen, um mit dem Lügen aufzuhören.

ALSO TAT ICH ES.

ICH GESTAND.

»Laila … Da ist etwas, das ich dir sagen muss.«

Es war nicht leicht und ich begriff, dass es am einfachsten war, alles ganz schnell loszuwerden, so als würde man Anlauf nehmen.

»Doktor Brown ist nicht mein Vater.«

Ich sah, dass sie Anstalten machte, mich zu unterbrechen, doch ich ließ das nicht zu, sondern fuhr fort.

»Ich weiß nicht, wer meine richtigen Eltern sind. Sie haben mich kurz nach meiner Geburt ausgesetzt, in einem alten Kinderwagen, den sie vor *Santo Toribio* abgestellt haben. Doktor Brown hat mich dort gefunden, zusammen mit einer Krankenschwester. Deshalb haben sie mir ihre beiden Nachnamen gegeben. Und meine Mutter ist gar nicht gestorben … Also, von meiner richtigen Mutter weiß ich das nicht, die habe ich ja nie kennengelernt. Die andere, Señora Mamani, der geht es wohl gut. Als ich sechs Jahre alt war, ist sie in ein anderes Krankenhaus versetzt worden und seither habe ich sie nicht mehr gesehen.«

»Und sie hat dich wirklich El Rato genannt?«, fragte Laila.

»Ja, aber nicht, weil ich für sie so wichtig war. Als ich klein war, habe ich allen erzählt, dass der schönste Moment meines Lebens der gewesen sei, als ich zum ersten Mal Eis gegessen habe. Daher kommt der Name. Keine große Geschichte also.«

Laila starrte mich an und machte dabei ein komisches Gesicht.

»Entschuldige«, sagte ich leise. »Ich hätte dir das schon früher erzählen sollen. Aber die Kinder im Nest waren die einzigen, die mich nicht wie ein armes Waisenkind behandelt haben. Alle anderen schon. Deshalb dachte ich, dass ich euch gegenüber mein Geheimnis wahren möchte. Um mir wenigstens mit euch wie ein normaler Junge vorzukommen.«

»Ich habe auch keine Eltern«, sagte Gió.

»Wir auch nicht«, ergänzte Ramirez. »Und ich finde, dass wir trotzdem normal sind.«

Laila drehte sich zum Fluss um. »Dann haben Doktor Brown und diese Krankenschwester dich adoptiert?«, fragte sie. »Aber warum lebst du dann nicht bei ihnen?«

Ich zuckte die Schultern. »Nein, richtig adoptiert haben sie mich nicht. Es war ja nicht so, dass sie miteinander verheiratet waren, sie kannten einander kaum. Dass sie mich gemeinsam gefunden haben, war ein Zufall. Sie haben mir ihre Nachnamen gegeben und waren mir gelegentlich Eltern, wenn sie dafür Zeit hatten. Eigentlich waren meine Eltern all die Leute, die in *Santo Toribio* gearbeitet haben, sie alle zusammen. Die Angestellten von der Kantine haben mir zu essen gegeben, die Leute vom Putztrupp haben mir Spielzeug geschenkt, das in der Notaufnahme liegen gelassen worden war. Jeder hat für mich getan, was er konnte. Ohne all diese Leute wäre ich wohl in einem Kinderheim gelandet.«

»Warst du denn nie in einem Heim?«, fragte Fabio.

»Nein, nie. Doktor Brown, Schwester Mamani, De La Torre und die anderen … Keiner von ihnen wollte das. Sie hatten mich lieb gewonnen und deshalb beschlossen, mich versteckt zu halten. Sie haben mich nirgends registrieren lassen. Ich habe keine Geburtsurkunde, keine Papiere. Vom Gesetz her gesehen gibt es mich gar nicht.«

»Wow!«, staunte Ramirez.

»In Wirklichkeit ist es doch gar nicht so seltsam. Oder ja, natürlich schon, aber es ist ziemlich häufig passiert, dass Waisen nicht registriert und im Krankenhaus behalten wurden. Auch weil die meisten Säuglinge, die in *Santo Toribio* ausgesetzt werden, ernsthaft krank sind. Ich nicht, aber es gab solche Fälle. Vielleicht sah ich, als ich so klein war, auch nicht besonders gesund aus. Keine Ahnung.« Ich atmete einmal tief durch. »Bei euch hier im Amazonasgebiet gibt es das Volk des Flusses und das Volk der Selva. Wir waren das Volk der Klinik. Und ich kann mich wirklich nicht beklagen … In *Santo Toribio* ging es mir gut, ich war geborgen. Allerdings konnte ich nicht raus. Ich lebte in einem Käfig, aber in einem schönen Käfig. Mein Schicksal bestand darin, dort zu bleiben. Später hätten sie in *Santo Toribio* irgendeinen Job für mich gefunden und eines Tages wäre ich dann gestorben, ohne das Krankenhaus jemals verlassen zu haben. Aber ich wollte mehr. Ein Haus. Ein echtes Leben. Deshalb habe ich mich dafür entschieden, mit Laila wegzugehen. Entschuldige bitte, Laila. Ich hätte dir das alles schon viel früher sagen müssen. Es tut mir leid.«

Nachdem ich alles losgeworden war, kam es mir vor, als wären all die Lügen in mir drin angeschwollen gewesen, wie ein entzündetes Organ, und die Wahrheit war ein Medikament, das mich geheilt hatte. Natürlich hatte sie mir wehgetan und mir auch Angst gemacht. Aber jetzt, wo ich mich von den Lügen verabschiedet hatte, fühlte ich mich viel, viel besser.

Das war für mich ein weiteres *erstes Mal*. Ich schaute Laila an, weil ich dachte, dass sie wütend auf mich war, doch sie stand auf, kam zu mir und drückte mich ganz fest an sich. Und auch ich drückte sie. Am liebsten wäre ich bis in alle Ewigkeit so stehen geblieben, mit der Nase in ihrem Haar, das nach Wind roch.

Doch Ramirez rief plötzlich: »He, Liebespaar!«

»Was?«

»Der Fluss. Weiter vorne verzweigt er sich fünffach. Kommt es euch nicht auch so vor?«

Ich ging vor zum Bug. Sich auf dem Fluss zu orientieren war

schwierig, denn er war so breit wie ein See und man konnte nicht erkennen, ob die grünen Flecke Inseln oder aber andere Flüsse waren, die in diesen mündeten.

Ich fing an zu zählen. Eins, zwei, drei, vier.

»Es sind vier!«, rief ich nach hinten.

»Nein, schau genau!«

Fabio kam zu mir in den Bug und zeigte mit dem Finger auf die richtigen Punkte. Im Weiterfahren wurde allmählich sichtbar, dass sich der erste Nebenarm teilte. Also waren es einer, zwei, drei, vier. Und fünf.

»Es ist hier!«, rief Laila.

»Ramirez, nimm Kurs nach links!«, ordnete ich an.

Es dauerte ewig, bis wir den richtigen Nebenarm erreicht hatten.

Jetzt mussten wir nur noch den Felsen finden, der wie der Kopf eines *Tinamú* aussah.

»Was ist überhaupt ein *Tinamú*?«

»Sag bloß, du hast noch nie einen gesehen«, wunderte sich Gió.

»Natürlich nicht, sonst würde ich nicht fragen.«

»Das sind Vögel, die ungefähr so groß wie Hühner sind. Und ihr Kopf ist wie … wie …«

»Ist der Schnabel gerade oder gekrümmt wie bei einem Adler?«, fragte Laila.

»Gerade.«

»Okay«, sagte ich. »Ramirez, Motor auf niedrigste Stufe!«

»Du, pass mal auf, du bist hier nicht der Kapitän!«

»Ja, du hast ja recht, aber fahr mal langsamer, sonst verpassen wir noch die Stelle. Vielleicht ist dieser *Tinamú*-Felsen ganz klein.«

Zum Glück hörte Ramirez auf mich und verlangsamte das Tempo. Der *Pekepeke* glitt in den Nebenarm, der immer noch so breit war, dass ein großes Kreuzfahrtschiff bequem hineingepasst hätte.

Und nun tauchte das nächste Problem auf. »Soll dieser komische Felsen am linken oder am rechten Ufer stehen?«

»Links«, erwiderte Laila. »Denn rechts ist eine Insel.«

»Aber wer sagt uns, dass der Schamane nicht auf einer Insel wohnt? In der Wegbeschreibung heißt es, dass man einen Tag lang durch den Dschungel gehen muss, um zu ihm zu kommen. Aber nicht unbedingt *auf dem Festland.*«

»Da hast du recht. Dann konzentriere du dich auf diese Seite und ich übernehme die andere.«

Fabio und Gió hielten ebenfalls Ausschau und auch Ramirez von seinem Posten am Heck aus. Doch zwischen all den Bäumen, Schlingpflanzen und Felsen einen bestimmten Felsen zu finden, war alles andere als leicht.

»Wir müssen auch daran denken, dass Señora Blancas Beschreibung vierzig Jahre alt ist. In der Zwischenzeit kann der Fluss seinen Lauf geändert haben. Vielleicht hat er Inseln überschwemmt und Felsbrocken verschoben. Möglicherweise gibt es das, was wir suchen, gar nicht mehr.«

»He, komm, wir können doch nicht ausgerechnet jetzt aufgeben.«

Nein, aufgeben wollte ich nicht, aber wir hielten schon seit Stunden Ausschau und dabei konnte man leicht den Mut verlieren. Wir bemühten uns, die Ufer sorgfältig abzusuchen, doch sah alles so eintönig gleich aus, dass ich davon allmählich Kopfschmerzen bekam.

»Könnte es der da sein?«, fragte Gió und zeigte auf einen aus dem Uferschlamm ragenden Felsblock.

»Ich habe keine Ahnung, wie ein *Tinamú* aussieht, aber …«

»Die *Gallinazos*!«, rief Laila. »In der Wegbeschreibung heißt es, dass gleich nach dem Felsen ein Baum kommt, ein …«

»*Andiroba*«, sagte Fabio.

»Und dass *Gallinazos* um ihn herumfliegen. Was sind *Gallinazos*?«

»Vögel«, erklärte Gió.

»Ja, klar, wenn sie fliegen können … Aber wie sehen sie aus?«

Ich befürchtete schon, dass er sagen würde: So wie die *Tinamú*, doch Fabio erklärte: »Es sind kleine Geier. Sie fliegen dorthin, wo Aas ist. Und der *Andiroba* ist ein sehr hoher Baum mit einem dünnen Stamm und vielen zerzaust aussehenden Blättern.«

Nun konzentrierten wir uns alle auf den Himmel. Ein Schwarm Geier müsste eigentlich leicht auszumachen sein, vor allem wenn sie über einem zerzausten Baum kreisten.

»Dort!«, rief ich. »Hinter der Biegung des Flusses, seht ihr das?«

»Nein, ich nicht!«, sagte Laila.

»Warte … Und jetzt? Wenn sie vor dem Hintergrund des Himmels fliegen, erkennt man sie besser.«

»Du meinst, das sind *Gallinazos*?«

»Ja, ja«, rief Gió. »*Gallinazos*!«

»Ramirez, jetzt noch langsamer!«

»Ich habe dir schon mal gesagt, dass …«

»Langsam fahren, verdammt noch mal!«

Wir folgten der Biegung, und da ragte doch tatsächlich der Felsblock aus dem Uferschlamm. Ein großer runder Felsen mit einem Vorsprung. Na ja, man musste schon ein bisschen Fantasie haben, um den Felssporn für einen Vogelschnabel zu halten. Aber dahinter stand ein sehr hoher Baum, über dem Geier kreisten.

Der Baum wuchs am Waldrand, in einer kleinen Sandbucht. Gleich dahinter begann dichter Dschungel.

»Ramirez …«

»Schon verstanden, ich sehe ihn. Ich fahre ran.«

Ramirez schaltete den Motor aus und ließ das Boot ans Ufer gleiten. Mit einem dumpfen Laut lief der Einbaum auf dem Sand auf.

Wir stiegen aus und gingen zum *Andiroba*. Ungefähr auf unserer Höhe war der Kadaver eines kleinen Tiers an den Stamm genagelt worden. Ich war mir nicht sicher, ob es sich um eine Maus handelte. Jedenfalls hing das Tier wohl schon länger dort, denn es stank so widerlich, dass es mir den Magen umdrehte.

»Deshalb also kreisen hier die Geier drüber«, meinte Ramirez. »Der Gestank zieht sie an.«

»Es bedeutet aber auch etwas anderes«, sagte Laila. »Nämlich, dass jemand gefunden werden möchte.«

Ihre Stimme klang seltsam fremd und kalt.

Vielleicht war sie erschrocken, und um ehrlich zu sein, war ich es auch.

Denn wenn es wirklich der Schamane gewesen war, der das arme Tier getötet und an den Baum genagelt hatte, dann hieß das, dass er auf uns wartete.

Und das konnte ein gutes Zeichen sein, oder vielleicht auch nicht.

Laila kehrte zum Einbaum zurück und holte ihre Stofftasche heraus, die mittlerweile wirklich schlimm aussah. Sie war so dreckig, dass man die aufgestickten Bären kaum noch erkennen konnte.

»Hm«, meinte sie. »Anscheinend ist jetzt der Moment gekommen, um uns zu verabschieden …«

Tja.

Mission erfüllt.

Es wurde Zeit, wieder an Bord zu gehen und flussaufwärts zu fahren, nach Nauta und ins Naturschutzgebiet.

Zeit, zum Onkel zurückzukehren.

Wir schauten einander an, alle fünf. El Rato und ich, sie, Fabio und Gió.

»Fahrt ihr gleich los? Oder wollt ihr nicht lieber hier übernachten? In ein paar Stunden wird es dunkel …«

»Ich weiß nicht«, gab ich zu. »Was macht ihr? Brecht ihr jetzt auf?«

El Rato nickte. »Ich glaube ja.«

»Aber im Wald schlafen ist gefährlich.«

»Könnte sein, ja …«

»Ihr seid ja nur zu zweit.«

»Stimmt schon.«

»Wenn ihr zu mehreren wärt, wäre das anders.«

»Wenn wir zum Beispiel noch drei Leute mehr wären.«

»Ja, drei mehr, das wäre sehr viel besser.«

»Schade, dass ihr gleich wieder nach Nauta zurückmüsst.«

»Ja, echt schade.«

»Aber euer Onkel wird sehr wütend sein.«
»Er wird außer sich sein vor Wut.«
»So wütend, wie man gar nicht mehr wütender sein kann.«
»So wütend, dass ein Tag mehr oder weniger jetzt auch schon egal ist …«
»Es würde ihm gar nicht mal auffallen.«
»Nö, glaube ich auch nicht.«
»Was für einen Unterschied soll das schon machen?«
»Eben, gar keinen.«
»Und ich bin noch nie einem Schamanen begegnet.«
»Ich schon, aber nicht hier in der Gegend.«
»Ich auch, aber nicht einem so mächtigen.«
»Es wäre eine einmalige Gelegenheit.«
»Vor allem für Gió, der noch so klein ist.«
»Ich bin nicht klein!«
»Also wollt ihr doch nicht gleich zurückfahren?«
»Nein, los, wir gehen mit!«
»Und was meinst du, Fabio?«
»Ich will auch, dass wir mitgehen.«
»El Rato?«
»Ich hätte nichts dagegen, wenn ihr mitkommt. Es wäre sicherer.«
»Laila?«
»Ich würde mich sehr freuen. Aber entscheiden musst du das, Ramirez …«
»Es steht vier zu eins, ich würde sagen, dass mir keine Wahl bleibt.«
»Dann gehen wir also alle zusammen?«
»Klar, los!«
»Hier entlang.«

Als Erstes, erklärte Ramirez, müssten wir den *Pekepeke* so verstecken, dass man ihn vom Fluss aus nicht sieht, für den meiner Ansicht nach eher unwahrscheinlichen Fall, dass jemand ihn im Vorbeifahren bemerkte und stahl.

Die Jungen montierten den Motor ab und trugen ihn zwischen die Bäume, wo sie ihn mit Zweigen und Palmwedeln abdeckten.

Der Kanister mit dem Sprit wurde an einer anderen Stelle versteckt. Dann hoben sie das Boot an und trugen es gemeinsam tiefer in den Wald hinein. Auch das Boot deckten wir ab.

Anschließend holten wir das Gepäck. Es war nicht viel: zwei Wasserflaschen, die letzten Keks- und Crackerpackungen, das Mückenspray, die Küchenmesser und die Streichhölzer.

Der Wegbeschreibung zufolge mussten wir in Richtung Sonnenaufgang gehen, also nach Osten. Ramirez zeigte uns die Himmelsrichtung, in der die Sonne bald untergehen würde. Der Osten lag genau gegenüber.

Wir hatten also noch einen Tagesmarsch vor uns. Nicht schlimm (jedenfalls stellte ich mir lieber vor, dass es nicht schlimm werden würde).

Wir brachen auf. Ramirez ging voraus, gefolgt von El Rato, danach kam ich mit Gió an der Hand und Fabio als Letzter.

Es gab weder Wege noch Pfade, doch das Unterholz war nicht allzu dicht. Ich musste nur aufpassen, dass ich nicht über die vielen Wurzeln stolperte. Die Sonnenstrahlen schienen zwischen den Blättern hindurch auf den Waldboden und tauchten alles in ein freundliches grünes Licht.

Wir stiegen einen Hügel hinauf, überwanden einen kleinen Sumpf voller Bäche und liefen dann wieder bergab.

Die Vegetation wurde dichter. Ramirez und El Rato schoben Zweige und Ranken beiseite, damit wir durchkamen.

Ein Ast traf mich wie ein Peitschenschlag am Kinn und ich fiel zu Boden.

El Rato zog mich wieder hoch und fragte mich, ob es mir gut gehe. Tatsächlich war mir nichts passiert. Ich hatte nur den Ast nicht gesehen.

Der Zustand meiner Augen machte den Marsch durch den Dschungel zu einer gefährlichen Angelegenheit. Wenn ich auf den Boden schaute, sah ich die Äste vor meinem Kopf nicht, und wenn ich auf die Äste achtete, stolperte ich.

Ich versuchte, langsamer zu gehen, doch ich strauchelte, fiel wieder hin und schürfte mir das Knie auf.

»Laila, was hast du denn?« Gió klang weinerlich. Es jagte ihm Angst ein, dass ich ständig stolperte. »Willst du wieder dasselbe wie gestern machen, wo du erst geschrien hast und dann hingefallen bist?«

»Nein, ganz bestimmt nicht. Du brauchst keine Angst zu haben. Aber vielleicht ist es doch besser, wenn du mit Ramirez läufst. Ich glaube, der braucht deine Hilfe. Fabio, gehst du bitte auch vor mir? Ich muss kurz mal mit El Rato sprechen.«

Unsere Kolonne neu zu organisieren, dauerte etwas.

Ich ließ die anderen vorgehen, um mit El Rato zu sprechen.

»Was ist?«, fragte er. »Du hast da eine böse Schramme …«

»Es ist wegen meiner Augen. Ich sehe die Äste nicht …«

Ich erklärte ihm mein Problem. Entweder ich stolperte oder ich bekam einen Ast ins Gesicht. Ich konnte einfach nicht gleichzeitig nach oben und nach unten schauen.

Ich spürte, wie Verzweiflung in mir aufstieg. Sie drückte mir einen Kloß in den Hals, so dick, dass ich kaum noch sprechen konnte. Ich war von unsichtbaren Feinden umgeben, gegen die ich nichts unternehmen konnte.

»El Rato … was soll ich nur tun?«

Er trat ganz nah an mich heran und meinte lächelnd: »Das ist doch nicht schlimm.« Dann wandte er mir den Rücken zu, griff nach meinen Händen und legte sie sich auf die Hüften. »Wenn du mit deinen Augen nicht sehen kannst, dann nimm meine. Wir gehen von jetzt an einfach so. Du lässt dich von mir leiten und brauchst nur darauf zu achten, nicht zu stolpern. Mein Körper ist jetzt der Schild, der dich vor allem anderen schützt.«

Ich fand das so lieb von ihm, dass ich gar nichts darauf zu sagen wusste.

»Meine richtige Mutter habe ich nie kennengelernt und mein Spitzname ist eigentlich albern. Ich weiß nicht, ob ich in einem wichtigen Moment zur Welt gekommen bin. Doch ich weiß, dass der wichtigste Moment in meinem Leben genau dieser hier ist.«

Ich umarmte ihn ganz fest, von hinten. Dann löste ich mich von ihm und legte meine Hände wieder auf seine Hüften.

»Einverstanden, versuchen wir es.«

El Ratos Methode machte uns zwar langsamer, gab mir aber Sicherheit. Wir erreichten schließlich den Fuß des Hügels und kamen eine Weile im Unterholz ganz gut voran. Es gab hier sehr viele Insekten, ich konnte sie zwar nicht sehen, hörte sie jedoch um mich herum summen. Vor allem aber spürte ich ihre Stiche im Gesicht, an den Händen und Knöcheln. Ich sprühte mich ein, doch das nützte nichts.

Es war sehr schwül und die Bäume standen so dicht, dass ihre Kronen den Himmel verdeckten. Ramirez warnte uns, dass wir die Richtung nicht mehr bestimmen konnten, wenn wir die Sonne nicht sahen. Fabio dagegen fand, es reiche völlig aus, einfach immer geradeaus zu laufen. Allerdings würden wir hier im Wald überhaupt nicht merken, wenn wir anstatt gerade zu gehen einen Bogen machten … Sie hatten beide recht.

Ich musste wieder an den Lichtstrahl denken, der uns leitete. Wir mussten nur unser Bestes geben, und das würde genügen.

Wir kämpften uns weiter durch ein Gewirr aus Palmen, Sträuchern, Baumstämmen und Schlingpflanzen. Ich wusste zwar, dass es in den Tropen fast keine Dämmerung gibt, doch hier inmitten des Waldes erschien sie uns noch kürzer und beinahe schlagartig standen wir im Dunkeln.

»Hab keine Angst«, sagte El Rato.

»Aber ich sehe nichts mehr!«

»Wir gehen langsam. Wenn Wurzeln oder Steine kommen, warne ich dich. So wie wir das in der ersten Nacht gemacht haben, als wir aus der Klinik geflohen sind. Erinnerst du dich?«

»Ich weiß nicht … Mir wäre es lieber, wenn ich nicht weitergehen müsste.«

»Ramirez!«, rief El Rato. »Wollen wir hier unser Lager aufschlagen?«

»Besser nicht. Hier ist zu wenig Platz. Wir könnten uns nicht mal hinsetzen. Lasst uns noch etwas weiterlaufen, bis wir eine Lichtung finden.«

Also gingen wir weiter und nun fing es auch noch an zu regnen. Ein heftiger Guss, der gerade lange genug andauerte, um uns alle zu durchnässen. Sofort danach kehrten die Mücken zurück und waren noch aggressiver als vor dem Regen. Die ständigen Stiche machten mich wahnsinnig und die Luft war so feucht, dass es mir vorkam, als könne ich sie kaum noch einatmen.

»So, das reicht«, meinte Ramirez schließlich. »Ich sehe nicht mehr, wo ich hintrete. Keine Ahnung, ob wir noch geradeaus gehen oder nicht. Wir riskieren, uns zu verlaufen. Ich weiß jetzt schon nicht mehr, wie wir zu der Stelle zurückkommen, wo wir den Einbaum versteckt haben.«

Keiner von uns hatte daran gedacht, die Baumstämme im Vorbeigehen zu markieren oder irgendwelche anderen Zeichen zu hinterlassen, um später erkennen zu können, wo wir langgegangen waren. Womöglich war das Boot für immer verloren.

Dieser Gedanke machte mir Angst.

Wir kamen zu einer seltsamen Palme, deren Schaft aus einem Bündel kleinerer, pyramidenförmig angeordneter Wedel bestand. Sie sah ein bisschen wie ein Holzhaufen aus, den man für ein großes Feuer aufgeschichtet hatte. Weil ihre Wedel etwas Schutz vor Regen boten, beschlossen wir, dort unser Lager aufzuschlagen.

Wir setzten uns auf den Boden … und im nächsten Augenblick sprang Gió kreischend auf.

»Was ist los?«

»Keine Ahnung, man sieht ja nichts.«

»Hilfe, Hilfe, Hilfe!«

Fabio trat neben seinen Bruder und rief: »Ameisen! Er ist voller Ameisen!«

Und wirklich war der kleine Junge von Kopf bis Fuß von Ameisen bedeckt. Offensichtlich hatte er sich versehentlich auf ein Nest gesetzt. Wir wischten ihn mit unseren Händen und mit Blättern ab, zogen ihn rasch nackt aus und schüttelten T-Shirt, Shorts und Unterhose aus, um sie von Ameisen zu befreien. Als ich Giós Haut berührte, fühlte ich, wie uneben sie war: Die Stiche waren bereits alle angeschwollen.

Sobald Gió sich beruhigt hatte, suchten wir uns eine andere Stelle, aber niemand wollte sich mehr hinsetzen. Wir blieben alle stehen, mit dem Rücken an die Bäume gelehnt.

Der Urwald war voller Geräusche, Vogelrufe und schriller Affenschreie. Ich hörte, wie sich *Lebewesen* zwischen den Ästen bewegten.

Keiner hatte Hunger, dennoch zwangen wir uns, etwas zu essen: fünf Kekse für jeden, die wir mit etwas Wasser hinunterspülten.

»Wir haben nicht mehr viel Proviant«, stellte Fabio fest. »Morgen bekommt jeder noch zwei Cracker zum Frühstück, danach ist alles aufgebraucht.«

Diese Mitteilung trug nicht gerade zur Besserung unserer Stimmung bei.

Plötzlich rief El Rato: »Ein Panther!«

»Wie? Was?«

»Das hast du geträumt.«

»Nein, nein, ich schwöre es euch.« Er klang angsterfüllt und schrill. »Da, zwischen den Sträuchern war ein Gesicht. Ich habe es gesehen. Wie ein Katzengesicht, nur viel, viel größer …«

»Das kann nicht sein«, widersprach Ramirez. »Hier gibt es gar keine Panther. Es könnte höchstens ein Jaguar gewesen sein.«

»Panther oder Jaguar, das ist doch egal. Ich schwöre euch, dass er da drüben war!«

»Ein Jaguar lässt sich nicht blicken. Es sei denn, er hat vor, einen zu fressen.«

Doch El Rato war überzeugt davon, eine Raubkatze gesehen zu haben. Er verteilte die Küchenmesser. Leider waren es ziemlich kleine Messer mit abgerundeter Spitze. Ich glaube nicht, dass sich ein Jaguar von ihrem Anblick hätte abschrecken lassen.

Der Gedanke, dass sich in unserer Nähe ein Raubtier versteckt hielt, und dann noch die Dunkelheit, die Geräusche, die Insekten, die hohe Luftfeuchtigkeit … Es war zu viel, für uns alle. Wir konnten nur eines tun: Uns so schnell wie möglich von diesem höllischen Ort entfernen.

Wir nahmen wieder unsere Positionen in der Marschkolonne ein: Ramirez vorneweg, dann Gió, El Rato mit mir im Schlepptau und Fabio als Letzter.

Nach ein paar Hundert Metern hatten wir alle nasse Füße: Wir standen bis zu den Knöcheln im Wasser. Vielleicht war es ein Bach, vielleicht auch ein Sumpf, aber keiner von uns hatte das Wasser gesehen.

An einem Baum blieben wir wieder stehen.

Gió war unruhig und schlug vor, wir sollten einander Geschichten erzählen, doch wir schwiegen lieber und lauschten, für den Fall, dass sich uns etwas Gefährliches näherte.

Es wurde immer klarer, dass es ein Fehler gewesen war, gleich loszuziehen, anstatt am Flussufer zu übernachten. Aber jetzt war es zu spät, und wir waren alle erschöpft und verängstigt.

Eng aneinandergedrängt ließen wir die Stunden verstreichen. Sobald die Morgendämmerung einsetzte, gingen wir weiter.

Wir konnten die Sonne noch nicht sehen, deshalb fiel es uns schwer, die Richtung zu bestimmen.

Der Dschungel sah überall gleich und überall anders aus. Er bestand aus Millionen von Pflanzen, aus Schlamm und Laub, aus Bächen, die sich im Waldboden versteckten, aus moosüberwachsenen Steinen, aus Pilzen und eigenartigen Blüten, aus Hügeln und aus Steilwänden, die sich uns plötzlich in den Weg stellten und uns zu langen Umwegen zwangen.

Wir liefen stundenlang, bis keiner von uns mehr seine Beine spürte. Wir waren verdreckt, hungrig und am Ende unserer Kräfte.

Wir aßen die letzten Cracker und tranken das letzte Wasser, dann ging es wieder weiter.

»Es ist unmöglich«, klagte Ramirez. »Wir müssten schon längst da sein. Wir haben uns verlaufen.«

»Sag das nicht. Sag das ja nicht! Geh weiter!«

Auf einmal standen wir vor einem kleinen See, oder besser gesagt vor einem Teich, denn in diese Wasserfläche mündeten keine Flüsse oder Bäche, sie schien wie von selbst aus dem Boden gewachsen zu sein.

»Eine *Quebrada*!«, rief Ramirez.

»Wen interessiert das schon?«, sagte El Rato müde. »Seht ihr denn nicht, was sich dahinter befindet? Drüben, auf der anderen Seite?«

Wir schauten alle in die Richtung, in die er zeigte.

Auf dem anderen Ufer stand, nur knapp hundert Meter von uns entfernt, eine Hütte! Jetzt, wo El Rato mich darauf aufmerksam gemacht hatte, erkannte ich die schiefen Verandapfosten, das mit trockenen Palmwedeln gedeckte Dach, die Eckpfeiler. Und eine zwischen zwei Bäumen angebrachte Hängematte.

Am liebsten wäre ich in den Teich gesprungen, um schneller auf die andere Seite zu kommen. Stattdessen rannte ich mit meinen durchnässten, mit Schlamm zugekleisterten Schuhen außen herum. Als ich hörte, dass die anderen hinterherkamen, beschleunigte ich mein Tempo. Ich wollte als Erste ankommen, das hatte ich mir verdient. Ich blieb vor der Hütte stehen und bückte mich, um zu verschnaufen.

War denn niemand zu Hause?

Die Hängematte bewegte sich und zwei Schuhe landeten auf dem Dielenboden der Veranda. Es waren Converse-Chucks, genau wie meine und genauso schmutzig.

Darüber zwei ausgefranste Jeansbeine.

Ein Oberkörper, so dunkel wie Baumrinde.

Und ein neugierig lächelndes Gesicht.

»Endlich seid ihr gekommen.«

El Rato, Ramirez, Fabio und Gió hatten mich inzwischen eingeholt.

»Der Schamane von K.?«, fragte ich zaghaft.

»Das kann nicht der Schamane von K. sein«, widersprach El Rato. »Señora Blanca hat gesagt, dass er so gut wie nackt war und vollkommen kahl …«

Der alte Mann, der vor uns stand, hatte hingegen einen Schnurrbart und langes und sehr dichtes schneeweißes Haar.

»Das hier ist wirklich K., oder besser das, was davon übrig ist«, sagte der Mann langsam. »Doch der Mensch, den ihr sucht, hat diese Welt vor vielen Jahren verlassen und seine Seele ist zu den Geistern zurückgekehrt.«

»Der Schamane ist tot?«, fragte El Rato.

»Ist doch klar, dass der tot ist«, entgegnete Ramirez. »Seit er das letzte Mal gesehen wurde, ist viel Zeit vergangen …«

Ich wusste, was ich nun als Nächstes fragen musste, und ich hatte vor dieser Frage Angst.

»Wer …« Ich holte noch mal tief Luft. »Wer sind Sie?«

»Heute habe ich keinen Namen mehr«, antwortete der alte Mann. »Doch früher hieß ich Miguel.«

»Miguel Castillo?« Ich konnte es kaum glauben. »Der Freund von Doktor Clarke?«

Er schien überrascht, dass ich diesen Namen kannte. Er nickte.

»Oh Gott, wir … Wir haben so lange nach Ihnen gesucht.« Wieder atmete ich einmal tief durch, bevor ich herausplatzte: »Wir haben das Tagebuch des Doktors gefunden und sind von Lima aus los, um Ihren Spuren zu folgen. Und in Aguas Calientes haben wir Ihre Frau Auka kennengelernt und Ihren Sohn, ach nein, Ihren Enkel, er heißt Miguel wie Sie und er hat eine wunderschöne kleine Tochter, die Tika heißt. Also sind Sie … Sie sind Urgroßvater, wissen Sie. Dann sind wir hergekommen, in Iquitos haben wir mit Señora Blanca gesprochen, auf dem Markt von Belén, ich habe ein *Chambira*-Körbchen dabei, das sie gemacht hat, und sie hat uns gesagt, wie wir Sie finden können und …« Ich hatte schneller und schneller geredet, aber jetzt verstummte ich.

Eine dicke Träne rollte an Miguels Wange hinunter. »Ihr habt meine Auka kennengelernt? Wirklich?«

Ich nickte.

»Die Geister haben mir euer Kommen angekündigt. Sie haben mir gesagt, dass ihr meine Hilfe braucht. Aber ich wusste nicht, dass auch ihr mir helfen würdet.«

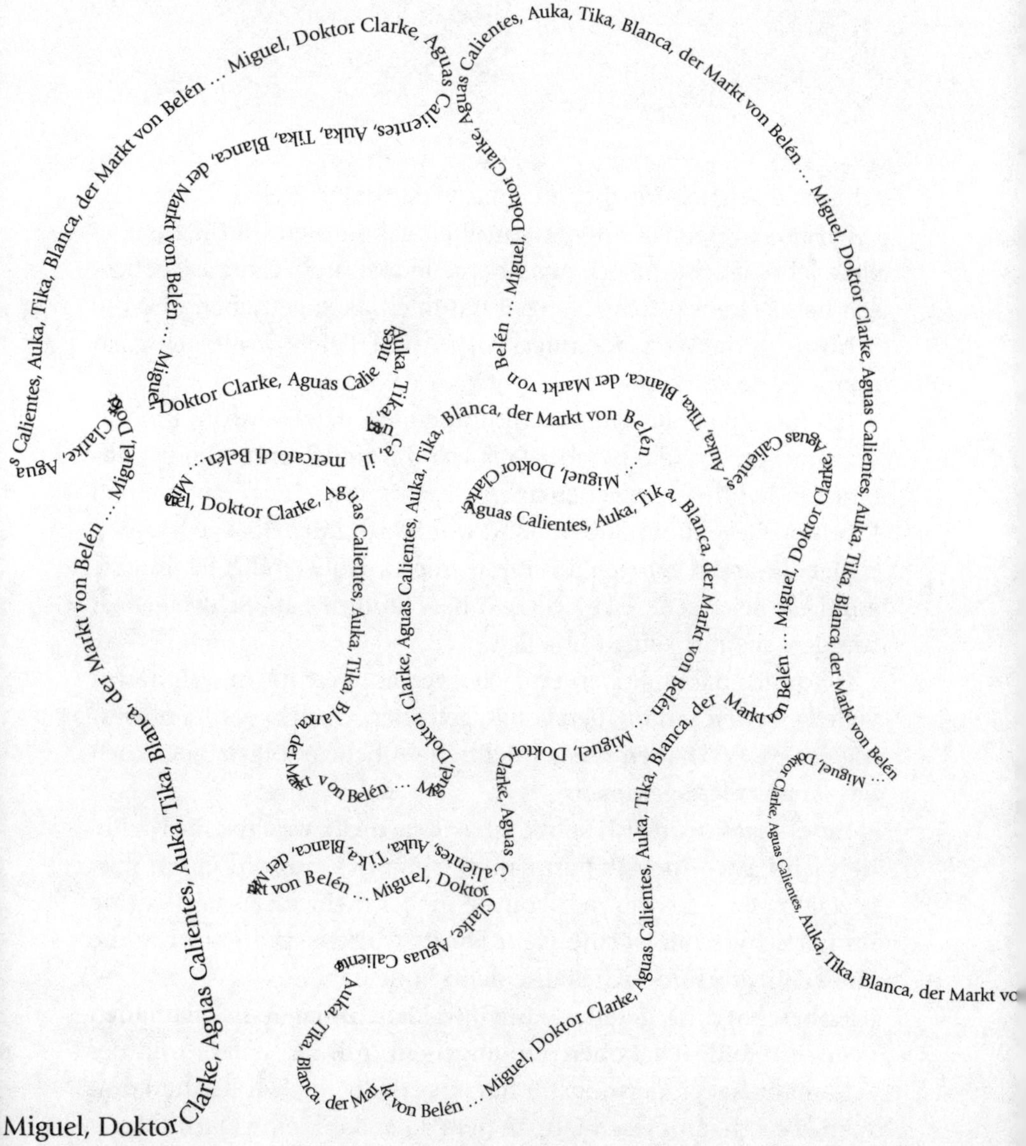

Ich heiße Miguel Castillo, aber das wisst ihr ja bereits.

Ich bin in Aguas Calientes zur Welt gekommen und habe dort viele Jahre gelebt. Bis ich aus Abenteuerlust mein Zuhause verlassen habe. Unersättliche Neugier hat mich dazu getrieben und die Sehnsucht, die Welt zu entdecken. Oder vielleicht wollte ich auch meine Seele entdecken.

Ich habe viele Reisen unternommen, die letzte davon, um ein Versprechen zu halten. Jedenfalls war das der Grund, den ich anderen gegenüber angegeben habe. Gegenüber meiner Frau, meinen Kindern. Gegenüber Robert. Und wohl auch mir selbst gegenüber.

Dabei war das gelogen. Ich fühlte mich unvollständig. Ich musste auf diese Reise gehen. Um diese innere Stimme zum Schweigen zu bringen, die mir keine Ruhe ließ.

In Iquitos haben Robert und ich zwei Jahre verbracht. Wir haben viele Male den Schamanen von K. getroffen, doch er wollte nie mit uns reden. Wir haben versucht, ihm heimlich zu folgen, aber auch das ist uns nicht gelungen.

Eines Tages wurde ich krank. Ich wusste nicht, was für eine Krankheit ich hatte. Auch Robert kannte sie nicht, obwohl er ein ausgezeichneter Arzt war. Ich konnte nichts mehr essen und wurde immer schwächer. Meine Haut wurde trocken und grau wie die eines Alligators und ich spürte mein Ende nahen.

Robert hat mich gerettet. Als wir wieder einmal dem Schamanen begegnet sind, hat Robert ihn angefleht, mir zu helfen, und der Schamane hat eingewilligt. Er hat uns erklärt, wie wir hierherkommen können, an diesen Ort, an dem einst das kleine Dorf K. lag.

Wir haben uns einen Einbaum gekauft und seine Anweisungen befolgt. Es wurde eine sehr anstrengende Reise. Ich konnte mich kaum noch bewegen und Robert musste alles allein machen, das Boot allein steuern und mich dann fast die ganze Strecke durch den Dschungel tragen.

Aber das brauche ich euch ja nicht zu erzählen. Ihr habt dieselbe Reise hinter euch gebracht und wisst, wie anstrengend und gefährlich sie ist.

Als wir hier bei der *Quebrada* anlangten, waren wir am Ende unserer Kräfte. Damals standen auf dieser Lichtung die traditionellen Häuser der Ureinwohner, die aus Baumstämmen und Palmmatten gefertigt waren. Diese Hütte gab es damals noch nicht.

Auch wir stellten fest, dass wir erwartet wurden, nämlich von dem Schamanen höchstpersönlich. Er befahl uns, uns in dem Teich zu waschen, und bot uns einen Brei aus zerdrückten Früchten an und einen furchtbar bitteren Kräutertee. Wir seien unrein, sagte er, und müssten unseren Körper reinigen. Bei ihm gab es kein Salz, keinen Zucker, kein Fett. Ich sei krank, erklärte er mir, weil mein Körper und meine Seele sich voneinander entfernt hätten und ich nicht mehr in Harmonie mit mir selbst sei.

Und tatsächlich fühlte ich mich dank seiner Pflege bald besser und war in kürzester Zeit wieder gesund und bei Kräften.

Das Dorf K. trug eigentlich einen anderen Namen, doch der war heilig und wurde Fremden daher nicht verraten. Der Schamane erklärte uns, dass die Menschen ihr Dorf auf dieser Lichtung errichtet hatten, weil dies der einzige Ort auf der Welt war, an dem die verschollene Blume wuchs.

Er klärte uns darüber auf, dass alles, was wir bisher über die verschollene Blume zu wissen geglaubt hatten, falsch war. Denn anders als Robert gedacht hatte, konnte man aus der Blüte kein Heilmittel gewinnen und sie durfte auch nicht Kranken verabreicht werden. Die Blume war für den Schamanen. Sie verlieh ihm die erstaunliche Fähigkeit, im Wachzustand die Grenze zwischen unserer Welt und der Welt der Geister zu überwinden.

Die Geisterwelt ist eine Dimension, die der unseren ähnelt und die das überlagert, was wir gern als »Wirklichkeit« bezeichnen. Sie wird von Geistern, Dämonen und Göttern bewohnt, Wesen also, die für uns normale Sterbliche für gewöhnlich unsichtbar sind. Nur wenige Menschen besitzen die Gabe, in ihren Träumen kurze Einblicke in die Geisterwelt zu bekommen.

Die verschollene Blume aber ermöglicht es dem Schamanen, bei vollem Bewusstsein in die Geisterwelt eingelassen zu werden. Ihr müsst wissen, dass das äußerst gefährlich ist, denn er kann dabei sein Leben verlieren. Oder, was noch viel schlimmer ist, seine Seele. Andererseits aber verleiht ihm die Blume besondere Fähigkeiten. Er kann sich durch sie in einen Jaguar verwandeln und mit den Geistern sprechen. Er bekommt das wahre Gesicht der Dinge und der Wesen zu sehen: Er sieht sie nicht so, wie sie in unserer Wirklichkeit erscheinen. Für ihn wird ihre wahre Natur sichtbar, die von der Kraft geprägt ist, die sie besitzen. Der Schamane kann mit den Seelentieren sprechen, die alle Menschen leiten und beschützen. Und mithilfe all dieser Geister und Kräfte kann der Schamane die Dämonen der Krankheit seines Patienten besiegen.

Ich weiß, was ihr jetzt denkt: Das sind Hirngespinste primitiver Völker oder ganz einfach nur Märchen. Auch ich habe das früher geglaubt und Robert ebenso. Ach, er wurde richtig wütend, als er das zum ersten Mal gehört hat. Er dachte, der Schamane wolle sich über ihn lustig machen, und er hasste nichts mehr, als nicht ernst genommen zu werden.

Er bat den Schamanen, ihm eine Blüte zur Verfügung zu stellen, damit er sie untersuchen könne. Doch der Schamane erwiderte, dass dies nichts nützen würde. Robert ärgerte sich immer mehr. Er schlug mir vor zurückzukehren, zu unserem Boot, in die Zivilisation. Natürlich wollte ich meine Frau wiedersehen, meine Auka, die ich im Stich gelassen hatte. Dennoch konnte ich mich nicht dazu entschließen aufzubrechen. Ich spürte, dass ich meine Aufgabe hier noch nicht erfüllt hatte. Mein Körper war wieder gesund, hatte aber noch nicht zu meiner Seele zurückgefunden.

Ich vertraute mich dem Schamanen an und er sagte, dass er mich als Schüler aufnehmen und mich in sein Geheimwissen einführen könne. Er sagte auch, dass es ein schwieriger Weg sei, denn diese Lehre würde mein Leben verschlingen und mir nicht erlauben, jemals in die Zivilisation zurückzukehren. Ein Schamane darf sich nicht allzu weit vom Ort seiner Magie entfernen, wenn er seine Kräfte nicht verlieren will.

Er riet mir, gut über meine Entscheidung nachzudenken.

Und das tat ich auch. Einen ganzen Mondzyklus brachte ich allein im Dschungel zu. Ich jagte Affen und aß ihr Fleisch, ich sammelte essbare Wurzeln, ich trank das Wasser der Bäche und ich meditierte.

Mir war bewusst, dass ich Kinder hatte, um die ich mich kümmern müsste. Aber meine Familie hielt mich für tot, vielleicht hatte meine Frau sich wieder verheiratet. Wenn ich zu meiner Familie zurückkehrte, würde ich möglicherweise ihr Glück zerstören und mich selbst dazu verurteilen, unglücklich zu sein … So grübelte ich damals vor mich hin und belog mich abermals, denn eigentlich wollte ich nur herausbekommen, ob es die Kräfte, von denen der Schamane sprach, wirklich gab.

Meine Entscheidung war egoistisch, doch damals dachte ich mir, dass ich nichts zu verlieren hatte. Sollte ich herausfinden, dass die übernatürlichen Kräfte nur eine Einbildung des alten Schamanen waren, konnte ich ja wieder nach Hause zurückkehren. Sollte es diese Kräfte jedoch wirklich geben, würde sich mir eine wunderbare neue Welt erschließen.

Ich ging zu dem Schamanen und teilte ihm mit, dass ich sein Schüler werden wollte. Ich sei bereit, die verschollene Blume zu pflücken, sagte ich, doch er lachte nur und erklärte mir, dass noch viel Zeit vergehen würde, bis ich diese Blume auch nur berühren dürfe.

Und genau so war es.

Meine Lehre dauerte mehrere Jahre. Ich lernte anders zu essen, zu atmen und zu schlafen. Ich lernte die Pflanzen des Waldes kennen, ich lernte, die Tiere bei ihrem wahren Namen zu rufen, und ich lernte die geheime Sprache der Natur. Während sich Robert an die Lebensweise der Ureinwohner gewöhnte und einer von ihnen wurde, wurde ich zu einem Mitglied der großen spirituellen Gemeinschaft der Selva.

Es dauerte lange, bis ich begriff, warum mein Lehrer und Meister so streng zu mir war. Schamane wird man nicht aus Neugier oder weil man sich nach Macht sehnt. Das Wissen, das man erwirbt, dient einzig und allein dazu, anderen zu helfen. Sich in die Geisterwelt zu begeben bedeutet, sein Leben aufs Spiel zu setzen, denn man kann sich dort leicht verirren und nicht mehr den Weg zurück in die eigene Welt finden. Die einzige Orientierungshilfe ist der Wille, Gutes zu tun.

Ich lernte langsam, doch allmählich wusste mein Lehrer, dass er stolz auf mich sein konnte.

Dann starb Robert. Er war zusammen mit den anderen Kriegern des Dorfes auf die Jagd gegangen, auf einen Baum geklettert und in der Krone abgerutscht und aus großer Höhe gestürzt. Er war sofort tot und keiner konnte ihm helfen. Ich erfuhr es erst drei Tage später.

Mein Lehrer sagte mir, ich solle nicht weinen. Robert sei eine große, von der Sachamama gesegnete Seele. Sachamama, das ist der Geist der Selva, der oft in Gestalt einer Boa auftritt, einer Schlange, die so lang ist, dass man ihr Ende nicht sehen kann.

In jener Nacht erhielt ich zum ersten Mal die Erlaubnis, die verschollene Blume zu pflücken und die Geisterwelt zu betreten. Ich stellte fest, dass ich nicht mehr ich selbst war, sondern dass ich mich in einen Jaguar verwandelt hatte, das Leittier aller Schamanen.

In dieser neuen Gestalt, in der ich scharfe Zähne und Krallen, ein Fell und einen Schwanz besaß, lief ich in den Wald, mit dem ich mittlerweile vertraut war.

In der Tiefe des Waldes begegnete ich der Sachamama, die so alt wie die Selva ist und tatsächlich die Gestalt einer endlos langen Schlange angenommen hatte, mit einer von Blättern, Wurzeln, Pilzen und Steinen bedeckten Haut.

Sachamama erklärte mir, dass Roberts Seele unsterblich sei und dass ich mit ihr reden könne, wenn ich das wolle.

Danach sprach aus der Dunkelheit die Stimme meines Freundes zu mir und ich erfuhr, dass er glücklich war.

Mit tränennassem Gesicht kehrte ich in unsere Wirklichkeit zurück.

Von da an weihte mich der alte Schamane in alle Geheimnisse des Waldes ein, des sichtbaren Waldes ebenso wie des Waldes in der Geisterwelt.

Als er vor zwanzig Jahren starb, wurde ich zum einzigen Schamanen des Dorfes von K.

Die Jahre vergingen. Unsere Dorfgemeinschaft war klein, sie bestand aus nur einer Handvoll eng miteinander verbundener Familien. Am Tod einiger von ihnen war das Erdöl schuld: Auf einem Jagdzug trafen die Männer des Dorfes auf Arbeiter der Bohrstellen. Die Männer erschreckten sich und trafen einen der Arbeiter mit einem Pfeilschuss. Die Arbeiter hatten Gewehre dabei und erschossen sie alle.

Ein paar Jahre später gab es Krieg: Die Bewohner eines verfeindeten Dorfes hatten beschlossen, in dieses Gebiet hier einzufallen, um die verschollene Blume in ihren Besitz zu bringen. Wir konnten die Schlacht gewinnen, doch der Preis an Menschenleben war hoch.

Nun waren wir nur noch wenige, und die meisten davon waren schon alt. In unserem Dorf lebte nur noch ein einziges Kind, ein Junge. Als er erwachsen war, wollte er sich eine Frau suchen. Er stieg in seinen Einbaum und fuhr auf dem Fluss davon, auf der Suche nach seinem Glück.

Ich hörte nie auf, meine Pflichten als Schamane zu erfüllen. Ich wohnte in der Hütte, die ich selbst gebaut hatte, und verließ diesen Ort nur einmal alle drei Monate, genau wie es mein Lehrmeister vor mir getan hatte. Ich paddelte in die Stadt, um mich dort im Tausch gegen meine Heilmittel mit Kleidung und den wenigen anderen Dingen zu versorgen, die ich zum Leben brauchte.

Auf den Markt von Belén kehrte ich allerdings nie zurück, weil ich befürchtete, dass mich dort jemand erkennen könnte.

Ich blieb bei den Bewohnern dieses Dorfes, die zu meiner Familie geworden waren. Und auch nachdem der letzte von ihnen gestorben war, blieb ich. Denn hier wächst die verschollene Blume, die Quelle meiner Kraft.

Ich habe es ja schon einmal gesagt: Ein Schamane entfernt sich nicht vom Ort seiner Magie.

»Ich habe das nicht verstanden. Wollen Sie damit sagen, dass die verschollene Blume gar keine Heilpflanze ist?«

Ich hatte konzentriert zugehört und jetzt platzte mir schier der Kopf. Aber ich musste verstehen, was er gesagt hatte. *Ich musste es verstehen.*

»Ja, genau so ist es«, bestätigte der Schamane. »Ihr könnt übrigens Miguel zu mir sagen und mich duzen.« Er machte eine Pause. Dann fuhr er fort: »Die verschollene Blume öffnet das Tor zur Welt der Geister. Ein Mensch, der es versteht, mit ihnen zu sprechen, kann sie um vieles bitten. Auch darum, einen anderen Menschen zu heilen.«

»Also ist die verschollene Blume doch ein Heilmittel.«

»Nicht wirklich, junger Freund«, meinte Miguel lächelnd.

»Okay. Aber wenn diese Geister eingewilligt haben zu helfen, können sie doch jede Krankheit heilen, oder? Auch die schlimmste?«

So schlimm wie die von Laila, meinte ich damit.

Miguel dachte nach, bevor er mir antwortete. »Es gibt etwas, das mächtiger als alle Geister ist, und das ist das universale Schicksal. Dagegen kann man nicht ankämpfen, man kann es nur akzeptieren.«

»Willst du damit sagen, dass es auch Krankheiten gibt, die du nicht heilen kannst?«

»Ich kann überhaupt keine Krankheiten heilen. Die Geister dagegen heilen viele, wenn auch nicht alle. Auch können sie den Tod fernhalten, aber nur für eine Weile, denn irgendwann kommt der Tod zu jedem von uns. Das ist Teil des universalen Schicksals.«

Laila senkte den Kopf. »Du willst damit also sagen, dass du nicht weißt, ob du, ich meine, ob die Geister … also, ob ihr mir helfen könnt.«

»Genau so ist es. Ich weiß es nicht.«

»Aber wärst du bereit, es zu versuchen?«

»Du hast einen sehr weiten Weg zurückgelegt, um herzukommen. Ich habe auf dich gewartet. Gestern Nacht habe ich die Gestalt des Jaguars angenommen und bin in den Wald gegangen, um euch zu beobachten …«

»Der Panther!«, rief ich. »Dann warst du das?«

»Die Dinge, die sich in der Geisterwelt ereignen, spiegeln sich auf eigenartige Weise in unserer Welt: Die beiden Wirklichkeiten sind wie die Hälften ein und derselben Frucht. Ich weiß, dass jeder von euch gelitten hat, und ihr habt großen Mut bewiesen. Ich werde alles mir Mögliche tun. Ich werde mein ganzes Wissen einsetzen. Und ich werde sogar meine Seele riskieren, um euch zu helfen. Sowohl dir, als auch deinen Gefährten. Du hast mein Wort, Laila.«

Das hatte er wirklich schön gesagt. Aber irgendwie hatte ich gehofft, dass es einfacher sein würde. Allerdings hatte ich mich vorher auch noch nie gefragt, wie es wäre, einen Schamanen kennenzulernen. Ich hatte mir einen Mann mit einem Federschmuck auf dem Kopf vorgestellt, der die verschollene Blume pflückte, sie mit einem Mörser zerstieß und dabei irgendwelche heiligen Gesänge herunterleierte. Und **ZACK!** –, Laila würde das magische Gemisch hinunterschlucken und wäre auf einen Schlag geheilt.

So hätte es meiner Vorstellung nach sein sollen.

Andererseits kam mir dieser seltsame Schamane in Jeans, dieser alte Mann, den wir quer durch Peru verfolgt hatten, ehrlich vor. Ich wusste, dass er sein Bestes geben würde.

»Ihr seid sicher müde«, meinte Miguel. »In meiner Hütte habe ich noch mehr Hängematten, ihr könnt sie zwischen den Bäumen aufhängen und darin schlafen. Aber vorher wollen wir noch etwas essen. Habt ihr Hunger?«

»Ja, ziemlich«, gab ich zu.

»Zufällig habe ich gestern im Wald sehr viele *Suri* gefunden. Sie werden euch wieder Kraft geben.«

Ich hatte keine Ahnung, was *Suri* waren, deshalb sagte ich, das wäre prima. Komischerweise fingen Ramirez, Fabio und Gió daraufhin an zu kichern.

Miguel ging in seine Hütte und kam mit einer Holzschüssel wieder heraus.

»Oh nein!«, kreischte Laila.

Die Schüssel war voll gelber Maden, fingerlange, dicke Apparate. Ihr Körper bestand aus hervorquellenden Ringen und an dem einen Ende befand sich ein winziger dunkler Kopf.

»*Suri!*«, rief Gió erfreut.

Er fischte eine Made aus der Schüssel heraus. Sie war noch lebendig und wand sich zwischen seinen Fingern. Er steckte sie sich in den Mund und kaute. Ganz offensichtlich schmeckte sie ihm, ich sah ihm an, dass er nicht nur so tat.

»Lecker!«

Ich merkte, wie sich mir der Magen umdrehte, und hörte Laila würgen. Miguel, Ramirez und Fabio dagegen prusteten los.

»*Suri* leben unter der Rinde von *Buriti*-Palmen und schmecken tatsächlich sehr gut«, erklärte Miguel. »Aber ihr müsst sie nicht unbedingt roh essen.«

»Ich fürchte, ich würde sie so oder so nicht runterbringen«, gab ich zu.

»Ganz wie du willst.«

Miguel holte trockene Zweige und entzündete ein Feuer. Dann spießte er die *Suri* auf gerade dünne Zweige. Das sah so gruselig aus, dass Laila und ich aufstanden und weggingen.

Wir nutzten die Gelegenheit, um in der *Quebrada* zu baden. Miguel hatte mir versichert, dass darin keine *Candirú* schwammen, diese fiesen kleinen Fische, die einem – dem Onkel von Ramirez zufolge – bis in die Harnröhre hineinschwammen. Dennoch ging ich vollständig bekleidet ins Wasser. Außerdem waren meine Sachen ohnehin völlig verdreckt und ein Bad konnte ihnen nicht schaden.

Das Wasser der *Quebrada* war kühl. In der Mitte war sie sehr tief und ich konnte dort nicht stehen, an den Rändern aber war sie seicht und wir planschten vergnügt darin herum.

Für mich ein weiteres *erstes Mal*: In *Santo Toribio* hatte ich normalerweise immer geduscht und nur ein Mal, als ich sieben Jahre alt war, in einer Blechwanne gebadet. Eine Ansammlung von Wasser, die groß genug war, um darin zu schwimmen, Purzelbäume zu schlagen und einzutauchen, hätte ich mir früher niemals vorstellen können.

Die drei Brüder kamen hinterher. Wir spritzten uns gegenseitig voll und fochten Scheinkämpfe aus. Fabio brachte mir bei, mich rücklings aufs Wasser zu legen, um darin zu treiben, ohne unterzugehen.

Als wir pitschnass und sauber aus der *Quebrada* stiegen, waren die Spießchen gar. Ich muss zugeben, dass die gut durchgebratenen Maden ganz anders aussahen als die rohen. Sie erinnerten an Würstchen. Zum Abendessen gab es außerdem noch einen Fruchtbrei, der ein bisschen sauer, aber ansonsten ganz gut schmeckte.

Schließlich überwanden auch Laila und ich uns, und nahmen uns je einen Spieß.

Mit geschlossenen Augen biss ich in eine Made und gab mir dabei größte Mühe, nicht daran zu denken, was es war. Sie schmeckte cremig und geräuchert und anders als alles, was ich bisher gegessen hatte. Insgesamt fand ich sie nicht schlecht und wir beide aßen jeder drei Spieße.

Danach verteilte Miguel die Hängematten und wir befestigten sie zwischen den an der *Quebrada* stehenden Bäumen.

Ich hatte noch nie in einer Hängematte gelegen und befürchtete, davon schreckliche Rückenschmerzen zu bekommen. Doch sobald ich darin lag, begann ich leicht zu schaukeln. Es war zwar immer noch schwül, aber ein kleines Lüftchen wehte und die Augen fielen mir wie von selbst zu. Es wurde der tiefste Schlaf meines bisherigen Lebens.

Als ich aufwachte, badeten die anderen schon in der *Quebrada*, während Miguel damit beschäftigt war, die Rinde von Zweigen abzuschälen. Ich hatte keine Ahnung, was er mit den Zweigen vorhatte.

»Ah, du bist aufgestanden«, stellte er fest. »Hm, was haltet ihr davon, euch jetzt mal die berühmte verschollene Blume anzusehen? Ihr seid so weit gereist, ich kann mir denken, dass ihr neugierig seid.«

Die anderen sprangen sofort aus dem Wasser und wirkten alle gleichermaßen aufgeregt.

»Allerdings gilt es einige Regeln zu beachten«, warnte uns Miguel. »Die erste lautet, dass ihr euch von euren Augen nicht täuschen lassen dürft. Jeder Gegenstand und jedes Lebewesen existiert gleichzeitig in zwei Wirklichkeiten: in unserer und in der der Geister. Es gibt das Aussehen in der Menschenwelt, das ist das, was ihr normalerweise zu sehen bekommt. Und es gibt die Manifestation der Kraft, die davon sehr verschieden sein kann. Die verschollene Blume beeindruckt in der Geisterwelt durch ihr Aussehen, während sie in unserer Welt einfach nur wie eine normale Blume aussieht. Seid also nicht enttäuscht.«

Laila nickte und wir anderen taten es ihr nach.

»Die zweite Regel lautet: Ohne meine Erlaubnis dürft ihr weder die Blüte noch die Pflanze berühren. Nicht etwa, weil das gefährlich wäre, denn das ist es nicht. Doch die Pflanze ist sehr empfindlich, und obwohl ich im Urwald lange danach gesucht habe, habe ich keine zweite dieser Art gefunden. Es ist die einzige, die bis heute überlebt hat. Wenn ihr nicht aufpasst, könntet ihr sie zerstören, und es gibt keinen Ersatz. Alles klar?«

Abermals nickten wir.

»Hast du das auch verstanden, kleiner Gió?«

Gió nickte eifrig.

»Dann folgt mir. Die Blume wächst nur wenige Schritte von hier entfernt, gleich hinter dem Dorf.«

Wir liefen los: Miguel als Erster und wir im Gänsemarsch hinterher, wobei Laila mit den Händen auf meinen Hüften hinter mir ging, so wie wir es gestern schon gemacht hatten.

Es wurde ein kurzer Spaziergang, denn er dauerte nur knapp zehn Minuten. Wir folgten einem Pfad, den wohl Miguel angelegt hatte, einfach indem er immer wieder auf derselben Strecke zwischen dem Dorf und der verschollenen Blume hin und her gegangen war.

Dieser Pfad führte leicht bergauf und auf eine zweite Lichtung, die kleiner als die mit der *Quebrada* war und von Sträuchern gesäumt wurde.

In ihrer Mitte wuchs ein riesiger Baum, mit einem Stamm, der so dick war, dass selbst zwanzig Männer ihn gemeinsam nicht hätten umfangen können. Wenn man an ihm hinaufschaute, hatte man den Eindruck, dass seine Spitze den Himmel berührte.

»Ist das der Baum, auf dem die verschollene Blume blüht?«, fragte Laila.

»Nein«, erwiderte der Schamane. »Das hier ist ein *Lupuna*, der heilige Baum des Dschungels, und auch der höchste. Achtet ihn.«

Das erschien uns auf Anhieb selbstverständlich, so beeindruckend wirkte er.

»Die verschollene Blume ist hier.« Miguel stand vor einem der Sträucher, die am Rand der Lichtung wuchsen.

Der Strauch hatte einen knapp zwei Meter hohen Stamm, der sich in drei oder vier Hauptäste verzweigte. All diese Äste trugen sehr üppiges Laub und zwischen den Blättern leuchteten zahlreiche blutrote Blüten. Sie sahen eigenartig aus mit ihren dicken, fleischigen, von dichtem Flaum überzogenen Blütenblättern. Jede Blüte besaß fünf Blütenblätter.

»Hier ist sie«, verkündete der Schamane. »Die verschollene Blume. Oder besser, hier sind die verschollenen Blumen, denn wie ihr sehen könnt, blühen an diesem Strauch sehr viele davon. Der Strauch selbst aber ist einzigartig. Ihr seid gerade rechtzeitig zur Blütezeit gekommen. In ein paar Tagen werde ich die Blüten abpflücken und trocknen, um sie dann den Rest des Jahres verwenden zu können.«

»Wenn es Blüten gibt, dann gibt es doch auch Früchte und Samen«, überlegte Laila. »Könntest du nicht versuchen, einen weiteren Strauch dieser Art zu züchten?«

»Ja, das könnte ich, aber nur in dieser Wirklichkeit. Und vielleicht würde er sogar gedeihen. Doch in der Geisterwelt sieht dieser Strauch vollkommen anders aus, als ihr ihn jetzt seht, und ich wüsste nicht, wie ich einen zweiten davon entstehen lassen könnte. Ihr habt diese Erklärung nicht verstanden, nicht wahr? Das liegt daran, dass ihr die andere Wirklichkeit nicht sehen könnt. Deshalb bleibt euch, fürchte ich, nichts anderes übrig, als mir zu glauben.«

Miguel hatte uns vorgewarnt, dass wir nicht enttäuscht sein sollten, wenn wir einfach nur eine Blume sahen. Doch ganz im Gegenteil fühlte ich mich wie verzaubert. Dieser so schlicht wirkende Strauch hatte irgendetwas ganz Eigenes … Ich weiß nicht, wie ich es nennen soll. Eine besondere Kraft? Auf mich wirkte er stark, freundlich und gut. Eine Pflanze, die man gernhaben konnte.

Auch hatte ich den Eindruck, dass der große *Lupuna* in der Mitte der Lichtung da war, um diesen besonderen Strauch zu beschützen, wie ein Ritter in einer Rüstung, der einen jungen Prinzen beschützt. Oder so wie ich, der ich mich bemüht hatte, auf der ganzen Reise nicht von Lailas Seite zu weichen.

»Gut«, meinte Miguel, »ich glaube, dass wir die Blume für heute lange genug gestört haben. Wir gehen jetzt zurück. Wir müssen uns auch etwas für das Abendessen besorgen. Kann einer von euch mit einem Blasrohr umgehen? Wollt ihr jagen lernen?«

Wir riefen alle: »Ja!«, und folgten Miguel in den dichten Urwald hinein.

Die Tage vergingen. Sechs, sieben, zehn: Ich wusste nicht genau, wie viele, ich hatte mein Zeitgefühl verloren. Wir standen morgens auf, frühstückten und gingen anschließend mit Miguel in den Wald. Dort gab es immer etwas zu tun: Wir pflückten Früchte, legten Fallen, gingen fischen oder jagen. Und arbeiteten auf einer kleinen Maniokplantage, die Miguel mitten im Dschungel angelegt hatte.

Eigentlich erledigte er den Großteil der Arbeiten, denn obwohl alles so leicht aussah, brauchte man doch viel Erfahrung, um es richtig zu machen.

Einmal unternahm Miguel mit uns eine ganztägige Urwaldexpedition, um zu fischen. Wir liefen zu einem Bach, wo er nach einer geeigneten Stelle suchte. Dort grub er dann ein tiefes Loch ins Bachbett und rammte an dessen unterem Rand Stöcke in den Boden, sodass ein Becken entstand, aus dem die flussabwärts schwimmenden Fische nicht mehr entkommen konnten.

Sobald dieses Becken voller Fische war, ging Miguel tiefer in den Wald, um nach einer bestimmten Liane zu suchen, die er dann in armlange Stücke schnitt. Diese Stücke legte er ins Becken. Sofort wurde das Wasser milchig weiß und die Fische trieben betäubt an der Oberfläche. Wir brauchten sie nur noch aus dem Wasser zu holen und zur Hütte zu tragen, wo sie ein ausgezeichnetes Abendessen abgaben.

Ich lernte, dass frisch gepflückter Maniok giftig ist und dass er deshalb entgiftet werden muss. Eine Prozedur, die mehrere Tage in Anspruch nimmt.

Ich lernte, dass man sich, bevor man auf die Jagd geht, am ganzen

Körper mit bestimmten Kräutern einreiben muss, die den Eigengeruch überdecken.

Ich lernte eine Pflanze kennen, die enthaarend wirkt: Wenn man sich damit einreibt, fallen einem die Haare aus. El Rato versuchte es bei seinen Augenbrauen und sie verschwanden sofort, wie durch Zauberei.

Diese Art zu leben, war anstrengend, gleichzeitig aber auch sehr schön und ich stellte fest, dass alle ziemlich glücklich waren. Ramirez und seine Brüder sprachen nicht mehr davon, zu ihrem Onkel zurückzukehren, und vielleicht hatte El Rato hier das Zuhause gefunden, nach dem er sich schon so lange sehnte.

Nur ich blieb weiterhin unruhig. Miguel hatte mich noch kein einziges Mal untersucht. Ich hatte nicht einmal das Gefühl, dass er mir besondere Beachtung schenkte. Sicherlich hatte er inzwischen gemerkt, dass ich Probleme mit den Augen hatte, denn wenn es dunkel wurde und ich nichts mehr sehen konnte, beklagte ich mich oft darüber. Miguel musste es mitbekommen haben, doch er stellte mir keine Fragen. Er hatte sehr genaue Vorstellungen, was wir essen und nicht essen durften, aber diese Vorschriften waren für uns alle gleich.

Eines Nachmittags, als es noch schwüler war als sonst und sich der Schamane in seine Hängematte zurückgezogen hatte, nahm ich meinen Mut zusammen und ging zu ihm.

»Miguel …«

»Ja?«

»Als wir hierherkamen, hast du gesagt, du würdest mir helfen. Und ich habe Hilfe wirklich dringend nötig. Die Ärzte von *Santo Toribio* – das ist die Klinik, in der dein Freund Robert gearbeitet hat – haben festgestellt, dass ich krank bin. Ich habe eine sehr schlimme Krankheit. Sie ist grauenvoll.«

»Ich weiß, Mädchen. Die Geister haben es mir erzählt, noch bevor du hier eingetroffen bist.«

»Dann haben sie dir sicher auch gesagt, dass ich blind werde, bald im Rollstuhl lande, dass mein Gehirn aufhören wird, richtig zu funktionieren, und dass ich am Ende sterben werde.«

Miguel schaute mich mit unbewegter Miene an.

»Ich habe meine Familie verlassen, ich habe alles getan, was mir möglich war, um hierherzukommen. Deshalb muss ich jetzt endlich wissen, ob du mich heilen kannst.«

Ich hatte mir das, was ich ihm sagen wollte, vorher überlegt und war meine kleine Ansprache mehrmals im Kopf durchgegangen, um ruhig zu bleiben, während ich mein Anliegen vortrug. Doch so ganz gelang mir das mit dem Ruhigbleiben nicht.

»Ich weiß«, sagte Miguel.

»Aber warum tust du dann nichts? Warum gehst du mit uns jagen und fischen? Warum versuchst du nicht, mich zu heilen?«

»Ich habe mit meiner Arbeit in dem Augenblick angefangen, als ihr, du und deine Freunde, vor meiner Hütte aufgetaucht seid.«

Ich wusste nicht, was ich darauf sagen sollte. Miguel fing an zu lachen, sicher machte ich gerade ein ziemlich dummes Gesicht.

»Ich habe es ja schon einmal erklärt: Nicht alles ist so, wie es scheint. In den vergangenen Tagen haben wir gegessen, sind durch den Wald gestreift, haben gejagt und all das gemacht, was du schon aufgezählt hast. Gleichzeitig aber haben du und ich begonnen, einen Weg zu beschreiten. Du hast ein ernsthaftes Problem, deshalb müssen wir die Geister um Hilfe bitten. Bevor sie dir helfen können, müssen sie dich aber erst einmal kennenlernen. Sie müssen wissen, wer du bist, wie deine Seele ist. Ich habe dich nicht mit in den Wald genommen, weil ich dort deine Hilfe brauchte, sondern um dich dem Wald vorzustellen.«

»Und jetzt kennt der Wald mich?«

»Er fängt an, dich kennenzulernen. Gestern ist es dir gelungen, dich einen Steinwurf weit an einen Affen heranzuschleichen, und vorgestern hat ein Papagei zweimal gerufen, um zu melden, dass du vorbeikommst.«

»Ja, und?«

»In wenigen Tagen werde ich auf die Lichtung gehen, um die verschollene Blume zu pflücken. Auch ich muss meinen Teil des Weges gehen. Mir steht eine grausame Schlacht bevor.«

Ich zuckte zusammen.

»Hab keine Angst, Mädchen. Ich bin bereit. In all diesen Jahren bin ich zu einem erfahrenen Krieger herangereift. Vertrau mir.«

Ich nickte und versuchte, Vertrauen in ihn zu haben. Und geduldig zu sein.

Weitere Tage vergingen, die wir mit den inzwischen gewohnten Tätigkeiten verbrachten. Ich unterhielt mich mit El Rato, spielte mit Gió, badete in der *Quebrada*. Ich übte mit dem Blasrohr, indem ich auf eine Zielscheibe schoss, die Fabio an der Rückwand von Miguels Hütte angebracht hatte.

Schon komisch, oder? Ich stand im Begriff zu erblinden, wollte aber unbedingt mit meinem Blasrohrpfeil ins Schwarze treffen. Das heißt, eigentlich wollte ich diese Kunst nur deshalb beherrschen, weil sie mir das Gefühl gab, Teil der Selva zu sein. Damit hoffte ich wiederum, Miguel davon zu überzeugen, dass er mir jetzt *wirklich* helfen konnte.

Doch dann passierte etwas. Wir waren eines Nachmittags Früchte pflücken gewesen und kehrten gegen Sonnenuntergang zur Hütte zurück. Ich lief auf die gewohnte Weise hinter El Rato her, als ich plötzlich stolperte. Stolpern war für mich ja an sich nichts Ungewöhnliches mehr, doch dieses Mal hatte ich beim Gehen die ganze Zeit über auf den Boden vor meinen Füßen geschaut.

Und tatsächlich lag es nicht an mir, dass ich stolperte, sondern am Boden, der mir in die Quere gekommen war. Ich stürzte und riss El Rato mit.

»Eine Schlange!«, schrie Gió.

»Verdammt!«, fluchte Ramirez mit weit aufgerissenen Augen. »Schaut nur, wie lang sie ist.«

Fabio machte einen Schritt auf das Reptil zu, doch Miguel hielt ihn zurück. »Lass sie in Ruhe. Lass sie in ihr Versteck zurückkehren.«

Erst als sie vollständig verschwunden war, kam er zu mir. »Das war ein Boa-Weibchen, ein heiliges Tier. Diese Schlangen jagen nachts und sind sehr scheu. Deshalb bekommt man sie nur sehr selten tagsüber zu sehen. Und noch viel seltener gelingt es einem, sie zu berühren.«

Ich hatte keine Ahnung, woran er zu erkennen meinte, dass es ein Weibchen gewesen war. Doch er schien sich dessen sicher zu sein.

Leise fügte er hinzu: »Sag den anderen nichts davon, aber heute Nacht, wenn deine Freunde schlafen, gehst du mit mir auf die Lichtung mit dem großen *Lupuna*. Der Moment ist gekommen, die verschollene Blume zu pflücken.«

Die folgenden Stunden wartete ich beklommen darauf, dass sich die anderen in ihre Hängematten verzogen. Es war genauso wie damals, als ich zusammen mit El Rato geplant hatte, aus der Klinik zu fliehen. Auch jetzt stand ich kurz davor, eine Reise anzutreten. Und ich wusste nicht, wohin sie mich führen würde.

Ich half Ramirez, das Feuerholz aufzuschichten, kochte gemeinsam mit Fabio, lachte über El Ratos Scherze und spielte mit Gió. Innerlich aber kam es mir vor, als würde ich mich von ihnen entfernen, als würde ich ganz weit weg fliegen. Ich brachte es nicht über mich, Miguel anzuschauen.

Bald nach dem Essen behauptete ich, sehr müde zu sein. Ich verkroch mich in meine Hängematte und wartete. Auch Miguel wollte früh schlafen gehen und löschte das Feuer. Ich hörte, wie sich die anderen in ihre Hängematten legten und sich eine Weile unterhielten, bis sie einschliefen.

Nun umgaben uns nur noch die Geräusche der Selva, die Rufe der Nachtvögel, das Rascheln der Schlangen und der anderen kleinen Tiere am Waldboden.

Miguel bemerkte ich erst, als er sich über mich beugte.

»Es wird Zeit für uns.«

Anstelle seiner üblichen Kleidung trug er nur einen kurzen Lendenschurz aus Leder und war barfuß. Er hatte sich eine Schnur umgehängt, an der drei hohle Kokosnussschalen hingen.

Er ging zum gelöschten Feuer, fegte die Asche beiseite und legte die noch glimmenden Holzreste frei. Dann blies er darauf, um sie stärker zum Glühen zu bringen. Mit bloßer Hand hob er ein Stück glühende Holzkohle auf und steckte es in die erste Kokosnussschale. Dazu gab er ein paar kleine Zweige als Brennmaterial.

»Gehen wir«, befahl er.

»Miguel«, erwiderte ich, »wenn es so dunkel ist wie jetzt, kann ich nichts sehen. Hier scheint der Mond und die *Quebrada* spiegelt seine Strahlen, aber sobald wir zwischen den Bäumen sind …«

»Wir müssen es schaffen. Bleib ganz nah bei mir.«

Sobald wir die Lichtung verlassen hatten, hielt Miguel die Kokosnuss mit dem Feuer in die Höhe, wie eine Laterne. Dennoch sah ich kaum etwas. Ich konnte nur langsam gehen und musste mich auf Miguels Warnungen verlassen. Zweimal fiel ich hin und er wartete, bis ich von allein wieder aufgestanden war. Ich roch den wilden Duft der Selva und spürte, wie Zweige und Blätter mein Gesicht streiften. Auf einmal hatte ich keine Angst mehr, sondern war voller Erwartung. Bald würde es geschehen. Wirklich geschehen.

Wir erreichten die Lichtung mit dem *Lupuna*. Zwar konnte ich ihn im Dunkeln nicht erkennen, doch ich fühlte seine kolossale Kraft. Seine hohe, sich über die gesamte Lichtung spannende Krone verdeckte die Sterne und bewirkte, dass alles um uns herum in vollständiger Dunkelheit lag.

»Deshalb habe ich Feuer mitgebracht«, erklärte Miguel.

Mit den Händen grub er zwischen den Wurzeln des Baums eine Mulde, kippte die Glut aus der Kokosnussschale hinein und legte Zweige nach, sodass bald ein kleines Feuer brannte.

Nun konnte ich wieder sehen: das Gesicht des alten Mannes, auf dem Schatten tanzten, die Lichtung und den Waldrand, der sie wie schützend umgab.

»Setz dich hierhin«, sagte Miguel. »Lehn dich an den *Lupuna* an und schlaf nicht ein.«

»In Ordnung«, erwiderte ich.

»Ich erkläre dir jetzt, was geschehen wird. Ich werde die Blume pflücken, ihren Saft trinken und in einen sehr tiefen Schlaf fallen. Während ich schlafe, darfst du mich auf gar keinen Fall ansprechen oder wecken. Du musst über meinen schlafenden Körper wachen. Denn wenn sich die Seele in der Geisterwelt befindet, ist der in dieser Welt verbleibende Körper sehr verletzlich. Du musst heute Nacht also meine Assistentin sein. Sobald die Sonne aufgeht, ruft mich das Licht in die Menschenwelt zurück und ich kann dir erzählen, was mir die Geister gesagt haben. Danach kehren wir zu den anderen zurück. Einverstanden?«

»Ja, einverstanden. Aber …«

»Was ist?«

»Ich kann im Dunkeln kaum sehen und ich habe keine Waffe dabei. Wenn jemand kommen sollte, wie kann ich dich dann beschützen?«

»Solange du wach bleibst, wird niemand kommen. Du brauchst keine Angst zu haben. Ich habe dir genügend Zweige für das Feuer hingelegt. Solltest du dich doch fürchten, dann kannst du das Lied singen, das du gleich beim Ritual hören wirst. Es wird dich beruhigen.«

Ich nickte schweigend.

Miguel setzte sich mir gegenüber auf die andere Seite des Feuers und betrachtete lange die Flammen.

Er begann zu singen. Es war ein Lied ohne Worte. Oder wenn es Worte waren, dann kamen sie aus einer Sprache, die ich noch nie gehört hatte.

Zunächst sang er so leise, dass ich das Gefühl hatte, es mir nur einzubilden. Doch dann sah ich, dass sich seine Lippen bewegten und dass sein Kopf im Rhythmus der Melodie leicht hin und her schaukelte.

Es war ein monotones Lied, dessen kurze Melodie sich ständig wiederholte, wie bei einem Schlaflied.

Ohne dass es mir zuerst bewusst war, klopfte ich im Takt dazu mit einem Ast gegen einen Stein.

Nach einem Zeitraum, der mir sehr lang vorkam, stand Miguel auf. Ohne mit dem Singen aufzuhören, tanzte er im Rhythmus der Melodie zu dem Strauch mit den blutroten Blüten hinüber, kniete davor nieder und erhob sich wieder.

Behutsam berührte er eine der Blüten und riss ein Blütenblatt ab. Nur ein einziges.

Er steckte es in die zweite Kokosnussschale und kehrte singend und tanzend zurück, um sich wieder ans Feuer zu setzen. Dann hob er einen kleinen runden Stein auf und zerstieß damit das Blütenblatt. Der Stein verfärbte sich sofort blutrot, so als wäre das Blütenblatt prallvoll mit Saft gefüllt gewesen.

Es dauerte lange, bis er das Blütenblatt sorgfältig zerstoßen und zerrieben hatte. Als er fertig war, ließ er den Stein in der Schale liegen. Die dritte hohle Kokosnuss enthielt Wasser. Er goss es vorsichtig mit dem Stein und dem Blütensaft in die Kokosnussschale und vermischte anschließend alles gründlich.

Inzwischen hatte ich das Lied und die mir unbekannten Worte auswendig gelernt. Ich begleitete Miguel, indem ich leise mitsang und immer weiter mit dem Ast auf den Stein klopfte.

Der Schamane schloss die Augen, führte die Kokosnussschale mit der Flüssigkeit zum Mund und trank sie in einem einzigen Zug leer. Dann sang er weiter, mit geschlossenen Augen, und schaukelte dabei vor und zurück.

Plötzlich verstummte er und sein Kopf sackte auf die Brust.

Und ich begriff. Seine Reise hatte begonnen.

Miguel war nicht mehr hier *bei* mir.

Der *Lupuna* erstrahlte in blendend hellem Licht. Die raue Rinde schimmerte wie Gold. Seine Wurzeln hingen im Leeren. Seine Äste umarmten das Firmament. Hinter mir brannte der Strauch der verschollenen Blume, von scharlachroten Flammen umlodert.

Ich beugte mich zur Erde hinunter, um mich zu verneigen. »Ich danke dir, heilige Blume, dass du mir diese Reise ermöglichst.«

Ich richtete mich auf und spürte die ganze Kraft des Jaguars.

Unter dem *Lupuna* hockte das Mädchen und schlug mit einem Stöckchen den Rhythmus meines *Icaro,* des heiligen Zeremonialgesangs.

Das Mädchen war ganz aus Lehm. Es sah wie eine grob zusammengefügte Tonstatue aus. Auf seinen Schultern saß anstelle des Kopfes eine runde Lehmmaske und verdeckte die Gesichtszüge. Bei jedem Schlag des Stöckchens gegen den Stein stiegen von den Händen und Schultern Staubwolken auf.

Es war ein erschütterndes Bild und ich verspürte starken Schmerz. Die Krankheit war sehr weit fortgeschritten.

Eine Fledermaus stieß aus der Höhe herab und flog um Lailas Kopf herum.

»Geflügelte Schwester«, fauchte ich.

Die Fledermaus prallte zurück und beschrieb über dem Kopf des Mädchens einen größeren Kreis.

»Geflügelte Schwester, hab keine Angst. Ich muss mit dir reden.«

»So sprich, Jaguar«, quiekte sie.

»Ich sehe, dass du diese Seele beschützt«, sagte ich. »Seit wann begleitest du sie?«

»Seit dem Tag, an dem sie zum ersten Mal das Krankenhaus betrat«, erwiderte die Fledermaus. »Sie war in einer großen Stadt und kam in einer kalten Kiste, und auch sie selbst war kalt. Sie hatte Angst. Ich bin zu ihr geflogen und seitdem beschütze ich sie.«

»Das ist gut!«, rief ich aus.

Mein Lehrmeister hatte mir einmal gesagt, dass unter allen Tiergeistern die Fledermaus zu den stärksten zählt. Sie ist die Begleiterin des Sterbens und der Wiedergeburt. Genau der richtige Schutzgeist für ein todkrankes Mädchen.

»Doch es ist dir nicht gelungen, sie von ihrer Krankheit zu heilen.«

»Leider war sie bereits in diesem Zustand, als ich zu ihr kam. Ich kann sie nicht vor etwas beschützen, das schon vor mir da war.«

»Vielleicht ist die Krankheit stärker als du?«

»Das könnte sein«, gab die Fledermaus zu. »Diese Krankheit ist sehr bösartig, es gelingt mir nicht, sie zu verscheuchen.«

»Glaubst du, dass es mir gelingen könnte?«

»Das könnte sein«, wiederholte die Fledermaus. »Ein Jaguar ist wesentlich stärker als eine Fledermaus.«

Dies war die Schlacht, auf die ich mich vorbereitet hatte. Jetzt würde ich sie schlagen.

Ich richtete mich auf den Hinterbeinen auf, brüllte laut, nahm Anlauf und sprang Laila an.

Während meines Flugs durch die Luft blieb die Zeit stehen und ich wurde immer kleiner. Als ich auf der Lehmmaske landete, war ich kaum größer als ein Insekt.

Der Lehm war gleichzeitig glatt und bröselig. Ich krallte mich in ihm fest und versuchte, ihn zu durchdringen.

Der Staub wurde zu Schlamm und warf Blasen, wurde rings um meine Pfoten wieder fest und umschloss sie, und ein Sandsturm stach wie mit tausend Nadeln auf mich ein.

Der erste Schlag war so heftig, dass ich verzweifelt aufschrie, durch den zweiten Schlag verlor ich beinahe das Bewusstsein.

Ich versuchte, mich zu befreien, doch vergeblich. Der Lehm hielt mich unerbittlich fest. Ich begann zu beißen und zu kratzen und spürte, wie der auf mich einstürmende Sand Wunden in meine Haut riss.

Schließlich gab mich der Lehm frei. Ich fiel von Lailas Gesicht herunter und nahm wieder meine normalen Dimensionen an.

Ich war nahe bei ihr und nahe beim Feuer, und die Fledermaus flog um sie herum.

Die Schlacht hatte weniger als eine Minute gedauert und sie hätte mich beinahe das Leben gekostet.

»Nicht einmal du hast es geschafft, Freund Jaguar …«

»Ich habe noch nie eine so bösartige Energie erlebt. Eine wirklich schreckliche Krankheit. Keiner der Geister, die ich kenne, könnte sie besiegen.«

»Keiner der niederen Geister, so viel ist sicher«, stimmte die Fledermaus zu. »Aber vielleicht könntest du zu Sachamama gehen und sie um Hilfe bitten.«

Sachamama. Die Seele des Waldes.

»Sie hilft Menschen nicht unbedingt gern«, warf ich ein. »Besonders dann, wenn sie von weit her kommen.«

»Das ist wahr, aber das Mädchen riecht nach der Selva, du hast sie gut vorbereitet. Und sie ist etwas Besonderes. Das habe ich sofort gespürt. Vielleicht wird auch SIE es spüren.«

Die Worte der Fledermaus schenkten mir neue Zuversicht. »Ich danke dir, kleine geflügelte Schwester. Gib gut auf Laila acht, bis ich wieder zurück bin.«

Ich überquerte die Lichtung und bog in einen engen Wildwechsel ein. Die Äste bildeten über mir ein dichtes grünes Dach und stachelige Blätter kratzten an meiner wunden Haut, sodass ich vor Schmerz stöhnte. Dennoch hielt ich nicht an und wurde auch nicht langsamer.

Ich lief den Hang hinab ins Tal. Als keine Äste mehr über mir waren, merkte ich, dass ich zu meiner Hütte zurückgefunden hatte. Die Hängematten der Jungen schaukelten sanft im Wind.

Über den schlafenden Brüdern schwammen drei Delfine durch die Luft, über der Hängematte von El Rato flatterte eine Libelle mit schillernden Flügeln.

Ich schlich mich näher heran. Nicht viele Insekten waren in der Lage, menschliche Seelen zu beschützen, und die Libelle nahm unter ihnen eine Sonderstellung ein: Ihr Flügelschlag schuf Lügen, während ihr Blick die Illusionen durchbrach, um die Wahrheit zum Vorschein zu bringen.

Ebenso wie die Fledermaus war auch sie ein Geist der Reisen und der Veränderungen. Jetzt wunderte es mich nicht mehr, dass dieser Junge und dieses Mädchen es geschafft hatten, gemeinsam Peru zu durchqueren und so viele Hindernisse zu überwinden.

Ich ließ die Hängematten hinter mir und ging auf die *Quebrada* zu. Ihr Wasser leuchtete und sie war groß, groß wie ein Ozean, so groß, dass man das andere Ufer nicht mehr sah.

Ich hatte sie noch nie so riesig erlebt.

»In dieser Nacht herrscht starke Magie«, sagte eine Stimme.

Sie war tiefer als der tiefste Abgrund und sie gehörte dem Geist der Erde. Unwillkürlich sträubte sich mir das Fell. Ich bleckte meine Zähne.

»Du wirst doch wohl nicht mit mir kämpfen wollen, Jaguar?«

Sachamama kroch aus dem Wald heraus und ließ sich am Ufer nieder.

Sie hatte eine ihrer weniger furchterregenden Gestalten angenommen: eine extrem lange Boa, so dick wie ein Stier. Ihre Schuppen bestanden aus glitzernden Steinen und Quarzen, zwischen denen blühende Sträucher wuchsen und Lianen, die sich um ihren Leib wanden.

Die Schlange, die so alt war wie die Zeit, rollte sich zusammen und hob den großen eckigen Kopf. Ihre Augen hatten die Farbe des Feuers, dieselbe Farbe, die auch der Saft der verschollenen Blume hatte.

»Große Sachamama«, sagte ich. »Niemals würde ich gegen dich kämpfen. Ganz im Gegenteil! Ich bin heute gekommen, um dich um Hilfe zu bitten.«

»Ich sehe, dass du verletzt bist, Jaguar. Wer hat dich so zugerichtet?«

»Die Geister einer Krankheit, die ich bisher nicht kannte.«

»Du sprichst von dem Mädchen mit der Fledermaus, nicht wahr?«

»So ist es, Sachamama. Laila hat eine lange Reise unternommen, um hierherzukommen, und dabei eine Entschlossenheit bewiesen, wie ich sie noch nie zuvor erlebt habe. Du, die du alles weißt, kennst auch ihre Geschichte. Bitte hilf ihr.«

Gespannt wartete ich auf ihre Antwort. Der Wind hörte auf zu wehen, die Nacht und die Zeit erstarrten.

Schließlich ließ die große Schlange ihren Kopf zu mir herabsinken. Ihr Blick versenkte sich in meinem.

Und sie sprach: *»Das Mädchen wird sterben.«*

Ich spürte, wie mein Herzschlag aussetzte, und ich löste meinen Blick von ihrem.

»Sachamama«, flehte ich sie an. »Deine Weisheit ist ohne Grenzen, und wenn wir irgendetwas tun könnten … Ich biete dir ein Opfer an … ein Versprechen.«

Die Gottheit öffnete den Mund und der Widerhall ihrer Worte war lauter als tausend Donnerschläge.

»Vorsicht, Jaguar! Du riskierst, mich zu kränken, und du willst sicherlich nicht, dass das passiert.«

»Gewiss nicht, Mutter des Waldes. Aber …«

»Höre, was ich dir sage. Das Mädchen wird sterben. Es gibt nichts, was ich oder irgendein anderer Geist aus welchem Universum auch immer tun könnte, um das zu verhindern.«

»Aber warum …?«

»Die Krankheit ist furchtbar und hat sich mittlerweile des ganzen Körpers dieses Mädchens bemächtigt. Lailas Augen haben nahezu aufgehört zu sehen, das Verderben breitet sich überall im Körper aus, auch in ihrem Kopf. Es ist zu spät! Aber, falls dich das tröstet: Es war bereits zu spät, als sie das erste Mal hinfiel und die Ärzte sie in ein Medizinhaus schickten. Bereits damals konnte man nichts mehr tun. Schicksal ist eben so. Weder du, noch ich, noch das Mädchen selbst können es ändern.«

Vor Schmerz und Enttäuschung jaulte ich laut auf. Ich konnte es einfach nicht fassen. Ich hatte geschworen, Laila zu helfen, ihr die Hoffnung zurückzugeben, doch ich war gescheitert. Mein Fell war von Wunden übersät und meine Niederlage umklammerte wie eine eisige Faust mein Herz.

Dennoch zwang ich mich, den Kopf zu heben, um der Gottheit

meine letzte Bitte vorzutragen: »Große Sachamama, ich weiß, dass das Schicksal eine allmächtige, unüberwindliche Kraft ist und dass einem keine andere Wahl bleibt, als es anzunehmen. Laila wird sterben, wenn es so beschlossen ist. Trotzdem muss es etwas geben, das wir für sie tun können. Ich flehe dich an!«

Sachamama schloss die Schlangenaugen und schaukelte mit dem riesigen Kopf vor und zurück, wie im Takt einer unhörbaren Melodie.

Endlich sagte sie: ***»Ja.«***

Ich wartete schweigend.

Nach einer langen Pause fuhr sie fort: ***»Es gibt etwas. Eine Wahl. Sie wird zwar den Körper des Mädchens nicht retten, könnte aber ihre Seele verändern.«***

»Was muss ich tun, Sachamama?«

»Bring sie zu mir«, antwortete sie. ***»Bring Laila hierher zu mir. Und dann werde ich zu ihr sprechen.«***

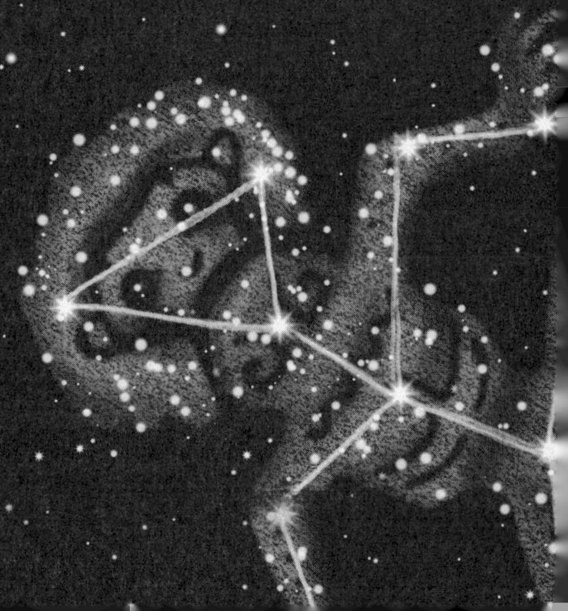

Als ich aufwachte, stand die Sonne schon hoch am Himmel.

Ich hatte gut geschlafen, aber seltsame Dinge geträumt: von einem Jaguar, der aus dem Wald gekommen war, sich neben meine Hängematte geschlichen und gelächelt hatte. Wie in aller Welt soll ein Jaguar lächeln?

Ich merkte, das die anderen ebenfalls noch schliefen.

»He, Leute! Was ist denn heute mit euch los? Steht endlich auf!«

Ich ging zu Giós Hängematte und versuchte, ihn rauszuschütteln. Wenn er vor mir aufwachte, kniff er mich nämlich immer, um mich zu wecken.

»He, El Rato!«

»Los, du Schlafmütze! Hilf mir, deine Brüder wach zu kriegen.«

Gió flitzte zu Fabio. Miguel hatte seine Entzündungen an den Beinen durch mysteriöse Pflanzenbreie geheilt, sodass sich Fabio nicht mehr die ganze Nacht kratzte.

Ich kümmerte mich um Ramirez. »Wach auf!«

»Hör mal, ich habe doch gar nicht geschlafen …«

»Klar hast du geschlafen. Du hast laut geschnarcht!«

Zu Laila ging ich als Letzte. Wie gern hätte ich versucht, sie auf eine romantische Art zu wecken. Doch vor den anderen traute ich mich das nicht.

Deshalb sagte ich zu ihr nur: »Es ist schon ziemlich spät …«

Jetzt erst merkte ich, dass ihre Hängematte leer war. Und die von Miguel ebenso.

»He, Leute, wo sind die beiden denn hin?«

»Keine Ahnung.«

»Habt ihr nichts mitbekommen?«

»Ich nicht, ich habe so fest geschlafen«, antwortete Gió. »Außerdem habe ich etwas Komisches geträumt …«

Als ich zufällig zum Waldrand schaute, sah ich den Schamanen aus dem Dschungel kommen und erstarrte. Er sah überhaupt nicht mehr so aus wie am Abend zuvor.

Er machte ein bedrücktes Gesicht, war bis auf einen Lendenschurz nackt und ging langsam und gebeugt, so als täte ihm alles weh.

»Was ist passiert?«, rief Ramirez. »Bist du verletzt?«

»Wo ist Laila?«, fragte ich.

»Später«, erwiderte Miguel. »Ich muss mich erst einmal erholen. Setzt bitte Wasser auf.«

Während Ramirez und ich Feuer machten, lief Fabio zur *Quebrada* und füllte einen Topf mit Wasser.

Miguel verschwand in seiner Hütte und kam mit einer Lederrolle wieder heraus. Er breitete sie auf dem Boden aus und Unmengen von Federn, Muscheln, getrockneten Kräutern und Blättern kamen zum Vorschein.

Mit großer Sorgfalt wählte Miguel einige davon aus, hielt sie erst gegen das Licht und warf sie dann ins kochende Wasser. Anschließend setzte er sich ans Feuer. Es war, als hätten ihn diese leichten Bewegungen seine letzte Kraft gekostet.

Nach ein paar Minuten goss er den Inhalt des Topfes in eine ausgehöhlte Kokosnussschale und trank alles in einem Zug aus.

Er gab einen langen, unglaublich tiefen Seufzer von sich.

»Was ist?«, fragte ich besorgt. »Sagst du uns jetzt endlich, was passiert ist? Wo ist Laila?«

»Ich habe sie im Wald gelassen.«

»Ist etwas passiert? Ist sie da ganz allein? Wo?«

Ich suchte bereits mit dem Blick den Waldrand ab, doch Miguel schüttelte den Kopf.

»Warte, El Rato! Bevor du zu ihr gehst, muss ich mit dir sprechen. Setz dich bitte hin, und ihr drei auch.«

Wir versammelten uns alle rings um das Feuer. Ich machte mir große Sorgen. Mehr als das. Ich fand Miguels seltsames Verhalten beängstigend. Warum war Laila nicht bei ihm? Ich wollte sofort nach ihr suchen.

Doch Miguel legte mir seine Hand auf den Arm. »Letzte Nacht war die richtige Nacht und ich habe für Laila die verschollene Blume gepflückt. Wir haben eine Zeremonie abgehalten, aber leider ist sie nicht gut verlaufen.«

»Hat sie deine Zaubertränke nicht vertragen?«, fragte ich aggressiv.

»Sie hat keinerlei Zaubertränke bekommen. Ich war derjenige, der in die Geisterwelt gereist ist. Doch die Geister haben mir gesagt, dass man gegen ihre Krankheit nichts tun kann. Eure Freundin wird nicht wieder gesund werden. Ihre Krankheit ist zu schlimm. Wir können sie nicht aufhalten.«

Zitternd stand ich auf, schrie dem Wald meine Wut entgegen und trat in das Feuer. Der Topf mit dem kochenden Wasser flog in hohem Bogen durch die Luft, ebenso wie die glühenden Zweige.

Gió schrie, Ramirez und Fabio versuchten, mich festzuhalten, aber ich nahm das gar nicht mehr wahr. Ziellos rannte ich herum und trat gegen alles, was sich mir in den Weg stellte: Äste, Steine, Kokosnüsse.

»Das kann doch nicht sein!«, rief ich. »Das ist nicht fair.«

»Nein, das ist es wirklich nicht.«

»Hast du ihr die Wahrheit gesagt?«

»Sicher. Doch die Geister haben mir auch noch etwas anderes gesagt, etwas sehr Wichtiges. Ich habe versucht, es Laila zu erklären, aber sie wollte mir nicht zuhören. Du könntest …«

»Natürlich wollte sie das nicht!«, tobte ich. »Die können mich alle mal, deine Geister! Zur Hölle mit ihnen und der Selva und der Zauberei und all dem anderen Mist!«

Ohne dass es mir bewusst war, rannte ich auf den Dschungel zu.

Wenn sie die Blume gepflückt hatten, musste Laila noch dort sein, auf der Lichtung des *Lupuna*. Ich stürzte den Pfad entlang, sprang über Steine und Wurzeln, ließ mir von Zweigen das Gesicht zerkratzen, rannte atemlos und schweißbedeckt weiter.

Ich erreichte die Lichtung und sah die Überreste eines Lagerfeuers.

Laila … kann nicht geheilt werden … wird nicht mehr gesund … wir können sie nicht aufhalten … in der Geisterwelt … für sie … das ist nicht fair … die Zeremonie ist nicht gut verlaufen … ihre Krankheit ist zu schlimm … ich habe ihr die Wahrheit gesagt … sie wollte nicht zuhören ….

Laila saß an den großen Baum gelehnt. Ich dachte zuerst, sie schliefe, doch ihre Augen starrten weit aufgerissen ins Leere.

»Laila!«, rief ich.

»Lass mich in Ruhe.«

Ich lief zu ihr, kniete mich vor ihr hin und versuchte, sie zu umarmen. Doch sie boxte mich weg und ich fiel auf den Rücken.

»Ich habe gesagt, du sollst mich in Ruhe lassen.«

»Ich … ich habe es gerade erfahren. Laila …«

»Sag es nicht. Sag nicht, dass es dir leidtut. Ich will kein Wort hören!«

»Laila …«

»Verschwinde!«

Weil ich nicht wusste, was ich tun sollte, blieb ich einfach reglos neben ihr liegen.

»Es hat überhaupt nichts gebracht, verstehst du? Die Flucht … die Flüge … die Entführung … Es war vollkommen sinnlos.«

»Das stimmt nicht!«, protestierte Miguel, der soeben die Lichtung erreicht hatte. »Das ist nicht wahr.«

Er war mir kurz zuvor dermaßen geschwächt erschienen, dass ich nicht fassen konnte, wie schnell er mir nachgekommen war. Er setzte sich zu uns.

»Doch«, widersprach Laila. »Ich werde trotzdem sterben.«

»Ja, richtig. Genauso wie ich. Und El Rato. Und Ramirez. Und Fabio. Sogar der kleine Gió wird sterben. Der Tod ist Teil des Lebens, früher oder später müssen wir uns ihm alle stellen. Aber noch nicht heute. Und es gibt noch etwas, das wir tun können. Ich hatte versucht, es dir zu sagen.«

Vorhin hatte auch ich es nicht hören wollen, doch inzwischen kam es mir vor, als wäre alles besser, als tatenlos hier zu sitzen, bei diesem Baum, beim erloschenen Feuer, bei einer blassen, vor sich hin starrenden Laila.

»Und das wäre?«, fragte ich leise.

»Heute Nacht habe ich mit Sachamama gesprochen.«

»Und sie hat gesagt, dass sie mir nicht helfen kann«, murmelte Laila.

Der Schamane seufzte. »Sie hat gesagt, dass sie dich nicht heilen kann. Aber sie hat mir erklärt, dass sie mit dir sprechen und dir eine Wahl anbieten will. Sie kann zwar nicht dein Leben retten, aber sie könnte deine Seele verändern.«

»Das interessiert mich nicht.«

»Aber es ist wichtig, Laila. Wichtiger als alles andere … Du musst wissen, dass Sachamama eine sehr alte und mächtige Göttin ist. Normalerweise interessiert sie sich nicht für die Angelegenheiten der Menschen. Wir sind für sie … ja, einfach zu klein. Es ist sehr ungewöhnlich, dass sie mit einem Menschen sprechen will, aber du bist ein ganz besonderer Mensch. Mit Sicherheit will sie dir etwas sagen, das von großer Bedeutung für dich ist.«

»Ich weiß nicht, ob ich es hören will.«

»Doch, du musst zu ihr gehen.«

Wieder versuchte ich, Laila zu umarmen, und dieses Mal ließ sie es zu, legte den Kopf auf meine Schulter und weinte.

Ich sagte nichts, ich blieb einfach nur bei ihr.

Als sie zu weinen aufgehört hatte, versuchte ich, sie anzulächeln. »Wir sind so weit gereist, um hierherzukommen, und auch wenn … Also, ich finde, du solltest nichts unversucht lassen.«

»El Rato, ich habe Angst.«

»Weißt du was? Wenn du zu ihr gehst, werde ich einfach mitkommen. Und du wirst mich davon nicht abhalten können, Miguel. Ich werde es auf jeden Fall tun, selbst wenn ich sämtliche verschollenen Blumen von diesem Strauch in mich reinstopfen müsste. Und dann werden wir sehen, was uns diese berühmte Göttin mitzuteilen hat. Was sagst du dazu?«

Laila schwieg.

Ich war mir nicht sicher, aber beinahe kam es mir vor, als hätte ich auf ihrem Gesicht so etwas wie die Andeutung eines Lächelns gesehen. Das konnte eigentlich nicht sein, weil alles viel zu traurig war, um darüber lachen zu können. Doch ihre Augen blitzten kurz auf und ich begriff, dass sie sich darüber freute, dass ich bei ihr war.

Ich hatte keine Mutter, und falls es im Leben jedes Menschen wirklich einen besonderen Moment gibt, dann hatte ich ihn vielleicht noch nicht erlebt. Weder in der Klinik, noch in den Anden und auch nicht auf unserer Reise auf dem Fluss und durch den Wald. Und nicht auf einer Lichtung unter einem riesigen Baum, an der Seite einer Freundin, die vor Kurzem die denkbar furchtbarste Nachricht erhalten hatte.

Doch erkannte ich in diesem Augenblick, auf der Lichtung, unter dem Riesenbaum, die Wahrheit.

Nicht eine für die ganze Menschheit gültige Wahrheit, sondern eine Wahrheit, die ganz allein für mich bestimmt war.

Den wichtigsten Moment im Leben zu erkennen bedeutete mir nichts mehr.

Es genügte mir, mit Laila zusammen zu sein.

Denn solange ich bei ihr sein konnte, war alles gut.

Und das genügte mir.

Wir blieben noch lange unter dem *Lupuna*. El Rato rührte sich nicht und ich auch nicht. Später kamen Ramirez, Fabio und Gió dazu.

»'tschuldigung, dass wir nachgekommen sind«, nuschelte Fabio. »Wir wollten dir nur sagen, dass wir dich gernhaben.«

»Laila!«, rief Gió und umarmte mich schluchzend.

Ich dagegen weinte nicht mehr. Ich fühlte mich erschöpft und leer, doch es tat mir gut, alle um mich zu haben.

Seit El Rato verkündet hatte, dass er mich in die Geisterwelt begleiten würde, hatte Miguel geschwiegen. Jetzt räusperte er sich.

»In Ordnung«, sagte er. »Bevor jemand den Saft der verschollenen Blume trinken darf, muss er sich einer sehr langwierigen Reinigungsprozedur unterziehen, aber die habt ihr ja schon durchgemacht. Seit ihr hier seid, habe ich euch nur die richtigen Sachen zu essen und zu trinken gegeben.«

»Warum uns auch?«, fragte Ramirez.

»Um immer nur ein Gericht kochen zu müssen«, erwiderte der Schamane lächelnd. »Neben der Ernährung ist allerdings auch die Ausbildung wichtig, doch dafür fehlt uns leider die Zeit. Also wird es gefährlich werden. Vor allem für dich, El Rato. Laila wird erwartet, du nicht. Es könnte alles Mögliche passieren.«

Ängstlich schaute ich meinen Freund an. Würde er es sich noch einmal überlegen?

Doch El Rato grinste. »Ich komme trotzdem mit.«

Miguel nickte. »Einverstanden.«

»He, wartet mal!«, mischte Ramirez sich ein. »Und was ist mit uns dreien?«

»Genau«, meldete sich jetzt auch Gió zu Wort. »Ihr lasst uns doch nicht alleine zurück?«

»Ihr bekommt eine sehr wichtige Aufgabe«, erklärte Miguel. »Ihr müsst genau das tun, was Laila letzte Nacht getan hat, nämlich auf unsere verletzlichen Körper aufpassen. Weil wir zu dritt in die Geisterwelt reisen, sind wir sehr gefährdet. Ihr müsst uns bewachen.«

Ich hatte die ganze Nacht nicht geschlafen und hätte mich am liebsten in meiner Hängematte verkrochen, doch Miguel war unnachgiebig: Er sagte, wir hätten zu viel zu tun, um uns auszuruhen.

Er ging mit uns in den Wald und erteilte uns Aufgaben, genau wie an jedem anderen Tag.

El Rato und ich durften überhaupt nichts essen und nur ein paar Schlucke Wasser trinken.

Als die Sonne unterging, war ich vollkommen fertig.

»Das ist gut so«, meinte Miguel. »Die Müdigkeit wird deinem Körper helfen zu schlafen.«

Auch der Schamane nahm den ganzen Tag über nichts zu sich, und während Ramirez, Fabio und Gió zu Abend aßen, bereiteten wir die Zeremonie vor.

Wir würden uns dieses Mal nicht unter den *Lupuna* setzen, sagte Miguel, sondern die Zeremonie hier am Feuer durchführen. Er holte eine große Trommel aus der Hütte, sowie Klappern aus zusammengebundenen kleinen Knochen.

Feierlich übergab er sie den drei Brüdern.

»Ihr müsst die ganze Nacht über wach bleiben, genau im Rhythmus trommeln und klappern und unsere auf der anderen Seite des Feuers liegenden Körper bewachen. Die *Icaros* sind magische Lieder, die uns schützen und unterstützen. Habt ihr verstanden?«

»Ja, haben wir«, antwortete Gió.

»Denkt dran, dass es wichtig ist. Vor allem du als Kleinster darfst es nicht vergessen: Die Nacht ist lang und irgendwann wirst du sicherlich müde werden, aber du darfst weder einschlafen noch aufhören zu klappern. Wirst du das schaffen?«

Gió nickte.

Nun wandte sich Miguel an El Rato und mich. »Weil wir zusammen reisen, setzen wir ein besonderes Ritual ein, das man *Geisterboot* nennt. Ich werde die Umrisse eines Einbaums auf den Boden zeichnen. Laila setzt sich in den Bug, El Rato hinter sie, und ich setze mich hinten rein, auf den Platz des Steuermanns. Es sieht vielleicht wie ein Spiel aus, doch das ist es ganz und gar nicht: Ihr müsst euch konzentrieren und euch vorstellen, dass ihr in einem echten Einbaum sitzt. Das Boot wird auf unserer Reise unser Schild sein. Deshalb müsst ihr es euch stabil und sehr widerstandsfähig vorstellen.«

»In Ordnung.«

Miguel sorgte für einen reichlichen Holzvorrat, damit das Feuer die ganze Nacht hindurch brannte. Dann ging er in seine Hütte und kam ohne Kleidung und Schuhe, nur noch mit seinem Lendenschurz bekleidet heraus.

»Von jetzt an wird nicht mehr gesprochen«, verkündete er. »Wir fangen an.«

Mit der Spitze eines Asts ritzte er die Umrisse eines Einbaums in den Boden. Anschließend hielt er den Ast ins Feuer, bis er wie eine Fackel brannte.

Dann wandte er sich um und ging schweigend in Richtung Wald. Wir folgten ihm, wobei ich mich an El Rato festhielt, um nicht hinzufallen.

Unterwegs hörte ich, dass Miguel angefangen hatte zu singen, so leise wie beim ersten Mal. Weil ich das Lied schon kannte, sang ich mit. Etwas später hörte ich, wie erst El Rato und dann die drei Brüder miteinfielen.

Singend und Miguel und seiner Fackel folgend erreichten wir die Lichtung. Miguel kniete sich vor den Strauch der verschollenen Blume, pflückte drei Blütenblätter ab und steckte sie in eine mitgebrachte leere Kokosnussschale.

Anschließend führte er uns zu der Lichtung zurück, auf der seine Hütte stand.

Wir brauchten lange für diese kurze Strecke, denn Miguel bewegte sich nun sehr langsam. Er wiegte seinen Oberkörper hin und her, ohne seinen Gesang zu unterbrechen.

Bei der *Quebrada* angelangt, setzte sich Ramirez hinter die Trommel und begann sie rhythmisch zu schlagen, während Fabio und Gió die Klappern nahmen und sich neben ihn setzten.

Mit einem Stein zerdrückte Miguel die Blütenblätter, danach goss er Wasser hinzu.

Der Moment war gekommen. Ich spürte es ganz deutlich.

Mit gekreuzten Beinen setzte ich mich an meinen Platz, mit dem Rücken zum Wald und dem Gesicht zur *Quebrada*, die im Mondlicht glänzte.

Ich merkte, wie El Rato hinter mir Platz nahm. Dann stieg auch Miguel in unser Geisterboot ein.

Ich konnte den Einbaum um mich herum richtig fühlen, ganz so, als ob er echt wäre. Er fühlte sich viel kleiner als der *Pekepeke* der Brüder an, aber auch wesentlich stabiler.

Ohne seinen Gesang zu unterbrechen, reichte Miguel die Kokosnussschale mit dem Blütentrank El Rato, der sie an mich weitergab.

Ich war diejenige, die als Erste trinken musste.

Ich roch daran. Es war kein ungewöhnlicher Geruch, ich nahm einen Duft von Gräsern und Wald wahr.

Ich hatte Angst, doch das Lied beruhigte mich und Miguels Stimme schenkte mir Mut.

Ich führte die Kokosnussschale zum Mund und trank einen Schluck, dann gab ich sie, ohne mich umzudrehen, an El Rato zurück und hörte, dass er ebenfalls einen Schluck nahm.

Als Nächstes vernahm ich, wie El Ratos Finger über den Boden strichen, so als würde er unser Boot mit den Händen anschieben. Daraufhin ruderte auch ich, während mein Mund das Lied sang und meine Augenlider immer schwerer wurden. Ich war müde, so müde, ich hatte lange nicht geschlafen und die Musik war so entspannend, es ging mir gut und die Welt … und die Welt … und die Welt … und die Welt … und die Welt … und die Welt …

Die Welt kippte und hing kopfüber.

Das hatte ich nicht erwartet. Erschrocken schrie ich auf und schlug mit den Flügeln. Ich hatte auch nicht erwartet, Flügel zu haben.

Deshalb schrie ich abermals: »AAAH!«

Hinter mir erklang ein Brüllen, das gleichzeitig Miguels Stimme war. »Kinder, habt keine Angst.«

Ich hing kopfüber mit den Füßen an einem Holzbrett. Ich schlug mit den Flügeln, um mich aufzurichten, um die Dinge aus der richtigen Perspektive zu sehen.

Da begriff ich, dass ich in einem echten Einbaum saß, in demselben Einbaum, von dem ich am Feuer geträumt hatte. Nur dass auf dem Sitz des Steuermanns ein riesiger Jaguar hockte, mit strahlenden grünen Augen und goldfarbenem Fell, in dem dunkle Flecken wie Diamanten glitzerten.

»Miguel?«, flüsterte ich. »El Rato?«

»WAS IST HIER LOS?«, schrie mein Freund und ein schillernder Funke flog an meinen Augen vorbei und knallte gegen den Bootsrand.

Es war ein Insekt, eine Libelle mit vier durchsichtigen Flügeln, die sich gedankenschnell auf und ab bewegten. Ihre Flügel waren mindestens so groß wie meine, denn ja, auch ich hatte Flügel. (Warum hatte ich Flügel?) Ich bekam Panik, erhob mich einige Zentimeter in die Luft, schrie und sackte erneut ab.

»Kinder, habt keine Angst. Es ist alles in Ordnung. Wir sind in der Wirklichkeit der Geister angekommen, wo alles ein bisschen anders aussieht als in unserer Wirklichkeit. Erinnert euch an das, was ich euch gesagt habe. Ihr habt die Gestalt eurer Seelentiere angenommen. Lailas Seelentier ist eine Fledermaus, El Ratos Seelentier ist eine Libelle.«

»Libellen sind doch was für Mädchen!«

»Die Libelle kann sowohl Männer als auch Frauen leiten. Sie ist sehr mächtig, du solltest froh sein, dass sie dich auserwählt hat. Ich an deiner Stelle würde mich hüten, sie zu beleidigen. Denn ein Seelentier kann seinen Schützling auch verlassen, wenn es sich missachtet fühlt. Es kann sich sogar gegen ihn wenden, und dann bekommt man wirklich Probleme.«

»Oh«, sagte El Rato. »Entschuldige bitte, Geisterlibelle. Aber du kennst mich ja sicher. Du weißt, dass ich jemand bin, der immer Quatsch macht. Ich finde dich toll, Libelle.«

Ich hatte etwas sehr Ähnliches über Fledermäuse gedacht, aber zum Glück hatte ich es für mich behalten. Fledermäuse sind blind und ich stand kurz davor, blind zu werden. Vielleicht war es genau das richtige Tier für mich …

Apropos, warum sah ich so gut?

Zum ersten Mal seit langer Zeit konnte ich wieder die Sterne erkennen: Millionen, Milliarden leuchtender kleiner Punkte, die über meinem Kopf, weit oben, bunte, bewegliche, glitzernde Ströme bildeten.

Unser Einbaum flog in großer Höhe über die Selva und ich erkannte sämtliche Bäume, jeden einzelnen, wie bei Tageslicht. Mitten in der unendlich weiten Selva ragte der *Lupuna* empor, dessen Wipfel bis zu den Sternen hinaufreichte und der mit seinen leuchtenden Ästen das Himmelsgewölbe stützte.

In der Ferne tat sich der Wald unter uns auf, um einem mondlichtfarbenen Ozean Platz zu machen.

»Was ist das?«, fragte ich.

»Erkennst du sie nicht? Das ist unsere *Quebrada*.«

»Aber warum glitzert sie so stark?«, fragte El Rato. »Sie ist phosphoreszierend, beinahe so als wäre sie radioaktiv.«

»In der Wirklichkeit der Geister zeigt jedes Ding und jedes Wesen seinen magischen Aspekt. Jetzt werden wir landen, dort unten wartet jemand auf uns.«

Der Bootskiel berührte die Baumkronen, ihre Astspitzen schlugen gegen den Rumpf. Nach einer Wendung überflogen wir die glitzernde Wasserfläche, wurden langsamer und landeten am Ufer.

Dieser Ort ähnelte dem Wohnort des Schamanen, den wir kurz zuvor verlassen hatten, sah aber auch irgendwie anders aus. Ich erkannte Ramirez, Fabio und Gió, die am Feuer den Rhythmus schlugen. Allerdings sah ich sie ein bisschen unscharf, so als ob sie Schatten oder Spiegelungen wären. Die Flammen des Feuers wirkten matt und strahlten kein Licht aus. Über den Köpfen der drei Jungen schwebten Delfine, die spielerisch mit der Schwanzflosse winkten.

Die Hütte und die Hängematten sahen, wie ich fand, vollkommen normal aus. Mich wunderte nur, dass sie sich am Ufer eines Meeres befanden und nicht wie bisher am Rand eines Teichs. Zwischen dem Wasser und der Hütte erhob sich außerdem, anders als sonst, ein steiler dunkler Berg.

Plötzlich erbebte der Berg. Er bewegte sich. Und erst jetzt begriff ich, dass es sich dabei um eine Schlange handelte, eine gewaltige Boa mit smaragdgrünen Schuppen und Glassteinchen, die auf ihrem Leib glitzerten.

Die Boa wandte sich uns zu und zischte: ***»Hast du mir das Mädchen gebracht, Jaguar?«***

»Ja, Sachamama«, antwortete Miguel.

»Ich hatte dich aber nicht gebeten, mir weitere Gäste mitzubringen. Wer ist diese Libelle?«

»Ich heiße El Rato. Ich bin mitgekommen, um Laila zu begleiten. Ich bin ein Freund von ihr.«

Die riesige Schlange richtete den vorderen Teil ihres Körpers auf und bäumte sich unvorstellbar hoch auf. Sie riss die gewaltigen Kiefer auseinander und stürzte sich auf uns.

Ihr Maul wäre groß genug gewesen, um die gesamte Lichtung zu verschlingen. Ich sah den hohen Bogen des Gaumens, die rindenartige raue Zunge, den finsteren Tunnel ihres Schlunds.

Meine Instinkte drängten mich dazu, wegzufliegen, doch ich

widerstand ihnen und schloss die Augen. Krachend schnappte das riesige Schlangenmaul über unseren Köpfen zu.

Ich schlug die Augen wieder auf.

El Rato war immer noch hier bei mir. Sein Flügelschlag war zittrig geworden. Doch er lebte.

»Es ist schön, Freunde zu haben. Und nur wenige sind so treu und mutig wie du. Du kannst bleiben.«

»Danke, Sachamama«, sagte Miguel.

»Steigt aus eurem Boot aus und kommt her, damit ich euch besser sehen kann.«

Die Schlange legte ihren Kopf am Ufer ab und der Jaguar sprang aus dem Boot. El Rato und ich flogen zu ihm.

Ich sah, wie sich die roten Augen der Boa auf mich richteten.

»Du bist Laila.«

»Ja, Señora.«

Es donnerte, und gleich darauf folgten dröhnende Schüsse, wie von Kanonen abgefeuert. Es dauerte ein paar Sekunden, bis ich begriff, dass die riesige Boa lachte.

»Señora? Es gibt mich schon wesentlich länger als sämtliche Señoras deiner Welt. Sprich mich mit meinem Namen an, das genügt mir.«

»Ja, Sachamama.«

»Ich kenne dich, Mädchen. Und deine Geschichte lässt auch ein Wesen wie mich, das schon viele Milliarden Jahre alt ist, nicht unberührt. Du hast etwas sehr Ungewöhnliches getan. Besser gesagt habt ihr es gemeinsam vollbracht. Die Menschen begeistern sich für Helden, für Krieger und Feldherrn, doch selbst unter ihnen gibt es nur wenige, die so viel Mut besitzen wie ihr. Und die über Fähigkeiten verfügen, die mit euren vergleichbar sind.«

»Danke, Sachamama.«

»Und nun siehst du dich einer weiteren Prüfung gegenüber. Du kannst die Zukunft annehmen, die dich erwartet. Es ist mir nicht möglich, dich von deiner Krankheit zu heilen. Das kann niemand.«

»Das weiß ich. Miguel hat es mir erklärt.« Ich bemühte mich, mit fester Stimme zu sprechen, doch es gelang mir nicht so ganz. »Du hast aber auch gesagt, dass du mich sehen willst.«

»Ja, das ist richtig. Um dich vor eine Wahl zu stellen, die sehr wichtig ist. Deshalb will ich, dass du gründlich überlegst, bevor du dich entscheidest. Allerdings musst du dich mit deiner Entscheidung beeilen und du kannst sie danach nicht widerrufen.«

Ich nickte. »Gut, ich bin bereit.«

»Dann kehre jetzt zusammen mit deinen Freunden in euren Einbaum zurück. Ihr fahrt bis zur Mitte der Quebrada. Sodann werft ihr die Netze aus und fangt Fische. Sobald euer Boot voll beladen ist, kehrt ihr ans Ufer zurück. Und dann unterhalten wir uns.«

Das hatte ich nicht erwartet. Ich wollte endlich wissen, welche Alternativen mir die Sachamama anbot. Ich wollte wissen, wie es weitergehen könnte.

Doch die Schlange hatte vorerst alles gesagt, was sie hatte sagen wollen. Sie rollte sich zusammen und sah wieder wie ein dunkler Berg aus.

Miguel stieg ins Boot ein, El Rato tat es ihm nach. Ich flog in die Luft, kreiste einmal über der Sachamama, die zu schlafen schien, und landete im Bug des Einbaums.

»Seid ihr bereit?«, maunzte Miguel. »Dann fahren wir jetzt los.«

Von einer unsichtbaren Kraft angeschoben glitt der Einbaum über die leuchtende, spiegelglatte Oberfläche, ohne sie zu berühren, denn er schwebte eine Handbreit über dem Wasser und warf einen ovalen Schatten darauf.

Bei so viel Licht hätten wir die Sterne theoretisch gar nicht sehen können und dennoch strahlten sie intensiver denn je.

»Aber keiner von uns hat Hände! Und wir haben auch gar kein Netz …!«

»In der Wirklichkeit der Geister findet man alles, was man gerade braucht«, erwiderte Miguel.

Unter unseren erstaunten Blicken entstand auf dem Boden des Boots ein hauchfeines silbriges Fischernetz.

»Du musst das Netz als Erste auswerfen, Laila.«

»Aber …« Ich schüttelte meinen pelzigen Fledermauskopf. »Ich weiß doch gar nicht, wie das geht, Miguel. Könntest du es nicht für mich tun?«

»Wie du willst.«

Der Einbaum entfernte sich immer weiter vom Ufer, bis er hinter dem Horizont verschwand. Schließlich hielt er an, der Jaguar packte das silbrige Netz und schleuderte es ins Wasser.

Während ich noch überlegte, wie er es wieder herausziehen wollte, sprang das Netz von allein aus dem Wasser und ins Boot zurück.

»Oooh«, machte El Rato.

Im Netz war ein einziges Fischchen hängen geblieben, ungefähr so groß wie der kleine Finger der Laila in Menschengestalt.

Der Jaguar befreite es mit einem Pfotenhieb.

Das Fischchen flog zwischen uns umher und erzeugte mit jedem Schlag seiner Flossen einen Laut. Die Laute klangen wie eine Stimme, und die Stimme sprach:

»»In jener Nacht ging ich in den Wald, auf die Jagd. Stundenlang lief ich durch die Dunkelheit, lief zwischen den Bäumen hindurch, bis ich zu einem Felsen kam, der über der Ebene thronte.««

»Miguel!«, rief ich überrascht. »Dieser Fisch hat deine Stimme!«

»Ja …« Der Jaguar wirkte verwirrt. »Er ist eine Erinnerung von mir. An das erste Mal, als ich erfuhr, dass du zu mir in die Selva kommen würdest. Wie lange das schon her zu sein scheint …«

Miguel peitschte mit seinem Jaguarschwanz durch die Luft, und auf dem Boden des Einbaums erschien eine entzweigehackte, leere Kokosnussschale. Das Fischchen verstummte und landete in der Schale. Sobald es sie berührte, wurde es zu einem kleinen schwarzen Stein, auf dem ein seltsames goldenes Symbol aufleuchtete.

Ich beugte mich darüber und sah, dass es einen stilisierten Jaguar darstellte.

»Was hat das zu bedeuten?«, fragte ich. »Warum ist deine Erinnerung zu einem Fisch geworden, der zu einem Stein geworden ist?«

»Es ist so wie in Träumen«, murmelte El Rato. »Es ist alles absurd.«

»Ja und nein«, sagte Miguel. »Es ist so wie in Träumen, aber nichts ist absurd. Alles hat einen Sinn. Nur dass wir ihn manchmal nicht verstehen. In diesem Fall verstehen wir ihn vielleicht später. Ich glaube, wir sollten erst einmal weiterfischen.« Er stellte sich auf alle viere. »Jetzt versuch du es, Laila. Wohin wirst du das Netz werfen?«

Ich konzentrierte mich darauf, mir eine Antwort zu überlegen, denn die Frage kam mir wichtig vor. Mir war, als befänden wir uns nicht an der richtigen Stelle, als müssten wir ein bisschen weiter nach rechts. Und plötzlich glitt der Einbaum von selbst dorthin. Ich erschrak und flog auf.

»Komm zurück, du musst keine Angst haben«, rief Miguel. »Das Boot bewegt sich durch Gedankenkraft. Du brauchst nur zu entscheiden, wo du das Netz auswerfen willst.«

»Laila, du kannst es!«, spornte mich El Rato an.

Ich beruhigte mich wieder und kehrte an meinen Platz im Bug zurück. Die *Quebrada* unter mir erschien mir lebendig, das Wasser atmete und ich meinte, ihr Herz zu spüren. Eine Weile bewegten wir uns im Zickzack, während ich versuchte, mir das seltsame Klopfen unter Wasser zu erklären.

Schließlich hielten meine Gedanken das Boot an einer bestimmten Stelle an und ich sagte: »Hier. Ich glaube, hier ist es richtig.«

Ich ergriff das Netz mit den Krallen an den Flügelenden, flog auf und warf es aus.

Wie bei Miguel sprang das Netz einen Augenblick später von allein ins Boot zurück. In ihm war ein kleiner Fisch gefangen und der sang:

»Als wir die Barrios Altos erreichten, kurbelte der Chauffeur die Fenster hoch und verriegelte die Türen …«

El Rato schrie auf und umschwirrte hektisch den kleinen Fisch.

»Laila!«, rief er. »Das … das ist deine Stimme!«

»J… ja«, stammelte ich. »Es ist eine Erinnerung … An den Tag, als ich nach *Santo Toribio* kam.«

»Pscht … Lass mich zuhören«, bat Miguel. »Ich will wissen, was er sagt.«

Und in der Luft herumschwimmend erzählte der kleine Fisch mit meiner eigenen Stimme den Anfang der Geschichte. Wie ich in die

Klinik gekommen war und wie Señor Tanaka zu mir *ganbarimasu* gesagt hatte, »wir wollen unser Bestes versuchen«.

Nach einer Weile verstummte der Fisch, hechtete in die Kokosnussschale und verwandelte sich in einen kleinen dunklen Stein. Dieser Stein trug ebenfalls ein goldenes Symbol: eine stilisierte Fledermaus.

Ich war verwirrt: Warum hatte Sachamama mich dazu aufgefordert, im Teich zu fischen? Und warum hatten mir die Stimmen den Anfang der Geschichte erzählt? Ich kannte sie doch. Ich selbst hatte sie mittlerweile schon sehr oft erzählt, erst Chaska, dann dem Genossen Ladoga, Señora Blanca in Belén …

»Los, Laila, versuch es noch mal!«, rief El Rato.

Und ich tat es: Ich lenkte das Boot an eine andere Stelle und warf das Netz erneut aus, als ich mich dazu bereit fühlte. So fing ich einen dritten kleinen Fisch. Er schwamm durch die Luft auf uns zu und sprach:

»›Sie betrat das Nest und blieb steif wie ein Eiszapfen stehen. Vielleicht war sie ja auch tatsächlich aus Eis, mit ihrer schneeweißen Haut …‹«

»Das warst du, El Rato!«

»Ich … aber ich …«

»So hast du über mich gedacht? Dass ich ein Eiszapfen bin?«

»Ja, schon, aber das ist ja lange her. Bist du sauer auf mich?«

»Nein, wieso. Klingt doch nett.«

Das war nicht mal gelogen. Meine eigene Stimme zu hören, hatte mich erschüttert, aber die von El Rato zu hören, fand ich lustig. Sie war genau wie er. Und von ihm erzählt, schien es eine ganz andere Geschichte zu sein.

»Miguel«, fragte ich, »können wir weiterfischen?«

»Ihr habt gehört, was Sachamama gesagt hat. Wir fischen, bis das Boot voll ist.«

Und so machten wir weiter.

Abwechselnd spürten El Rato, Miguel und ich die unterseeischen

Strömungen dieses unwirklichen Ozeans auf und warfen das Netz aus.

Wir zogen winzige anmutige Fische heraus, aber auch sehr große und sehr hässliche Fische.

Ein Seeungeheuer, das einem Hai ähnelte, erzählte mit meiner Stimme, wie ich mich in das Büro des Direktors geschlichen und erfahren hatte, an welcher Krankheit ich litt.

»Ceroid-Lipofuszinose.«

Und ein eleganter Tintenfisch, der eine Tintenwolke ausstieß, sagte mit einer Stimme, die vermutlich die von Doktor Clarke war:

»Den Amazonasregenwald, die Selva, kann man nicht mit Worten beschreiben. Ihr wohnt eine unvergleichliche Schönheit inne, ein Miteinander aus gleißenden Lichtern und tiefen Schatten ...«

Wir arbeiteten, ohne uns eine Pause zu gönnen. Wir hörten die Stimme von Chaska, hörten von dem Anschlag, von der Entführung. Ein langer Zitteraal schillerte in den Farben meines ersten epileptischen Anfalls und eine Auster verriet, wie El Rato unsere Flucht geplant und versucht hatte, mich zu beschützen.

Ein tropischer Fisch sprach mit der Stimme von Miguels Frau Auka, und Miguel hörte ihm weinend zu.

Und ein Delfin sang uns die Geschichte von Ramirez und seinen Brüdern vor.

Wieder und wieder warfen wir das Netz aus, hörten den Fischen zu und beobachteten, wie sich die Kokosnussschale mit kleinen Steinen füllte.

Obwohl jeder gefangene Fisch anders als alle anderen aussah, waren die kleinen Steine, zu denen sie wurden, doch alle gleich.

Einer erzählte, was in der vergangenen Nacht geschehen war, als Miguel in die Geisterwelt gereist war, um mit Sachamama zu sprechen.

Ein anderer wiederholte El Ratos Worte, mit denen er erklärt hatte, mich begleiten zu wollen.

Und ein letzter Fisch beschrieb mit meiner Stimme die Zeremonie bis zu dem Zeitpunkt, als ich gemerkt hatte, dass ich mich in der Geisterwelt befand.

Schließlich war die Kokosnussschale so voll, dass keine Steinchen mehr hineinpassten, und ich begriff, dass es Zeit wurde, zurückzukehren.

Die Geschichte war an ihrem Ende angelangt.

Wir hatten alle ihre Teile eingesammelt.

»Es ist so weit, nicht wahr?«, fragte ich Miguel.

»Ja, ich glaube schon. Es wird bald hell. Jetzt musst du mit Sachamama sprechen und deine Wahl treffen.«

Wir lenkten den Einbaum zurück über den Ozean der *Quebrada*, bis wir in der Ferne das Ufer erkennen konnten, die riesige zusammengerollte Schlange und das Feuer mit den matt wirkenden Flammen. Dort saßen unsere drei Freunde, die während unserer Reise durch die Geisterwelt ohne Unterlass getrommelt und gerasselt hatten.

Als unser Einbaum das Ufer erreichte, hob Sachamama den Kopf. Ihre feurigen roten Augen betrachteten die Nussschale voller Steinchen.

»Nimm sie heraus«, befahl sie.

Ich gehorchte und nahm mit meinen Fledermauszehen ein Steinchen heraus. Alle anderen bewegten sich mit. Sie waren durch glitzernde Fäden zu einer langen Kette verbunden, an deren Ende sich ein Griff befand.

»Laila, hast du verstanden, was das ist?«

Die Kette sah wie die Rasseln aus, die Miguel vor Antritt unserer Reise an Ramirez, Fabio und Gió übergeben hatte.

»Ich glaube ja, Sachamama«, antwortete ich. »Eine Rassel.«

»Nur eine Rassel?«

»Und auch meine Geschichte. Besser gesagt, unsere. Weil auch El Rato und Miguel darin vorkommen … und alle anderen.«

»Genau. All eure Erinnerungen, also das, was ihr auf dieser Reise gelernt und vollbracht habt.«

Sie lachte donnernd, so als ob sie das sehr amüsant fände. Dann bewegte sie sich. Mit einer für ein derartig großes Lebewesen erstaunlichen Geschwindigkeit entrollte Sachamama sich und umgab mich und den Einbaum und El Rato und Miguel mit ihrem Schlangenkörper. Sie rollte sich um uns herum zusammen und legte eine Schlaufe über die andere, bis sich über unseren Köpfen eine nach oben hin immer schmaler werdende Kuppel aus Schuppen wölbte und nur noch ganz oben ein Loch blieb, durch das wir die Sterne sehen konnten. Dann schob sich der Kopf der Boa durch dieses Loch, sodass wir vollständig von ihr eingeschlossen waren.

Wir waren zu Gefangenen geworden, umgeben von einer unüberwindlichen Mauer aus Reptilienfleisch. Ich erschauerte.

»Hör mir nun zu, Laila«, sagte Sachamama. *»Ich kann dich nicht wieder gesund machen, doch ich habe beschlossen, dir etwas zu schenken. Zwei Geschenke stelle ich dir zur Wahl. Du musst jetzt gut aufpassen, denn du kannst nur eines davon erhalten.«*

»Ich höre.«

»Das erste Geschenk ist die Rassel, die du in der Hand hältst. Sie ist deine Geschichte. Die Stimmen, die dir so wichtig sind und die du festhalten wolltest für später, wenn du nicht mehr sehen kannst. Hier sind sie. Ich erlaube dir, sie in die Menschenwelt mitzunehmen. Sie werden dir Gesellschaft leisten, so lange, wie du sie anhören kannst. Danach, wenn du nicht mehr bist, werden andere sie anhören können. Deine Mutter. Señor Tanaka. Oder Menschen, die dich nicht gekannt haben und auf diese Weise erfahren werden, wer Laila war. Sie werden gerührt sein. Sie werden mit dir lachen. Und auf diese Weise werden sie die Erinnerung an dich lebendig halten und auch die Erinnerung an deinen Mut und den Mut deiner Freunde.«

»Ich danke dir, Sachamama«, erwiderte ich. »Das ist ein wunderbares Geschenk.«

»Warte, du musst noch das zweite Geschenk kennenlernen. Es ist ebenfalls wertvoll. In der Welt, die du als die reale Welt bezeichnest, muss Laila an einer furchtbaren Krankheit sterben. Doch du bist nicht gezwungen, in jene Welt zurückzukehren. Du kannst zu einem Geist werden und für immer in derjenigen Wirklichkeit bleiben, in der auch ich lebe.«

»W… waaas?«, stotterte ich.

»Waas?«, fragte El Rato.

»Wenn du dich für mein zweites Geschenk entscheidest, werden deine Freunde nach Sonnenaufgang aufwachen, doch du wirst nicht bei ihnen sein. Sie werden sich nicht mehr an dich erinnern. Sie werden nicht mehr wissen, dass sie jemals einem Mädchen namens Laila begegnet sind. Alles andere wird so bleiben, wie es ist: El Rato wird glauben, allein in die Selva aufgebrochen zu sein, denn es wird ihm vorkommen, als habe es dich niemals gegeben. Du wirst keine Geschichte haben. Und auch du wirst vergessen haben, jemals ein Mensch gewesen zu sein. Du wirst als Geist wiedergeboren und wirst dieselben Kräfte wie die anderen Geister besitzen. Die Schamanen werden dich rufen und dich um Beistand anflehen. Du wirst tausend Gestalten annehmen können und Teil der großen universalen Magie werden. Wie ich schon sagte, Laila, du kannst nicht gerettet werden. Aber du würdest nicht mehr Laila sein. Auf diese Weise wärst du unsterblich.«

Ich betrachtete die Rassel, die neben mir am Boden lag. Ich schaute El Rato und Miguel an. Zuletzt blickte ich zum Schlangenkopf der Sachamama auf.

»Dies ist also die Wahl, vor der du stehst, Laila. Du kannst diese Rassel mit in die Welt nehmen, aus der du gekommen bist. Oder aber du zerreißt den Faden, der sie zusammenhält, und verzichtest für immer auf jene Welt und bleibst hier. Nur wenige Menschen haben jemals das Geschenk erhalten, das ich dir jetzt anbiete. Wählen zu können ist ein einzigartiges Privileg. Denn es bedeutet, frei zu sein. Das Schicksal lässt sich nicht besiegen, doch es kann gewählt werden. Deshalb treffe deine Wahl, Laila. Nimm die Rassel an dich oder zerreiße sie. Entscheide, wer du sein willst. Kämpfe. Sei frei, jetzt und für immer.«

Mir war schwindelig geworden.

Ich war noch nicht bereit. Konnte man jemals für eine derartige Entscheidung bereit sein?

»Was soll ich tun?«, fragte ich Miguel.

»Was immer du entscheidest wird richtig sein«, erwiderte er.

»Das ist nicht wahr«, widersprach El Rato. »Ich würde mich lieber an Laila erinnern.«

»Ich mich auch«, gestand ich. »Und an alles, was bisher gewesen ist.«

Er sah mir in die Augen und mir schien, als wolle er noch etwas hinzufügen, doch dann grinste er schief und schüttelte den Kopf.

»Laila, ich … entschuldige bitte. Ich bin ein Egoist … Also … ewiges Leben … Wow! Für immer hier bleiben, wo alles … Also, es muss fantastisch sein. Ich weiß nicht, wie ich mich entscheiden würde.«

Ja, genau.

»Aber darf ich dir etwas sagen, bevor du deine Entscheidung triffst? Also, wenn das hier das letzte Mal ist, dass wir uns sehen, dann hätte ich auch einen Wunsch. Sachamama, hörst du mich? Darf ich auch sagen, was ich mir wünsche?«

»Ich wusste, dass du mich das fragen würdest.«

Die Libelle flog in die vom Schlangenkörper geformte Kuppel hinauf, bis zu dem großen Kopf über uns, sagte etwas und kehrte zum Boden zurück.

»Wenn du es so willst, dann sei es so«, sagte Sachamama.

Die Libelle flog auf mich zu, und im Näherkommen wurden ihre Flügel zu Armen und Beinen. Ihr Körper wurde dicker, ihr Gesicht verwandelte sich in das meines Freundes. Ich sah wieder seine schwarzen Augen und seine Segelohren, die mir erst lächerlich vorgekommen waren und die ich jetzt so liebenswert fand.

Es war wirklich er, El Rato aus der Menschenwelt, in den Anziehsachen und den Wanderschuhen, die wir in Cusco für ihn gekauft hatten.

»Laila«, sagte er.

Ich trat einen Schritt auf ihn zu und erst da merkte ich, dass auch ich mich verwandelt hatte. Ich war wieder zu einem Menschen geworden, mit meinen Augen, mit denen ich nicht mehr gut sehen konnte, mit meinen Händen, meinen Haaren, mit allem.

Ich stolperte und El Rato fing mich auf.

Er nahm mich in seine Arme, er drückte mich an sich.

Er legte seine Stirn an meine.

Wir schauten uns an.

Und dieser Augenblick wurde zum magischsten und bedeutendsten Moment dieser ganzen unglaublichen Nacht.

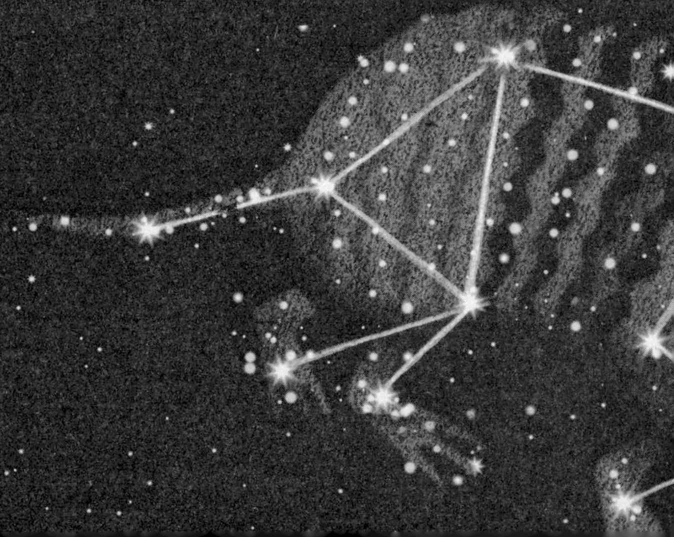

El Ratos Blick senkte sich auf mich und er lachte und sagte mehr als alle Fische, die wir mit dem silbrigen Netz gefangen hatten.

Unsere Lippen berührten sich und plötzlich gab es keine Sachamama mehr und keinen Miguel. Mir kam es vor, als würde ich mich durch diesen Kuss abermals verwandeln. Ich wurde ganz leicht, glühend wie ein Gletscherbach, eisig wie ein Vulkan. Ich hörte auf ich zu sein, um zu uns beiden zu werden, ineinanderverschlungen, in einem Traum, der zum Universum geworden war.

Erst als ich dringend wieder Luft holen musste, löste ich mich von El Rato. Im nächsten Augenblick war er wieder eine Libelle, während ich ein Mädchen geblieben war, das auf dem Boden der Lichtung stand.

»Entschuldige«, sagte El Rato. »Falls du dich dafür entscheidest, hier bei den Geistern zu bleiben, wird es auch diesen Kuss niemals gegeben haben, aber ich … Das war es doch wert, findest du nicht auch?«

Ich grinste. Und ob es das gewesen war.

Dann schaute ich auf meine Hände und betrachtete seufzend die Rassel, die ich entweder auseinanderreißen oder aber schütteln konnte.

»Laila«, rief mir Sachamama zu.
»Der Moment ist gekommen.
Wir können nicht länger warten.«

Sie hatte recht. Und ich war tatsächlich bereit.

Lächelnd schloss ich die Augen.

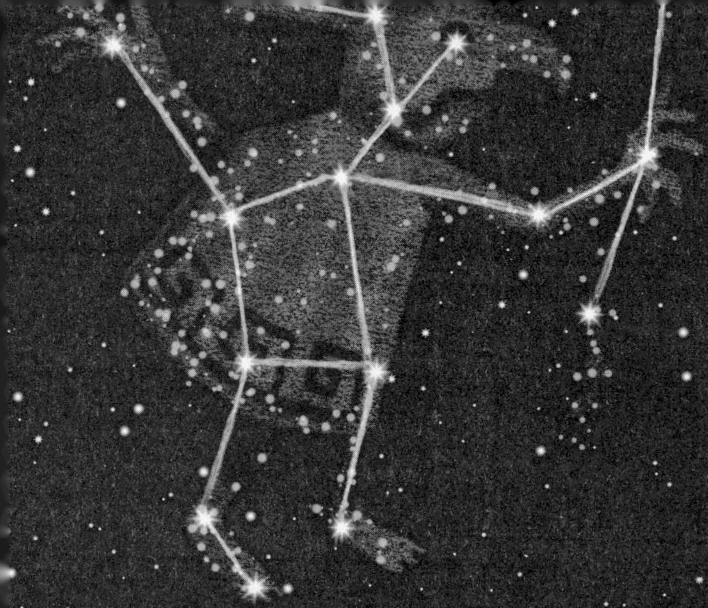

Und traf meine Wahl.

Wahnsinn, hatte ich Rückenschmerzen!

Warum tat es nur so weh?

Ach so, ja, klar.

Dumm von mir, so etwas vergessen zu haben.

Ich hatte die ganze Nacht auf dem Boden geschlafen. Und ich fühlte mich benommen, so als hätte jemand meinen Kopf in eine Trommel gesteckt und dann stundenlang heftig auf diese eingeschlagen.

Vorsichtig öffnete ich ein Auge und sah die Überreste eines erloschenen Lagerfeuers und dann Ramirez, der im Sitzen schlief und seinen Kopf auf eine große Trommel gelegt hatte. Es stimmte also.

Fabio und Gió waren Seite an Seite eingeschlafen, mit ihren Rasseln in der Hand. Miguel schlief ein paar Meter weiter, immer noch nur mit seinem Lendenschurz bekleidet.

Was war letzte Nacht passiert?

Ich konnte mich beim besten Willen nicht erinnern.

Nichts.

In meinem Kopf war einfach nur Leere.

Ein riesiges schwarzes Loch.

Ob die Blume daran schuld war? Möglich. Man denkt immer, Pflanzen wären harmlos, weil sie natürlich sind. Doch das ist völlig falsch. Schließlich gibt es viele Pilze, die tödlich sind. Ich hatte diesen Blütensaft getrunken, ohne mir groß Gedanken zu machen, aber vielleicht hatte ich mein Leben riskiert.

Ich hätte mit Miguel darüber sprechen sollen.

Das würde ich nachher tun.

Erst einmal musste ich diese Rückenschmerzen loswerden und das Kopfweh und wieder zu Bewusstsein kommen.

Verwirrt stand ich auf.

Die Sonne ging gerade auf, die *Quebrada* lag zur Hälfte im Dunkeln, ihre andere Hälfte schimmerte rosa. Was für ein Anblick! Es war ziemlich kühl, vielleicht hatte es in der Nacht geregnet und ich hatte es nicht gemerkt.

Ich versuchte, ein paar Schritte zu gehen, und mein Magen brüllte so laut wie ein Jaguar. Brüllen Jaguare? Und warum hatte ich ausgerechnet an einen Jaguar gedacht und nicht zum Beispiel an einen Löwen? Seltsam. Jedenfalls hatte ich einen Riesenhunger. Was nicht weiter erstaunlich war, denn ich hatte den ganzen gestrigen Tag über gefastet und war in der Gegend herumgerannt, ohne irgendetwas zwischen die Zähne zu bekommen. Ein Wunder, dass ich überhaupt noch am Leben war.

Ich beschloss, eine Kleinigkeit zu mir zu nehmen, bis die anderen aufwachten. Benommen lief ich zur Hütte, wo Miguel seine Vorräte aufbewahrte.

»El Rato!«

Vor Schreck machte ich einen Satz und knallte gegen ein Holzbrett.

»Was …«

»Ich bin es, Laila.«

Ich atmete tief durch, um mich von dem Schock zu erholen. »He, klar bist du das, aber mich hätte gerade beinahe der Schlag getroffen.«

»Erinnerst du dich noch an mich?«

»Ha, ha, sehr lustig.«

In Miguels Vorratskammer fand ich eine Kokosnussschale voller schwarzer *Huasai*-Beeren und steckte mir eine Handvoll davon in den Mund. Sie schmeckten reif und süß. Mir war, als würde die Süße der Beeren direkt in mein Gehirn wandern, und plötzlich fühlte ich mich glücklich.

Gleich darauf aber wurde mir klar, dass ich vor lauter Hunger vergessen hatte, Laila die allerwichtigste Frage von allen zu stellen:

»Was ist letzte Nacht passiert? War es … ein Reinfall?«

»Wie meinst du das?«

»Die Blume hat nicht funktioniert, oder? Ich meine, wir haben die Zeremonie durchgeführt, mit Trommeln und allem, das weiß ich noch, aber dann bin ich eingeschlafen. Ich fürchte, Miguels Zauberei ist noch verbesserungsbedürftig.«

»Meinst du das jetzt im Ernst oder machst du Witze?«

»Wie … ich verstehe nicht …?«

Laila kam näher auf mich zu. Mir fiel auf, dass ihre Kleidung vollkommen verdreckt war.

»El Rato, an welche Teile von letzter Nacht kannst du dich erinnern?«

»An nichts, das habe ich doch gerade gesagt. Ich habe geschlafen. Warum, was weißt du denn noch?«

»Erinnerst du dich nicht mehr an die Sachamama? Und an unseren Fischfang auf dem Ozean? Und nicht einmal an … an den Kuss?«

»Einen Kuss würde ich niemals vergessen! In Aguas Calientes, am Flussufer …«

»Nein, den meine ich nicht. Du warst eine Libelle und bist bis hinauf zum Kopf der Sachamama geflogen, um sie um etwas zu bitten …«

Eine Libelle?, dachte ich. Nein, ich konnte mir nicht vorstellen, zu einem Insekt mit zarten Flügelchen geworden zu sein. Libellen, das war doch Mädchenkram. Und beinahe hätte ich das auch laut gesagt, aber ich ließ es lieber.

»Es tut mir leid, Laila«, sagte ich, »ich erinnere mich an gar nichts. Sei mir nicht böse, aber ich glaube, du hast das alles nur geträumt. Hört sich nach einem schönen Traum an, das muss ich schon sagen, aber … Wenn du einen Kuss willst, brauchst du mich nur zu fragen, und …«

»Idiot.«

Ich grinste und stopfte mir eine weitere Handvoll *Huasai*-Beeren in den Mund. »Was hältst du davon, wenn du mir alles erzählst? Es klingt sehr interessant.«

»Ja, richtig!«, rief Laila. »Die Erlebnisse ... die Geschichten! Der Walkman!«

»Was soll das bedeuten?«

Laila hielt mir ihren geliebten Walkman hin, dieses Gerät, das sowohl abspielen als auch aufnehmen konnte. Er war voller eingetrockneter Schlammflecken und sah ziemlich mitgenommen aus.

»Als ich heute Morgen aufgewacht bin, hielt ich ihn in der Hand. Verstehst du? Der Walkman ist die Rassel. Also, ich meine, in der alltäglichen Wirklichkeit ist er einfach nur ein Walkman, aber in der anderen ... Sachamama hat ihr Versprechen gehalten! Jetzt ist mir alles klar!«

Um ehrlich zu sein, kam mir das, was sie da fantasierte, eher unklar vor. Ich versuchte, es Laila zu sagen, doch sie hörte mir gar nicht zu.

»Wo habe ich sie nur hingetan?«

Sie begann, in Miguels Hütte herumzusuchen, schob Metallkisten hin und her und hielt schließlich triumphierend ihre Stofftasche mit den aufgestickten Teddybären hoch, als sei sie eine Trophäe.

»Hier!«

»Deine Tasche?«

»Nein, die hier!« Sie fischte zwei Batterien aus der Tasche und hielt sie mir hin, als wären sie ein kostbarer Schatz.

Okay, jetzt war ich mir sicher, dass mit Laila irgendetwas nicht stimmte. Der Blütensaft musste furchtbare Nebenwirkungen bei ihr ausgelöst haben.

»Erinnerst du dich denn nicht, was Miguel gesagt hat? Jedes Ding, jedes Lebewesen hat zwei Gesichter. Der *Lupuna* ist ein normaler Baum, gleichzeitig aber auch ein riesiger Baum, der den Himmel stützt. Du bist ein Junge, gleichzeitig aber auch eine Libelle. Und dieser Walkman ...«

Sie steckte die Batterien in das dafür vorgesehene Fach und drückte dann auf einen Knopf. Die Bandspulen begannen sich zu drehen.

»Siehst du? Nach dem Bad in Belén hat er nicht mehr funktioniert und jetzt geht er wieder. Das ist Sachamama zu verdanken!«

»Sie hat deinen Walkman repariert?«

»Du kapierst überhaupt nichts … Hier, hör dir das mal an!«

Sie setzte mir den Kopfhörer auf.

FRRRRRRRRRRRRRRRRRRRRRRRRRRRRRRRRRRRRRRRRR RRRRRRRRRRRRRRRRRRRRRRRRRRRRRRRRRRRRRRRRRRR RRRRRRRRRRRRRRRRRRRRRRRRRRRRRRRRRRRRRRRRR…

»Hast du es gehört?«

Kopfschüttelnd nahm ich das Gerät in die Hand.

»Laila, schau doch, du hast gar keine Kassette eingelegt. Wie kann ich da etwas hören?«

»Die Kassette spielt keine Rolle, der Zauber ist im Walkman. Gib ihn mir!«

Sie riss mir den Kopfhörer weg und setzte ihn sich selbst auf. Bewegungslos und mit geschlossenen Augen stand sie da. Plötzlich gab sie einen Freudenschrei von sich und hüpfte im Kreis durch die Hütte. Offenbar war sie jetzt völlig durchgedreht.

»Ja! Ich kann es hören! Es ist deine Stimme! Du erzählst gerade, wie wir in den Bergen die *Apacheta* gebaut haben, um den Apu zu danken. Und bald darauf kam der Geist, der uns nach Písac geführt hat!«

»Laila …«

»Es hat geklappt! Sachamama hatte recht! Hier drin habe ich meine ganze Geschichte und alle meine Erinnerungen!«

Sie fiel mir um den Hals und gab mir einen schmatzenden Kuss auf die Wange. Das war nicht gerade der romantische Kuss, den ich mir erträumt hatte, aber so als Frühstückskuss sozusagen war er gar nicht mal schlecht.

Wir gingen raus und sahen, dass die anderen inzwischen aufgewacht waren. Miguel erhob sich, lief auf Laila zu und umarmte sie.

»Tapferes Mädchen«, murmelte er. »Du bist so mutig, du bist ein so überaus mutiges Mädchen.«

Ich merkte, dass er weinte, und der Anblick des weinenden, halb nackten alten Mannes berührte irgendetwas tief in mir drin.

»Äh … erinnerst du dich?«, stammelte Laila.

»Ja, sicher.«

»Mein Walkman. Er funktioniert wieder. Jetzt ist alles da drin!«

»He! Warum seid ihr so fröhlich?«, wollte Gió wissen. »Haben wir gewonnen?«

»Ja, ich würde es so sehen«, antwortete Miguel lächelnd. »Wir haben wirklich gewonnen.«

»Ahem ...«, hüstelte Ramirez. »Könntet ihr uns vielleicht erzählen, was letzte Nacht passiert ist?«

Laila nickte. »Ja, es ist Zeit, euch alles zu erzählen.«

Weil wir alle sehr hungrig waren, beschlossen wir erst mal zu frühstücken. Es gab geräucherte Fische und Früchte. Während wir aßen, berichtete Laila, was in der vergangenen Nacht in ihrem Traum geschehen war. Sie betonte allerdings, dass es gar kein Traum gewesen war, sondern dass alles tatsächlich passiert war, allerdings in einer anderen Wirklichkeit als unserer.

Traum oder nicht, offenbar war etwas ganz Außergewöhnliches geschehen. Laila hatte eine extrem mutige Entscheidung getroffen. Und vor allem hatten wir einander einen sagenhaften Kuss gegeben, an den ich mich überhaupt nicht erinnern konnte. Das fand ich unglaublich unfair.

Als ob das nicht schon genug wäre, kicherte Gió auch noch, als Laila von unserem Kuss erzählte, und meinte lachend: »Dann seid ihr also verlobt!«

»Halt die Klappe, du kleine Mücke!«

Nach dem Frühstück unterhielten wir uns noch lange. Wir bombardierten Miguel mit Fragen, doch er beantwortete so gut wie keine davon. Mit der Begründung, das seien Geheimnisse, die für uns viel zu groß seien.

Na ja, da konnte man eben nichts machen.

Das Wichtigste für mich selbst aber war, dass ich mich zum ersten Mal seit langer Zeit zufrieden fühlte.

Nein, viel mehr.

Glücklich.

Und ich fragte mich, warum eigentlich. Denn wenn man es genau betrachtete, war unsere Reise sinnlos gewesen: Schließlich war Laila immer noch krank.

Doch es war dumm und falsch, es so zu betrachten.

Wir hatten viel erlebt.

Wir hatten versucht, die Welt zu verändern.

Und hatten eine andere, neue Welt gefunden.

»Okay«, meinte ich irgendwann gähnend. »Was machen wir jetzt?«

»Ich würde gern in den Wald gehen, auf die Jagd«, schlug Ramirez vor.

»Ich auch«, stimmte Fabio ihm zu.

»Ich auch«, meldete sich Gió.

»In Ordnung«, befand Miguel.

Auf Lailas Gesicht breitete sich ein Lächeln aus.

Ein frohes, unbeschwertes Lächeln, das ihr Gesicht erstrahlen ließ.

»Ja, okay. Wir gehen alle in den Wald, jagen. Und dann … Dann, glaube ich, wird es Zeit, endlich nach Hause zurückzukehren.«

Im Dschungel.

Wie hatte es meine Tochter nur geschafft, bis ans andere Ende von Peru zu kommen? Mitten ins Amazonasgebiet?

Aber das spielte keine Rolle. Mich interessierte überhaupt nichts mehr, außer dass sie es wirklich war und dass es ihr gut ging.

Ich hatte immer gedacht, dass es ab einem bestimmten Punkt einfach nicht *noch mehr* wehtun konnte. Doch in den letzten anderthalb Monaten hatte ich herausgefunden, dass diese Vorstellung absurd war: Schmerz kann unendlich sein. Er wächst und wächst und frisst alles andere auf.

Am Telefon hatte ich kaum ein Wort herausgebracht. Der Vermittlung zufolge war der Anruf aus dem Büro des Bürgermeisters von Iquitos gekommen.

»Wir haben ein junges Mädchen gefunden ... Sie entspricht genau der Beschreibung ... Eine Stofftasche mit aufgestickten Teddybären ... Sie behauptet, Laila Raskinen zu sein. Wollen Sie mit ihr sprechen?«

»J... ja ...«, hatte ich gestottert. »Ja, sicher.«

Ein Knistern und andere Geräusche.

Und dann: »Mama?«

Und ich hatte losgeheult.

Kaum dass ich den Hörer aufgelegt hatte, stürzte ich zu Aarni. Seit Laila verschwunden war, hatte er sich verändert. Er hatte aufgehört zu essen, zu schlafen. Abends blieb er lange im Büro sitzen, den Kopf in die Hände gestützt, und starrte die Wände an. Er machte sich schwere Vorwürfe, dass er Laila nie im Krankenhaus besucht hatte, dass er sie allein gelassen hatte. Sie war unsere einzige Tochter und er hatte sie im Stich gelassen, als sie ihn so dringend brauchte.

Ich ging zu ihm und er starrte wieder in die Luft.

»Outi, bist du sicher?«, fragte er mich.

Ich nickte.

»Wir chartern ein Flugzeug. Ich fliege sofort los.«

»Wir beide. Wir fliegen zusammen.«

Er schüttelte den Kopf. »Wir hatten schon mehrmals falschen Alarm ... Dieser Anruf damals aus der Gegend von Cusco ... Und jetzt dieser hier ...«

»Ich werde ja wohl die Stimme meiner Tochter wiedererkennen! Natürlich war sie es, die aus Cusco angerufen hat, und auch dieser Anruf kommt von ihr.«

»Aber Iquitos ist wahnsinnig weit von den Anden entfernt. Wie in aller Welt soll sie nach Iquitos gekommen sein?«

»Das ist doch jetzt egal. Wir holen sie ab und fertig. Wir beide zusammen.«

Aarni beauftragte Señor Tanaka, unsere sofortige Abreise zu organisieren.

Eine Stunde später saßen wir bereits im Auto.

Nach einer weiteren Stunde waren wir im Flugzeug.

Alle drei. Mein Mann, Señor Tanaka und ich.

Keiner sagte etwas. Alle drei waren wir in unsere Gedanken versunken.

In unsere Ängste.

Auf einmal verkündete der Pilot: »Wir landen in wenigen Minuten.«

Durch das kleine Fenster neben mir betrachtete ich die grüne Unendlichkeit Amazoniens und den Fluss, der sich wie eine Schlange durch den Urwald wand. Warum war Laila hierhergekommen? Und wie? Hatte ihr jemand wehgetan? Wie stark war ihre Krankheit fortgeschritten?

Als wir landeten, öffneten wir die Sicherheitsgurte, noch bevor die Maschine zum Stehen gekommen war. Durch das Fenster sah ich einen Kleinbus, der auf der Landebahn auf uns zufuhr.

Der Pilot öffnete die Tür und ich sprang als Erste hinaus.

Auch die Seitentür des Kleinbusses öffnete sich.

Und ein Mädchen stieg aus.

Laila.

Ja. Sie war es wirklich.

Ich flog ihr mit ausgebreiteten Armen entgegen. Meine Tochter! Ich umarmte sie und hob sie hoch. Laila! Wie müde sie aussah, wie schön sie aussah, wie sie gewachsen war …

Im nächsten Augenblick war Aarni bei uns und umarmte uns alle beide. Wir bekamen keine Luft mehr, so fest drückte er uns an sich. So stark. Aarni war stark, das war er schon immer gewesen. Nur dass er es eine Zeit lang vergessen hatte.

»Papa!«

»Laila! Laila, verzeih mir …«

»Nein, ich muss mich entschuldigen. Es tut mir so leid …«

»Wo warst du? Was ist passiert? Hat dir jemand was getan?«

»Nein, nein. Ihr müsst mir verzeihen. Ich war es. Ich war diejenige, die weglaufen wollte. Ich musste es tun, versteht ihr?«

Ich konnte meinen Blick nicht von ihr lösen.

Und auch Laila hatte ihren Blick an uns geheftet.

»Ich werde bald sterben«, sagte sie. »Jetzt weiß ich es. Und ich weiß, ich kann nichts dagegen tun. Aber ich finde es nicht mehr schlimm. Denn ich habe gelebt.«

Wieder ein Flugzeug! Und zwar eines, das sehr viel besser war als das von Pedro.

»Was sind das für Dinger?«, wollte mein Bruder Fabio wissen.

»Düsenmotoren«, erklärte ich. »Sie sind dort, wo sonst Propeller wären, und sie sind wesentlich stärker.«

Ich drehte mich zu dem Typ mit der Krawatte um, der zusammen mit Lailas Eltern aus dem Flugzeug ausgestiegen war. »Ist das ein Überschallflugzeug?«

»Ich fürchte nein, junger Mann. Dennoch ist die *Cessna Citation* III zweifellos ein hervorragendes Modell.«

»Wow! Meinen Sie, wir könnten damit eine Runde fliegen?«

»Vielleicht später«, meinte er lächelnd. »Jetzt sollten wir uns erst einmal vorstellen.«

»Ja, stimmt, entschuldigt bitte«, meinte Laila.

Es gab weitere Umarmungen und viele Tränen. Und das mitten auf der Landebahn, unter der glutheißen Sonne. Ein bisschen genervt war ich schon. Klar freute ich mich für Laila, das war ja selbstverständlich, aber ich beneidete sie auch. Nicht wegen der Krankheit, aber weil sie Eltern hatte, die sie mit so einem Flugzeug abholen kamen. Sie mussten säckeweise Geld haben. Sogar noch mehr als der Onkel … Wer weiß, was der glaubte, was aus uns geworden war. Und wer weiß, was er mit uns anstellen würde, wenn er erfuhr, was wir getan hatten. Ich wollte lieber nicht daran denken.

»Also«, sagte Laila, »das hier sind meine Eltern, Aarni und Outi. Und er ist Señor Tanaka. Eigentlich arbeitet er in der Botschaft, aber in Wirklichkeit ist er … na ja, so etwas wie mein Schutzengel.

Und die drei sind Brüder: Ramirez, Fabio und Gió. Sie sind meine Freunde.«

Sie schüttelten uns reihum die Hand, erst die Eltern und dann der Typ mit der Krawatte.

»Das ist Miguel Castillo. Er hat uns gerettet, als wir mitten im Dschungel waren, er hat uns zu essen gegeben und uns mit dem Boot nach Iquitos gebracht.«

»Danke, Señor«, sagte Lailas Vater, der mit einem seltsamen Akzent sprach. »Ich weiß gar nicht, wie ich Ihnen danken soll.«

»Und der hier ist El Rato. Wir haben uns im Krankenhaus kennengelernt. Als ich ihm gesagt habe, dass ich weglaufen will, hat er versucht, es mir auszureden. Und als er gemerkt hat, dass er mich nicht davon abbringen kann, hat er mich begleitet. Seitdem war er die ganze Zeit bei mir. Er hat mir tausendmal das Leben gerettet, ohne ihn wäre es für mich böse ausgegangen.«

»Im Ernst?«, fragte Lailas Vater. »Ich bin dir unendlich dankbar, Junge.«

Lailas Mutter gab El Rato sogar einen Kuss.

»Auch Ramirez hat mich gerettet«, fuhr Laila fort. »Ich hatte einen epileptischen Anfall und bin in den Fluss gefallen. Beinahe wäre ich ertrunken, doch er hat mich aus dem Wasser gezogen.«

Lailas Mutter küsste auch mich, und als sie die eifersüchtigen Blicke meiner Brüder bemerkte, schnell auch Fabio und Gió.

»Ich kann es kaum erwarten, die ganze Geschichte zu hören«, sagte sie.

Nun trat der Fahrer des Kleinbusses vor. »Der Bürgermeister erwartet Sie in seiner Residenz. Er hat sich erlaubt, ein Abendessen vorbereiten zu lassen, und hofft, dass Sie seine Einladung annehmen.«

»Oh … ja, sehr gern«, erwiderte Lailas Vater.

Wir stiegen alle in den Kleinbus und ich begriff, dass es mit dem Rundflug in dem tollen Flieger nichts werden würde.

Doch dann zwinkerte mir der Typ mit der Krawatte zu. »Das letzte Wort ist noch nicht gesprochen«, meinte er, als könnte er meine Gedanken lesen.

Ich zwinkerte zurück. »Das hoffe ich sehr.«

Ein Schamane entfernt sich nicht vom Ort seiner Magie.

Die Ermahnung meines Lehrmeisters war deutlich gewesen und auch berechtigt. Außerdem sollte ich mein Alter berücksichtigen. Und dass es keinen anderen Ort gab, an den ich hätte gehen können.

Denn wo sollte ich schon hin? Nach dem, was ich getan hatte. Nachdem ich Auka mit zwei kleinen Kindern sitzen gelassen hatte. Inzwischen wusste ich alles über sie, weil die Fische aus der *Quebrada* es mir erzählt hatten. Doch sie, Auka und meine Kinder, wussten nichts über mich.

Und höchstwahrscheinlich hassten sie mich.

Wozu sie auch allen Grund hatten: Ich an ihrer Stelle würde genauso empfinden.

Warum also sollte ich die Selva verlassen?

Mir fiel kein Grund dafür ein.

Doch in Lailas Geschichte war es auch um ihren Vater gegangen, der vor ihrer Krankheit Angst bekommen hatte und geflohen war. Jetzt sah ich ihn auf der Veranda des Bürgermeisters sitzen. Er hatte seine Tochter auf den Schoß genommen, so als wäre sie immer noch ein kleines Kind.

Wenn ihm verziehen wurde, würde man mir dann vielleicht ebenfalls verzeihen?

Wahrscheinlich nicht. Mein Fall lag anders. Es fing schon damit an, dass ich so viele Jahre weggeblieben war.

Aber vielleicht war es noch nicht zu spät für eine mutige Tat. Was, wenn ich mich meiner Frau stellte, mich meinen Kindern stellte, und ihnen die Wahrheit sagte? Ihnen erzählte, was mir widerfahren war?

Und sie um Vergebung dafür bat, dass ich der schlechteste Ehemann und Vater der Welt war.

Beim Nachtisch bot der Bürgermeister uns allen an, in seinem Haus zu übernachten. Doch Lailas Eltern hatten es eilig, nach Lima zurückzukehren.

»Sie haben sicher Verständnis, Señor, wir waren zu lange voneinander getrennt. Wir haben einiges nachzuholen.«

»Was ist mit meinen Freunden? Können Sie mit uns mitkommen?«, fragte Laila. »Sie haben keine Papiere. Es ist ziemlich kompliziert ... Sie haben keine Familie mehr und können nirgendwohin. Keiner von ihnen.«

»Im Flugzeug ist Platz genug. Und in Lima werden wir schon irgendeine Lösung finden.«

Lailas Vater sagte es ernst und streng, so als spräche er ein Urteil. Ich sah, wie die Jungen zu zittern begannen, alle vier: El Rato, Ramirez, Fabio und Gió.

Die Mutter dagegen lächelte. »Es wird eine gute Lösung sein. Ihr werdet schon sehen.«

Sie entspannten sich sichtlich.

Daraufhin brachte ich mein Anliegen vor.

»Entschuldigen Sie, aber hätten Sie im Flugzeug vielleicht auch noch einen Platz für mich? Ich würde Sie gern nach Lima begleiten. Von dort aus möchte ich nach Cusco weiterfahren. Ich hatte einmal eine Familie und es wird für mich Zeit, zu ihr zurückzukehren.«

Als ich zum Hähnchengrill zurückkam, war meine Kehle ausgetrocknet und mir taten die Beine weh.

»Wie ist es gelaufen?«, erkundigte sich Viktor.

Er hatte sich eine Schürze umgebunden und schabte den Grillrost mit einem Spatel sauber.

»Na ja, ging schon. Ich bin nur sehr müde.«

Am Vormittag hatte ich die Führung einer deutschen Reisegruppe übernommen, alles ältere Leute. Sie hatten mich gebeten, sie zu begleiten, und ich hatte gedacht, super, so alt wie die sind, werden sie nicht viel unternehmen wollen. Tatsächlich aber entpuppten sie sich als extrem sportlich und fit. So mussten wir zweimal um die ganze Ruinenstadt herumlaufen und zum Schluss auch noch den Gipfel des Huayna Picchu erklimmen.

Außerdem hatten sie mich ununterbrochen mit Fragen gelöchert: Sie wollten die Geschichte der archäologischen Ausgrabungen hören und den Namen jedes einzelnen Vogels erfahren, der über uns hinweggeflogen war.

»Heute Abend kannst du dich ausruhen, es werden nicht so viele Gäste kommen. Miguel, Marta und ich schaffen es auch ohne dich.«

»Ja, das wäre verlockend …«

Viktor sah mich lächelnd an. Er hatte sich von seinem Bart verabschiedet. So gefiel er mir viel besser, denn glatt rasiert wirkte er wesentlich jünger und der Altersunterschied zwischen uns fiel nicht mehr so stark auf. Außerdem war er ohne Bart nicht mehr ohne Weiteres zu erkennen, falls ihn irgendjemand, ein Polizist oder ein Terrorist, ausgerechnet in Aguas Calientes suchen sollte.

Allerdings kam mir das sehr unwahrscheinlich vor. Obwohl das Dorf hier ein Ausgangspunkt für Touristen war, die Machu Picchu besichtigen wollten, war es doch ziemlich abgelegen und unbekannt. Ich konnte mir nicht vorstellen, dass jemand hierherkam, um nach uns zu suchen.

»Chaska! Chaska!«

Marta kam ins Lokal gelaufen.

»Im Postamt warten sie auf dich. Ein Anruf! Sie bleiben dran, bis du kommst!«

»Wer ist es denn?«

»Laila!«

»Gütiger Himmel!«

Wir rannten alle drei zum Postamt hinüber. Viktor nahm sich nicht einmal die Zeit, seine Schürze abzulegen.

Mir schlug das Herz bis zum Hals. Es war kein Tag vergangen, an dem ich nicht an Laila und El Rato gedacht und mich gefragt hatte, was ihnen wohl im Dschungel widerfahren war. Und wie es Laila ging, die so alt war, wie meine Tochter jetzt gewesen wäre, und die ebenso wie meine arme Tochter an einer tödlichen Krankheit litt.

In nur zwei Tagen war es ihr und El Rato gelungen, mein Leben von Grund auf zu verändern. Und mich zu einem glücklichen Menschen zu machen.

Das Postamt war nicht weit weg, wir waren gleich da. Ich war so aufgeregt, dass ich die Schmerzen in meinen Beinen kaum noch spürte.

»Wo ist das Telefon?«

Die Angestellte hielt mir den Hörer entgegen und ich riss ihn ihr aus der Hand.

»Hallo? Ich bin's, Chaska!«

»Hallo, hier spricht Laila«, sagte eine Stimme am anderen Ende der Leitung. Sie klang sehr weit weg.

»Laila! Dem Himmel sei Dank! Wo steckst du?«

»In Lima … Wir waren eine Weile in der Selva, jetzt sind wir wieder zurück. Wir sind bei mir zu Hause. Also, eigentlich bin ich die meiste Zeit in der Klinik, aber die anderen kommen mich immer besuchen.«

In der Klinik?

Leise fragte ich sie: »Wie geht es dir?«

»Schlecht. Ich meine, nicht wirklich gut.«

»War deine Reise denn umsonst?«

»Nein, ganz im Gegenteil. Es war ein wunderbares Abenteuer. Ich habe sogar Miguel kennengelernt.«

»Was für einen Miguel?«

»Den Großvater von Miguel vom Hähnchengrill. Wir haben ihn mitten im Dschungel aufgespürt. Das ist eine lange Geschichte. Irgendwann erzähle ich sie dir mal. Aber heute rufe ich an, weil ich eine Bitte habe: Miguel will nach Aguas Calientes. Er will seine Frau wiedersehen, mit seinen Kindern sprechen. Er befürchtet, dass sie gar nichts mehr von ihm wissen wollen. Aber nach all dieser Zeit …«

»Hm, ich weiß nicht …«

»Könntest du herausfinden, wie sie darüber denken? Vielleicht indem du Señora Auka sagst, dass ihr Mann noch lebt und sie um Verzeihung bitten will?«

»Ja! Ja, sicher, gern!«

»Danke. Wie geht es Viktor?«

»Gut.«

»Mein Vater möchte später mal mit ihm sprechen. Er meint, dass er ihm vielleicht helfen kann. Ihn rehabilitieren oder so was in der Art.«

»Oh, das wäre … fantastisch. Wirklich fantastisch.«

»Ja, hoffen wir mal, dass es klappt. Danke, Chaska, ich rufe dich bald wieder an. Ich hab dich lieb. El Rato lässt euch auch grüßen.«

»Ja, Laila.« Ich musste lächeln. »Ich hab dich auch lieb.«

So ist es also ausgegangen.

Alles zum Besten.

Zumindest für eine ganze Weile.

Miguel kehrte in die Anden zurück, während wir, das heißt Ramirez, Fabio, Gió und ich in Lima blieben.

Zunächst war Lailas Papa vollauf damit beschäftigt, die drei Brüder vor dem Onkel zu schützen, der kein sehr angenehmer Zeitgenosse war. Lailas Papa versuchte außerdem, Dokumente für uns zu beschaffen. Weil sich das als ziemlich unmöglich erwies, entschied er sich für eine Radikallösung und adoptierte uns. Beziehungsweise die anderen drei. Ich wollte auf gar keinen Fall zu Lailas Bruder werden, vielen Dank auch.

Trotzdem kam zu meinen beiden Nachnamen ein dritter hinzu. Ich wurde zu Juan Pablo Brown Mamani Tanaka.

»Ich war immer ein Einzelgänger, ein bisschen Gesellschaft wird mir guttun«, meinte mein neuer Vater. »Aber nur unter einer Bedingung.«

»Welcher?«

»Dass du und Laila und die anderen damit aufhört, mich *Señor Tanaka* zu nennen. Ich bin einfach nur Hiroshi.«

»In Ordnung, Señor … also, ja, geht klar.«

Praktisch wurden wir zu einer einzigen großen Familie.

Wir mussten uns in der Schule anmelden, in derselben, in die auch Laila ging, um dort jede Menge neue Sachen zu lernen, darunter auch Mathe und Englisch.

Alles in allem verlor ich ein Geheimnis und verwirklichte einen

Großen Traum. Es war wunderbar. Das Leben kann eben so sein: Man erlebt schöne Augenblicke und unschöne. Zeiten, in denen man viel lacht, und Zeiten voller Kummer.

Zum Beispiel mein Vater. Nicht mein richtiger Vater, den ich gar nicht kenne, sondern Doktor Brown. Nachdem Laila und ich uns auf die Suche nach der verschollenen Blume gemacht hatten, beschloss auch er aufzubrechen und kehrte nach Louisiana zurück, woher er stammte. Soweit ich weiß, gibt es dort ebenfalls Sümpfe, die allerdings nicht so groß wie die des Amazonasbeckens sind. Ein paar Monate nach seiner Rückkehr starb er. Aber auf eine Weise, mit der er, so glaube ich zumindest, einverstanden war: Er hatte soeben einen Patienten im Krankenhaus besucht und sich anschließend irgendwo hingesetzt, um sich kurz auszuruhen. Er schloss die Augen – und das war's.

Trotzdem: Als ich davon erfuhr, fühlte ich mich innerlich auf einmal ganz leer. Es hätte mich gar nicht so bedrücken müssen, schließlich war er knapp hundert Jahre alt geworden. Doch es tat mir sehr leid, dass ich mich nicht von ihm hatte verabschieden können.

Und natürlich war da noch Laila.

Kurz nach unserer Rückkehr aus der Selva bekam sie einige Anfälle und musste wieder in *Santo Toribio* eingeliefert werden. Ich wohnte nicht mehr mit ihr im Nest, aber ich besuchte sie jeden Tag nach der Schule.

Mit der Zeit aber sahen wir uns immer seltener. Sie wurde schnell müde und ließ sich deshalb gern im Rollstuhl herumfahren. Und sie sprach auf eine ganz komische Art, vergaß häufig Wörter und versuchte dann zu erklären, was sie meinte. Manchmal war es sehr schwierig, sie zu verstehen.

Eines Tages kam ich dazu, wie sie mit den anderen aus der Abteilung *Truco* spielte. Als sie mich sah, hörte sie sofort auf zu spielen und bat mich, sie hinauszubringen. Draußen gestand sie mir dann, dass sie die Karten nicht mehr sah. Sie spielte blind.

Nachdem ich ihren Rollstuhl unter die Pergola geschoben hatte, wandte sie sich zu mir um. »El Rato, ich wollte dich um …

Wie nennt man das, wenn einer eine Bitte hat und der andere das dann für ihn tut …?«

»Einen Gefallen?«

»Ja, genau. Um einen Gefallen bitten.«

»Willst du einen Kuss?«

»Idiot. Nein, ich meine es ernst. Wenn du das nächste Mal kommst, könntest du dann … das mitbringen, das … **das, womit man schreibt.«**

»Einen Stift? Brauchst du einen Stift?«

»Ja, genau das. Und ein Heft! Es ist wegen der Stimmen, die ich **in dem … in dem Dings gesammelt habe.** Also, damals im Wald … Ich möchte sie aufschreiben. Damit **… um sie … damit sie immer bei mir …«**

»Um sie zu bewahren?«

»Genau. Für die Zeit, wenn es mich nicht mehr gibt. Was hältst du davon?«

Was sollte ich ihr darauf antworten? Na klar!

Also bat ich Hiroshi, mit mir in ein Schreibwarengeschäft zu gehen, und dort kaufte ich einen Stift und ein Heft.

Ich suchte ein Heft aus, das außen ein bisschen wie das Tagebuch von Doktor Clarke aussah. Es war schön dick, mit unlinierten gelben Seiten, einem Umschlag aus weichem Leder und einem Lederband, mit dem man es zubinden konnte.

Als ich es am darauffolgenden Tag Laila zeigte, sagte sie, es sei perfekt.

Wir setzten uns in die Kapelle, wo es angenehm kühl war, vor die Statue des *Cristo Pobre*.

»Lass uns anfangen«, sagte sie. »Ich diktiere und du schreibst.«

Sie hatte ihren Walkman mitgebracht, den ohne Kassette. Sie setzte sich den Kopfhörer auf, schaltete das Gerät ein und begann langsam und mit geschlossenen Augen zu erzählen.

Wunderbare Dinge geschahen.

Das Erste war, dass sie wieder ganz deutlich sprach, nachdem sie den Knopf gedrückt hatte, und auch wieder alle Wörter kannte. Sie kam mir vor wie die Laila von früher.

Das Zweite war, dass sie irgendwann anfing, auch meine Teile der Geschichte zu erzählen, also alles, was ich erlebt hatte. Sie erzählte es in der Ich-Form und es stimmte genau mit meinen Erinnerungen und meinen Gedanken überein.

Ich erschrak richtig.

Wie konnte Laila nur *all das* wissen?

Seit ich wieder in Lima war, hatte ich darüber nachgedacht, ob das, was im Dschungel geschehen war, nur ein Traum gewesen war. Eine Einbildung. Denn eigentlich gibt es ja gar keine Geister und sie treffen auch keine Vereinbarungen mit Menschen.

Das stimmt doch, oder?

Aber könnte es nicht trotzdem sein, dass ich mich in einer Nacht vor langer Zeit in eine Libelle verwandelt habe, einer rotäugigen Boa begegnet bin und dass ich aus einem fluoreszierenden Ozean leuchtende Fische gefischt habe?

Und vielleicht ist Laila tatsächlich Sachamama begegnet und hat ihre Wahl getroffen.

Ich wusste einfach nicht, was ich denken sollte. Was, wenn es nur wieder eine meiner Lügen war?

Allerdings kann manchmal auch eine Lüge einen Unterschied machen. Einen großen Unterschied.

Denn sie fordert das Schicksal heraus.

Und weil Laila an ihre Geschichte glaubte, beschloss ich, ebenfalls daran zu glauben.

Einfach nur deshalb.

Ich schüttelte den Kopf.

Und ließ zu, dass mein Stift ihrer Stimme folgte.

Ich ging durch das Tor und der Wächter nickte mir zu.

»Guten Tag, Camilo.«

»Guten Tag, Juan.«

Er sagte es mit einem leichten Grinsen, die Daumen in seinen Gürtel eingehakt.

Ich wusste, was er gerade dachte. Im Grunde sagten sie es in *Santo Toribio* alle, ohne sich groß darum zu kümmern, ob ich es mitbekam oder nicht.

Hier kommt der alte Juan Suerte, um sich in der Bibliothek auszuschlafen.

Er tut den ganzen lieben langen Tag überhaupt nichts.

Bibliothekar muss ein schöner Beruf sein.

Wie schafft er es nur, so viel zu schlafen?

Ich war es gewohnt. Ich schüttelte einfach den Kopf und ließ sie reden.

Schließlich konnte ich nichts dagegen tun. Und außerdem war es ja tatsächlich so: Wenn ich morgens die Klinik betrat, war ich so müde, dass ich mich kaum noch aufrecht halten konnte.

Um diese Zeit war der Innenhof mit dem Springbrunnen noch halb leer. Man traf dort nur die Pflegekräfte an, die nach der Nachtschicht eine Zigarette rauchten, und Patienten, die vor dem Frühstück einen Spaziergang machten. Pablo vom Elektrikerteam saß auf einer Bank und las die *El Comercio*.

»Die ist von heute«, sagte er, als er die Zeitung zusammenfaltete. »Wenn du willst, leihe ich sie dir.«

»Nein. Nein, danke«, antwortete ich.

Wer weiß, was er für ein Gesicht machen würde, wenn er wüsste, dass genau diese Zeitung nur wenige Stunden zuvor durch meine Hände gegangen war.

Denn dort verbrachte der faule Juan Suerte seine Nächte, hätte ich gern den Leuten erzählt, die sich über mich lustig machten: in der Druckerei von *Pueblo Libre*, wo ich die schweren Papierrollen auf die Spulen aufsteckte, die Maschinen kontrollierte und dann die Stapel der frisch gedruckten Zeitungen zu den Lastwagen trug und einlud.

Versucht euch mal vorzustellen, wie das ist, wenn man kein eigenes Bett braucht, weil man vierundzwanzig Stunden am Tag arbeitet, und die einzige Möglichkeit zum Ausruhen darin besteht, den Kopf auf einen Schreibtisch zu legen.

Und selbst das würde wohl nicht mehr lange gutgehen, denn Direktor De La Torre hatte damit gedroht, mich zu entlassen. In der Druckerei redeten sie schon davon. Und Alejandra beklagte sich, dass ich nie zu Hause wäre … Aber wie soll man sonst eine sechsköpfige Familie ernähren, wenn man nicht wie verrückt schuftet?

Ich nahm den Schlüsselbund, schloss auf und betrat die Bibliothek.

Als Erstes schob ich den Schreibtisch so vor die Tür, dass man sie nur noch einen Spaltbreit aufschieben konnte. Das war eine Technik, die ich im Laufe der letzten Monate entwickelt hatte und die hervorragend funktionierte. Wenn jemand eintreten wollte, knallte die Tür gegen die Tischkante und ich wachte davon auf. So hoffte ich, weitere Verwarnungen zu vermeiden.

Ich machte es mir so bequem wie möglich, verschränkte die Arme über der Tischplatte, legte den Kopf darauf und versank sofort in tiefen Schlaf.

Ich öffnete ein Auge, nur ein kleines bisschen.

Ich sah, dass die Tür offen stand. Der Direktor konnte es nicht gewesen sein, er schob die Türen stets mit geballter Kraft auf.

Ob die Klinke nicht mehr richtig funktionierte?

Ich überlegte, ob ich aufstehen und nachschauen sollte, doch ich hatte keine große Lust dazu, lieber würde ich weiterschlafen …

Die Tür knallte gegen den Tisch und ich sah einen dunklen Haarschopf vorbeihuschen. Dann ein Stückchen von einem Ohr. Von einem ziemlich großen Ohr, wie ich fand.

El Rato.

Dieser verdammte Bengel quälte mich seit Jahren mit seinen Streichen. Allerdings hatte ich ihn schon seit längerer Zeit nicht mehr gesehen. Seit dem Tag, an dem er die halbe Bibliothek demoliert hatte.

Camilo behauptete, der Junge hätte die Klinik endgültig verlassen, hätte eine lange Reise unternommen und sei dann von einer sehr reichen Familie adoptiert worden.

Gut für ihn, hatte ich gedacht, und auch gut für mich.

Aber was wollte er dann hier?

Mein erster Impuls war, aufzuspringen, ihn am Kragen zu packen und ihm kräftig in den Hintern zu treten.

Doch dann überlegte ich es mir anders. El Rato und ich hatten noch ein Hühnchen zu rupfen und heute war der Tag der Abrechnung gekommen. Ein für alle Mal. Bestimmt hatte er wieder irgendetwas Kriminelles vor. Wenn es mir gelang, ihn auf frischer Tat zu ertappen, könnte ich ihn zum Direktor schleppen. Und dann würden endlich alle sehen, dass Juan Suerte seine Arbeit machte.

Also wartete ich ab und ließ El Rato leise an mir vorbeischleichen. Er hatte eine Stofftasche umgehängt, auf der Tiere aufgestickt waren. Wenn er eine Tasche mitbrachte, war es ja wohl klar, dass er vorhatte, etwas zu stehlen!

Ich beobachtete, wie er den Vorraum durchquerte und in den ersten Gang flitzte. Leise stand ich auf und schlich ihm hinterher. Bevor ich eingeschlafen war, hatte ich mir die Schuhe ausgezogen, was mir nun sehr zustatten kam. Meine Vorfahren waren Krieger der Inka gewesen, heute würde ich sie stolz auf mich machen.

Ich schlich über den Holzboden und spähte vorsichtig um eine Regalecke. Nichts.

Ich ging den ganzen Gang entlang und bog rechts ab, bevor ich wieder um eine Ecke schaute.

Erwischt!

El Rato schaute sich die Bücher mit der Miene eines erfahrenen Diebes an. Und er stand auch noch in der Abteilung mit den ältesten und damit wertvollsten Büchern. Offenbar rechnete er sich aus, dass sich mit ihnen ein Vermögen ergaunern ließ.

Er öffnete die Tasche.

Er zog ein Buch mit einem Ledereinband heraus.

El Rato behandelte es, als ob es sehr kostbar wäre. Er blätterte darin, lächelte versonnen, zog die Nase hoch, so als sei er gerührt. Schließlich stellte er das Buch zwischen zwei andere ins Regal und lief davon.

Ich hätte aus meinem Versteck hechten und ihn aufhalten können, ja ich hätte sogar laut schreien können.

Doch ich ließ es bleiben.

Denn ich war verblüfft.

Warum in aller Welt hatte El Rato ein Buch ins Regal gestellt? Hatte er es sich ausgeliehen und jetzt wieder zurückgebracht? Aber in dem Regal standen nur medizinische Handbücher … Was konnte ein Junge damit anfangen?

Neugierig ging ich zu der Stelle und hatte das eingeschmuggelte Buch bald gefunden.

Es war gar kein richtiges Buch, sondern ein Notizbuch mit Lederumschlag. Es kam mir gar nicht so alt vor. Offensichtlich war es viel gelesen worden, denn es wirkte abgegriffen.

Ich schlug es auf und stellte fest, dass die Seiten von Hand geschrieben waren. Gelegentlich war oben auf einer Seite eine Zeichnung, die ein Tier darstellte, und auf vielen Seiten bildeten die Wörter und Sätze Grafiken, Bilder, verschlungene Figuren …

Hatte El Rato das alles geschrieben und gezeichnet?

Ich musste zugeben, dass ich es sehr schön fand.

Und ich staunte.

Denn auch wenn ich mitten unter Büchern lebte, beschränkte ich mich doch darauf, sie zu bewachen, und damit basta. Um ehrlich zu sein, hatte ich noch nie eines von ihnen gelesen. Ich fand sie nicht besonders interessant.

Doch dieses Buch machte mich so neugierig, dass ich mich im Schneidersitz auf dem Boden niederließ.

Auf der allerersten Seite stand, schön groß und deutlich geschrieben:

Der Finder wird gebeten, dieses Notizbuch in der Klinik Santo Toribio in der Calle de las Maravillas, Lima, Peru abzugeben.

Hoher Finderlohn garantiert!

Ich musste grinsen.

Das war absurd. Das Notizbuch stand ja bereits in der Bibliothek. El Rato musste verrückt sein.

Ich blätterte um.

Oben auf der Seite fiel mir die Tuschezeichnung einer Fledermaus mit ausgebreiteten Flügeln auf. Eine sehr beeindruckende Zeichnung.

Darunter begann der Text:

Ich werde bald sterben, und das ist die reine Wahrheit.

Irre, dachte ich.

Ich hielt die Luft an.

Und fing an zu lesen.

EIN NACHWORT FÜR ALLE, DIE BIS HIERHER GEKOMMEN SIND

Dieses Buch spielt im Peru des Jahres 1986 und seine Figuren denken und handeln so, wie es jener Zeit entspricht, in der es zum Beispiel noch keine Smartphones gab und in der man ohne aufwendige Kontrollen an Bord eines Flugzeugs gehen konnte.

Die Achtzigerjahre des vergangenen Jahrhunderts waren in Peru eine Zeit, die von starken sozialen Kontrasten und auch von extremer Armut geprägt war. Die Aktivitäten der Guerillaorganisation *Sendero Luminoso* kosteten Tausende von Menschen das Leben. Viele Opfer waren weder Guerillakämpfer noch peruanische Soldaten, sondern unschuldige Zivilpersonen. Der Anschlag auf den Zug nach Machu Picchu fand leider tatsächlich statt, und zwar am 26. Juni 1986. Durch die Explosion starben sieben Menschen, achtunddreißig wurden verletzt.

Das in diesem Roman dargestellte Peru ist ein rückständigeres und ärmeres Land als das Peru von heute. Die Beschreibungen von Orten und Lebensweisen entsprechen nicht mehr der gegenwärtigen Realität. Allen, die das Land selbst besuchen möchten, rate ich, sich einen guten aktuellen Reiseführer zu besorgen.

Den Glauben der meisten Peruaner kann man als synkretistisch bezeichnen, das heißt, dass er eine Mischung aus Christentum, traditionellen Religionen und Aberglauben darstellt. Auch der Glaube an Mythen und Märchen ist lebendig.

Unter dem Begriff »Schamanismus« versteht man einen bestimmten Komplex aus Vorstellungen und Ritualen, der erstaunlicherweise auf allen Kontinenten verbreitet ist.

In der Vorstellungswelt schamanistischer Kulturen ist es dem Schamanen möglich, unsere Wirklichkeit zu verlassen, um die Welt der Geister zu besuchen. Auf seinen Reisen gewinnt er auf eine wissenschaftlich nicht erklärbare Weise besondere Erkenntnisse und Fähigkeiten, die ihn unter anderem in die Lage versetzen können, Krankheiten zu heilen.

Vielerorts, und auch in der Amazonasregion, spielt dabei die Kenntnis einheimischer Pflanzen und ihrer Heilkräfte eine wichtige Rolle.

Diese Rituale und Kenntnisse können die Schulmedizin jedoch nicht ersetzen.

Alles, was in diesem Roman über Schamanismus und Religion steht, soll in keiner Weise religiöse Überzeugungen angreifen oder verletzen.

Unter dem Oberbegriff »Neuronale Ceroid-Lipofuszinose (NCL)« fasst man eine Gruppe genetisch bedingter Krankheiten zusammen. Sie alle sind sehr selten und sehr schlimm, und viele von ihnen sind auch heute noch nicht heilbar. In Deutschland unterstützt die NCL-Stiftung Familien mit an NCL erkrankten Kindern. Außerdem fördert sie die Erforschung der Krankheit und die Entwicklung von Medikamenten zu ihrer Heilung. Sie setzt sich somit dafür ein, dass Geschichten wie die von Laila in Zukunft anders ausgehen. Ihr könnt euch im Internet über diese Stiftung informieren und sie unterstützen: http://www.ncl-stiftung.de

DANK

Vor einiger Zeit, um genauer zu sein im Jahr 2012, hatte ich eine Idee für eine Geschichte: Drei Jungen und ein Mädchen bestellen sich aus einem Versandhauskatalog einen Revolver und erhalten aus Versehen eine kaputte Uhr.

Aus dieser Idee wurde dann der Roman *Die Mississippi-Bande. Wie wir mit drei Dollar reich wurden*, der zu Beginn des letzten Jahrhunderts in Louisiana spielt. Schon als ich ihn schrieb, wusste ich, dass er keine Fortsetzung im üblichen Sinne haben würde. Doch mir gefiel die Vorstellung, zwei weitere Romane zu schreiben, die auf irgendeine Weise mit ihm verbunden waren: Abenteuergeschichten, die auf und an Flüssen spielen, von den Hauptfiguren selbst erzählt, vielleicht mit einer Art von Illustration, die aus dem üblichen Rahmen fällt.

Durch die Hilfe vieler Menschen, intensive Arbeit und eine ordentliche Portion Glück ist es mir gelungen, diesen Plan zu verwirklichen.

Das zweite Buch dieser ungewöhnlichen Trilogie ist *Verloren in Eis und Schnee. Die unglaubliche Geschichte der Geschwister Danilow*, die 1941 in Russland spielt, auf und am Fluss Newa.

Und das dritte Buch ist das, das du soeben fertiggelesen hast.

Nach einem Abenteuer, das sich über sieben Jahre hinzog, wird es nun für mich Zeit, all jenen Menschen zu danken, die mir auf dieser langen Reise nahe waren.

Ich beginne mit Laura, meiner Lebensgefährtin, die mich dieses Mal auf die Gipfel der Anden und in den Amazonasregenwald begleitet hat. Laura ist Neurowissenschaftlerin und ihre Informationen über NCL waren für mich von unschätzbarem Wert. Danke. Ohne dich würde ich jetzt noch verloren im Dschungel herumirren.

Ein riesiges Dankeschön ergeht an Marta Mazza von Mondadori, die dieses Buch wollte und mit Sorgfalt, Leidenschaft und viel Geduld zu seiner Entstehung beigetragen hat. (Ich danke Alessandro Gelso für die ersten beiden.) Ich danke Stefano Moro für seine außergewöhnliche grafische Gestaltung der gesamten Trilogie.

Ich danke auch den anderen Mitgliedern des Dream-Teams: Chiara Pontoglio, Viola Gambarini, Giulia Geraci, Fernando Ambrosi.

Und ich danke Enrico Racca, der dies alles ermöglicht hat.

Danken möchte ich Pierdomenico Baccalario dafür, dass ich stets auf seine Freundschaft und seine kreative Großzügigkeit rechnen kann. Ich danke all den anderen Freunden von *Book on a Tree* und ganz besonders Lorenzo Rulfo, auch wenn ich noch gar nicht weiß, warum. Ich danke Barbara Gozzi für das Lektorat, aber nicht nur; ich danke Rosamaria Pavan, Andrea Pau und seinem Bruder Stefano, Andrea Vico, Alessandra Donadoni. Ich danke Eduardo Jauregui für seine Hilfe mit dem Spanischen, Christian Hill dafür, dass er mir alles über die Flugzeuge und Flughäfen der 1980er-Jahre erzählt hat, und Paolo Assandri von *Need You ONLUS* für die psychologische Beratung zu Teenagern, die mit schweren Krankheiten fertigwerden müssen.

Ein besonderer Dank gebührt meiner Schwester Chiara. Als ich ihr sagte, dass ich nach Iquitos müsse, meinte sie: »Ach, genau da kommt meine beste Freundin her.« Damals habe ich herausgefunden, dass es die leitenden Lichtstrahlen tatsächlich gibt.

Ein weiterer besonderer Dank ergeht an Glenda Ramirez, die mir mit unerschöpflicher Energie half, meine Perureise zu organisieren, und die den Kontakt zu allen richtigen Leuten vermittelt hat. Ohne sie wäre es ein ganz anderes Buch geworden.

Danke auch an unseren Dschungelscout Lizardo Fachín Malaverri. Falls jemand Lust bekommt, die Amazonasregion mit dem

Mountainbike zu bereisen, kann er ihn über seine Firma *Peru Amazon Bike* kontaktieren.

Ich danke dem Dichter Fernando Fonseca, der alles zurückließ, um sich in die Selva zurückzuziehen. Und ich danke Señor Mariano, einem Schamanen aus dem Volk der Murui, der uns seine Zeremonien und Heilungsrituale beschrieb.

Ich danke den drei jungen Seeleuten aus Nauta: Ramirez, Fabio und Gió, drei fantastische Jungen, die zum Glück keinen Onkel haben.

Ich danke dem aus Loreto stammenden Schriftsteller Carlos »Cayo« Vasquez, der sich wissenschaftlich mit dem Schamanismus beschäftigt.

Ich danke Nestor Flores Ramirez. Ich danke Dr. Pilar Elena Mazzetti Soler, ehemalige Ministerin und Direktorin des *Nationalen Instituts für Neurowissenschaften* in Lima, die uns durch ihre Klinik führte. Ebenfalls danke ich Professor Juan De Dios Altamirano Del Pozo.

Ich danke auch all den anderen Freunden, die mir mit Rat und Hilfe zur Seite standen: Katharina Ebinger, Gusti Rosemfett, Luca Tarenzi, der Buchhandlung *Libreria Viale dei Ciliegi* in Cesena, der Buchhandlung *Scuola e Cultura* in Rom, den Schülern der Schule *Cecco Angiolieri*, der Buchhandlung *Punto Einaudi* in Bari und Nicola und Simone von der *Associazione Culturale Hamelin* in Bologna.

Ich danke meiner Familie.

Und schließlich danke ich dir, weil du diese Seiten gelesen hast.

Ohne deine Hilfe wäre diese Reise unmöglich gewesen.

Ich hoffe, sie hat dir gefallen.

BILDNACHWEIS

49: ©Croisy/Shutterstock, ©WindAwake/Shutterstock • 64–65: ©Design Prax/Shutterstock, ©Supertrooper/Shutterstock, ©amiloslava/Shutterstock • 71–72: ©Lina_Lisichka/Shutterstock • 107: ©nekosanki/Shutterstock • 134–135: ©Fears/Shutterstock • 143: ©VAZZEN • 148–149: ©vector work/Shutterstock • 168–169: ©artellia/Shutterstock • 200: ©Essl/Shutterstock • 216–217: ©dikobraziy/Shutterstock • 222–223: ©Giorgio Morara/Shutterstock • 258–259: ©Enache Dumitru Bogdan/Shutterstock • 289: ©lawing design/Shutterstock • 302–303: ©qpiii/Shutterstock, ©Evgeniya Pautova/Shutterstock • 339: ©Valenty/Shutterstock • 351: ©De-V/Shutterstock.